秦皇海岳

庆祝中华人民共和国成立70周年优秀文学作品选

秦皇岛市文学艺术界联合会 编

燕山大学出版社

2020·秦皇岛

图书在版编目（CIP）数据

秦皇海岳：庆祝中华人民共和国成立 70 周年优秀文学作品选．小说卷 / 秦皇岛市文学艺术界联合会编．—秦皇岛：燕山大学出版社，2019.9（2020.6 重印）

ISBN 978-7-81142-916-9

Ⅰ．①秦… Ⅱ．①秦… Ⅲ．①中国文学—当代文学—作品综合集②小说集—中国—当代 Ⅳ.①I217.1

中国版本图书馆 CIP 数据核字（2020）第 092465 号

秦皇海岳：庆祝中华人民共和国成立 70 周年优秀文学作品选【小说卷】

秦皇岛市文学艺术界联合会 编

出 版 人：陈　玉
责任编辑：孙志强
封面设计：吴　波
出版发行：燕山大学出版社 YANSHAN UNIVERSITY PRESS
地　　址：河北省秦皇岛市河北大街西段 438 号
邮政编码：066004
电　　话：0335-8387555
印　　刷：北京虎彩文化传播有限公司
经　　销：全国新华书店

开　　本：700mm×1000mm　1/16　　**印　　张：**18.75　　**字　　数：**310 千字
版　　次：2019 年 9 月第 1 版　　**印　　次：**2020 年 6 月第 2 次印刷
书　　号：ISBN 978-7-81142-916-9
定　　价：56.00 元

《秦皇海岳》编委会

序

一个时代有一个时代的文艺，一个时代有一个时代的精神，一个时代留下的文艺精品，必然是一个时代最鲜活、最生动的写照。

为庆祝中华人民共和国成立70周年，秦皇岛市文学艺术界联合会用半年时间，编辑了优秀文学作品选——《秦皇海岳》。全书分为小说卷和散文诗歌卷，收录了110余名作者的代表作品。

《秦皇海岳》的近200篇（首）作品，主要都是近年以来我市作者在省级以上报刊上发表过的优秀作品，其中包括《人民文学》《中国作家》《小说选刊》《长城》《山花》《散文百家》《中华诗词》等核心刊物，充分展示出我市文学创作的丰厚成果、历史价值和艺术水准。

《秦皇海岳》的出版，展映的是新中国波澜壮阔70年的一朵浪花，是改革开放40多年进行曲的一个音符，更是秦皇岛厚重人文血脉的一份延续。书中的大部分作品取材于秦皇岛、根植于秦皇岛，全方位、多侧面、深层次地反映了70年的感怀、感悟和变迁，呈现着气象万千的生活、激昂跳动的乐章、色彩斑斓的画面，彰显出港城人民与时俱进的精神风貌，既是一次回顾和总结，也是新的开始和起航。

“气之动物，物之感人，故摇荡性情，行诸舞咏。”文学艺术是人类情感的书写，是精神补剂的注入，是时代前进的号角。“为时代画像、为时代立传、为时代明德”，是每一位文学艺术工作者的使命和担当，我们只有高擎民族精神火炬，把艺术理想融入党和人民事业之中，做到胸中有大义、心里有人民、肩头有责任、笔下有乾坤，才能创作出一批无愧于时代和人民的精品佳作，才能为建设沿海强市、美丽港城和国际化城市发挥独特作用、贡献文艺力量。

“清泉永远比淤泥更值得拥有，光明永远比黑暗更值得歌颂。”新时代呼唤我们当春起笔、劲铆“四力”。愿秦皇岛广大文学艺术工作者不忘初心、牢记使命，勇于担当、继续前进，不断奏响民族的主旋律，高唱时代的风雅颂，真正肩负起举旗帜、聚民心、育新人、兴文化、展形象的使命任务。

目录
CONTENTS

人　面　石

苗　艺

许多年来，我以为我已经彻底摆脱了噩梦般的梦魇，然而当我处理完谌思的后事——上个星期一晚上他在睡梦中悄无声息地告别了这个让人既纠结又眷恋的世界，噩梦又像幽灵似的纠缠着我——列车的轰鸣，刺耳的刹车，子弹一样射出的人面石，还有像树叶般在空中翻飞的谌思……最后在我眼前定格的总是那块人面石，嶙嶙峋峋，狰狞凶恶。每每的，我都从梦中惊醒，大汗淋漓。那些本是过去的就让它过去的事，却久久地萦绕在我的心中，迟迟地不能成为过去……

一

“说吧，你再把过程讲一遍。”在学校造反兵团红卫兵战斗队的办公室里，一个长得黝黑矮胖的中年人（我心里叫他“矮黑胖”），沉着脸，用命令的口气对我说。我惶恐得半天说不出话来，不知所措地望了望带我进来的陈建设——外号叫“黄毛”，上初三，学校造反兵团红卫兵战斗队的队长，我们两家住在同一个大院。“不用紧张，你知道啥就说啥，但要说真话哟。”我没见过“矮黑胖”，他肯定不是学校的老师。一定是感到刚才的话生硬了，他把语气调整了一下，还特意冲我笑了笑，这时他下巴的那道疤，刀子似的闪了闪。“就是，就是，孩子，你不用紧张。”桌子后面一个拿着小本的人对我说。我听屋里的人叫他许记者。在他一侧，还有两个我完全不认识的陌生人。“初中了吧，刚上初二？听说，你和谌思同一班，两家又是邻居，你和谌思特别好？”

我张开嘴，却没能让自己说出一个字，只是努力地咽了口唾液。我试着让自己不紧张，但，大脑里已是一片轰鸣，窗外高音喇叭里校广播员声音高亢，具有很强的穿透力。可我，只听见了几个词，它们过于耳熟能详。

“……那天，我和谌思来到兴甘河，那里正在修筑水库。广播里传出一个很有磁性的男中音：‘这是人民群众创造力的又一次深刻体现，是反帝反修的又一巨大胜利。’我们俩，一起来到工地上。那里，红旗招展，车水马龙，热火朝天的。我们俩，也跟在忙碌的人们后面，搬走一些小石块，或者帮推车的搭一把手……我们在兴甘河工地上待了很长时间，决定离开的时候已经是黄昏。不，不是我提议的，是谌思，他说：‘咱们回去吧，肚子有点疼。’我们是顺着铁路走的。走到马蹄岭的时候，天色渐渐暗了。这时，谌思的肚子更疼了，他说让我在路边等他，他跑进了草丛。我就坐在一块石头上等他。”

“马蹄岭，我去过。”黄毛显摆地插话，“顾名思义它是半环形的，像马蹄。在马蹄岭那，铁路顺着山势，由西向北拐了一个大弯。”

“矮黑胖”不高兴地瞥了黄毛一眼：“接下来呢？你接着说，说得详细点。”他边说边死死地盯着我的眼睛。

“接下来，谌思就回来了，我们继续向前走。走着走着，谌思突然慢下来，他停在铁轨旁，俯下身子，把耳朵贴在铁轨上——”

“这个孩子，有很强的斗争意识，警惕性真高。”许记者插话说。我看见“矮黑胖”不耐烦地剜了许记者一眼。

我急忙说：“我也过去听了，当时火车还没有出现，但铁轨上已经有了微微的震动。‘要来火车了。’这话，是我说的。后面的事就是，像我之前说过的那样，像我们学校广播里曾广播的那样：我和谌思继续向前走，火车的轰鸣已经越来越近。谌思拉了我一把，他想让我离铁轨更远一点，以免出现什么危险。就在这时，谌思突然发现，不远处，就在铁轨上，似乎有一块黑乎乎的异物。‘那是什么？你看，是不是石头？’说时迟，那时快，具有高度警觉的谌思就像一匹野马，百米冲刺一般向前飞奔，而我，也跟着他跑了起来——是的，铁轨上确实有一块大石头，在我看清的一霎火车已经呼啸而来，气浪几乎能把我掀翻……就在我的前面，奔跑的谌思奋不顾身，已经抱起了石块，努力想跨出铁轨……火车还是碰到了他，他的身体就像一张纸片，真的是那个感觉，在空中毫无重量地翻了两个转，然后跌入草丛。火车是在继续行进了一百多米之后才停下的，刺耳的刹车声就像无数的针。”

“那个用自己生命挽救国家财产的孩子，”拿着小本本的许记者向前翻了一页，“谌思，谌思，他现在……”

“在医院里。”“黄毛”赶忙说，“谌思一不怕苦，二不怕死，真英勇。能够舍己为人的……人，他的右大腿骨折，还有二十公分的伤口，一大块肉都撕裂了。好在，别处没啥大事儿。”

许记者看了看“黄毛”，然后转向“矮黑胖”，“我看，过两天，等他的情况更好一些了，我们是不是可以直接去医院……”

“不！我们继续了解情况。”“矮黑胖”猛地一挥手，满脸的反感。

二

“好吧，你再把过程讲一遍，看你还丢了什么，有什么没谈。”许记者让我在他办公室的椅子上坐下来，“谌思，他，这次可立了大功。避免了一次车毁人亡！要好好地宣传他，尤其是，作为可改造好的子女。这是个典型。”他递给我一块大白兔糖，“没吃过吧，可甜啦！这是前几天我去参加省文革工作宣传会的时候买的。”

我接过了糖。这种糖，我是吃过的，我父亲曾经给我买过，谌思也曾给过我——不知为什么，我没有把这些说出来。“说吧，你再把过程讲一遍。”

我又重新说了一遍，这一次，当然更加细致：包括那天的天气，工地的号子，风吹过松林时的声响；包括车在撞上谌思时我突然的僵硬；包括谌思压抑的呻吟和我的哭喊；包括跑下火车来的司机，他如何一把抱起谌思……

“你想一想，那天，你们俩，是谁提议去水库工地的？”

我想了想。其实不用想，但我还是用出了“想了想”的时间、表情，一副大人的样子。“是谌思。”当时，我对自己的表现有着小小的得意，要知道，那年，我已经十三岁。

“那他有没有解释，为什么要去那里？”顿了顿，许记者接着问，“要知道，你们要去玩，干什么跑那么远？”

……

“他没说，他没说理由，是不是？”

我点点头。是的，他没说理由。但是，但是……

“他父亲，咱们地区的二号走资派，是反对在兴甘河上建水库的。谌思去那里……”许记者沉吟了一下，“你说，他是不是想——想通过实际的观察，接受教育，让自己认清走资派父亲的反动本质，从而，更坚定地和自己的旧我旧家庭决裂？”他盯着我的脸，“之前，他说没说过这样的话？他，对自己父亲的错误是不是有过坚决的抵制和反抗？”他接着又强调地加了一句，“这很重要。”

……不知道出于什么原因，那一刻，我竟然有些走神。我回想起的，是一次谌思带领我们去看大字报时的情景。

有一段时间，我们天天如此：十几个行署大院里长大的孩子，每天傍晚，去最繁华的中央大道看大字报。当然是谌思招呼我们，他是我们这群孩子的领袖，我们愿意服从他。当时，史无前例的革命风云已经由北京、上海等大城市涌进我们这座偏僻的山城，它来得相当迅速，也相当暴风骤雨：仿佛一夜之间，中央大道两旁，以地委行署为中心，耸立起两排又高又长的大字报栏，那上面糊了一层又一层白纸，阳光一照像针刺眼睛一样的疼，远远望去，白白的犹如两条巨大的挽带。我们这些生长在大院里的孩子，受父母影响，极为关心国家大事，都有一种强烈的接班人意识——读大字报，谈论国家大事是我们这些孩子一天中必不可少的内容，像吃饭一样重要，不，比吃饭还重要。

那天，一切都像往常那样。我们三口两口吃完饭，就朝集合地点跑。“人都到齐了吗？”谌思站在地委宿舍大院的报栏前像以往一样习惯地问了句，同时用眼睛环顾了一下四周的人，就像一个临战前的指挥官审视他的部下，这已经成了我们相聚时的一个固定程序。也不待我们回答，他把手一挥，我们就浩浩荡荡跟着他走了。我清楚地记得那是四十多年前初秋的一个晴朗黄昏，夕阳的余晖把地委大院一栋栋青砖楼房都涂抹上一层金黄色，一深一浅、一冷一暖的两种色调很不协调地掺和在一起，显得光怪陆离。

按照以往的习惯，我们三三两两地从路南到路北，从左至右浏览大字报。突然，我们中的一个孩子从路北急匆匆地跑了过来，神色慌张地悄声和另外几个孩子说着什么，边说边用眼角瞥着不远处的谌思。刚才还唧唧喳喳的孩子，立刻鸦雀无声，一个个呆愣在那里。我好奇地跑过去，刚要问什么，一个大孩子在身后拽了我一把。我默默地跟在谌思的身后，有些莫名其妙地看着他们窥视谌思的神情。突然我看见大字报栏右端醒目的标语——把大叛徒、大特务、走资本主义道路的当权派钮坤揪出来示众。钮坤两个字故意歪斜着，上面还打了一个大红叉。钮坤是谌思的父亲，那名字是当年做地下工作时的化名，听谌思讲，他爸爸为了纪念那段艰难的岁月，这个化名就一直沿用下来了。那条标语生怕别人看不见，每一个字都比脸盆大。那时我正在学美术字，我敢肯定那么大的字非得两寸半的排笔才能写得出来。

我愣了一下。然后，把目光悄悄转向谌思。他的脸色那样难看，仿佛是木头刻出的，仿佛那根本不是表情，而是一块用旧的抹布。他的身体在摇晃，简直如同……没有什么可比喻的，当时我想不出来，现在也依然想不出该怎么来描述它，可是，那个场景，那个情境，我这辈子绝对不会忘掉。他木然地立在那里，仿佛是在冰窖里。（几年之后，在揪“五一六分子”的运动中，我爸爸被莫名其妙地揪了出来，站在批判他的大字报前，我五雷轰顶，那样深切地体会到谌思当年的心境。这是后话了。）

“你怎么了，在想什么？”许记者问我。他把我拉回到现实——“怎么？你说什么？”

“我问你，谌思是不是早有和走资派的父亲决裂的苗头和举动？你一定要好好想想，认真想想。”许记者用钢笔点了点桌上的小本儿，“这很重要。对谌思很有好处。这么大的事儿，这么大的好事……当然，要实事求是。”

“我想想，想想。在看过大字报后，谌思就悄悄从我们面前消失了，很长时间都没有再在我们面前出现。他连续两个晚上都没回家算不算？他母亲来我们家找过，都快急死了……”

“算，但没有特别强的说服力。你再想想还有没有……要坚决点的，斗争性强的，就像报纸上、广播里经常宣传的那样……那更好。”

我想起手枪的事：“那天，谌思拿着自己做的木头枪对我们说，他的木枪是勃朗宁，和真枪一模一样。我们有点不信，特别是黄毛，他大谌思两岁，总爱和谌思抬杠——木枪会和真枪一模一样？你见过真勃朗宁枪吗？吹牛，真会吹！受到质疑的谌思面红耳赤，他夺过木枪，说了句‘你们等着’！不一会儿，他就拿了一把真的手枪来，还带来了他父亲的持枪证给我们看。据谌思说，这支枪，是他父亲在一次战斗中从一个日本鬼子大佐的手上缴获的……”

“这不能算。噢，不，应该算。他用行动揭发他父亲私藏武器，准备进行反革命复辟。这素材太好了。你从来没和别人说过吧？这件事，你暂时不要再和任何人讲。”看着许记者眉飞色舞又神秘的样子，我非常奇怪，真不知道这些大人们是怎么想的。

“那还有什么？譬如，谌思和他父亲争吵，据理力争……”

“我没见过谌思和他父亲发生什么矛盾，却真看过他父亲生气，那次偷枪给我们看，谌思挨了他父亲严厉的训斥。谌思低着头一声不吭，一脸的羞愧。末了，还是他姑姑给他解了围。至于反抗，斗争……”

“其实也允许一些，一些合理的……想象。”许记者又拿出一块大白兔糖，“你回去好好想想，下午我去医院。”他把糖递给我，“有些话，你，说出来比较好。”

三

那天下午，妈妈带我去了医院。谌思恢复得很不错，至少看上去如此。他和我谈起那天发生的事，从我们决定去兴甘河开始回忆——他记得其中的每个细节，记得自己当日所有的所思所想。他的兴致特别高。

“孩子啊。”我妈妈眼里蓄满了泪水，她摸了摸他的腿说，“现在它怎么，怎么样，好了吧……”那一刻，谌思的脸略略暗了一下，但马上恢复到灿烂之中：“很可能……不过我很高兴，为了国家，个人的牺牲能算得了什么。阿姨不用为我担心。”

“傻孩子啊。”我妈妈又说了一句，但这次的声音很小，小到，几乎只有她自己能听得见。随后，我妈妈换了另外一种语调：“谌思啊，你觉悟真高，真勇敢，阿姨也要向你学习呢！”说完又转过脸嘱咐我说，“你跟谌思是最好的朋友，要好好学习他的精神！”

这时，许记者、黄毛跟着几个人走进了病房，屋里立刻被挤得满满的，连坐的地方都没有。我妈妈赶忙起身告辞，可谌思拉着我不肯松手。谌思对走在前面的一个穿戴着崭新的绿军帽、绿军装却没有帽徽和领章的人说：“鲍司令，他是我最好的朋友。那天就是我们俩发现铁轨上的石头的。”他，把“最好的朋友”几个字咬得很重。鲍司令！竟然是造反兵团的鲍司令，他的名字当时在我们地区可是如雷贯耳。而谌思当着大名鼎鼎的鲍司令的面宣称我是他最好的朋友！还把发现铁轨上的石头这莫大的荣誉分给了我一份。那一刻，我感觉身体从里到外都在发光，有一股热热的暖流在我体内奔涌……

“好，好，都是好孩子，干革命就需要年轻人，就需要这样不怕苦不怕死、勇于牺牲的年轻人，这个世界，是属于你们的！”鲍司令拍拍我的头。

鲍司令很忙，他们一帮人在病房里待了一会儿就走了。这时我注意到病房里还有另外一个中年女性——谌思说，这个大婶来自农村，很不一般，是“铁娘子小分队”的队长，报纸上也宣传过她。前些日子在修筑水坝的时候，从高处摔了下来，脑震荡，现在只知道吃喝拉撒，但有时还会喊一句——说到这时，那个大婶竟然配合地喊起来：“毛主席万岁！”

“看，人家大婶的觉悟。”谌思一脸认真地说，“那天，我在抱起石块的一刹那，脑子在飞快地转着，想起黄继光、董存瑞等革命先烈，想起那些为革命抛头颅洒热血的人们，想起伟大领袖毛主席的谆谆教诲……”“你真行。”我对他说，“我当时都傻了，腿一点也不听使唤……”“要是你先看到那块石头，你也肯定会跑过去的，我相信！”我用力点点头，眼里，竟然有了泪花。

就在那天，谌思告诉我，他已经获得鲍司令的特别批准，参加红卫兵战斗队。造反兵团还把他作为可改造好的子女、活学活用毛主席著作的积极分子，参加由造反兵团组织的讲用团，到各地宣讲。

“你是……现在好了，因祸得福。”说这句话的时候我都感觉自己有些泛酸。

不久，由许记者撰写的长篇通讯《千钧一发的时刻》，在地区报纸的头版头条发表了，文章报道了谌思奋不顾身保护列车的英勇事迹。文章还配发了谌思穿着病号服、脖子缠着白绷带的照片。我拿着那张报纸，一蹦三高地跑回家给爸爸妈妈看，不想爸爸只是漫不经心地扫了一眼，有些疲惫地把报纸放到一旁：“我看过了。”爸爸漠然的态度并没有影响我，我仍然沉浸在看到这篇文章的喜悦之中，除了那上面提到了我的名字，我还为谌思命运的转变而高兴。报纸上说，他受伤以后，人们自发地到医院去慰问他。

我还记得那天妈妈带我去看他，临走时他对我说：“你是我最好的朋友，我的也是你的。你一定要帮我。”他紧紧地攥住我的手，“你也知道，我不能总这样下去吧！这一年来，我过的是啥日子啊。”

四

这段时间，谌思是怎么过的？

我想起，在谌思父母被抓走半年后的一个晚上，我们大院孩子结伴到驻军军营看现代芭蕾舞剧《红色娘子军》的电影回来，路过行署大院外的那排平房时，我突然看见把西房山的那间屋子的灯亮了，我的心一阵狂跳，紧张得下意识地闭住了嘴。我悄悄地离开伙伴们，又绕了回来。

这排房子原是行署存放杂物的仓库。谌思的父母被抓之后，他们一家被赶出原来的住所，搬到了这排仓库西边腾出的两间屋子住。现在亮灯的屋子就是谌思住的地方。我来到屋前，屋门紧紧地关着，我蹑手蹑脚地走到门旁的窗前，想看看里面的情况，不想那一块块玻璃全都被白纸糊住了，屋里什么也看不清。我不甘心，把耳朵贴在窗子的玻璃上，仔细地听着屋里的动静。终于我听到屋里传来一阵“沙沙”的响声，那声音像是什么东西划在纸上。

我吓得两手都是汗。这些日子，谌思像是从人间蒸发了，我们有好长时间没有他一点音信。怎么屋里——好一会儿我才用发颤的声音试探地叫道：“谌思，谌思，开门，是我。”

屋子的灯一下灭了，里面静了下来。过了一会儿，屋门悄无声息地打开，谌思站到我的跟前，却看都没看我一眼，只是用眼睛警惕地向四下搜索着。一会儿，他走出门，脸朝着街上又看了看，见还没啥动静，才背对着我，用手指肚顶着我的腹部，向屋里一推，这才倒退着进了屋。后来有相当一段时间，每每想起那晚上的情景，我都感到特别惬意和刺激，那场景就跟当年地下工作者在交通站接头一样。

进了门，我才发现屋里特别杂乱，除了靠墙摆着一张单人床和一把椅子以外，再无别的陈设。屋子地上堆满了废纸，细一看，那些废纸还不是一般的纸，全都是些大字报。当时“文化大革命”已经深入了，我们这个地区分成了“红总司”和“造反兵团”两大组织，他们攻击对方是保皇党，标榜自己是革命的造反派，斗争的矛头直指对方，倒把像谌思父亲这样的走资派放到了一边。今天“红总司”贴出大字报，揭露“造反兵团”的某头头有海外关系，是阶级异己分子，属于革命的对象。明天“造反兵团”也贴出大字报，爆料“红总司”的某头头腐化堕落，乱搞男女关系，应该被打倒。常常是这一派贴的大字报的糨糊还没干，那一派就用新的大字报给盖上了。最多一个星期，一层一层的大字报就叠摞得有两寸多厚。那用面粉熬成的糨糊黏性本来就很差，又用笤帚沾着刷得不均匀，大字报贴上没两天，太阳一晒，纸张在湿涨干缩的拉力下就向上翻翘，坠落下来。有时一张大字报坠落，就拉扯着大字报栏上十几米长的好几份大字报都滑落下来。

我不解地问："你捡这么多大字报干什么？"谌思狡黠地一笑："你能捡着这么多？这都是我半夜三更偷来的。"

"干什么用？"

"卖钱。"

这时我发现屋里的一处墙角，整齐码放着一摞切割好的大字报，每张约二尺半长一尺半宽，两个装满大字报的麻袋倚靠在旁边。地上放着一根用来当作直尺的木棍、一把锋利的菜刀，我一下明白了刚才在屋外听到的"沙沙"声是刀划在纸上的响声。

谌思告诉我，半个月前他就回来了，每天饥一顿饱一顿的，眼看着身上的钱就要花完了。一天，在废品收购站，他发现那里收废旧大字报，他顿时有了主意。自那以后他隔三差五，在夜深人静的时候，到中央大道和城里繁华地段的大字报栏去撕大字报，弄回来按尺寸裁好装进麻袋。等攒够了两麻袋，他就偷偷地用自行车驮到城郊的废品收购站卖了，换回块八毛钱维持几天的生活。

谌思对我说："我回来的事要绝对保密，上不传父母，下不告朋友。你必须发誓。"

"我发誓。向毛主席保证。"

我问谌思这几个月他上哪去了。刚才还是一脸得意的他，立刻哑然了，阴沉着脸半天没说话。后来，谌思告诉我，要不是姑姑一直照顾着他们，也许我就再也见不着他了。家庭的变故让他早熟，变得特别敏感。他知道姑姑带他们三天两头的去串门走亲戚，那也是不得已。他不想在姑姑娘家住了，可又从心眼里不想去串那个门，到哪都是寄人篱下。

五

"听说，谌思的姑姑不是他的亲姑姑，是吧？"坐在许记者的办公室里，我已经记不清他这是第几次采访我了。

“是的，不是亲的。我也是在大字报上看到的。她，是一个烈士的妻子，她丈夫和谌思的父亲是战友。要不是大字报，谌思也一直以为这个姑姑是父亲的亲姐姐呢。谌思跟我说：解放后，他父亲回村看望当年的乡亲们，知道了姑姑因丈夫的牺牲，精神受了刺激，原本精明活泼的小媳妇，变得木讷呆滞，便把姑姑接到城里治病。病好了以后，为避免往事的刺激，姑姑一直在家住着，帮着料理家务。”

“这个，有点不好写……”许记者沉吟了一下，他没看我，而是盯着一块墙皮：“谌思的材料已经上报省里了，还可能再往上汇报。”许记者鼻尖上一处暗斑变得红了起来：“可我总感觉这个典型还可以再挖掘挖掘，这样他才能真正树起来。”说到这里许记者有些兴奋，“我为整理他的事迹材料，你看，”他冲着我把手里的小本本翻得哗哗响，“这是第四个本啦，都！我采访了三十多人！”

我受宠若惊地点点头，要知道，他说这话时，就像对一个大人，完全没把我当成一个十三岁的孩子。我那时已经发育了，特别盼着长大，常常紧赶几步追上前面的某个成年人，故意和他并排行走，用眼睛的余光，测量着我是否和他一般高。可是听了许记者的话，我还是有点遗憾——发现铁轨上石头的怎么不是我呢。说实话我真有点嫉妒谌思了。

“你在想什么？”许记者伸手拍了拍我的脑袋，“别走神了，我们还有好多的事做呢。”

“什么？”我有些呆。

“有个话题你得给我好好想想……你想，他在生死关头能够那样奋不顾身，肯定不是头脑一热，平时……我的上一个报道中已经写过。可是，我感觉还可以再增加些内容，报到中央去的，一定要过硬！”

……

“我们要好好地梳理一下，你想一想，他在小的时候，从小，是不是就想当英雄，就想为党、为祖国、为人民献出自己的一切？”

“是，是的。”我用力点点头，他一直是这样。

“那好，你就给我讲一讲。细一些。所有你能想起来的，都告诉我。”

我谈到谌思的枪：“他的木头枪，他的勃朗宁。他在我们玩游戏的时候，一直要当解放军，一直是冲在前面的人。”“嗯。还有呢？”许记者皱了一下眉，我发现，他并没有把我刚才说的记在他的小本本上。

“还有……”我转移话题，“一天晚上，我们去礼堂看电影，散场的时候，走在最后面的谌思突然发现一排椅子的下面有个东西，他捡起来一看是钱包，里面装着七十多块钱。（别以为那是不多的一笔小钱，那个年代大米一毛六分钱一斤，鸡蛋六毛钱一斤，猪肉六毛五分钱一斤。一个高技工一个月的工资也就七八十块钱，养活着一家五六口人。）当时所有的人都不知道他捡了个钱包，但谌思还是把它交给了一个穿着制服的民警。记得当时他挤着搡着从我跟前跑走了，后面的警察边喊边追了过来。我忙问，叔叔怎么了？警察说，这孩子拾金不昧，连名字也不留。”

“这个很重要。”许记者说，“从小就拾金不昧，很有说服力。”

“他还上过报纸呢！”我说，地区日报上刊登了谌思的事迹，还配了一张他穿着白衬衣、戴着红领巾的照片。当时，他在我们学校可轰动了。别的班的孩子都在下课的时候挤到我们班窗口、门口来看他，放学的时候，我们走在一起，满目都是羡慕崇敬的眼光。

“上了报纸……他有什么变化没有？”

“变化……他没有什么变化，要说变化，就是他比以前更加严格要求自己了。老师和同学也都这么说。要不是后来那事……”我对许记者说，话说出来我就有些后悔，于是，后半句，我把它咽了回去。

“哪件事？后来发生了什么事？”他竟然听到了我刚才小声说出的话。

“打群架。谌思挨了学校处分。”

“我知道这件事。”许记者盯着我的眼，看得我有些心虚，“这件事，得一分为二地看。谌思跟我们谈起过这事。好吧，你说，你再说一遍。”

“都是因为黄毛。有天下午放学后，我们一帮孩子正在院子里玩，黄毛慌慌张张跑来，看得出，一向对我们凶悍的黄毛竟有些害怕。他说，有几个大点的孩子在找他的茬，要来打他。他想让我们帮帮忙。”

“还没等我们说什么，一帮孩子已经冲进院子。其中一个高大粗壮的大孩子，在另一个小孩子指点下，冲着黄毛就是一拳，黄毛狼狈地躲了过去，他吓得脸都白了，一个劲地朝我们身后躲。这时，谌思向前一步拦着他们：‘干什么？你们有事说事，干吗打人？’”

“那个大孩子，根本不把谌思放在眼里。他用力推了一把：‘滚开，有你屁事！’然而踉跄一下的谌思再次回到他面前，挡住他扑向黄毛的路。那个大孩子怒火喷涌，他吼道：‘他打我弟弟，我就打他。我让你管闲事！’说着朝谌思的下巴狠狠砸过去。被打急眼的谌思冲我们喊了声‘上’，几十个孩子打成了一团……”

“听大人们讲，那次群架有四十多个孩子不同程度地受了伤，很是让人们议论了些日子。谌思虽然没有那些大孩子身高力壮，不过谌思一点儿也没有惧怕，他跌倒，再站起，向前冲过去……”

“好了，这事的原委我知道。”许记者打断我的话，“你还太小，看问题幼稚。”许记者循循善诱，“你想，谌思为什么打架那么……勇敢？没有一种正义感他能做到那样？不，绝对不会！前不久我听黄毛——陈建设同学详细讲了那天的事，根本不存在他欺侮那个小孩，那个孩子的父亲是国民党特嫌分子。陈建设同学打他，也算一种斗争的方式，本质上是两个阶级的斗争，是革命行动！后来谌思和他们……”

欺负小孩是革命……行动？一定是许记者看到我迷茫和惶惑的神情，无奈地摇了摇头说：“不讨论了。你接着说，他还有什么突出的事迹？知无不言，言无不尽嘛！”

“有。”

六

“你看谌思最近风光的。”妈妈把一小块肉片捞进我的碗里，脸却朝着我爸爸，顺手递给他一张当天的报纸。那上面又有一篇谌思讲用活动的消息，我猜一定是许记者写的。我有好长时间没见到许记者了，自从他连续发了几篇谌思的文章后，我大概就失去了价值。他又忙着抓另外的典型去了，那年月，各类典型层出不穷。老见不着，有时还真想他。我最后一次见到许记者时，他显得有些兴奋——他当然有理由高兴，因为写谌思的文章，他被鲍司令和更大的“上级”看上，刚调到报社上班。而之前，他只是一个业余通讯员。

“嗯。”爸爸只顾专心地嚼着一片菜叶，它有些老，有些硬。他看了一眼报纸，无可无不可地说：“谌思成英雄了，就这么两天，这孩子……”

“到处讲用。可改造好的子女。鲍司令树的典型。”我都听出来了，妈妈的话里有话，她的话里，有一层异样的包含。我妈妈一直对鲍司令不以为意，我也不知道为什么，但我不赞同妈妈的态度。

“嗯。”我爸爸心不在焉地应承着，把注意力全放到对付他的菜叶上，那些粗大的叶络让他有些费力。爸爸本来话就不多，前些日子，家里发生了一场争吵，他就更加沉默寡言了。

那场争吵缘自许记者写谌思的文章里的一句话。文章中说铁轨上那块不知从哪里来的石头，彻底搞清楚了，那是阶级敌人搞破坏，故意放置的。这句话很重要，让事件的性质有了根本的变化。爸爸嘟囔了句“哪来的阶级敌人？”那话像是问我们，又像是自问。妈妈不高兴了，说他缺乏阶级斗争观念。我更是说他没有阶级立场。妹妹也跟着起哄说他落后，跟不上形势。爸爸眯着眼睛半天不说话，好一会儿他才说：“前些年，就没听说有这么多敌人。这都解放快二十年了，敌人倒越来越多。怎么搞的？”妈妈听了大惊失色，一把捂住了爸爸的嘴，赶忙小心翼翼地嘱咐我，爸爸的话，千万不要对外人说。爸爸一把推开妈妈的手，猛地从椅子上站起来，满脸通红，张嘴还要说什么，妈妈的一句话——“你，不想让全家人活了？”让爸爸就像一把蔫了的小白菜，一屁股坐到椅子上，沉默了。

“对了，那块石头，就是谌思从铁道上搬下来的石头，在我们学校的阶级斗争展览室展出了。”我插话。这事，我其实早在吃饭之前就想说，可一直没有机会。

我告诉他们：展览室的一处非常醒目的地方，摆着一张桌子，桌子从桌面到桌腿都用红绸布严严整整裹罩起来，在那上面很庄重地放着一块圆圆的、黑黑的石头——“你们应当记住这块石头！它，既是红卫兵英雄谌思英勇与阶级敌人斗争的见证，同时又是他舍身维护国家人民财产安全的见证，因此，这不是一块一般的石头，它……”讲解员严肃认真地在前面讲。

我和同学们一个个像信徒瞻仰圣物似的从它面前走过，小心翼翼摸了摸那块有着深刻意义的石头——我在后面不无炫耀地对大家说：“这种石头叫人面石，特别硬，一般的开山凿石的工具凿不开，好不容易凿下一块石头，无论大小，都有着一副人脸的模样。当年八路军颠覆小鬼子的火车用的就是人面石。别处水桶大的一块石头，小鬼子的火车一撞一碾立刻就成了粉末，可一块碗大的人面石就能让小鬼子的火车脱轨，摔得轮子朝天……”在同学的面前我滔滔不绝，脸上特别有光——其实，这些都是谌思告诉我的。

七

我又看见那块人面石了。只不过，这次它不是庄严地摆放在展览室，而是随便地扔在地上，并且不是在学校展览室，而是在造反兵团的总部。

“你应当认识它吧？”我感觉他有些面熟。“是的，我认识。它叫人面石。”他对我点点头。这个矮个子，有些黑的人，我一定在哪儿见过，但一时想不起来。

“你是怎么认识它的？我是说人面石。”

我突然想起，他不就是那天和许记者一起向我了解情况的“矮黑胖”吗？

“你是记者？”我问。

他愣了一下，说：“不是。我不是记者。我是干什么的不太重要。”他敲敲桌子，“我原来是搞公安的。现在，上面派我调查谌思那个……那件事。”“矮黑胖”看了我两眼，一脸的严肃：“既然有敌人想破坏，我们就必须把他揪出来示众。”

“我……”我的声音有些干涩，我有些莫名的紧张。他当然也看出来了。“你不用怕。我就是想了解一下情况。你只要把你看到的、听到的都告诉我就行。”

“好。我，我会，一定说。我要想想。”说着，我向墙角看去，向窗外看去——“你看什么？”

“没什么。不看什么。我……我说。”其实我想看看许记者在不在。不知道为什么，我觉得他要在会好一些。

“好，你就先说这块石头吧。也不是这块石头，是这类的石头。你说说，你们是什么时候去看它的，是谁引的头，都有谁，都说了什么，做了什么。”

“叔叔，你的意思是……”

“没有，你别胡思乱想。破案，任何细小的事情都不能放过。这只是工作，是程序，没有别的意思。不过，你也别忽略它的作用，说不定哪一个细节就起到了关键作用。你说吧。”

“好。我说。”

“我们第一次看到人面石，是谌思带我们去的。没错，是他的提议，也是他带我们去的。要不是他说，我们根本不知道有什么人面石，根本不知道人面石会是一种什么样子，更不知道哪里有。那是两年多以前，那天好像是星期天，对，就是星期天。中午吃完饭，我们在大院里集合……有谌思、我、黄毛，也就是陈建设，还有谌思的妹妹晓楠，还有……有十七八个人，没错儿，就这些人。在带我们去之前谌思卖了个关子，他说，他父亲打游击的时候，专门收集过兴甘河的一种特别的石头：一是它非常坚硬，二是它无论是大块儿还是小块儿，都有些像人的脸。为什么要收集这样的石头？谌思没有说，他说，看了才能知道。那天，谌思还专门……他穿的是过年时的衣服：有些褪了色的军装，还扎了一条咖啡色的军用武装皮带。他指挥着我们，一会儿大路，一会儿小道，走了好几里路，费了很大劲儿才到兴甘河那里——我们见到了人面石。”

“这样的石头在兴甘河到处都有，还是就一段有？”

我想了想：“可能就是一段有。穿过一片小树林，顺着山坡走下来，眼前就是兴甘河。河床在这里陡然变得宽阔起来，干枯的河床上白色的细沙折射着刺眼的阳光，细一看，细沙在风的吹动下，像一条蛇似的向前蠕动。顺着谌思手指的方向看去，不远处一块巨石拔地而起，巍巍耸立。谌思问我们，你们看那石头像什么？我们一个个手遮凉棚望去：一块巨石，横着矗立在兴甘河的河床上，像是要把河流拦腰截断，两条潺潺细流从巨石的两旁流过。整块巨石凸凹嶙峋，坑坑洼洼，居然有鼻子有眼像人的模样。一个孩子说，像人头。谌思纠正：不够准确，应当说，像人的脸。”

“你是说，只有一块大石头？”

“也不是，在这块大石头的上游，还有一些大小不同、高矮不一的黑石头，确如谌思所说，每一块，仔细看去，都有些像人的脸。那地方现在正建大坝呢！”

“你知不知道，从那个地方到马蹄岭的铁路，大约有多远的距离？”

我想了想，说：“不知道。我没有计算过。”

我盯着“矮黑胖”的脸，他却没有再追问这个问题，而是指着那块曾放在铁轨上的黑色石块，说：“你知不知道它有多重？”

“不知道。”我甚至都没想过这个问题。

矮黑胖告诉我说：“它，有三十七斤八两。”

“三十七斤八两？”我不知道这是一个怎样的概念。它和破案有什么关系？如果它是十斤，或者是五十斤，是不是就会有完全不同的结果？

八

那天的午饭和晚饭，他们都没有让我回家吃，都是别人从食堂打来，送到屋里让我吃的。那饭菜比我们家吃饭的食堂好多了。

“我看到关于谌思的报道了。写得不错。对了，他想成为解放军战士蔡永祥的事是你跟许记者说的吧？”刚一吃完饭，那个“矮黑胖”就翻开了自己的笔记本。他有一个习惯，就是每翻一页，都舔一下自己右手的食指。

“是我，是我说的。”

“是谌思跟你说的？”

“是谌思说的。他自己说的。”

“那，他说这话，是在事件发生之前还是之后？”

我不知道他为什么这样问，但我的心里隐隐有种不祥的预感。“你，你是不是怀疑谌思……”我有些迟疑，警惕起来。

“没别的意思。我只是随便问问。我也觉得，谌思的精神值得我们每一个人好好学习。革命事业需要这种大无畏的精神。”

话虽是这样说，可不祥的预感却像阴影，它不再是一个聚集在一起的黑，而是开始悄悄弥散。我看着窗外，窗外有大片大片灿烂无比的光，有在微风中晃动的树。

“是在事件发生之前还是之后？”“矮黑胖”又问了一句。

“之前。”我说，“有一天我去找谌思，他正在看报纸，看蔡永祥的英勇事迹，他大声朗诵，并且眼里还含着泪……”我把和许记者说过的话，又详详细细地重复了一遍。

“看来，这个孩子从早就……”

“叔叔，谌思从小就想当英雄，就愿意当英雄，他从小就时刻准备着为无产阶级革命事业献出自己宝贵的生命……”不知出于什么原因，我说得很急，也有些快。

那个“矮黑胖”愣了一下，然后拍拍我的头：“是啊，是啊。所以他才能在关键的时刻奋不顾身啊！”停了一会儿，他重新翻开自己的小本本：“你能不能重新给我复述一下那天的情景？再仔细些。”

“……那天，我和谌思来到兴甘河。那里正在修筑水库。我们俩，跟在忙碌的人们后面，搬走一些小石块……”

“石块？是人面石么？”

“不是，是另一种石头。我不知道它们是哪种岩石。我们离开的时候已经是黄昏。”

“你们待了多长时间？”

“很长时间。基本上是一个下午。”

“你们几点过去的？”

“大约……大约三点多钟。”

“好，你继续说。”

“我们是顺着铁路走的。走到马蹄岭的时候，天色渐渐暗了。这时，谌思的肚子更疼了，他说他要拉屎，跑进了草丛。我就坐在一块石头上等他。”

“他在之前，说没说过自己肚子疼？”

“没有。”我想了想，“不，说过。在工地帮人推车的时候，他说肚子有点不舒服，我让他休息，他说没关系。谌思回来，我们继续向前走。走着走着，谌思突然慢下来，他停在铁轨旁，俯下身子，把耳朵贴在铁轨上——我也跟过去听，‘要来火车了。’我说。我和谌思继续向前走，火车的轰鸣已经越来越近。谌思拉了我一把，他想让我离铁轨更远一点，以免出现什么危险——就在这时，谌思突然发现，不远处，就在铁轨上，似乎有一块黑乎乎的异物——‘那是什么？你看，是不是石头？’说时迟，那时快，具有高度警觉的谌思就像一匹野马，百米冲刺一般向前飞奔。而我，也跟着他跑了起来——是的，铁轨上确实有一块大石头，在我看清的一刹那火车已经呼啸而来，气浪几乎能把我掀翻……就在我的前面，奔跑的谌思已经奋不顾身抱起了石块，努力想跨出铁轨……”我几乎一口气，倒背如流地把当时的情景又说了一遍。

“那时大约是几点了？你知道吗？”我说不知道。“没关系。这个我可以查。你能不能记起，铁轨上的石头距离你的位置大约有多少米？”“三十多米。”“三十多米？”“不不不，可能有四十米吧。我记不太清楚。”“咱们到院子里去。我把石头带上。咱们再排演一下。”

我们在院子里按照当时的情景又排演了一下，“矮黑胖”走过去，量了一下其中的距离：三十七米。那时正是正午，阳光灿烂得晃人眼，我只得眯起眼睛，而那个“矮黑胖”也是。“谌思在什么位置？”我向后指了指：“大约在那里。”他点点头。“这距离不近。”他在“谌思的位置”上，飞快地跑向石头，然后将它迅速地抱起，跳向一侧——我的耳朵里似有火车的轰鸣。

这时，我突然看见了谌思，他在一个墙角处，墙角遮住了他的大半张脸。

九

大院墙外，刚刚升起的月亮给大地披上了一层薄薄的银纱。谌思和许记者都在等着我。“老陈是不是又找你问什么了？”许记者问，随即补充：“就是一个个子不高，长得黑黑的，总阴沉着脸的中年男人。下巴上有道疤。”我说：“找过。上午的时候他把我带到兵团总部，整问了我大半天。谌思也看见了。他说他当过公安。”

“哼！”谌思忽地从地上站了起来，一口吐掉嘴里嚼着的草梗：“他找你干什么？”我说：“他说要核实一下那件事的发生经过。”我把原来说过的重复了一遍。我又加了一句，“我还是原来说过的那些话。”“那就好。再问，我们也不怕。”谌思说着抬起脚，朝地上的一块石头狠狠地踢去，石头飞出很远。他对许记者说：“许叔叔，你看到了吧，他这是什么意思？他这是冲咱俩来的，是你说假话，还是我骗人？这不在整人吗？把我整倒了，没什么，我大不了和以前一样拾破烂……他真是属烂疤癞眼的——见不得别人好。”

“查一查也好。对大家都有交代。”许记者转过脸问我，“你之前和我说的，没有一句假话？没有隐瞒什么吧？”

“叔叔，你不信我还能不信他？”谌思抢着搭话，“他从来不会说谎。我刚回来时，他从家里偷饭票给我，让他妈妈一吓唬就都说了。你想他能……”

“你先别插话！”许记者摆摆手，对我说，“你要知道，向报纸说谎，向组织说谎的代价，这可不是一般性质的问题。你想想再回答我。”

我看看许记者，然后看看谌思，说：“我没说谎。一句也没有。我向毛主席保证。”

“怎么样？我说吧。姓陈的绝对是别有用心。你刚调进报社，他就，他就……你说，他不去找那个搞破坏的人，却反复来调查我，许叔叔，你觉得我会把石头放在铁轨上然后自己再去搬？要是做不好，我的命可就搭上了！现在，我已经搭上了一条腿！”

“别说了，你别说了！”许记者再次打断谌思，“事实是怎样的，我已经调查过了，黑白是绝对不能颠倒的！谁想混淆是非，我们就和他斗争到底！”许记者盯着我的脸，“我相信你，我相信你不会说谎。你最好把经过再写一遍，有关细节都一一列好。以后谁问你，都这么回答，千万别受坏人误导！你可是记住啦？”

我点点头。

在许记者走后，谌思又从角落里转出来，叫住我，我们两个人说了很久。我们一次次回忆那天的所有细节。“对对对。没错。”“不，不是这样。你别这样说。你再好好想想，是不是……”谌思告诉我，刚开始，黄毛他们的结论是：石头自然滚落到铁轨上，谌思奋不顾身排除险情，保护了国家的财产。后来报到鲍司令那，他认为这样站位不高，忽略了一直亡我之心不死的阶级敌人：石头是阶级敌人放到铁轨上的！妄图颠覆列车，破坏史无前例的“文化大革命”！谌思以英勇负伤的代价，粉碎了阶级敌人的破坏……可是，就是那个老陈，他总是横挑鼻子竖挑眼，总和一些别有用心的人在鲍司令那里吹冷风，说他和许记者的坏话，现在，鲍司令和黄毛都有些疏远他了……“咱俩是好朋友，我可全靠你了。”他的神色有些黯淡，“我的腿，一到阴天就痛。也不知道能不能好得了。”

我们俩谈了很久。等我悄悄回到家时已经是后半夜。我溜进屋里，正要上床，却发现我妈妈正坐在床边的木椅上。“你干什么去了？”她压低了声音，大概不想把爸爸吵醒。

“是谌思，他找我的。”我用同样的低声。那时，我已经有些困倦。

“那件事还在调查，是不是？”母亲的声音突然提高了一些，“你是妈妈的好孩子，你可不许说谎，事情到底是怎么样的，你一定一五一十地跟我讲清楚！”母亲瞪着一双觳觫的眼睛，上下牙齿碰得直响。

十

“……那天，我和谌思来到兴甘河。那里正在修筑水库。我们俩一起来到工地上……”我非常不耐烦地重复说起那天的事。

“你们去那干什么？”

“不干什么。玩。还想看看大坝，听人们说大坝就建在那些低矮的人面石上。”

妈妈叹口气。“谌思知不知道他爸爸反对建这座水库？”妈妈问完之后没等我回答，“算了，你接着说。”

“我们是顺着铁路走的。走到马蹄岭的时候，天色渐渐暗了。谌思的肚子疼，他说让我在路边等他，他跑进了草丛。我就坐在一块石头上等他……”我把我重复过不下三十次的经过又重复了一遍。

妈妈仔细地听完我的讲述，说：“没问题啊。”

“你怀疑谌思……”

“没，没有。是，是别人怀疑他。”

“谌思为了国家和人民的财产，自己都瘸了，要是作假……”

“是啊，要是作假，这代价也太大了。”妈妈若有所思，“这几天，大院里有不少人怀疑谌思……风是从外面传来的。”妈妈摸了摸我的头，“要是你知道什么，要是你发现了什么，可别总顾着情谊……说话做事，得先掂量掂量。”

我说：“妈妈你放心吧。我没说谎，我不添什么也不减什么，我问心无愧。”

妈妈直起身子，说：“睡吧。”她慢慢走到门口，一副魂不守舍的样子——她碰到了站在门外的爸爸。“吓死我啦！你这是干吗？”

我爸爸没有理她，而是径直向我询问：“谌思的视力有问题，是近视眼对不对？”

我突然，感到一阵莫名的恐惧和紧张。

“你再给我讲一遍。”

那种莫名的恐惧和紧张越来越重。它压在我的身上，压在我的心上，让我喘不过气来，让我感觉自己仿佛站在一个悬崖的边上，四处是黑暗和忽忽的风声。我的心，都要跳出来了——站在门口的妈妈突然低低地哭了，哭得那么伤心，那么绝望：“你们闯下大祸了，这可是天大的祸啊！”

“不！没有，我什么也没干。”我吓得边哭边喊，想用喊声驱散内心的恐惧。

十一

“谌思的视力有问题，他是近视眼，是不是？”

我知道我会再次回答这个问题，可慌乱让我……“不是。不不，我不知道。”

“你们总是一起玩，你会不知道？”“矮黑胖”露出一副凶狠的表情，像审犯人一样，“如果你说谎，一经查明，将会是什么后果？你应当清楚！”

他凶狠的表情反而让我平静了下来，我说：“我真不知道，我没说谎。我从来没见过谌思戴眼镜。不戴眼镜，谁知道他是不是近视。”

“好，看你嘴硬。”“矮黑胖”打开自己的本：“那天，火车到马蹄岭的时间是傍晚六点五十二分，据司机说天色已经暗了。”他重新盯着我的脸：“昨天，我和几个同志在六点多又去了马蹄岭。有两个同志的视力都在一点五左右。我把石头摆在铁轨上，让他们站在你们的位置，视力那么好的人，都没办法看清上面的石头！它充分说明，整个事件完全是有预谋的！”

“不是的。”我努力让自己强硬，“叔叔，我没有预谋，我和谌思绝对没有提前商量过……我和他去，是他叫我的，我也没想到铁轨上有石头，我也没想到谌思会那么奋不顾身……”

“你告诉我，你当时，真的看见石头了？是在多远的距离？”

“真的看见了。距离多远……好像三十多米，大概不到四十米。”

“你看出它是石头来了？”

“我当时没有反应过来。不过，我是真的看见了。”我暗暗地咬着自己的牙，“我可以向毛主席保证。”说完这句话，我的泪水一下子涌出来。专案组抓住能否看清铁轨上的石头这个关键，连哄带吓地反复审问我，我死死咬住，我看见了。说实在的，我并没有撒谎。当时谌思发现石头的时候，我确实没看见。可是跟着谌思跑了一段后，我真的看见了。这里有个时间差。

“谌思的身手挺好啊。有人看见，他在大院里曾经搬石头跑步，你是不是看到过？”

见我不回答，那个“矮黑胖”骤然阴下脸，说：“快说！搬石头跑步，他根本就是在练习。对不对？”

“我……”我摇着头，恐惧像巨石压在我的心上，让我喘不上气来。就在我即将彻底崩溃的时候，屋子里进来几个人，其中有黄毛，有许记者。黄毛俯在“矮黑胖”的耳边说了几句，然后走了出去。矮个子有些悻悻地站起身子：“先到这里吧。我们走。”

他，和他们，把我剩在了屋里。我突然感觉有些凉，在我后背，鞋子里，淌出不少湿漉漉的汗，经风一吹，它们竟然……

谌思确是近视，不过，当时我并不是十分清楚，大院里一起玩的孩子也不十分清楚。我能记起的，是上课的时候，谌思总爱伸着脖子，眯着眼睛——我不能以这副表情来判断他就是近视，所以不能算是说谎。不过，我的确看到过他在大院里抱着石头跑步，不，是冲刺，扑向石头，然后抱起——妈妈说，这事千万不要说出去，谁问都不能说。妈妈之所以这么说，我想除了为谌思，也还为了我。她怕我被牵连进去，说不清楚。

后来，这件事的调查不了了之。有人说，主要是黄毛起了作用，他在鲍司令那里颇占位置。多年之后，“文革”结束，我大学毕业回来，进了报社，遇到许记者（他还是记者，直到退休），谈起当年的事，他说，也不是一个人的作用。典型已经树起来了，如果把它毁掉，无疑是自己打自己的嘴。所以就大事化小，小事化了。不过，从那之后，谌思被抛到一边，就像用完的破抹布，随手一扔。是的，没错，谌思几乎被人们遗忘了，他不再去讲用，不再上主席台了，天天和我待在一起。不过，我们在一起玩的时候再也没有提过火车、铁轨、人面石——我们心照不宣，我们努力回避着有关的话题，仿佛那个日子是一个黑洞，仿佛那个事件是一个黑洞，如果靠近它，就可能被它吸走，再也不能回来。

作者简介

苗艺，男，中国作家协会会员，河北省作家协会理事，河北省作家协会小说艺术委员会副主任，秦皇岛市开发区作家协会主席。自1982年开始，先后在《小说选刊》《十月》《中国作家》《青年文学》《河北文学》《长城》《山花》《时代文学》《山东文学》《天津文学》等刊物发表小说、散文等文学作品。其中小说《逃亡》获河北省2008年度优秀作品奖（十佳作品奖）；小说《人面石》被《小说选刊》选载，同年又入选人民文学出版社的《21世纪年度小说选》；小说《别人的生活》被《读者》杂志选载。中短篇小说集《赤足踏过冰冷的溪流》入选“河北作家丛书”。获得秦皇岛市第二届“德艺双馨”艺术家称号。

戊戌本命年

壁　如

一

本命年不好过，这个戊戌年的本命年尤其不好过。还没进腊月，黄元雷就对即将来临的第四个本命年本能地抗拒。

父亲病危的通知下达了两日。前一周，父亲已经说不出话来，只是流泪，喉咙里发出“吼吼”的声音，不输液的胳膊毫无章法地比划着。妻子拿过纸笔给父亲，但父亲写出来的字却像梵文，谁都不认识。黄元雷想跟父亲说点高兴的事，可得到的回应除了眼泪，就是混合着愤怒和烦躁的比划。

三天前研发部终于给黄元雷吃了一颗定心丸，他一力主导研发的单晶电子芯片取得了突破，开始进入跑流量测试的关键阶段。

黄元雷按捺住内心的兴奋，尽量不动声色地交代妻子：“把账上全部资金，都拨给研发部。”

“可是，还有几天就要开工资了。”

“发往美国的那批货很快就到岸了，用不了几天信用证汇款就到银行，耽误不了开工资。”

“可是，按照排期，加拿大那批零配件采购的订单需要确认，也需要用钱。”

“从生产那边挤挤吧，还有准备给郝顺利的那笔钱可以先借用一下。”黄元雷说完觉得不妥，又补充一句：“实在不行可以用订单抵押贷款。”

“可是……”

“就照我说的做，天塌下来有我顶着。”

本以为父亲已经听不懂他们的对话，但自从那日，父亲竟反常地安静下来，自此一门心思地睡着。

黄元雷望着覆盖在被单下面，小得不像话的父亲，总忍不住要掀开来看看。他怀疑床板是不是塌陷下去，隐藏了父亲魁梧的骨架。

手机铃声突兀地响起。黄元雷下意识地挂断电话，想安静地陪父亲走完最后一程。

像是在跟他作对，妻子的电话也嚣张地响起来。

黄元雷不由自主地瞪了妻子一眼。妻子站起身，匆匆地走出病房。

凌晨的电话总有不祥的预兆，这让黄元雷心烦意乱。他觉得需要抓住点什么，让自己稳定下来。但父亲的手既不温暖，又不宽厚，跟他小时候的记忆大相径庭。

这时，妻子叩门，急切地冲他招手。

“黄总，不好了，有人要跳楼！在公司的办公楼顶上。”电话里一个急切的声音。

“是谁，怎么回事？”黄元雷的脑子“嗡”的一声。

“具体我也不知道，已经报警了。”黄元雷挂上电话，看了看病房里昏睡的父亲，对母亲挤出一个比哭还难看的笑来。

黄元雷在父亲床前跪下，磕了三个头。然后，又跪着移动到母亲身前，哽咽着说：“妈，孩儿不孝！”

母亲流着泪转过头去，无力地冲他摆摆手。

黄元雷猛地起身冲出了医院。

再慢一点，恐怕就没了这份勇气。

一周前，也是在医院，也是一个电话，逼得他这样飞奔回来，然而一切都于事无补。他眼看着郝顺利流着像鼻涕一样浑浊的眼泪被警察带走。

那天，郝顺利开着小翻斗拖拉机去转运站倒垃圾，出公司不远就看见从外面办事回来的弟媳妇。据郝顺利说弟媳是为了搭一段车，爬上了小翻斗。郝顺利的翻斗上从来没有载过人，载的都是不会说话的垃圾，到转运站，一个按钮，全都翻进坑里。直到开回公司，才捶胸顿足地想起弟媳。寒冬腊月的，挖出来时，尸体都硬了。

谁也无法证明是谋杀，谁也不敢保证是意外。娘家人堵在公司门口索要赔偿，哭得比窦娥还冤。

黄元雷了解到，郝顺利既没有杀人动机，也没有杀人预谋，纯粹就是场意外事故。但娘家人死活不干，威胁着要去上访。开发区公安局的领导说，这是个活扣，有钱就能解开。

郝顺利的媳妇在公司流水线上工作，已经跑到黄元雷跟前哭过几次。按说，郝顺利是在工作期间出的事故，公司应该负责的。但他违反劳动纪律在先，私自载人，所以公司到底负多大责任，还值得商榷。

最关键的是，黄元雷此刻也没钱，他只能拖着，并等待转机。

腊月的黎明，晨曦冷得躲进暗灰里不肯露头。黄元雷停下车，钥匙都顾不上拔，一头扑进办公大楼。电梯到了八层，门一打开，他一个箭步冲出来，三步两步就跃上了楼顶的天台，紧张地拉开天台大门。

迎着寒风，天台上一个包裹着棉大衣的瘦小身躯，在死亡的诱惑下瑟瑟发抖。

黄元雷喉咙发干，两眼发直。他谨慎地挪移，慢慢地伸出手去，猛地一把抓住棉大衣的后襟，顺势一滚将那人搂在怀里。却是郝顺利的媳妇。

俩人像堆稀泥瘫在天台上。他们喘息个不停，都像是用尽了力气。

“没有钱，我只能把命还给她了。”郝顺利的媳妇嘤嘤地哭诉。

消防车和救护车的声音由远及近，混合着女人的颤抖和啜泣，在黄元雷身上产生奇妙的效力，他的意识竟渐渐模糊起来。

直到被人从地面上拉起来，黄元雷才意识到，这不是个睡觉的场合，尽管自己已经两天没合眼了。他起身，顺势拉起郝顺利的媳妇。

“你要相信郝顺利，也要相信政府，事情总会有转机。”黄元雷的安抚并没有击退这个女人身上的绝望和恐惧，她依旧止不住地哭泣。

“放心吧，我会帮你想办法的。”最后这句颇具英雄气概的话起到了作用，女人像被这句话卸了全身的力气，扑通一声跪下去，伏在黄元雷的脚边号啕大哭。黄元雷知道，这哭声充满了委屈，也充满了希望。

一个人，还能哭出来，就还有救。

黄元雷在此刻却欲哭无泪。

就在他心急如焚地赶往公司的时候，接到一个要命的越洋电话。已经到港的那批美国订单，通关手续被要求延期两个月，原因是美国准备提高同类产品的关税。这个电话，将黄元雷推入无米之炊的窘境。因此在女人面前做出承诺的时候，他感到头重脚轻，恨不得一头从楼顶栽下去。如果今天有一个人必须死，他倒情愿是他自己。

但父亲似乎洞察了他的内心。他刚从天台下来，就接到妻子的电话。父亲走得很安详。黄元雷躲进车里，任眼泪肆意流淌。他不得不承认，这竟然是今天唯一令人欣慰的消息。

二

处理完父亲的后事，黄元雷带着母亲和妻子搬出别墅。不久这座别墅将会被冠上新的姓氏。

别墅是黄元雷回国那年和老王一起买的。当时老王指着一片玉米地说，就在这里，马上要规划建设森林体育公园，环境错不了。黄元雷看着周边扬尘的黄泥路不置可否。刚从加州回来，圣克拉拉满目的绿色还没来得及从脑海中退去，他知道，那些经验并不适合这里。但他凭借着对老王的信赖，还是买下了这栋别墅。随着国内楼市的飞扬，只几年的工夫，它就翻着跟头上涨了好几倍。

别墅外围铁艺围栏的黑漆早已失去油亮的光泽，脱落的地方暴露出被锈蚀的砖红色齑粉。院子里那些连鹅卵石小路都霸占的纵横荆条，似乎在向他宣誓房屋的主权。父亲一病倒，这才多长时间，竟然荒凉成这样。

二楼平台上的壁灯，破碎得只留一个支在墙壁上的铁艺脚架。廊檐下的燕子窝也受到殃及，只有一角泥。除了曾经的主人，谁都会以为那是糊在墙上的一摊鸟屎。今年的燕子若不是没有回来，便是换了人家。燕子是吉鸟。如此看来，卖房也是天意。

把房子卖了，黄元雷的全部身家就剩下这辆车。若妻子执意离婚，这车也不是他的了。

断断续续地，妻子提过几次离婚，不是很坚决。

异国他乡的留学经历让他们走到一起。毕业后黄元雷直接进了英特尔的硅谷中心。妻子是有机会去华尔街的，但考虑到距离，还是选择留在旧金山的摩根士丹利。

婚后一直没有孩子，这是他俩的心病。他们小心翼翼地避免碰触这个话题。

不知不觉，除了工作，竟似乎没了话。

跟回国时的意气风发相比，黄元雷现在可算是沉到谷底。若妻子真的要离，黄元雷觉得，对俩人倒是一种解脱。

买别墅是老王的主意，他说："别墅是稀缺资源，所有的稀缺资源都值得争取。"

被老王说中了。当银行拒绝黄元雷的贷款请求后，他发现，只有这个别墅，可以变成现金，兑付工资，并且救命。冥冥之中，他感到老王依旧在身旁，默默地扶持着自己。

跟生命相比，对过去和婚姻的惋惜只能化作一个小小的叹号，在黄元雷的脑中冒个泡泡，还没听见声响就破了。

黄元雷叹口气。其实，如今的困境是要怪老王的。

没有老王，他应该还在英特尔研发中心喝着咖啡，赚着美元。

老王曾经是这个城市的传说。当年离职引发的轰动，直到黄元雷回国后还有耳闻。与黄元雷合作前，老王创办过两个盈利企业。特别是与化工大学的吴教授合作创办了填补国内空白的固色印染公司，成为港城第一家上市的民营企业。但那个时候老王却没能享受这份荣光，他大包大揽，替团队顶了管理漏洞的包。赶上严打，在监狱里改造了五年。

在这件事上，黄元雷和父亲相当佩服老王的担当。"要是在部队，小王至少能当个师长。"师长是父亲见过的最高首长，这也是父亲对一个人的最高评价。黄元雷没见过师长，但他读过很多人物传记，知道老王的确是个人物。

因此，后来老王通过父亲邀请黄元雷回国创业，就变得顺理成章了。在美国加州那家著名的车库咖啡吧里，他问老王为什么要替吴教授顶罪。"他懂技术，保住了他就保住了企业，就保住了中国人的发言权。"老王不假思索地说，搅拌咖啡的手没有一丝停顿。

黄元雷的心猛地一颤，他透过厚厚的眼镜片望向老王。老王拍拍自己的光头，不好意思地笑了笑："等你到我这个年龄就懂了，挣钱其实没那么重要。"

黄元雷苦笑一下，怎么会不重要。如今回忆起来，创业初期的日子最顺利。他只管研发，剩下的都交给老王。老王说："做企业就像打仗，指挥部必须是咱们自己的，不能让人牵着鼻子。"老王仍是拍拍光头，好像他的智慧都出自那里。他们生产的智能穿戴产品的核心元器件，就是单晶电子芯片，当时只能依赖进口。为了公司长远发展，他俩谁都不提分红，所有的利润都投入到芯片的研发创新上。

黄元雷把车开得很慢，幻想着这条驶离别墅的路可以无限延长。从小区南门出来，驶上一条贯穿东西的大道——长江路。开车顺着长江路向西就上了创业大街，沿创业大街向北转到下一个路口，就上了黄河路。夹在“长江”与“黄河”之间，老王总戏称他们这个小区为“中原崛起”。

这个“中原崛起”好像也是姓王。自从老王走后，黄元雷把生产和生活都弄得一塌糊涂。为了几百万，居然混到连住处都没着落的地步。

远远地看见公司门口人头攒动。黄元雷按了按喇叭。

有人扭头看见他的车，大喊一声，人群呼啦一下把车围在中央。黄元雷向外张望，一个白色条幅上的血书赫然映入眼帘——“还我血汗钱！”

妻子戳了黄元雷一下，说：“看右边，那个戴口罩的。”顺着妻子的目光望过去，是王嫂。王嫂身旁是她家的几个兄弟，正卖力地挥舞着拳头。

黄元雷想要下车，被母亲一把拦住：“不行啊，大雷子，你可不能出危险啊。”母亲的声音里透着哭腔。

“没事，妈。都是我的工人，出不了大事。”

黄元雷一只脚刚踏到地上，裤腿就被人抱住了。郝顺利的媳妇跪在地上，声泪俱下：“黄总，活不成了，真的活不成了！”活不成的又岂止是她。自从老王走后，黄元雷觉得自己一直就在崩溃的边缘。

三

老王走得意外，半年前突发性心梗，没有一句遗言。而就在头一天，他们还在一起商量启动股份制改革的方案，没想到方案刚刚拟定，老王就撒手了。

工厂前进的势头，被踩了个急刹车。

面对几度哭晕过去的王嫂，黄元雷觉得喉咙里一股腥甜的热血几欲喷薄而出。

他坚持老王的方向，推进股份制改革。没想到，第一个出来反对的竟是父亲。父亲还没从挚友离世的打击中回过神来，叹息黄元雷不厚道。接着老王的大舅哥火速加入反对阵营，说老王尸骨未寒，你就想着侵吞财产，真是其心可诛。王嫂就更不用说了，逢人就哭，直把黄元雷说成恩将仇报、狼子野心的小人。

几顶突如其来的大帽子，把黄元雷一贯沉稳的海归风度打得狼狈不堪。他才意识到，他，正捧着一个烫手的山芋。

妻子也笑话他情商低，问他："你还记得吴教授吗？在王嫂眼里，你和他是一样的。"

一语惊醒梦中人。自己和吴教授一样都是技术入股，老王才是企业的实际出资人。而吴教授留给老王家人的记忆简直不堪一提。

那年老王出狱后，见过吴教授。吴教授自然今非昔比，把酒言欢后，老王的账上默默多了五百万元，好巧不巧刚好是当年的投资额。

有意思的是，后来吴教授和几位副总因为股权不清，官司打得头破血流。他们几个分别回来讨好老王这个实际投资人，想让老王证明他们的股权。"这就叫报应！"王嫂说这句话时顺带吐了一口痰的样子，黄元雷还记忆犹新。

由于吴教授的前车之鉴，老王在架构公司时，还是存了私心的，重要岗位用的都是亲戚熟人。就连黄元雷的妻子，也在老王的再三邀请下，担任了公司的财务总监。但后来公司的快速发展，越来越受到这种家族化的制约，所以老王才下决心要实行股份制。这件事，动的都是利益，即便老王还在，都未必能顺利进行，何况是他黄元雷单枪匹马。

黄元雷终于想明白了。技术入股的自己，在老王猝然离世之际，大搞股份制改革，对老王的家人来说，怎么看都是在侵吞他们的财产，实在太不合适。

可是，黄元雷的偃旗息鼓，并没有换来老工全家的谅解。他们仍旧在公司内外散布谣言，闹得人心惶惶。

黄元雷知道，老王家人的态度，是逼他走人。

失眠大概就是从那时开始的。黄元雷的目标在远方，为自己，也为老王，他一步都不想后退。因此，他铆足全部力量，投入到芯片的研发上。

妻子很少发表意见，但这次反对得特别坚决。她说："我们是回来跟老王合作的，现在老王不在了，人家不想跟你合作了，你一个人怎么坚持？我们不是在搞乌托邦。我知道，你有情有义，你要实现老王的理想，可是你们的这些遥不可及的理想，只能把我们全家送上四面楚歌的绝路。"

他想反驳，却一句话也说不出来。

“如果你非要一意孤行，也行，咱俩离婚！我必须要为未来打算，不能让全家为你的幼稚买单！”

这是妻子第一次提到离婚，俩人一下子都愣住了。

女人总是对的，特别是妻子。毕竟是斯坦福商学院的高材生，在那时提出的退出，现在看来就像是股票的抛售，果然选择在了高点。可惜黄元雷的执迷不悟，生生把一支绩优股攥成了跌破发行价的垃圾股。

王嫂在工厂门口摆了这么大的阵仗，带来的不仅有罢工的工人，还有法院的传票。她状告黄元雷涉嫌欺诈和侵吞公司资产高达一个亿。

黄元雷抓着传票，觉得眼前的人影越发模糊，耳边的哭声喊声也都在远去。不知被谁搡了一下，他竟两眼一黑，直直地栽倒下去。

幸亏妻子报了警，黄元雷才得以体面地住进医院。

黄元雷再次睁开眼睛，好一会儿才明白自己在哪儿。闻着熟悉的味道，他突然想起父亲。一想到父亲，他就泪流不止。医院本来就是容纳眼泪的地方。

妻子被他的眼泪弄得手足无措。结婚以来大大小小的风波也算见过不少，黄元雷性格里的脆弱，这些年一直包裹在儒雅和睿智的外衣下，倒被遗忘了。恋爱时，妻子利用黄元雷的弱点，使小性子，嚣张跋扈地欺负他的那些镜头，突然又被拉回到眼前。“好了，没有过不去的火焰山。我一个女流之辈还没哭呢，你倒哭上了。”妻子转过头，看似不经意地抹了下眼角。

病房的门被人犹疑地推开。郝顺利拎一袋水果走进来，后面跟着他媳妇。

这俩人拘谨地站在门边，他媳妇怯怯地解释着，自己是听信了谣言，说黄总卖了房子准备卷款逃到国外，才跟着他们去闹的。

黄元雷断断续续地听明白了，在他晕倒的时候，妻子当机立断，把卖别墅的钱先发了工资，又落实了给郝家弟媳的抚恤金，总算平息了事态。

女人说得磕巴，郝顺利在旁边不住地哈腰，谦卑地对黄元雷说：“黄总，这次我俩给公司闯了大祸，我们对不起您。以后我们一定好好工作，报答您的大恩。”郝顺利媳妇哭着点头，眼泪洒了一地。

黄元雷想，不同的人有不同的坎，有人为几十万就能去跳楼，也有人只把一个亿当成是小目标。

而他，正在为别人的小目标而整夜整夜地睡不着。一个亿，就像一座巨大的火山，压在黄元雷心头，让他喘息不得。

早知如此，应该跟妻子离婚的，让她好好地住在别墅里，不为生活所困。

现在离婚也不晚，黄元雷想，至少可以让妻子远离债务。

天明，他颤抖着把折腾了一整夜的离婚协议递给妻子。妻子看都不看，推还给他，“现在想离婚，晚了。等你把别墅挣回来再说。”

黄元雷望着妻子，忽然鼻子一酸。妻子这霸道的样子，又回来了。黄元雷觉得自己突然找回了失去的勇气，就像年轻的时候一样。

四

妻子说得对，没有过不去的火焰山。

黄元雷找到本市最擅长打产权官司的律师事务所。没想到，在律师眼里，王嫂的诉讼是站不住脚的。一方面因为企业章程里规定了黄元雷的股权比例，并且双方都签字认可。另一方面，黄元雷作为技术入股方，拥有大量的知识产权，并且新近研发的芯片也具备相当的市场价值。这足以支撑他的股权，不会构成产权欺诈。“总之，”律师从厚厚的案卷资料中抬起头来，不无骄傲地说，“这个官司铁定能赢。”

虽然律师的定心丸，让黄元雷觉得可以稍稍喘息得顺畅些。但打赢这场一个亿官司的诉讼费和律师费却实在让他求告无门。就算诉讼费由败诉方承担，那律师费呢？按照一个亿的百分之一收取就是一百万啊。

黄元雷仍旧心事重重，患得患失。

白天的喧嚣让人头疼，可夜晚的安静竟也有意作对。黄元雷躺在新租的住所，翻来覆去睡不着，四周安静得甚至连自己长吁的回声都听得一清二楚。就像枕旁有一个张着血盆大口的怪兽，在耳边呼呼地喷气。漫不经心，却又持之以恒。

“欲壑难填。”

黄元雷使劲拨棱一下脑袋，拽过枕头，狠狠压在头上。

“钱，就是个王八蛋。”黄元雷再次咒骂。没有钱，连睡觉都是奢侈。

这种每晚跟枕头较劲的日子持续了一周，黄元雷突然接到法院通知。大概王嫂也自知胜算不大，主动撤诉了。

拿着法院的通知，黄元雷反复看了两遍。“也许今晚可以睡得像个人样了。”

他把没钱的困顿暂时抛在脑后，深深地吐出一口长气。

可是王嫂却没有善罢甘休。撤诉的消息还没来得及被黄元雷好好消化，王嫂又像打了鸡血一样卷土重来了。

这次王嫂亲自上门。妻子狐疑地把王嫂让进来，跟黄元雷使了个小心的眼色。

王嫂也不坐。“我知道你们不欢迎我，那也没办法，亲兄弟还得明算账。老王他没良心，一句话没有就走了，给我留下一大摊糊涂账。”王嫂说着，眼圈也泛了红。“我一个寡妇也顾不上那么多，就想着我们娘儿仨得活下去。”

黄元雷和妻子面面相觑，不知王嫂葫芦里卖的什么药，谁也不敢搭话。王嫂看看他们，自顾自说下去：“这么说吧，老王这些年把钱都投在公司上，啥也没留下。这个伤心地，我们娘儿仨也不想继续掺和了，这么着，股份我也不要了，你都买了去吧。”

王嫂掏出一份会计师事务所出具的《评估报告》，要求黄元雷按公司的市场估值赎买。妻子接过报告，迅速翻到评估总价值的地方，悄悄指给黄元雷看。又是一个亿，黄元雷倒抽一口冷气。

王嫂是铁了心地要分家。事情闹到这个地步，黄元雷知道，合作确实没法继续下去。

“你们合计合计吧，要不是看你王哥的面子，这股份我可卖给别人了。”王嫂留下这句威胁，拍屁股走人了。

问题似乎又回到原点。黄元雷知道，钱仍旧是那个王八蛋。没有钱，还是不行。

妻子毕竟科班出身，她帮黄元雷算了账，工厂的土地和厂房大概值两千万，设备和产品大概一千万。最后妻子给出的结论是：“考虑到市场占有率和发展空间，估值在六千万左右比较合理。”

黄元雷的嘴角开始冒泡。他顾不得形象，几次尝试去找王嫂谈判。王嫂根本连门都没让他进，只说这件事已经全权委托律师处理，有什么事跟律师去谈。

黄元雷心里清楚，哪怕王嫂真能认可这六千万，对他来说也是天文数字。吃了几次闭门羹，黄元雷垂头丧气地确认，这条路行不通了。

造化就是弄人。黄元雷还记得芯片研发的过程中，每一个突破都会带来巨大的幸福。回到家里，他按捺不住的激动，总被妻子诟病为幼稚。本以为芯片研发成功，会帮企业打一个漂亮的翻身仗，现在看来才是真的可笑。

黄元雷继续失眠，头发大把大把地脱落。

“别争了，就一个亿。我们认了。”

“你疯了吗？”黄元雷不可置信，觉得妻子一定是昏了头。

妻子看着一筹莫展的黄元雷，她知道不管未来如何，眼前这个坎，她必须帮黄元雷渡过去。

“我们企业的价值更多地表现在无形资产上了，这个无形资产的估值谁也说不好。但你作为科研人员应该最了解它所能产生的价值，对吧。”

黄元雷紧锁着眉，摇摇头：“有什么用，问题仍然是没有钱。”

妻子循循善诱道：“咱们没有钱，这是事实，但抱着金饭碗还怕要不到饭吗？”见黄元雷的眉头松了些，妻子继续说：“我们先把态度亮出来，有了这个态度，王嫂为了拿到钱，就不会再从中作梗，这样我们才有机会吸引投资。”

果然，妻子的态度大大超出了王嫂的意料，因此在谈判桌上，王嫂显得比黄元雷还迷惑，望着妻子，竟不知道该说什么。

妻子跟黄元雷一合计，干脆一鼓作气，又抛出“五年分期赎回”的方案，竟然出乎意料地被通过了。黄元雷和妻子尽量不动声色，只在谈判桌下用脚悄悄击掌。这个化整为零的方案为他们争取到了时间。

他们把厂房、土地等固定资产全部抵押贷款，并且利用一切关系和机会，联系了几个有实力的投资人共同出资。终于支付了王嫂第一年的费用后，他们望着账面上个位数的余额，欲哭无泪。

妻子安慰他：“好在年前的账都结了，甭管什么事，都等过了年再说。”

在年前的企业联谊会上，几家上下游关系的企业老板纷纷跟黄元雷诉苦。说戊戌年果然是多事之秋，美国那边启动的一轮又一轮知识产权调查，导致他们很多关键零部件无法进口，其中也包括黄元雷新近研发的单晶数字芯片。得知黄元雷已经研发成功后，他们突然就把黄元雷围在中间，“黄总你太鬼头了，我们是扛枪打仗，你是闷头造炮啊！”“明年的订单都给你！为这开门红，你必须得把酒喝了！”“这才叫科技就是生产力啊，来来来，干了！”不善饮酒的黄元雷，喝得酩酊大醉。

他踉跄着回家，抱住妻子，迷迷糊糊笑着说：“等我有了钱，咱们还买别墅。”妻子把他扶上床，脱鞋的时候，听他嘟囔着：“然后咱们再离婚，你就可以一直住别墅了。”妻子扑哧一声，笑了。正在掖被的手上，却滴落了几滴泪。

除夕放假前，郝顺利给黄元雷抱来一只刚出生的小黄狗，祝黄老板狗年旺旺。小狗蜷在黄元雷的手掌上瑟瑟发抖，潭水一样清澈的小黑眼睛定定地望着他。黄元雷心口郁结已久的沉重突然就软化了许多。他拉开羽绒服，小心翼翼地把小狗兜在胸口。

妻子最喜欢小狗，他觉得这份礼物来得正是时候。

小狗趴在黄元雷的手上，伸出粉嫩的小舌头把他的手指挨个舔了个遍。它看看黄元雷，又看看妻子，吱吱地叫着，像个孩子。

黄元雷看得出妻子的眼中盛满了欣喜，却克制着没有靠过来。

妻子搓了搓手，很为难地说：“怎么办，我们好像暂时不能收留它。”

戊戌年的除夕夜，在黄元雷的记忆里变得一片模糊。所有认识他的人，整整一年都在拿他那晚的语无伦次打趣。就连王嫂也不无得意地到处宣扬，之前介绍给他们的那个老中医果然厉害。

黄元雷只记得在没有丧失记忆之前，听到的最后一句话是“因为我们刚刚有了自己的宝宝”。

作者简介

璧如，20世纪70年代生人，河北省作家协会会员，河北省文学院第十二、十三届签约作家，秦皇岛市开发区小说艺术委员会主任。主要创作短篇小说、报告文学和诗歌，陆续发表在《长城》《长江文艺》《天津文学》《河北作家》《开发区文学》等刊物上。

冻　海

叶　勐

一

县志里写着，嘉靖六年，大寒，冰沿着城墙根子冻了有一百来米宽，曲里拐弯地一直伸到关外。关外的异族水性不行，每次冲关都是从山上破个口子，干点坏事赶紧又跑回去，他们做梦也没想过有朝一日还能体面地踏海而至。守军也没想到，所以海边的这道关是最闲的，尤其是到了冬天，不赌两把都不知道怎么打发时间。海冻得特别结实，异族最精锐的骑兵走在上边，就像擂着战鼓，咚咚咚，咚咚咚。他们走到前哨，守军还以为看花眼了呢，等哨兵回过神来，快马到城里报信，城里的牌局正打得火热呢。

守军宁可相信哨兵睡昏了头，也不相信异族会踩着冰面过来，他们不耐烦地站在城头，都已经能听见战鼓声了。派出去的快马又回来了，说大雪封山，进不来也出不去。情急之下，府管事只好带领大家在海神庙高搭祭台，求海神爷能给条生路，不一样的是，以往都是求个风平浪静，这回却恨不得巨浪滔天。求了半天没动静，异族的战鼓声却越来越近了，有人沉不住气沿着冰面往南跑，不一会又回来了，两条腿能跑到哪儿去呢？

兵临城下，城里乱作一团。眼看着异族的铁骑列队就要冲过来了，管事仰首苍天，赋绝命诗一首，此公后来有诗收于方志，绝命之诗在列其中，的确是写得慷慨激昂、壮怀激烈。不过，这首诗也没派上什么用场，因为冲在最前面的那名骑兵，在冲刺的最后阶段，腾空跃起，却扑通一声，消失不见了。紧接着，整个海面开始松动，城头上的人愣了半天才爆发出一阵欢呼。在欢呼声中，咬着牙冲上岸的骑手被射死在沙滩上了，幸存的一退再退，站在浮冰之上，他们望着远方，归乡路迢迢，漂着漂着就不见了。

二

从三日开始一直是低温天气，冷空气带来降雪和寒潮，而后又不断有弱冷空气补充进来，造成持续低温。同时，地面积雪的融化带走部分热量，造成了夜间气温不断下降。六日凌晨，气温已经下降到零下二十六摄氏度，这是岛上有气象记录以来的历史最低值。低温天气使海水冰层厚度达到了一米，海浪也被凝固在岸边，成了一道高达两米的冰墙。一篇叫《冻海奇观》的文章 100000+ 以来，不少人冒着严寒跑到海边，年轻人手拉手在海面上行走，摄影发烧友们举着各种长枪短炮，网红和媒体都忙着直播。有个渔民在直播里说："打鱼二十年了都没见过冻海。"后头的老汉说："滚犊子，打鱼四十年的都没见过。"

电视台请来做节目的齐馆长说："四十年没见过冻海也是正常的，照这么算，这回冻海跟上次隔了好几百年呢。"

齐馆长来到了海神庙，在海神庙旁边，有个陈列馆，馆里头有几块石碑，上头记载了几百年前的那场战事。遗憾的是陈列馆没开门，大家有点失望，齐馆长索性就在门口讲起了故事。

故事好听，围了好多人，人们一边听着，一边四处寻找当年的那座海城，可惜，海城已经消失了。齐馆长指着海景楼告诉大家，那就是海城原址。人们这才发现，海景楼里有好多人站在窗口往下看，大家忽然间就沉默了，过了好一会，主持人才想到了一句结语，她说："我恍惚觉得海城并没有消失，它只是换了一种形式存在着。"

齐馆长听了也很激动，当场吟诗一句："万里长城今犹在，不见当年秦始皇。"

当你凝望着高楼的时候，高楼也在凝望着你。在海景楼的某一扇落地窗前，老黄正在打包个人物品，他看见了下面的老朋友老齐，他当然知道老齐又在讲异族的故事了。老黄从花瓶里抽出一轴画卷，慢慢打开，按在玻璃幕墙上，那正是陈列馆中石碑的拓片，画卷里的冻海与现实中的冻海合为一体，此刻冰面上的人们正跨过画卷中异族士兵的尸体，在纸面上移动，时隔五个世纪的两个时空，就这样交汇在了一起。老黄沿着拓片中冻海的方向一路向南看去，他忽然在拓片中发现了什么，他仔细辨认了一番，那些墨迹居然如同一匹匹奔跑着的烈马，那么，有没有这种可能呢？异族并没有像传说中的那样全军覆没，而是像拓片中这样沿着冰面一路向南。老黄想，如果有一匹马的话，也许他现在就能沿着冰面一路到达南面的小港口，那就是他要去的地方。

老黄回到小区是下午两点，他从没这个时候回过家，他走出电梯，看见正对着的自家大门，一时还有点紧张，就像个犯了错误被提前赶出课堂的学生。老黄犹豫之际，电梯门关上了，在一梯一户的楼道里，更显得没有退路，老黄怯生生地伸出手指头，按在了指纹锁上，门“啪”的一声开了。老黄缩头缩脑地走进门，还好，吴小英这个时候是不会在家的，自从儿子上大学了，他俩一个礼拜能见两回面就算多的了。下午两点，阳光充足，但是老黄没心情，他随手把拓片插进掸瓶里，在沙发上坐下，这个时候，他不知道该干点什么。

沙发上有本书，老黄一翻，就到了《鹅笼书生》。《鹅笼书生》讲的是一个人背着鹅笼走山路，碰上个崴脚的书生，这个书生是个精怪，把身体缩小了跑到鹅笼里。休息的时候，书生从嘴里吐出来一个女人陪他，可是这个女人不喜欢书生，趁他午睡，躲在屏风后面又吐出来一个男人。可是这个男人也不喜欢那个女人，趁书生唤她到屏风里，又从嘴里吐出个女人。歇过晌，书生说，我们赶路吧。屏风外边的男人赶紧吞掉女人，女人赶紧跑出来吞掉那个男人，一级一级就像俄罗斯套娃，最后鹅笼里还是书生一个人。这些都被背鹅笼的人看见了，他乐了，但是装作什么也没看到，就背起鹅笼和书生，继续赶路了。

老黄也乐了，翻过来看看封皮，又接着看，看着看着，他就睡着了。老黄做了个梦，他梦见自己在沙发上睡觉，他从来没睡过下午觉，这觉睡得可真香呀，他在梦里对自己说。睡着睡着，屋里来了个女的，老黄不认识她，那个女的好像也不认识老黄。女的站了会，就悄悄朝他走过来，手里还拿着根棍子。老黄一惊，就醒了。他看见眼前真有个女的。

老黄有点懵，他舔舔嘴唇，好像这女的是他吐出来的。

“你是谁？”老黄差不多是在喊了。

女的紧张得不敢说话，扭着头朝一边看。

“别紧张，是我。”

老黄听声，“噌”地从沙发上坐起来，他看见四弟正坐在茶台边上，喝他的茶，抽他的烟。

“你们干吗呢？怎么进来的？”老黄看看大门，大门好好的。

“我们每礼拜都来一回，这你都不知道？”

老黄又看看那女的，干巴巴问了句：“来干吗？”

“你好像不是这家人。”四弟没接他的话。

老黄起身用手搓了搓脸，走过去，四弟熟练地给他倒茶。

“啪”，四弟给老黄点烟，“你说你，买这么大个房子，还得雇人做卫生，回家也就睡个觉吧？”四弟把烟掐了，靠沙发背上，伸展双臂，举头看着屋顶。

“谁让你们来的？”老黄问四弟。当然，这是句废话，不是他当然就是吴小英了。四弟也觉得没必要回答他。

“你最近干吗呢？”老黄问四弟。

四弟姿势没变，斜着瞟老黄一眼：“上班啊。”

保洁阿姨又开工了，老黄看了看，再回头，四弟把名片递他鼻子底下了。

“物业经理？我们小区的？”

“有事您说话。”四弟说。

老黄重重地用鼻子出了口气，把名片丢到茶几上。

“以后别来了。”说完这句话，老黄总算是找到点主人的感觉了。

“不来？”四弟环顾了一下房间，“不来谁做卫生，你做？”

“我做，怎么了？”老黄看看四弟。

四弟眼珠子一转，吸了口气：“我说二哥，你不是出什么事了吧，我来这仨月了，这钟点没见你回来过呀？”

老黄有点尴尬，没想到这么一个细节也被四弟捕捉到了。

四弟又追问：“咋回事？跟我说说。”

老黄脸色一变：“跟你说不着。”

“你不说我也知道，机关裁人了对不对？”

老黄一惊：“你听谁说的？”

“还用听谁说，我那发小，不就你们公司的吗？”四弟又点了根烟，“裁了挺好，这也算给企业减负吧。”

“你……”老黄刚要发火，保洁阿姨告辞，老黄只好又憋了回去。

“你不走？”老黄看看表。

“我还得等会儿。”四弟也看看表，这时候，门响了，进来两个工人，麻利地套上鞋套，往客厅去了。客厅推拉门外头，有个小花园，花园里响起剪刀声。四弟靠在沙发上朝花园里喊：“把东边几棵铲了。”

四弟这一喊，老黄倒扭捏起来，他真觉得自己像是在别人家似的，四弟喊完工人又安慰老黄说：“多大点事，让二嫂给你找个地方，哎呀……你说你们两口子，有什么抹不开的，抹不开我帮你说。我巴不得有这么个有本事的媳妇呢，你倒好，有还不用。”

“滚！”老黄实在忍不住火了，朝四弟大吼。可是显然没 hold 住，四弟不慌不忙地说：“我呢，是二嫂雇来的，滚不滚得问她。”

“不用问，我说了算。”

“你说了算，这家你什么时候说了算过。”

“滚……”

四弟一看老黄真急了，赶紧往外跑，跑出去又回来了，拖鞋还没换呢。

四弟走了，又剩老黄一人，他点了根烟。客厅的光线暗了下来，老黄没去开灯，他在黄昏里忐忑地等着吴小英。下周他就要去小港口报到了，他还没跟吴小英商量过，四弟没说错，吴小英的确能给老黄找一个不错的地方，但老黄不想再这样下去了，长久以来，包括四弟在内的差不多每个人都沾过吴小英的光，他们都念吴小英的好，在他们看来，这么大的房子当然是吴小英买的，连老黄这个企业文化总监，也是吴小英的关系运作来的，老黄不过就是写过几本破书，编过几个过时的剧本，徒有虚名罢了。况且，老黄这两年在写作上也的确没有什么建树，创作上遇到了瓶颈，轻易到手的只有年龄。吴小英就不一样了，有权力，有美貌，她才是这个家族的明星，再加上她还有个灵机妙算的姨妈，老黄的家族都紧紧围绕在这两个女人的周围，时间长了，老黄觉得好像生活在了一个母系氏族。但是这一次，他不想跟四弟们站到一个队列里去，再说了，在那个队列里，老公也算不上什么特权阶层，所以他自作主张，申请去了偏远的小港口。

天黑了，老黄陷入黑暗，他不知道吴小英什么时候回来，他又点着一根烟，火苗在黑暗里燃起的那一瞬间，他想起了自己的三十岁生日。那时候，老黄还是个如日中天的青年作家，但三十岁生日的到来，却让青年老黄面临着一个抉择，那就是继续自由写作，还是进大公司上班。许愿的时候，他的大脑一片空白，眼看蜡烛烧了一半，最后，还是吴小英以一名医生的职业敏感给青年老黄做出了诊断，她说："这样不是很好吗？你要是五十岁的时候才纠结这事，大半辈子都过去了！"这句话综合了医生的严谨、妻子的细微和母亲的宽容，让青年老黄一下子就获得了赦免和新生。想到这里，老黄不由一惊，原来，他早就是吴小英队列里的人了。

那一夜，是吴小英值班的日子，老黄没等到妻子。

第二天，老黄拿了一瓶上好的黄酒，买了排骨和鱼，去石头城拜访吴小英最亲爱的姨妈。吴小英的父母在外地，姨妈的儿子去了日本，她们都是彼此在本地唯一的亲人。开车去石头城大概要一小时，一旦过了分界线，路面就畅通无阻了，空气也比城区好得多，从这里回望市中心，能清楚地看见一只大碗倒扣着，罩住了他们的天空。石头城是个古村落，说是古村落，其实里面全是现代化的设施，只留着一个古朴的外壳。多数村民都迁走了，搬进去一些艺术家和练功的。姨妈跟他们都不是一路的，她是个生活家，最懂过日子，她的道理都是用日子过出来的，又简单又实用，让人心里踏实。

姨妈在和客人喝茶，老黄不期而至，姨妈也没觉得意外，她接过老黄手里的东西去了厨房，老黄和客人点点头，坐下来，有点尴尬。客人是年轻女子，貌美，憔悴。平日里，访客与访客相遇，姨妈很少相互引荐，深层次的原因是，姨妈的访客们身份各异，有些并不想被外人知道。这个女子看起来也是找姨妈破心疑的，老黄多少也能看出点门道，所以不便搭讪，女子独自想着心事，老黄给她添了茶，互相点个头，就起身去厨房了。

老黄支支吾吾地把去小港口的事跟姨妈说了，姨妈说："小英说不让你去新疆，又没说不让你去小港口。"

老黄说："那您的意思是她不会反对了？"

姨妈说："反对什么呀，世间万物总得有个自己的去处吧。"

老黄从石头城回来，心里踏实多了，既然姨妈说没事，那肯定就是没事了。吴小英对姨妈那可是言听计从的，可以这么说，吴小英能有今天，离不开姨妈的策划。老黄在屋子里转悠了半天，无事可做，终于选择了一种很奇怪的方式填补空虚，他开始找搬家时候姨妈带来的那把斧子。刚才在石头城，姨妈说，每样东西都有自己的位置，又长又宽的粉条扎着红绳，应该立在案头，代表顺顺利利。床头要靠在墙上，这样才能有靠山。灶台要朝着南方，南方是火旺的方位。以此类推，是不是姨妈就应该在石头城？老黄就应该在小港口？老黄想到这，释然了许多，仿佛再次获得了三十岁生日以来的又一次新生。可是，姨妈带来的那把斧子，它会在哪儿呢？这样又吉祥又凶险的物件，不可能随随便便放在哪儿的。老黄开始以找斧子的名义，跟这个家进行接触。老黄游历了家里的每一个角落，最后在墙边的掸瓶里，拓片的旁边看见了一只木把手。此刻，吴小英最亲爱的姨妈正化身成一把斧头，倒竖在掸瓶里，老黄一边为这个诡异的念头感到抱歉，一边又觉得有趣，他忍不住笑了。老黄握住把手，把“姨妈”从掸瓶抽出来，可那一瞬间，露出来的不是斧头，而是一柄木如意。这又是哪儿来的？在这个临近黄昏的下午，老黄站在客厅里，神情恍惚，刚刚亲近了一点的这一切，又一次变得很陌生。这时候，楼道里传来清脆的高跟鞋声，老黄一阵发慌，他赶紧朝门口走去，假装正要出门的样子。高跟鞋的声音消失了，老黄松了口气，他的手慢慢从门上挪开，另一只手还紧紧攥着那柄如意，他走回客厅，找不到合适的位置，就又把它塞回了掸瓶里。

门开了，他们都把对方吓了一跳，尤其是吴小英，还喊出声了，老黄尴尬地搓搓手，不知道怎么解释，好在吴小英没再纠结，快速地朝里面走去了。正是晚饭的时候，老黄想，要不要跟吴小英出去吃个饭，顺便告诉她去小港口的事情。老黄运了运气，走进去找吴小英说话，他在衣帽间门口看见吴小英踩着高跟鞋，她的身材仍然保持得很好，这种角度，让老黄有点冲动，正犹豫着，吴小英已经穿好衣服，拉着拉杆箱从衣帽间冲出来，简单说了句“赶飞机”，就急匆匆地出门了。

老黄又一次独自站在大客厅里，脑海里还是裸体穿着高跟鞋的吴小英。欲望像沾了水的海绵，让老黄既充盈又疲惫。老黄回到卧室，重重躺在他和吴小英的大床上，旁边有熟悉的真我香水和来苏水的气味。

三

小港口守着一大片荒滩，小葛是老黄手底下唯一的兵，是上边一个领导拐着弯的亲戚，农村的，人老实，每天擦桌子扫地，没别的事做。公司的季节性很强，眼下正是淡季，员工都开始休探亲假，小港口就更显得冷清。窗户外边就是大海，但没有沙滩，一条特别长的栈桥一直伸到很远很远的海面。穷极无聊，老黄会到栈桥上走走，有一次海雾很大，老黄明知道脚下是笔直的路面也不敢再走了，他听着海浪声，忽然想起来拓片上的那些站在浮冰上的异族，他觉得脚下的栈桥也开始晃动了。有了那次经历，老黄对大海产生了恐惧，公司里的人多次邀请他坐船出海钓鱼，他都婉言拒绝了，从人们的表情中老黄感觉到，他这几乎是错过了小港口最大的福利。

错过福利的老黄，自从不去栈桥，活动的范围就更小了，好在，他还结识了两位朋友，这要得益于他的颈椎。老黄的颈椎不好，小葛告诉他县城里有个按摩师不错，老黄就去了，一去就成了常客。诊所的生意不错，每个患者都有固定的时间，排在老黄后头的那位是个木匠，他也是一个人在小港口混生活。木匠叫春水，是个大喇叭，自来熟，一来二去就和老黄混熟了。没过多久，诊所又来了位按摩师，这样，跟老黄一个时间接受治疗的又多了一个小伙子，叫黄鹏，巧的是，他也是位异乡客。有一天下了小雪，春水提议一起喝点，三个人就在附近透风的小酒馆喝到半夜。喝完酒，老黄一个人回住处，雪夜，荒村，他都不知道自己身在何处，那一刻老黄落寞到了极点。他想给谁打个电话，可是站在雪地里按了半天通讯录，也没挑出一个合适的人，他的手指头在吴小英的名字上酝酿了半天，有一次都按出去了，又赶紧挂了，这时候他忽然觉得，刚才的那个小团体其实倒也挺好的。

小葛休班了，老黄自己拾掇办公室，心血来潮，他开始整理带来的东西，主要是书。老黄翻开一本杂志，看到自己写过的东西，十多年没碰过了，乍一看，那些话像他儿子说的，其中有一个小说通篇都在骂领导，老黄一下子穿越了，他发现这本身就是个小说，小说里年轻时候的他写了个文章把现在的自己给骂了。老黄忽然觉得，一个人如果养成给未来的自己写信的习惯说不定也挺好的，邮局或者快递公司能不能开通给未来送信的业务呢？这一想，思路打开了，老黄的写作毫无预兆地突然复工了，老黄兴致勃勃地坐在电脑前敲下了个题目，他看看窗外的碧海蓝天，心想这难道就是传说里上帝开的那扇窗？刚想到这，手机就响了，老黄一看，是老马。老马是老黄的死党，俩人一起入职，一起住单身公寓，一起追过吴小英。一晃，老马提级去边疆快一年了，这是第一次回来，这顿接风酒老黄必须得喝。

冬天的沿海高速公路很安静，让即将开始写作的老黄感到惬意。饭局上，老黄见到了不少同事，寒暄几下，老马来了，老黄一见老马，鼻子一酸。老马看上去老了十岁，头发全白了，他在那边病了一场，差点没命，这次回来办了内退，再也不回去了。老马讲起那边的事，同事们听着听着，眼圈就红了，有的同事就安慰老马说，其实留下的也强不到哪儿去，新领导没有老领导有人情味，什么都朝着青年人倾斜，我们这帮老家伙，指不定哪天就都歇菜了。老黄没怎么说话，可是话题还是引到他身上了，同事们说，还是老黄有远见，不降不死走为上，那小地方多舒服，等于提前养老了，下回出海钓鱼找你啊。老黄赶紧说，都去都去。

老马一口酒没喝，吃到一半就撤了，老黄有心送他回去，被老马摁住了。酒到后半夜，老黄找了个代驾，小伙子不错，还要把老黄送上楼，冲这句话，老黄多给了他十块钱。

老黄进门凌晨一点，把吴小英吓坏了。吴小英让老黄换身衣服，洗个澡，喝点茶，老黄什么都不干，就躺床上跟吴小英聊："老马不容易啊，从贵州到甘肃，又从甘肃到了新疆，去了个跟什么斯坦挨着的地方，冬天零下四十多度，雪大得能把牲口埋了。老马在那边总共见过两回女的，第一回是牧民的老婆，腰跟水桶似的，第二回是内地去的宣讲团，都是年轻的，老马失眠了，还不如不看呢。"吴小英耐着性子听老黄讲完，又催他换衣服，洗个澡，喝点茶，老黄什么都不干，就躺那儿继续聊："你是没见过呀，晚上九点的火车，黑乎乎的大戈壁，火车站在哪儿呢？黑车司机说等着吧，一会就有了。他一走，连车灯那点亮都没了。差一刻开车，亮灯了，跟变戏法似的，火车站就在眼巴前，走进去一看，其实火车站就是一道墙，里外就差两根铁轨，刚一上车，灯又灭了。真是马勒戈壁啊。"

吴小英真急了，开始往起拉老黄，老黄还是躺着跟吴小英聊，老黄说："老马才去了半年，回来就剩半条命了。"谁知道老黄刚说完，"扑通"一声，从他家衣柜里边掉出来个男的，躺在地上，也剩下半条命了。

吴小英不愧是专家，一看就知道怎么办，老黄躺在床上看着吴小英按压那个男人的胸部，按着按着，她的乳房就从睡衣里跑出来了，但是吴小英顾不上，老黄想帮吴小英一把，哪怕是帮她把乳房塞回去呢，可谁知道躺得久了，一起来就天旋地转，扑通一声，也倒在了地板上。不过老黄倒没什么危险，他让吴小英继续，然后稳了稳，准备坐起来，一扭头，老黄呆住了。他在床下面发现了姨妈送的那把斧子。老黄的确是惊呆了，在这个时刻发现这种东西，是命运在开他的玩笑么？姨妈说过，什么东西都有自己的位置，这把斧头待在这里，就是为了今天这个时刻吗？老黄的酒顿时醒了，他不知道该怎么处理那把斧子和那个男人的关系，半裸的吴小英还在忙着救那个男人，那个男人看样子已经醒来了。

老黄疲惫地回到了小港口，他看着窗外的大海和栈桥，又是另一番景象。周四是小饭局的日子，老黄无论如何也没心思去吃饭了，可黄鹏却偏偏打来电话，问他俩怎么回事，不去怎么也不说一声。老黄作为老大哥确实要有一点面子，勉强说就过去。等老黄到了，春水也到了，看样子，春水那边也发生了点状况，一只胳膊打着石膏。春水性子直，有一说一，告诉他俩说这胳膊是昨天晚上找女人碰上仙人跳，被打折了。

黄鹏说："你这又是何必呢，给他点钱不就算了，还搞成这样。"

春水说："不光是钱的事，赶上警察突击查房，他们要跑，我拉着不放，才打起来了。"

黄鹏说："干吗拉着不让跑？"

春水说："得证明我清白呀！"

黄鹏气乐了，说："你光着屁股谁能证明你清白呀？"

春水说："一码是一码。"

老黄也被春水搞得有点轻松了，他看看春水的胳膊，的确不像在讲笑话，但这本身又是个笑话，他看着可爱的春水，心想，幸亏还有这么个小组合。为了安慰一下春水，老黄叫了一瓶酒，老黄说："来，我们喝点。"

几杯酒落肚，黄鹏对春水说："春水你到底是个呆木匠，偷人都不忘给人家修衣柜。"

老黄听了心里咯噔一下，春水脸色也不太好看，老黄忽然意识到，春水一旦爆发，他很可能连屁股底下这个刚坐热乎的位置都没有了，为了能继续待在这个位置上，也为了再尽一点老大哥的义务，老黄说："来，我给你们讲一个衣柜的故事吧。"

老黄就从高速公路讲起，老马的饭局，半夜一点回家，给吴小英讲故事，只剩半条命的陌生男人扑通一声从衣柜里掉出来，连吴小英半裸救人的细节都没有漏掉，就像在讲别人的故事。外面街上已经没有行人了，饭馆老板也趴在桌子上睡了，对面店铺廉价的彩灯照在老黄脸上，沟壑纵横。老黄在床下有斧子那个最关键的地方停了停，春水和黄鹏屏住呼吸，连饭馆老板似乎也醒了，趴在案头偷听着，他们都不知道下一秒钟会发生什么，老黄会不会已经是个通缉犯了。老黄喝了一口酒，面色平和，没有一点抱怨的意思，他点了根烟，继续讲斧子的故事，老黄伸手去摸斧子，只差一点点就摸到了，却怎么也摸不到，老黄最终只好放弃了，他躺在地板上看着那柄斧子，上面还系着红线。吴小英气喘吁吁，她的病人已经复活了，吴小英不知道老黄刚才干了什么，但老黄发现那个复活了的男人不知道什么时候睁开了眼，无声地平视着刚才床下发生的一切。

春水和黄鹏都松了口气，他们举杯安慰老黄，黄鹏说："我们老家确实有斧子放到新房床底下的说法，'斧'和'富'谐音，斧子代表富贵嘛！"

春水却说："不好不好，我们老家床底下是不能放利器的，不吉利，不吉利。"黄鹏不服气，问春水哪里不吉利了，春水这回接得很快，他说："咱们就说老黄吧，老黄你说，你要是真摸到了斧子可怎么办？"

这个问题可把老黄问住了，是啊，摸到了怎么办呢？老黄没想过，此时此刻的老黄手里好像真的握着一把斧子，不知何去何从，老黄憋得满脸通红，俩眼珠子都往外鼓。春水和黄鹏见状，都觉得问这种问题有点对不起老黄，春水单手给老黄递烟，点火，谁也没料到，老黄竟然"哇"的一声哭了。哭就哭嘛，还"哇"的一声，这可把春水吓傻了，连老黄自己都被自己吓了一跳，他也搞不清楚自己干吗要哭。老黄使劲朝他们摆手，除了老黄，没人知道他这是什么意思，其实呢，他自己也不知道。他只是不停地摆手，看上去好像知道罢了。从春水和黄鹏的角度理解，老黄摆手的意思可能是"唉，啥也别说了，都是眼泪啊"！也可能是"谁都别管我，一会就好，一会就好"。总之，甭管怎么理解，他们都没有安慰老男人的经验，只有在旁边看的份。老黄一把鼻涕一把眼泪的，哭得特别热闹。哭着哭着还出汗了，小酒馆里没有暖气，温度不高，可是老黄的身上、头顶上呼呼地冒着热气，好像刚跑完几公里回来，哭到最后，老黄居然做了个扩胸的动作，看来真是舒展开了。

春水松了口气，他端着胳膊早就累得不行了，春水迫不及待地钻进三蹦子走了，剩下老黄跟小黄，俩人站在空旷的街边抽了根烟，抽完烟，老黄拍拍黄鹏，刚要走，黄鹏忽然说："老黄，你刚才……（哭）之前讲的那个故事是真的吗？"

老黄说："哪个？"

黄鹏说："就是海冻成冰坨子了的那个。"

"哦，那个，怎么了？"

"那不就是中国版的《冰与火之歌》嘛！"黄鹏说。

"哈哈。"老黄说起异族的故事，两眼放光，兴奋得像个孩子似的。"以前，我也不大相信是真的，但是现在信了，你知道吗？他们残余的部队就是跑到这边来了，来这半年，我光研究这个事了，我还有个朋友，他是地志馆的，比我有研究，我俩基本上能确定了。"老黄看看周围没人，小声对黄鹏说，"你知道吗？这片地方的人，多半都是异族的后代。"

黄鹏瞪大眼睛说："我去……还有这事？这得是大新闻了吧？"

老黄说："那倒也算不上，这么多年过去了，血统早不纯了。我那儿有石碑的拓片，有空上我那儿去，对着图给你讲。"

"对了对了，"老黄继续说，"你知道海水是怎么结冰的吗？"

黄鹏摇摇头。

"我给你讲讲啊，"老黄一边说，一边从地上捡了个石子，蹲在地上给黄鹏画示意图，"海水结冰比较复杂，一般得有两个条件，低温和大风，表面的海水温度降低，密度就大了，密度一大，就开始下沉，下边的海水就浮上来，然后继续降温，再下沉，再上来新的海水，风大的话，可以加速海水的混合，相当于搅拌器，什么时候整个海水上下温度都一样了，就开始结冰了。但有意思的是，海水不一定从表面上结冰，它可能从任何深度结冰，也就是说可能表面上还是水呢，下边已经冻成冰坨了。"

黄鹏递给老黄一根烟，老黄接过来，顾不上点火，"还有还有，"老黄又看看四周，"我跟老齐发现了个古墓，告诉你先别跟别人说啊，就在欢喜岭东边那块庄稼地里。我给你说啊……"

"老黄！"黄鹏忽然高声打断了老黄的话，老黄一愣，看着黄鹏。

黄鹏说："老黄，你把这个故事写出来，我们买你的版权。"

老黄又是一愣："谁？你们？"

黄鹏说："我哥是影视公司的，现在很缺本子，就你这故事，写好了，拉上个几千万的投资没一点问题。"

老黄没反应过来，是啊，谁会想到呢？在这个落寞之夜，还有这么大一个彩蛋在等着他。在昏暗的路灯下，他们的影子被拉得老长，从远处看过去，俨然是一对亲父子。

当天晚上，老黄就开始写异族的故事，兴奋得彻夜未眠。

小港口真是个搞创作的好地方，现在想起当初姨妈说的那句话：“每个人都有自己的位置。”那这个地方简直是太适合老黄了。

一连两个礼拜，老黄都是在小港口写书稿，仿佛把吴小英给忘了。终于有一天，吴小英打来电话，让老黄回家一趟，有重要的事情说。

老黄一进门，看见吴小英端坐在客厅里，她开门见山对老黄说：“你还是个男人吗？你还要躲到什么时候？”

这话听起来好像是老黄犯了错误，一切都是他半夜一点突然回家才导致的。而这次老黄被召回，倒像是要给吴小英说清楚的。

老黄并没有觉得委屈，而是拉着吴小英去了卧室，老黄说：“我们的床底下有一把斧子你知道吗？”

吴小英被老黄搞得莫名其妙，老黄说着躺到了地板上，仰视着吴小英，吴小英抱着双臂不知道老黄搞什么名堂。老黄把身子使劲探进床底下，这回，他终于摸到了。吴小英看见老黄真的从床底下拎出一把斧子，也吓了一跳。老黄说：“那天晚上我就看见这把斧子了，我就想了，斧子是姨妈放在这的，肯定不会是派这个用场的，对吧。连这个事都想明白了，还有什么想不明白的。”

吴小英听了，身形一下子松散了。

其实，吴小英和那个男人真的没什么瓜葛，前两天那个男人给老黄打了个电话，把话说得很清楚，他们是大学同学，上学时候有过那么一段，感情还挺深的，毕业时候分了，这回纯粹是在展会上碰上了。不过是吃了个饭，吃饭的时候聊了聊各自的家庭，男的离婚了，娶了个八零后的女孩，生了俩孩子，大的上学了，户口在美国。吴小英说她没离婚，反正也差不多，天天就一个人，说着还有点激动了，说当初要是跟了你也是给甩了，跟了老黄就现在这样，就这命。男的赶紧说不一样不一样，你不一样。吴小英这话说得也是欠妥，搁谁也不好接。结果不就出事了吗？俩人都喝了点酒，男的还没少喝，完事冷静了各自都有点愧疚，男的刚想走，老黄就回来了，以醉入房本来就是伤身体的事，让老黄这么一惊吓，再闷衣柜里头一缺氧，男的心脏还有点弱，能捡条命真多亏了吴小英了。

老黄和那个男的电话里聊得不错，男的很佩服老黄的气度，老黄很得意，当然了，那可是几千万的气度啊！另外俩男人都觉得从衣柜里掉出来那个环节挺好的，要不多尴尬，都一把岁数了，面对面站着，决斗吗？

话既然聊开了，男同学就更直接了，他说："事也是出了，补偿肯定就是骂人了，只能说声抱歉了，就希望你们能好好过日子，但凡以后有能用得上的，赴汤蹈火一句话。"

老黄也没含糊，说："社会上的话就别说了，你好好弄弄吧，半条命够干啥的？"

吴小英慢慢坐到床上，无声地颤抖。

聊到最后，男同学忽然严肃起来，说："好吧，最后再多句嘴，其实她挺不容易的，嘴上不说。"

吴小英泪流满面，呜咽着说："你别说了，不要再说了。"

老黄忽然想起了鹅笼书生里的精怪，他吐出来的那个女人如果没有及时的吞掉另一个男人，可怎么收场呢？

四

时空穿梭，冬去春来，在删掉微信的半年之后，老黄终于从他的书稿中跳了出来。这个时候的老黄，已经对关内关外一直到小港口的一切了如指掌了，他甚至在书稿后面手绘了一张地形图，五百年来，那支异族军队的一举一动，完全在他的掌控之中。难怪上一次见到姨妈，她惊讶地说他眉宇间多了些霸气。

在联系黄鹏的前一天，老黄和吴小英送别了他们最亲爱的姨妈。姨妈的出走完全在意料之外，吴小英不说话，眼里噙着泪花，一路上都拉着姨妈的手。去东京的航班马上要起飞了，姨妈忽然流泪了，别说老黄了，连吴小英都没见过她这样。

姨妈抽泣着说："同仇敌忾了一辈子，没想到老了却要定居在敌人的土地上了。"

老黄哈哈大笑，他把姨妈抱在怀里，姨妈熨帖地靠在老黄的肩膀上，老黄说："到什么时候，这都是祖国的怀抱。"

姨妈小声啜泣着，像个女孩，老黄另一只手揽过吴小英，在两个女人中间，老黄的胸前，挂着一个U盘，里面镶嵌着那个价值几千万的书稿。

老黄没有把书稿的事告诉任何人，他想让所有人震惊。

从机场回家的路上，吴小英忽然要去看看老黄的小港口，老黄答应了，他知道，吴小英是害怕姨妈不在的那种孤独。

到了小港口，吴小英眼圈红了，老黄以为还是舍不得姨妈走，说："行了行了，每个人总要有他自己的位置，姨妈年纪也不小了，她一家团聚不好吗？"

"这一年来你就住这儿？"吴小英哽咽着说，"你是怎么坚持下来的？"

"这……怎么了？"老黄忽然明白了，吴小英哭是因为这个，他发现吴小英现在有点多愁善感。

"这不挺好吗？"老黄说。

"回头我就帮你调回去。"吴小英拉着老黄的手说。

"待得好好的，我干吗回去？"老黄说。

吴小英擦了擦眼泪，不再讨论这个问题，她沿着石子路，深一脚浅一脚地朝着栈桥走去，鞋跟又高又细，卡在了石头缝里，她索性光着脚，但走了没两步，就被石子扎得走不动了。吴小英站在那，老黄走到吴小英前面，背对着她蹲下，吴小英一下子就跳到了老黄的背上，还尖叫了一声。老黄背着吴小英走在栈桥上，四周有点海雾，吴小英显然是被这景色迷住了，她紧贴在老黄的背上，使劲搂着老黄，不知道是不是故意的，她不停地在老黄的耳边吹着热气。越往里走海雾越大，已经看不见路，但老黄不再害怕了，他径直地背着吴小英往前走，一直走到了最里面。

"我们这是在仙境里吗？"吴小英兴奋地大喊大叫，海雾打湿了她的头发，有一点凌乱。

"好像世界上就剩咱俩了。"吴小英继续朝老黄大喊大叫。

"啊……"吴小英朝着未知的迷雾疯狂地尖叫着。

"老黄，你他妈的！自己在这享受！"吴小英已经忘乎所以了。

老黄走过去从后面抱住了吴小英，吴小英转过身，扑进老黄的怀里肆无忌惮地大声哭着。

整整半天，老黄和吴小英都是在海雾里度过的，惬意极了。老黄决定就在这，当着吴小英的面给黄鹏打个电话。老黄拨通了黄鹏的电话，不在服务区。过一会再拨，还是不在服务区。老黄一连打了十几次，他心里不踏实，眼前的海雾开始变得悬疑起来了。

黄鹏失踪了。

老黄问遍了所有人，当然，也无非就是按摩师和春水。除此之外，他再没有黄鹏更多的社会关系了。老黄装上微信，也联系不到黄鹏。他开着车在小港口不停地兜圈子，电话响了，老黄以为还是吴小英，一看，是个生号。一个陌生男人开门见山问老黄：“李伟，王强，黄鹏，你认识哪个？”

老黄一听，嘎一脚急刹车。

老黄问那个男人怎么找到他的，男人还是很生硬地说：“加微信，进群说。”

随后，有人加老黄微信，老黄通过了好友，就被拉进了一个群，老黄看了看，不认识群里的每个人。群里的人互相也不全认识，一会王强，一会李伟，一会黄鹏，很快，他们开始聊起了被骗的事，有人@老黄，问他被骗了多少。老黄一时不知道该怎么回答，索性假装没看见。有人就粗暴地@老黄，不说话是几个意思，不说话踢出去。

晚上，群里还在聊，老黄忍不住又看了会，他们正在商量报警的事，有人同意，有人不同意，不同意报警的，说这种案子不好破，就算是抓了，他没钱不还是没招么？再说咱们都是自愿的，根本就算不上受害者。想报警的人们说，那怎么办？有人说，先联系上他，让他再弄个局，咱们先进去，连本带利就全回来了……居然还有人总结说自己这局入晚了，听起来像在炒股票。

信息不停地向上滚动着，而老黄却感觉自己像一块海冰沉了下去。

老黄失眠了，他不想搞懂那些人，他只想搞懂黄鹏，那天晚上，黄鹏很认真地跟他讨论书稿的事，他确实很认真啊！难道就是个恶作剧吗？他能赚到什么好处呢？忽然间，老黄有了一个诡异的想法，他感觉到黄鹏家的墙上，贴满了那种不干胶的黄色便笺纸，纸上写着很多信息，黄鹏站在密密麻麻的黄色便签跟前，时不时地就从墙上撕掉一张便签，揉成一团，丢到垃圾桶里。这应该是哪部电影里的情节，老黄记不得了，但黄鹏的真相未必不是这样，他面对着墙面，逐个审阅着候选人，他把老黄的名字从墙上撕下来，看了看，揉成一团，就这样，老黄的自尊心就被丢在了地上，说不定还踩了一脚，这让老黄感觉到了羞辱，这是来自于另一个层面的恨意。

老黄继续寻找黄鹏，但无非就是把昨天的人又见了一遍，老黄无处释放，只有拿春水撒气，老黄质问春水：“怎么可能一点都不知道呢？大家朋友一场，你怎么好意思这样？”

春水被问急了，对老黄说："什么叫朋友一场，我们很熟吗？我会把这种蠢事跟朋友说吗？"春水把已经恢复正常了的胳膊拍得啪啪作响："你会把你媳妇偷人的事跟朋友说吗？你会当着朋友的面哭得像个娘们吗？"

对于春水的这番话，老黄无言以对，因为他觉得春水说的每一句话都很有道理。老黄承认自己低估了春水的智商，同时也高估了他自己的，这已经不是跟朋友掏心窝子的年代了，只能跟陌生人吐吐苦水。

老黄拍拍春水，转身走开了，春水说了声："保重啊，老黄！"

老黄知道春水这句话是真心的，但他没回头，他发觉自己确实很可笑，干吗要找黄鹏呢？问问他为什么对自己网开一面吗？老黄发现，找到黄鹏将是个更尴尬的事。

手机响起提示音，还是那个讨债的群，老黄默默把群退了。

夜幕降临，老黄不知不觉来到他们经常聚会的小酒馆。老板见了老黄很亲热，说几位可有日子没来了，老黄说是啊，都忙啊，凑不到一块。老黄向老板打听黄鹏，老板说："他自己来过一次。"老板还提供了一个线索，老板说，他无意中听见黄鹏跟人打电话，说自己是王强。老黄问后来呢，老板说他就听见这么一句，因为平时听他们管他叫黄鹏，所以很奇怪，记在心里了。

出了酒馆，吴小英打来电话说："我都安排好了，回来吧。"

老黄沉默了一下，说："好。"

老黄是在小酒馆的门前接的电话，他挂断电话的同时，发现对面的小超市门前有一个摄像头。老黄走进小超市，为了套近乎，他买了一条玉溪。老板娘四十多岁，很爽快，打开电脑让老黄查监控，一边查一边说，她家这个监控可有用了，上个月有个抢劫案就是从这破的。老黄一边听老板娘讲，一边哼哼哈哈地应付着，他本来没指望查到什么，但却真的发现了黄鹏。老黄谢过老板娘，走出超市，沿着眼前的这条街道一路走，他又发现了一个摄像头。就这样，接下来的几天，老黄一路跟着摄像头进了一个小区。

小区里没有监控录像，老黄只好凭着最后搜到的影像方向，把所有住户挨着敲了一遍，开门的都不是黄鹏，也没人知道黄鹏，老黄只好等。老黄等了好多天，吴小英几次催老黄去报到，老黄都说在交接工作，吴小英差点就翻脸了。

老黄没有等到黄鹏，但他基本上确定黄鹏是住在最东边楼房的二楼东室，因为那户人家一直没人开门，也从来没开过灯。老黄管不了那么多了，他踩着一楼的防盗窗，砸碎玻璃跳进了屋里。

完全跟老黄想象得不一样，屋子里很整齐，没有贴了一墙的黄色便笺纸。老黄在屋子里转了一圈，找不到任何主人的痕迹，他在写字台前面坐下，坐了很久，临走的时候，他发现键盘的夹缝里有一个本子，老黄打开本子，是空白的，但已经撕去了很多页，老黄对着光看见本子上写满了字迹，老黄想，也许他的名字曾经出现在这个本子上，又被撕下去了。老黄从口袋里掏出那个嵌着几千万投资书稿的U盘，放在了桌子上。

吴小英在电话里怒气冲冲地问老黄："你到底回不回来？"

老黄平静地说："回，这就回去了。"

离开小港口之前，老黄又走了一次栈桥，夜里，栈桥也是很美的，老黄沿着灯光一直往前走，脚下是漆黑一团的海水。老黄在海的中央站了很久，他望着遥远的陆地，也像是望着遥远的人间，此刻，老黄又想起了黄鹏，他忽然觉得自己也是个精怪，被黄鹏吐出来，却忘了吞回去。

回去没多久，有一天，老黄又接到了那个陌生男人的电话，他告诉老黄，那伙人被抓了。老黄赶过去，那一刻他的心情很复杂，既希望看到黄鹏，又不希望看到。

作者简介

叶勐，男，1976年出生。累计发表小说百万余字，作品见于《人民文学》《长城》《作家》等刊物，曾入选"21世纪文学之星丛书""河北青年作家丛书"，出版个人小说集《与君一席话》等，部分作品被英译及电影改编，编剧作品有《末班车》《追爱茶卡》等。

大港口（节选）

刘　剑

一

又是谷雨季节了。

对渔家来说这是个好日子。“雨水利百谷”，从这天起，雨季就到了，丰沛的雨水开始滋润万物，地里的庄稼该享福了，海上的鱼虾也都欢腾起来，纷纷游向近海，要畅快地洗个澡；“谷雨过后，百鱼上岸”，正所谓旺汛一刻值千金，出海人选择谷雨之后下海打鱼，差不多都能收个钵满盆丰。

谷雨前后，对渔家人来说，还有个重要的事就是祭海神。不过光绪二十三年这一年渤海湾里有些怪，清明过后，直到谷雨来临，本应该是春暖花开、万物复苏的时节，可这天色儿就一直不好，说要下雨，总也不下，说是晴天，天还总阴着，更邪乎的是一到下午风就阴阴狠狠地刮来，一阵一阵的，打在脸上、身上冷飕飕的，春天时令，竟有些秋意涌来。风一吹来，海上也不平静，海水拧结着、纠缠着涌上岸来，浪头也比以前大得多，像个恶魔整夜整夜地在狂呼、咆哮。

天头不好，并不能影响沿海方圆百里的渔民祭海神的热情。祭海神这个习俗从多久传下来的，已经无可考证。反正对出海人来说，这是一年运程的开始，不把海神的事弄明白了，出了海也没有好运气，不是翻船，就是空网，所以这仪式虽老，但一辈辈地也能坚持下来。

今年祭海神的地方选中了位于渤海湾岬角处的秦皇岛村，祭海神的仪式就设在村东头靠海处的东南山山顶的祖龙庙上。祖龙庙供的不是龙王，是秦始皇。在当地有个传说，说当年秦始皇曾来这里寻海求仙，求得长生不老之药，还留下了不少物件为证。村子里的人经常能捡着秦朝时的宝贝，有瓦当、钱币，还有不少陶陶罐罐的。在祖龙庙后面，还有个王八驮着个石碑，上面就写着“秦皇求仙入海处”。那是明朝就留下来的旧物了。

在渤海湾横跨的临榆、抚宁县方圆百里处，秦皇岛村从来不是个祭神的地方，这里人烟稀少，不过几十户人家，渔船也就几十条，但今年因为情况特殊，只能把祭海神仪式挪到了这里。好在这村子虽小，但四通八达，又正处在码头庄、卸粮口、戴河口、金山嘴、洋河口等各大海口的中间地带，岛上还有这个祖龙庙，和背后连绵成一片的拇指山，也算是倚山傍海的风水之地。祭海神总得有庙，祖龙庙供的不是海神，也没关系，龙王是海里的皇帝，秦始皇是陆地上的皇帝，都算是神仙了，更何况庙里不但有皇帝，还有棵让出海人视之为灯塔的神树。

这神树是棵老松树，就栽在祖龙庙的前面。这棵老松树可有讲究，它也不知是啥时栽的，反正是自打秦皇岛有了村子以后，就有了它。它高高瘦瘦，一柱擎天般地挺立在东南山山头，出海的人，从海上第一眼就能看见这棵树，有人测过，这树高就有个三十多米，再加上建在山头，也难怪人们一眼先看到了它。老松树像个桅杆，一个高高瘦瘦三角形的桅杆，出海人一望见它，就望到了家。不管大海多么广阔、迷茫、无边无垠，有老松树在，船就不至于迷失了方向、靠不了岸，渔家人也就能找着家了。于是村里人给老松树起了个名字，叫望乡树。

这天一大早，望乡树下就挤满了人。从山海关的码头庄到戴河口的金山嘴，渤海湾境内的海岸线得有几百里长，村子有几十个，船家也得有个四五百户，这些人都聚齐了，再加上周边过来看热闹的，千八百号子人浩浩荡荡，把个东南山围得满满的。望乡树下全是人脑袋，有顽童往树上爬，被大人呵斥着打拉下来，渔家人把这树当个宝，哪能让孩子们随便踩踏？祖龙庙香火起来了，山庙门前，搭起一个一人多高的平台，平台之上，神龛、香炉、贡桌一应俱全。神龛上供着的是海神龙王敖广；香炉里虽然大香烛还没有点上，但也已经有袅袅的烟火缓缓升起，松香味徐徐传到鼻子里，好闻极了；贡桌上摆了果子、点心，还有一尾大红鲤子，这大红鲤子像是刚捕上来的，湿乎乎的，眼睛还是睁着的，嘴一张一合，还喘着气，就是跳不起来了，身子给放在一个箩筐里，至少得有个二三十斤。

踩高跷、拉皮影、扭秧歌、耍龙灯、跑旱船、打太平鼓的表演者们都到了，就等着祭海神一开始，准备上台。戏台子也搭起来了，从县城请来的戏班子却还没到，说是班主九岁红昨天推牌九推晚了，今儿早上还没起来呢。村子里的人也不去催，这戏班子的梆子戏是压轴戏，按规矩，要在祭海日里演上整整三天，有的是时间看，九岁红又是冀东的名角，没人敢催他，催急了耍了性子，反而坏事，反正能赶上就行。

“让路，让路！”伴随着一声声吆喝，两个赤裸着上身的精壮青年抬着一头猪往山上走来，猪是刚从山脚下陈屠户家里宰完的，毛已经刮得干干净净，肥白的身子随着小伙子们的动作一抖一抖的，好像气还没绝似的。这头猪最少也得有个三四百斤，对海上人来说，猪平时比鱼虾金贵得多，这就是个宝物。不过今天谁也不能吝惜，一家出一钱银子，买来祭神了。两个小伙子光着膀子，皮肤晒得黝黑像木炭，肌腱突起，壮得像个小山，扛着几百斤的猪，走起来脸不红气不喘，毫不费劲。他们把褪毛猪抬到祭台上放好，有个穿着青色绸缎褂子、瘦长脸的人就迎了上来，左手里拿着个刷子，右手拎着个桶，喊道：“神灵保佑，见红见喜。”瘦脸人将刷子向桶里插了下去，搅了几搅，再拿出来时，刷子毛已经蘸得血红，一滴滴的红色液体还往地上淌。瘦脸人动作又快又稳，“唰唰”几下子，这头褪毛白猪身上就有了纵横交错、像渔网一样的红道子。

那桶里装的是猪身上的腔血，渔家人认为，出海之前见红是个吉利，所以得把祭海神的猪身上刷红了。瘦脸人又喊道：“见红已毕，大吉大利，上网。”小伙子们又拿过来一层形似渔网的板油猪脂皮，将整个猪身子罩在“皮”网中，这也有个寓意，意思是将来打鱼下水，网网都是肥猪一般的大鱼。这边把猪安顿好，那边又有两个小伙子扛过来两个大箩筐，打开筐盖，取出了十个刚刚蒸好的白面大饽饽，这大饽饽蒸得暄乎乎、圆滚滚的，像一个个小西瓜，看着喜人，最奇的是饽饽上面还都刻着字，写的是“水不扬波”“满载而归”“金玉满堂”“风平浪静”“天佑发财”等字样，字是用红糖描上去的，一个个红字与白白的饽饽组合在一起，鲜艳醒目。除了这些饽饽，每个箩筐里还有高粱烧酒一缸、鞭炮一挂。东西都拿齐了，瘦脸人喊道：“上供品，准备祭神。”

小伙子们把褪毛猪、饽饽、烧酒一字排开，摆放在望乡树底下的贡桌上，鞭炮也挂在了树梢之上，这时人们都围了上来，连最爱闹的孩子们也都不再嬉笑，把整个祖龙庙围成了一圈。刚刚把褪毛猪抬上来的壮小伙耿老精儿，又扛着梯子上来，喊道："先别急！"他将梯子摆到祖龙庙山门之旁，爬上梯子，从腰间取出了个红绸布包，展了开来，却是一副刚写好的对联。他将对联挂到了庙门之上，对联垂落下来，迎风展开，两行遒劲有力的魏碑体大字扑面而来。瘦脸人念道："上联：南倾沧海一鞠浪；下联：北接燕山一片云；横批：满载而归。"

见了这副对联，村里几个有学问的老人，纷纷点头叫好，有的说："好词！"有的说："好字！"年纪最大的耿老头说道："当然是好词，当然是好字！你们也不想这是谁写的！"指着人群中的一个人说道："党先生出了手，那还能有错吗？"

大家顺着他的手指看去，见有个身穿长衫、样貌斯文的青年人正在那里微微颔首，人们认得这是私塾里教书的党先生，于是也随声附和："怪不得呢！人家党先生是大学问人，错不了。""咱们这小村子虽然地方不大，但也是藏龙卧虎有高人啊！"

党先生笑笑说道："大家高抬了，不过雕虫小技尔。"耿老头说："党先生太谦虚了。看你这一副对子，把海啊山啊都写进去了，咱秦皇岛村的人，北靠燕山，南临大海，正是靠山吃山、靠海吃海的命啊。这渔家人的命，都在您这对子里了。"党先生笑而不语。耿老头又说："党先生，小老儿还有个事不明白，您看这清明都过了，怎么这天气还不见暖，这天头也不见晴呢？往年的谷雨时分，可没这样啊。您懂周易八卦，给掐算一下，今年不会有啥不吉利的事吧？"党先生说："您过虑了，哪有啥事啊？这不刚是祭海头一天嘛，还有三天的祭海日呢，也没准过了明天就放晴。"耿老头有些担忧，说："甭管天头儿晴不晴，也得这个时间祭啊，过了谷雨就不行了。"党先生笑道："耿老爷子，你也别怪这天头儿了，要不是这天头儿不好，码头庄那边海潮上了岸，淹了海神庙，这祭海仪式能在你秦皇岛村搞吗？"

耿老头听了心里舒服了一些。这海岸线上，临榆县的码头庄是朝廷钦准的唯一正式的港口，往年祭神大会，都是在码头庄搞，今年入春以来，码头庄一带好像中了邪，海潮不断上涌，都冲到了陆地上，这两天更是厉害，把海神庙都淹了。人们都说这是海龙王今年动了怒，所以没人敢在码头庄祭神，就挪到了东南山下的秦皇岛。过去的老黄历是村里人走了十几里地去码头庄参加祭海，今年他们的人只能都到这里来了，要不是闹海，这个村几十户人家几十条船的实力，哪能聚来这么多人？想到这儿，耿老头心里有些释然，说："还是咱这儿片地方好，一年风平浪静，就没个灾没个难的。"

说到这里，祭海仪式马上开始，瘦脸人将香炉里插上半人多高的三盏大香，点燃香烛，瘦脸人刚要说话，耿老头的孙子耿老精冲到台前，说道："马老爷等等，还有贡品没拿上来呢？"这被叫为马老爷的瘦脸人，在秦皇岛村前面的盐务店住，世代都是盐官，也是当地最有钱的士绅，年年祭海神都是他主持。马老爷闻言十分不快，说："怎么还缺东西？老精你这孩子忘性恁大啊！"

耿老精说："马老爷您别急！"冲底下挤挤眼睛，说："拿上来！"几个小伙子扛着一些东西上来，摆在贡桌前，却是几个扎好的纸人。只见这几个纸人装束十分怪异，都穿着对襟的服装，腰上系个黑带子，头上还缠着白带子，脚上穿的则是被当地人俗称"耷拉板"的纸拖鞋，纸人立在那里，在风中晃晃荡荡，摇摇欲坠。马老爷说："这是啥啊？"耿老精笑道："日本人啊。把他们和猪放在一起祭海神，不是正合适吗？"

台下的人们都笑了起来，连一直绷着脸的马老爷也笑了。此时，中日之间的甲午战争打完已经整整两年了，《马关条约》签了以后，中国人一下子赔出去两亿三千万两白银，还割了台湾、辽东半岛、澎湖列岛，堂堂汉唐子孙，竟然打不过当年的臣属国小日本，这是整个中国的耻辱。耿老精把日本人放到祭台上祭海神，借此宣泄心中的仇恨，其实也代表了多数中国人的心理，所以大家才都会心一笑，马老爷虽然说了句："荒唐！"却也不阻止他。

一切准备就绪，马老爷走上台前，正式组织祭海仪式。马老爷清清嗓子，微咳 声，又整整袖了，说道："出海脚踏三块板，性命交给海龙王。今日谷雨已至，吉辰已到，祭海神仪式正式开始！"话音刚落，噼噼啪啪，鞭炮声大作。

马老爷拱手道："承蒙各乡亲父老抬爱，今日我临榆县士绅马本义代表渤海湾沿线吃海人共五百五十一户，叩拜龙王，祈福海神佑护吉祥，并为出海人祈祷三愿。"说完对着神龛，带头跪下，台上台下齐刷刷跪倒一片。马老爷嘴中念念有词："一祝愿，水波不兴，风平浪静，保我渔家平安。一叩首！"所有的人都跪了下去，随着他一起跪拜。

马老爷又说："二祝愿，海纳百川，满载而归，赐我渔家食粮。二叩首。"大家再叩，耿老精少年顽皮，不等三叩首结束，就悄悄地对爷爷耿老头说："爷爷，祭海之后的第一网鱼，今年能轮到我吗？"耿老头斥道："胡说什么？磕你的头吧！”

马老爷又道：“三祝愿，万宗归流，香火不熄，兴我渔家子嗣。三叩首！”三叩首结束，接着开香炉，点大香，呈祭品，一番折腾下来，马老爷开始宣布：“准备下海第一网鱼！抽签开始！”这也是祭海的规矩，祭海仪式完成之后，要下海网第一网鱼，按照渔家的讲究，头一网鱼的多少预示着今年鱼情的好坏。由谁来网第一网鱼，则以抽签为准，马老爷手中有个签盒，里面装满了一个个长签，其中有一个签上写着“家吉”两字，抽中此签者，就可以代表全村村民下海打第一网鱼。按程序，打上的这网鱼，要给全村人食用，而其中最大、最肥者，则要呈给海龙王。若谁能有幸成为打第一网鱼的渔家，今年也一定会大吉大利，满载而归。

接下来的仪式就是抽签，各家各户派出代表上台抽签。耿老精一心想打第一网鱼，第一个冲上台去，先从签盒里拿出一个签，打开里一看，哈哈大笑：“巧了，是我——”大家听了一愣，耿老头情不自禁地站了起来，耿老精又苦着脸说了句：“才怪！”将签往地下一扔，跳下台去。耿老头叹口气，又坐了下来。

党先生把这一切看在眼里，微微一笑，又轻轻摇摇头。

抽签仪式还在进行，一家一家地抽下去，抽了一多半，还没出结果，有人已经打呵欠了。其实这个每年都要举行一次的祭海神仪式，对多数年轻人来说已经没有任何新鲜感和吸引力了，大家盼的是把这些仪式都进行完，接下来就是狂欢的日子了。可以吃完第一网鱼后，转移到镇上，看大戏，踩高跷，听皮影，扭秧歌，年轻男女还可以约好去逛码头，趁机表达情意，整整三天的时间可以耍，那真是比过年还热闹。

党先生看抽签还没出个结果，无心再看下去，惦念着还在家里待产的妻子，悄悄地离开人群，想先回家去，刚一迈腿，就听见台上有欢呼声传来，却是有人抽中了签，正在那里欢呼，台下也有人跟着一起欢呼，欢呼的是那些昏昏欲睡的年轻人们，他们终于看到了希望，因为每当这个环节出现，就预示着这个乏味的祭海神仪式即将结束，狂欢马上开始了。

马老爷松口气，等第一网鱼打上来，他的职责也就完成了，可以坐下来喝酒听戏，享受一下大家的恭维和尊敬了，连续主持几年祭海仪式，这种事儿对他也早就没有了吸引力，上了台就盼着早结束为好。马老爷站到台前，正想对抽中签者说几句祝福的话，结束这仪式，突然一阵阵马蹄声响，传入耳中。只见一队衙役打扮的人纵马奔来，马蹄落处，溅起了一阵阵的飞烟。

祭海神大会是纯粹的民间活动，一般来说，官府从不参加，主持人多为当地有影响的士绅，如今官府突然来了人，马老爷心中不解，正要离去的党先生也觉得奇怪，不禁停下了脚步。这一队衙役一直跑到山脚之下，翻身下马，也不停歇，穿过人群向祭台走来。

马老爷认得为首的衙役名叫李四，是县里捕快的头子，于是迎上前去，拱手道："区区民间小事，竟惊动官老爷的大驾，真是大家的荣幸。李大人快快请坐，等一会儿捕上第一网鱼儿，马某陪你喝一杯。"

李四说："马老爷不必客气，我今天来不是喝酒的，我是另有要事，来通报大家一声。"看了看身边的人群，高声说道："我刚刚接到上面通知，为迎接朝廷大员来此地视察建港事宜，祭海活动立即取消，自即日起严禁任何人在此地下海捕鱼，三个月之内封船封海。所有的渔船、渔民统一归军都统大人调拨。"

二

李四的话说完，就如同一个惊雷炸响，引起了轩然大波，人群中噪声一片，群情激愤。在大家心中，自古以来，渔民靠海吃海，几乎是多年亘古不变的规矩，突然来一个禁令，三个月时间不准下海捕鱼，还赶上捕鱼旺季，那可真是前所未有的事。

马老爷表情错愕道："李大人说笑吧？谷雨一过，就是捕鱼旺季，其间有朝廷大员视察，祭海仪式迟缓几天或是提前停止，回避一下也不是什么大事。但你三个月的时间不让下海捕鱼，从谷雨到立秋，止是下海最好的季节，封海时间这么长，把旺季错过了，那可是断了咱们村民一年的活路了，这个还请大人三思。"

李四说："马老爷您说的事我也清楚。但这是上头的命令，我也没办法。反正上峰的命令就是这样下的，从今天开始，我大清发展海运，要在这一带选建良港之址，东南山脚下的这片海域，被朝廷选中了，渔船舢板，一律停运，统一归军方调拨。船都不让走了，要想再吃海，就请大家再等等吧。"

村民听了这话，更是气愤难平。耿老头说："历朝历代，渔民靠海吃海，都没变过。打鱼谋生，养家糊口，天经地义。咱大清国发展海运，要建良港，犯不上和我们这些打鱼的为难吧？”耿老精喊道：“三个月不让我们打鱼，我们靠啥生活？老婆孩子谁养？这不是把人往死路里赶吗？”有人也随声附和：“是啊，建什么港口？把祭海变成了封海，让我们渔民怎么活？”“把船都缴上去了，把人都抽走了，我们一家几口人，靠啥养活？”

面对大家的指责、质问，李四脑袋摇得像卖豆腐的使的那个拨浪鼓一样，说道：“这些和我说不上，我也是听令的。反正今儿我来了，就一件事，你们不但要马上停止祭海神的活动，村里所有的壮丁明天都要统一去衙门报到，所有的渔船都要统一调拨，准备修建临时码头之用，等外国洋工程师来了，马上开工。下海的事，暂缓再行。”

耿老头上前一步说道：“李大人可知一事？当年我们这些渔花子下海捕鱼，是朝廷允许了的。我们这些船都有龙票为证，那就是皇上钦准的，不信大人可以一一查知。”耿老头所说的龙票，是出海人能够出海捕鱼的官方凭证，当时凡下海捕鱼者都发有龙票，官家见龙票方可叫渔民下海捕鱼。

李四道：“你少拿龙票说事，上面有令，即日起龙票全部收回，等封船禁令解除归还，拒不交者，龙票作废票处理。”

这话一说，大家都炸了锅，龙票是皇上颁布的捕鱼凭证，当年各家都是花了大钱买到手的，怎能轻易作废？众人纷纷上前理论，李四不听，眼看着气氛越来越僵，马老爷一眼看见党先生也在人群中观望着，像抓个救命稻草一样，走到他身边说：“党先生，您是见过大世面、考中过举子的人，知县大老爷平时也给你几分面子，这官家的事，村民们说不清楚，我看再这样争下去，非打起来不可，您看看，帮着大家伙儿说说行不？”村民们异口同声：“党先生帮我们主持个公道。”

党先生推不过，就上前把李四拉到一旁，说：“李兄弟，这一切到底是怎么回事？烦请您和我解释一下，我好和大伙说一下，免得引起误会啊。”

李四对党先生有几分尊敬，脸色舒缓下来，说：“党先生，不是我李某成心要和大伙过不去，兄弟也是奉了上谕行事的，好像是朝廷里有人看上了咱渤海湾这一块地方，说以后要进大船、建良港，上面说了，要在最短的时间内把临时码头搭起来，迎接前来视察的大员，又怕这小渔船在深海里添乱，影响大船进港、拖锚，所以才有此令。开平矿务局还来了个洋技师，就是上面派来建临时码头的，您放心，不会让这些村民们白干的，将来码头建起来，他们照例可以在指定区域下海捕鱼，不想当渔民的，也还有饭吃。”

党先生若有所思，说：“噢，我明白了，这个前来视察的大员是不是李鸿章大人？”李四说：“这我哪儿知道？我们就是奉命来颁布禁船令的，其他的都不知。反正这个人啊肯定不是个小人物。”党先生问：“那个要来的洋技师是谁啊？是叫德璀琳还是鲍尔温？”李四说：“好像是个姓鲍的？这人现在衙门府里呢，知县大老爷陪着喝茶呢，我们也没见着他。”党先生说：“这事既然已经定了，也没办法。不过四里乡亲的都来了人，祭海神一年一次，又请了不少戏班子、跑旱船、拉皮影的，定金都付了，您看能不能让他们先演着，明天我们就撤台子。至于封海的事，我们村里的人回去商量一下，可以暂缓下海，但渔民家家没余粮，也不种田，这封船令能不能早点结束？”李四说：“我就看您面子，给他们一天时间。封船的事，不是我们衙门的事，是军都统大人的命令，我们县太爷说了也不算，你要有辙，和都统大人说去。明天一早，各家各户的壮丁都要去衙门报到，这您可得和他们说好了。”

党先生回到大家中间，马老爷上前问道：“党先生，怎么个情况？”党先生说：“不是啥坏事，让大家回去吧，胳膊拧不过大腿，到时见机行事吧。反正又不会封海封一辈子，就几个月的事。”耿老精不服地说道：“就这么算了？我们把戏台子都搭上了，祭海神仪式也还没完，这怎么着和大伙交代？”党先生说：“今天该唱大戏还唱吧，该网鱼的也去网鱼，不过明天，我们就得按衙门说的去做了。李大人刚才保证，将来码头建成了，大家愿意捕鱼，还捕鱼，捕不了鱼，也还是有营生做，有饭吃，我还是那句话，胳膊拧不过大腿，大家见机行事吧。”

就这样，祭海神仪式草草结束，虽然说给留了一天时间，让戏班子唱戏，各种花样都继续演着，但大家明显也都没了兴致，一个个垂头丧气，不一会儿人就散了。与大家相比，党先生却是难抑激动的心情，三步并两步急忙赶回家里。

党先生家离秦皇岛村不远，就在前面盐务店镇上的私塾旁，是个二进式的老宅院。两年前党先生买这个套宅子安家，就是图这里肃静，房间布局好。这院里有三间房，东西面两个厢房，门口还有个影壁，过了影壁墙就是院心，院子不大，但收拾得挺洁净，井井有条。党先生穿过影壁墙，走进院心，就看见妻子淑贤正端着一大盆水往缸里倒，党先生上前抢过了她手中的水盆，心疼地说：“你这身子都怀上了，咋还这么不注意？还做这些重活。”淑贤拍拍微隆的肚子，说："急啥啊，稳婆说了，还早呢。"党先生说："早也不行，也得注意着。"

党先生的夫人淑贤比他小三岁，人如其名，性情温柔贤惠，长得是南方女子的小家碧玉样，出身也是知书达理的人家。如今怀有身孕六个多月了，党先生对她十分怜爱，平时什么重活、累活都不让她干。

党先生把水井里的水一盆盆舀上来，再倒进水缸里，心里突然高兴起来，忍不住唱起了京戏："他本是江湖二豪侠，李俊倪荣就是他，蟒袍玉带不愿挂，弟兄们双双走天涯……"

淑贤说："啥事乐成这样？都唱上了。"党先生笑笑，说："一会儿告诉你。"把水缸倒满，淑贤递过来毛巾，党先生把手擦净。淑贤说："说吧，别卖关子了。"党先生笑道："走，进屋说去。"

党先生和淑贤进了正房客厅，客厅里虽然家具简陋，却和院子里一样，收拾得井井有条，一尘不染。客厅正中是一张八仙桌，上面放着个胆瓶，里面插着鸡毛掸子，左右两把红木椅子，边上还有一把铁梨木的翘头儿案几，上面铺着宣纸、笔墨纸砚，案几边上是一个榆木做的四格橱柜，墙角上立着个青花瓷瓶，这就是全部的家具了。在铁梨木案几上方的墙壁上，钉挂着一个锡皮相框。党先生径直走到这相框底下，毕恭毕敬地冲着相框鞠了一躬，说道："老师，您盼的这一天终于来了。"说完此话，一行清泪顺着脸庞流淌下来。

相框里镶嵌着的是一张已经有些泛黄的照片。照片上有两个人，一个坐着，一个站着。站着的人，是年轻的党先生，身材瘦削，一脸英气；坐着的人，比他年长了十几岁，留八字胡，长得珠圆玉润，一脸富贵相，身上穿着讲究的绸缎长袍，外面还套着个明黄色的马褂，这马褂有些旧，也有些瘦，紧箍在他有些肥胖的身上，明眼人一眼就能看出来，那是御赐的黄马褂。

淑贤紧跟在丈夫身后，一看这架势就明白了几分，说："明义啊，是不是要建码头了？唐先生的遗愿要实现了吗？"党先生回过头来，泪痕犹在，哽咽道："是啊，我们终于等到了这一天。"

三

党先生十二岁的时候，家道中落，在开滦矿上下井做了工，到一个私煤窑里挖煤。他长得纤细，又知书达理，不是个干活的料，下井第一天，累得拉了胯。第二天强挺着上班，走路时两条腿都成了罗圈腿，窑主看着可怜，问他："识字不？"答："识。"又问："会算数不？"答："会，在学堂学过。"窑主想起账上缺个伙计，就让他去了账房，帮着算账，抄抄写写。

党先生在私煤窑上干到第三年的时候，时来运转，碰上了唐百万。唐百万本名唐廷枢，是上海一带富可敌国的大商人，因为钱太多了，被人戏称为唐百万。因为与直隶总督李鸿章交好，唐百万被他网罗到旗下创办了开平矿务局。这开平矿务局是李鸿章搞洋务运动留下的成果，因为当时中国所有的煤都要靠进口，一年下去，大清国白花花的银子成吨上万地都要往洋毛子袋里送，而且老毛子供的煤，货种又少，杂质又多，还经常胡乱加价，所以李鸿章这些洋务派官员就想着要让中国人自己有矿场，自己生产煤，不再受洋毛子的气了。矿务局就是这么建起来的。矿务局要和洋人办的矿务公司对抗，就得找良矿，开煤源，唐百万在唐山满地找煤，把开平这一带挖了个遍，因为有官办性质，自然也就封了不少私煤窑矿，党先生在的那个矿也被封了。

矿被封了，矿上的工人还留下来继续干活，其他的人就没那么好运，多数被遣返了。党先生将自己的行李卷了个铺盖，准备走人，临走时，拿着一本厚厚的账簿去矿务局办公室，进屋就说："这是矿上几年来真实的账目情况，产煤、出煤、销售的数目，还有买家的资料，都在上面呢。你们能接矿，但可不一定能把这东西接去。我家里还有个瞎眼的老母，你们多给点银子，我就把这东西让给你，否则我就一把火烧了它，让你们以后还得从头再来。"说这话时，唐百万正好在屋里，看进来一个清瘦的不过十五六岁的男孩，头头是道地和他们讲条件，觉得新奇，就说："是不是好东西，得看看才知道。"党先生一笑，将账簿掀开，递到唐百万的眼前，唐百万只是略略扫了一眼，心中称奇，脸上不动声色，问："这都是你记下来的？"党先生说："是。"唐百万又问他："你是做什么的？"党先生学着大人的样子，粗声大气地说："二账房。"唐百万看他装大人的样子，笑了，又问："你多大了？"党先生说："快十五了。"唐百万想了想，就说："银子不能再多给了。但我有个想法，只要交出这个账本，你还可以留在这里，你看行不？"党先生摇摇头说："不干。我就要银子。"唐百万有点奇怪，说："咋不干啊？这里的人，听说能留下，都高兴得不得了呢。"党先生说："我不干。这些黑煤窑矿主们赚的都是缺德冒烟的昧良心钱。他们把矿上的人都不当成人，今儿就是没你们这事我也早就想走了，不再赚这个黑心钱。”唐百万说：“那是过去的事了。现在大清朝廷接管了这里，以后这里就是官窑了，赚黑心钱的事，再不会有了。你要是肯留下，我还让你在账房里帮着做事，你看行不行？”

唐百万想让党先生留下，党先生却还有顾虑，他还是想回老家去，既然谈不拢，他就把账簿也拿走了。没想到那天下午，天突然下起了雪，雪越下越大，到傍晚时分就把矿山的路都封了，党先生想走也走不了了，就和几个一样走不出去的人，睡在矿上了。平时党先生睡觉的地方就是矿上更夫值勤的小屋子，一般就是他和更夫睡。那天晚上人挺多，走不了的人都挤在那睡了，有七八个人。晚间时分，党先生被尿憋醒了，醒来时，发现身上盖着个被子，厚厚的，挺暖和的，党先生在矿上两年多了，冬天取暖的时候只有个露棉花的破薄褥子，再加上一个破麻袋布，就勉强御寒了，从来没盖上过厚厚的软软的棉被。党先生再看看屋里的其他人，身上都盖着被子呢。他推醒了一个睡着的人，问：“哪儿来的被？”那人说：“听说是唐百万夜半里让人拿来的，说下雪了矿山里冷，怕大家冻着。你睡着了，我们没叫醒你，就给你盖上了。”

一床棉被，让党先生对唐百万产生了好感。他突然不想走了，他们都是要走的人了，唐百万还怕他们冻着，就这一件事就让他觉得白白胖胖一脸和气的唐百万，一定不会像以前那个黑心的私煤窑主一样拿人不当人看。第二天一早起来，党先生揣着那本账簿去找唐百万。唐百万问他吃了没有，党先生说还没。唐百万让人取来早餐，两碗稀粥，两个咸鸭蛋，两个白面馒头，一碟子小咸菜，他让党先生和他一起吃。唐百万说：“我知道你的事了。你姓党，叫党明义，你是滦南人，老家原来有几亩地，你爹好赌，把家产输光了，还欠了一屁股债，你爹为逃债，把你们扔下自己走了，你娘一气之下，把眼睛哭瞎了，你为了养活你娘，去了矿上当小工，我说得对不？”党先生眼睛瞪得老大，一口馒头塞嘴里咽不下去，他没想到，才一晚上时间，唐百万在日理万机之际，把自己的事全搞清楚了。他不知说什么好，就把账簿取出来，放到了唐百万的手旁。唐百万轻抚他的头一下，温和地说：“是个好孩子，留下来吧，帮帮我，也算是帮帮你自己，帮帮你娘。”

党先生——党明义就这样留在开滦矿上，一留就是好几年。十八岁那年，唐百万把他送到了广州，让他去机器局学机械制造。唐百万说：“孩子，在账房干了几年，你干得还真不错，可是我思量着，你总不是一辈子管个账的人，你还年轻，聪明，又好学，账上那点事儿，不能拴你一辈子，去学点新技术吧，矿上规模以后会越来越大，我们需要的是工程师，不是账房先生。你给我学好了，回来再到矿上，才能人尽其用。”党明义说：“我听恩师的，恩师让我去哪儿，我就去哪儿。”就这样党明义去了广州，学了三年，这三年来不但学会了技术，还认识了现在的妻子淑贤。

那还是党明义在广州学习的第三年，唐百万来到广州，道台大人设宴款待，唐百万把爱徒也叫来了。席间还有唐百万的一个朋友，开绸布庄和大药店的印掌柜，印掌柜在当地是商会的头目人物，原来是个中医，从开诊所到开药店，又跨行做丝绸生意发了财，买卖做得很大，不过最近有个很头疼的事，他的账房先生吃里爬外，被竞争对手收买了，让店里损失不小。做生意的，最怕账房先生手脚不干净，印掌柜知悉后马上开除了账房先生，可是账房先生走了，把账簿以及相关的资料都带走了，给他留下一笔烂账，没人能整得了。

印掌柜正为这发愁呢，见唐百万来了，就在席间把这事提了，问唐百万能帮着找个合适的人不。唐百万闻言一笑说：“这还不好办吗？你要找的人远在天边，近在眼前。”指指党明义。印掌柜看了一眼党明义，见他只是个清瘦的有点羞怯的青年，情不自禁摇摇头。唐百万说：“老印，你还别不信啊？你莫看他小，我开滦矿千百万的大生意，都是他管的账。你一个小小的绸布庄算什么？你想想，我要不是看重他，能舍得出钱把他送广州来学习吗？这一吃一住，加上学费，也不是小数目，我唐百万号称铁公鸡，哪笔钱都得花在刀刃上啊。”印掌柜还是有些将信将疑，党明义却说话了：“老师，我现在学业还没结束，恐怕也没时间再做账上的活了。”唐百万说：“你且用闲暇时间帮帮印掌柜吧，你在这里学了三年，学得也差不多了，帮印掌柜把账上的事理顺了，就回矿上吧，不用着急。”

就这样党明义结束了学业，也没急着回去，先帮着印掌柜管账。这一干就是两个多月，把印掌柜这点家底都摸清了，把账上的事也都理清了。印掌柜这下服了，觉得党明义毕竟是和唐百万做过大买卖的人，出手果然不凡。印掌柜开始长个心眼，他知道自己留不住党明义，就想让党明义帮着他培养个接班人，以后党明义走了，可以接他的班，管好账。想来想去，怕找的人不可靠，就决心用自己的家人。印掌柜家里没有儿子，老来得女，名唤淑贤，是个大门不出二门不迈的小家碧玉，印掌柜思量着，自己没儿子，将来接管生意的肯定是女儿和未来的女婿，女孩子做生意出头露面不合适，但是背后管着账，别让男人胡吃海造了，却还是必要的，这种事毕竟还是家人稳当。于是就让淑贤也进了绸布庄，和明义学着管账。

淑贤那年十七岁整，出落得如花似玉，正是少女怀思、事事好奇的年龄。平时大门不出二门不迈，也接触不到外界，此时爹能一反常态，让她出去帮着操持家务，自然是乐不可支。党明义当时年方二十，也是血气方刚、意气风发的年纪，印掌柜万万没想到的是，女儿一见面，就喜欢上了这个出身贫寒的外省小子。湘女有意，公子亦多情，两人年龄相仿，意气相投，再加上经常见面，共同学习，一来二去，暗中好上了。后来发展到一天不见面，都想得不行。淑贤更是天天一大早起来就往绸布庄跑，一去就是多半天，乐不思蜀。印掌柜略有察觉，但是将信将疑。有天晚上，印掌柜请党明义吃饭，明义多喝了几杯，不胜酒意，起身如厕时脚步一踉跄，从身上掉下一物，他也没有察觉。印掌柜看他走了，将此物捡起，是一件价格不菲的丝质手帕，上面绣着一对戏水鸳鸯，栩栩如生。印掌柜突然想起，前几天去淑贤屋中，看她倚在床上，正在一件手帕上绣东西，绣的可不正是此物？当时见自己来了，女儿急忙将手帕塞进枕头里，可是自己眼尖，一眼就看见她绣的是什么了，今天从党明义身上掉下此物，印掌柜一下子明白了，原来自己所怀疑的都是真的。印掌柜心情沉重起来，不一会儿党明义如厕归来，印掌柜装出一副若无其事的样子，还要给明义倒酒，明义急忙摆手，说自己已经不胜酒力，多谢东家款待，就要告辞。印掌柜却说不忙，又说自己刚才在地上捡了个东西，不知是否党先生的？请你过目。印掌柜拿出藏在怀里的手帕，递给明义，明义本已经酒意上脸，此时更是红上加红，急忙将手帕拿过来塞在怀中，说游戏之物，让东家见笑了。

明义再次起身告辞，印掌柜却还是不让他走，要明义坐下，说还有事商量。明义坐下后，印掌柜一脸严肃，说："小女跟着先生学了两个多月管账的事，先生觉得她是干这个的料吗？"明义说："小姐冰雪聪明，人又随和，将来管这个店铺，应该没有问题。"印掌柜微微颔首，说："虽是如此，女儿大了不由爹娘，她将来也总得有个归宿，这管店的事，外场还是需要男人，内场由她来操持就行了。我一直也是这样想的。我这个女儿，别看她外表随和，其实也是个任性的孩子，都让她娘惯坏了，女大不中留，她已经年方十七，也该说个人家了。党先生以为如何？”明义听得心头一跳，误以为印掌柜有属意之心，说：“大小姐秀外慧中，谁娶她那都是福分。”印掌柜微微点头，说：“还真应了党先生的吉言。我家虽不是名门望族，但我这个女儿，在这方圆百里，还算是拿得出手的，一年到头来，提亲的人不少。这里面也有不少家境良好的，但是我一直没下决心，女儿虽粗陋，但终身大事事关重大，总得随了心意才好。这不，也算老天垂怜，上个月，终于让我找着了一户好人家，把她的亲事定下来了。”明义听到这话，心头一惊，酒意全无，脱口而出：“是哪户人家？”声音竟然有些颤抖。

对他的异常表现，印掌柜看在眼里，佯装不知，轻描淡写地说道：“确是户好人家。那就是道台大人的二公子，这位道台大人，党先生您也见过，咱们说起来，还是托他的福才能见的面。道台大人位高权重，人家主动上我们家来提亲，那是求之不得的事，所以这次老夫也真很庆幸，也算是我女儿前生修来的福气吧。”明义心哀若死，竟不能言。印掌柜又道：“道台大人家前天送来了聘礼，我收下来了。为了给道台府上的老夫人冲喜，亲家那边的意思，这门亲事要速办速决，所以定在下月初七，我们查了黄历，此乃良辰吉日，到时候如果党先生您还留在广州，还请来参加。您帮我家这么多忙，又教会小女许多，也是我们的座上贵客啊。”

那天晚上，党明义不知怎么走出的印府。回到家中，他一夜未眠，打开纸笔，写上“淑贤小姐”，只写了几个字，就再也写不下去，眼前浮现的全是淑贤的影子，一会儿是她巧笑倩兮，手拿着算盘向他请教的顽皮神情；一会儿又是淑贤头披霞帔、身着大红婚服坐上花轿的哀怨样子。只觉得一阵阵愁肠寸断，悲不可言。明义将纸揉碎，扔出窗外，看着窗外一轮清月，几点清辉，一滴清泪，不知何时挂上腮边。

第二天淑贤就不再来了，一连几天没见她过来，明义心情晦暗，不敢去府上探望，也不敢托旁人打听，每日里长吁短叹，无心做事。他却不知淑贤比他还要难受，她被印掌柜锁在家里，不让出来。印掌柜一边让人关住女儿，一边抓紧筹办和道台公子的亲事，以防夜长梦多。

这时唐百万来了信函，要明义回去，说开滦矿有大事要做。明义知道自己已经到了该走的时候了，但心里却还是放不下淑贤，展开纸笔，想给她写封告别信，千言万语，却写不出来，于是只写下两行诗句：“两情若是久长时，又岂在朝朝暮暮。”落款写上自己的名字，信封上写着：“印大小姐收。”托人将信送到印宅，自己就去收拾行李，准备离去了。

明义欲坐船离开广州，临行之时，将所有的账簿一本本封好，这期间印掌柜送他的礼品、银钱之物也有不少，他一分未动，全部封好，统一放在绸布庄内。自己仅背一小包裹，也不去和印掌柜告别，就孤身上路。走到广州客运码头，眼看着码头上人群熙熙攘攘，都是等着上船的客人，又想到自己从此这一别，今生将不会再回到这里，抬头看看天空，那正是一个万里无云的晴好天气，长叹一声，心想让我再最后看一眼广州的天空吧！又深吸一口广州的空气，正要准备上船，突然听得后面有人喊他的名字：“党明义，党家哥哥！”回头一看，又惊又喜，只见淑贤穿着一身粗布衣裳，空着两手，正兴奋地向自己这边跑来。明义揉揉眼睛，以为是做梦，淑贤已经跑到他身边了，嗔怪地说道：“见了我不高兴吗？咋一句话都没有？”明义突然在胳膊咬了一口，惊喜道：“真的，是真的！我不是在做梦！”淑贤笑道：“当然是真的，你以为我是假的？”

突然见到梦中之人，明义激动万分，真想一把将她抱在怀里，用力亲吻她洁白无瑕的脸蛋，可是众目睽睽之下，终于强自抑制，明义问道：“大小姐，你是来送我的？”淑贤摇摇头，脸上泛起一阵红晕，却不说话。明义端详一下，只见她穿着一身下人的粗布衣裳，脚下蹬的也是下人穿的布鞋，脸上不着脂粉，头发也较为凌乱，与以前端庄整洁、仪态大方的样子大相径庭，心中一震，说道：“你是逃出来的？”淑贤点点头，说：“我换了下人的衣服，趁爹不在，混出了大院，就是为了来找你的。我来了，也就不想回去了。”明义又惊又喜，说：“那你爹呢？你不管他了？”淑贤坚定地说：“他要把我嫁给那个痨病鬼，我宁可死了，也不能从他。我不回去了，我也不认他这个爹了。”

原来道台家的二公子患有痨病，每天咳喘不停，找了很多医生也看不好，急急要娶亲，就是为了冲喜，怕他过早不治而亡。印掌柜说要冲喜，确有此事，只不过冲喜之人，不是老太太，而是新郎官。明义闻得此事，又惊又怒，说：“你爹怎么能做这样的事？”淑贤说：“我爹贪图道台家的权势，只想着以后官商联合，把买卖做大了，我在他眼里，就是一桩生意。这个家我也没有可留恋的。你领着我走吧，天涯海角也由着你。不知你愿不愿意？”淑贤大胆的表白，让明义心头狂喜，可是他又有些犹豫，说：“我当然愿意，只怕是太委屈了你。”淑贤一愣，道：“怎么了？”明义迟疑一下，说道：“我家贫如洗，所存者不过陋床碎几，残书破砚而已，还有一个需要伺候的瞎眼老母。你自小锦衣玉食，仆佣成群，岂能习惯？”淑贤眼眉一挑，说：“我若贪图富贵，早就从了爹的心意。你放心，今天就是和你走不了，我也不回家了，最多一头扎进江里，等着转世投胎，去找个好人家就是了。”明义急道：“那怎么能使得？我决不让你行如此下策。”淑贤说：“那你就快做决定吧，爹回来发现我走了，一定会派人追来的，你我之缘，就在你一念之间。”此时船上已经有人喊话，要客人马上上船，就要开船了。明义看着客人都往船上赶去，顿下决心，说：“我带你走！我去再买一张船票去。天塌下来，由我顶着就是。”

就这样，明义和淑贤登上了离开广州的客船，这一走，就再也没有回去。三日后，明义辗转回到开滦，径直去往唐百万处。唐百万见他来了，甚是高兴，说：“明义来得正好，矿上有件大事要做，正需要你所学的机械知识！”明义却一头跪倒在地，说：“恩师，我做了件大逆不道的事，请恩师责罚。”唐百万一愣，明义就把淑贤之事讲了，唐百万听了先是一惊，接着哑然失笑，说：“让你去帮人家的忙，你倒好，把人家姑娘拐来了，这可得把老印气死了！”明义把头在地上磕得咚咚响，说：“徒儿知道这事做得太过忤逆，但形势所急，不得不如此。我若晚了一步，大小姐就要嫁给那病夫，一生的幸福都要葬送了。”唐百万扶起他来说：“男欢女爱，人之常情。你所说之事，为师能够理解，做大事者不拘小节，这件事情，老印做得也确实过分，女儿不是商品，岂能随意买卖？你放心，我帮你就是。”明义急急称谢，唐百万又问：“大小姐在哪儿？”明义说：“安置在我家中了。”唐百万说：“晚间接到矿里来，我见见她，毕竟是老友之女，得设宴款待一下。另外，你们无名无分，放在你家也不合适，我给她另找个地方吧。”

当天晚上，唐百万见到了淑贤。唐百万做事精细，之所以要见淑贤，也是想看看她到底是何人？能令明义如此神魂颠倒，甘冒天下之大不韪，是否其中另有蹊跷？一见之下，见淑贤落落大方，气质清雅，又听她谈吐不俗，性情率真，决非孟浪无行之辈，顿时释然，对明义说：“能得此女，是你的福分。放心，这个事，我管定了，择其良日，我为你主婚。她家人那边，我帮你们说服就是。”

由于唐百万从中周旋，明义终于顺利抱得美人归。明义和淑贤不久成婚，大婚之日，因印掌柜一家拒绝前来，所以唐百万就当了女方主婚人。婚后没多久，唐百万就把明义抽到矿山一线，让他参与自己先前所说的重大事情——修铁路。

原来滦矿自建起之后，运煤成本极高，极需要开通一条产销直达的运输路线，这就要求必须建一条铁路。原本从唐山到胥各庄一带，有一条运煤的内部线路，虽然暂时缓解运煤之苦，但从长远发展的眼光看，还远远不够。此次唐百万就想把铁路延长，把铁路从唐山直接建到临榆，把铁路由内线向跨省扩张，这条要建的铁路就是唐（山）榆（关）铁路。此铁路如能成行，中国也将建成有史以来的第一条铁路。唐百万把党明义急召回来，就是想让他马上投入到这个工程中去。唐百万认为，在广州学艺三年，明义已经具备了一个机械技师的条件，所缺的就是实践了。

唐百万信心满腹，这一想法也得到了北洋重臣、直隶总督李鸿章的支持，原以为会开创中国民族工业之新篇章，却没想到刚一实施，竟遭到极大阻碍。当时清廷官员多为保守之人，一直不接受火车、铁路这些新生事物，听说要扩建铁路，居然就有人参奏，说铁路一通，火车开起来，咣当咣当的，又喷烟又吐雾的，闹腾，吓人，像个妖怪，十分不吉利；又有人参奏，说火车一开，地动山摇，怕惊扰了皇气，更怕惊扰了祖陵。这些上奏之人，尽管理由各不相同，但其中真正目的，还是怕铁路通后，损坏了自己的田产，占了自己的地，因此反对者多为皇亲贵族。这些人中，还有不少人更怀有不可告人之阴暗心理，他们只是不喜欢李鸿章行事，作为政敌，敌人赞成的，我必反对就是。

所以唐百万他们要修铁路，麻烦极多，首先是得绕着皇陵走，但就算皇陵躲过去了，京师在直隶省各地有田有地的贝勒爷、皇子、皇孙们也不少，没准就惊扰了哪处的祖陵，这样一来，唐榆铁路走到哪儿都有阻滞，这事就进行不下去了。一切仲裁，最终得由大清政府背后掌权的老佛爷决定。老佛爷虽然事事倚仗李鸿章，但对皇亲国戚们也很看重，久争不下，这事就一度悬而未决，没法进行了。

铁路工程已经准备就绪，却被迫停工，唐百万愁得一夜白头，无计可施，李鸿章也不敢为此事多次惊扰老佛爷，这事只能搁浅。看恩师如此为难，党明义也很着急，这天回到家中，说起此事，淑贤听后插了一句话："根都在老佛爷一个人身上，她躲在宫里养尊处优，哪知你们天天风吹日晒、运煤开矿的苦处！要是有办法把她请过来，让她在这里待上一天，看看你们是怎么干活的，她恻隐之心一动，这事没准就能办了。"说者无心，听者有意，明义听她此话，突然灵机一动，想出一计，连夜去找唐廷枢，一番商议，定下了对策。

没多久，由李鸿章亲自带队，唐百万等人拜见老佛爷，提出要在颐和园内增一娱乐项目，那就是在园子里建一条小铁路，用个小火车头引着，专门带着老佛爷在园子里游山玩水。这老佛爷是个好玩的人，也好新鲜事儿，闻听此事，欣然同意。于是唐百万就命党明义等中外技师，迅速将铁路铺好。小铁路建成之后，老佛爷率先上车，众王公贵族不敢怠慢，也随之上车。坐了几趟车下来，老佛爷觉得这玩意挺好玩，口开始松了。李鸿章趁机进了言，说这运煤的事也离不开火车，火车只是交通工具，并非妖物。火车的事就这样有了戏，没多久老佛爷金口一开，唐榆铁路就开始建了。

唐榆铁路竣工那天，由李鸿章带队，王公贵族来了不少，坐上火车兜了一圈，连顽固的反对派都竖大拇指，说这玩意不错，快，还稳当！建铁路的事这就算尘埃落定了。当晚唐百万设宴款待筑路人员，席间提起此事，唐百万笑道："咱中国的第一条铁路终于建成了，不过，这第一条铁路不是建在唐榆线上的，也不是从唐山开始修的，而是从颐和园里开始修的。以后史家修志，当如此写，中国第一条铁路，颐和园铁路。"大家闻言哄笑起来，党明义却没有笑，因为他从唐百万的嘴里，听出的却不是戏谑，而是一种深入骨髓的苦涩。

四

唐百万建成了中国第一条铁路，提高了中国的煤炭运输能力。但他还有一个梦想，一直深藏在心底。可惜这个梦想，还没有等到实现的那一天，自己却走到了人生的尽头。

那是一八九二年六月间的事。这一年，党明义刚刚从英国学习回来，正准备着在开平矿大显身手。

他此次能去英国，也是唐百万的恩典。开平矿务局自成立以后，技术多倚重洋人技师，唐百万觉得长此下去总不是个事，就挑选了一批年轻人去英国学习内燃机技术，顺便也考察一下英国工业革命的情况。党明义也是学习团队的一员。这一去就是一年多，但等党明义回来的时候，发现开平矿已经有些变化了。

除了总办唐百万以外，开平矿多了不少生面孔，有新来的会办、原为醇亲王侍从的张翼，还有两个洋人——总工程师鲍尔温和总顾问、时任天津海关税务司的德璀琳。这些人都入主开平矿的董事局，过去董事局清一色中国人的情况已经不复存在了。

一年多没见，唐百万似乎衰老了许多，头发都已经白了一多半。党明义先去拜会恩师，诉说在英国学习的情况，又对老师说："矿务局若成立机器局，我可以随时去那里效力，发挥自己所学特长。"唐百万却面色严峻："机器局是要成立的，但人事问题是由总工程师来负责的。你能否去那里，这得由德璀琳、鲍尔温他们说了算，此事不急，从长计议。"党明义隐隐觉得老师的神色里有些异常，就问："老师，我走了一年多，矿上来了不少洋人，这里没什么变化吧？"

唐百万苦涩一笑："这里有什么变化？天还是那个天，只不过，人多了几个而已。"

两天以后的早上，唐百万突然通知党明义，让他收拾一下行装，和自己出一趟门。党明义不敢有误，简单收拾一下行装，就与刚刚团聚的淑贤暂时告别，与唐百万上了路。两个人一路来到唐榆车站，登上了给唐百万预备的专列。

党明义不知道唐百万要做什么，但见老师脸色严肃，也不敢问。快到终点时，唐百万才说出了真相："咱们考察一下渤海湾上的海岸线。"党明义一愣："老师，我们要去海边吗？"唐百万说："对，在矿里待得久了，连出气都是煤渣子味，去海边换换空气，也顺便把肚子里的脏东西滤滤。"

唐百万和党明义从汤河站下了车，说是车站，其实就是个暂时歇脚的地儿，下了火车就是土路。那天正赶上下雨了，地上滑得要命，一踩一脚泥，唐百万却挺有兴致，马褂上溅了大大小小的泥点子，也不当回事。到了临榆住下，唐百万也不休息，当天下午就让党明义陪着他，去渤海边上看看。

唐百万和党明义就这样走了整整两天，他们去了靠海的马头庄，去了明洪武年间就热闹一时的卸粮口、沙河口，一路走来，又去了离海特别近的晒盐的盐务店、皇家御道范家店，最后才走到了紧靠大海的秦皇岛村东南山脚下。

唐百万在东南山顶上看见了那个碑——就是当地百姓俗称的王八驮石碑。碑上写几个字，是"秦皇求仙入海处"。东南山不大，但是有了这碑，在方圆百里还真是有了点名气。当地人说这碑有个来历，据说当年为了求长生不老药，秦始皇就是在这里派船出的海，从此后这个岛就叫秦皇岛了。从明朝成化年间至今，这个名字就一直留传下来了。这个碑也是那个时候留下的。

唐百万对这个传说倒是很有兴趣，他对党明义说："我记得太史公《史记》中《秦始皇本纪》一章中似乎记载过求仙之事，太史公如此写道：'三十二年，始皇曾于碣石求仙，使燕人卢生求仙人羡门、高誓，还曾刻碣石门'。若这个地方是始皇派人求仙之处，那此地可谓历史悠久了。"

党明义说："我还记得史书也曾记载，除卢生外，始皇后又曾派韩终、侯公、石生、徐福等人再度求仙，后来卢生回返，还带来一张怪符，被人破译后，是'亡秦者胡也'五个字。"唐百万说："对啊，后来秦就是亡于他二子胡亥之手。这个胡，莫不就是说他的？"党明义说："胡亥亡秦此乃后事，但当时始皇他们眼中之胡，指的应不是胡亥，而是胡人，也就是北方的匈奴部落。人们都说后来始皇修建长城，皆因为此符。"

唐百万笑道："始皇只知防胡人，却没想到，此胡非彼胡，而是他的不肖之子。"他们一边聊着，一边从东南山上往下看，整个渤海湾的海岸线一览无余。

唐百万兴致更浓，对党明义说道："这些谶语的真假不必去管他，但若此地真是当年始皇求仙之处，当年必曾建筑港口，也算是中国最早的港口了。我们且在这里住下，找当地乡老再问个究竟。"

在村里住下后，他们发现这个地方人气并不兴旺，只有十几间茅舍，两个制盐场，说是村子，其实很勉强，就是个穷苦哈哈的渔民落脚的地方。因唐百万和党明义有拜见乡老之意，临榆县丞就提供了老村户耿老爷子家。

这耿老爷子家世代居住于此地，后来靠打鱼攒下积蓄，在盐务店买了三间房，但平时出海，落脚之处还在渔村里，对这里非常熟悉。当天晚上，唐百万两个人去了耿老爷子家，耿老爷子回忆，听老辈子人说这片岛早就有了，比秦始皇登基的时间还早，有岛的时候秦始皇还没出世呢。当地也有人考证过，说这地方当时就叫碣石，过去曾有过港口，就叫碣石港。那还是春秋战国时候的事，这地方当时是燕国的地盘，燕王输送军用物资、运粮、运货物，以及来往舟楫都从这儿靠泊或下海，算是一个古代的良港，后来荒废至今。

唐百万听到这里喜出望外，对党明义说："碣石港！看来太史公书中所载，就是这地方了。我们来对地方了。"

第二天一早，唐百万和党明义爬上东南山看日出。这个东南山并不高，但紧靠着海，有片礁石从海上一直攀延到山顶，所谓山，其实就是由海上大大小小的礁石组成的。人在山上站不稳时，一骨碌儿能掉到海里头去。

唐百万和党明义爬到山顶，看脚下的海，像缎子一样闪着光，没过多久，阳光就贼辣辣地毒起来，把海面照得真像是新媳妇炕上新铺的缎被面，那叫一个亮！唐百万望向大海深处，对党明义说："明义，你看我们的脚下，海连着天，天连着海，海的这边是东北，那边又是华北，这是一条天然的海上通道啊。当地人不是说了此地自古就是良港吗，我看咱大清国要想发展海运，这是个天然的好地方啊。"

党明义顺着唐百万手指的方向看去，看见了一片炫目的光芒，那是太阳正在升起的光芒，他的眼睛、心里被这光芒照得暖洋洋的。他突然明白了什么，说道："老师，您曾给咱大清国开了矿山，修了铁路，难不成还想着给咱大清国再修一座港口？"

唐百万说："有什么不能的？要发展国力，光有一条铁路怎么行？你看西方列强国家，哪个国家没有港口互通往来？"党明义恍然大悟，这才明白了唐百万拉他过来走这一趟的真正目的。

唐百万又说道："明义，你莫忘了，我们的鸦片战争是怎样失败的！就是英国人占了我们的广州港，后来英法联军又打下了我们的大沽口，从海上登陆，一直进了北京，把太后老佛爷都赶到承德去了。海防对中国人有多重要啊！鸦片战争以后，咱中国没有了海防，也没有了良港，这些年来，咱们的港口都让外国人占了，海关权也都在人家手里，无论是军事还是经济，咱们都是一贫如洗啊。"

对老师之言，党明义也有深获我心之感，感叹道："老师，这些家仇国耻，确实令人扼腕，可惜咱们并非朝中管事的人，也只能搞搞实业罢了。"唐百万却不同意："搞实业怎么了？实业也可以救国，要不李中堂怎么会搞洋务，要不我们这些人怎么会有用场？要不怎么会有咱们的开平矿？"党明义说："恩师，我知道了，您想开条港口出来，还是为了开平矿务局啊。有了铁路，再有了港口，咱们的煤运输起来，就更方便了。"唐百万却摇摇头："我这么做，还不全是为了开平矿。可能用不了多久，我就得离开开平了。"

党明义惊问："恩师何出此言？"唐百万道："你此次回来也看到了吧？开平矿已经不是当年的那个开平矿了，我们开矿的目的原本是对付洋人资本的，可是现在洋人势力已经侵入进来，矿上的主权正在一步步被他们蚕食，此乃大势。我现在虽在勉力维持，苦苦经营，可是禁不住明刀暗箭。这些年来，我为开矿之事，得罪了洋人，也得罪了不少朝中权贵，有些人势力之大，李中堂也不敢与之对抗。他们联合起来整我，再加上洋人在背后支持，我想不走也不行。”

党明义痛心疾首道：“老师，这是啥时候的事？我才走了不到两年，就发生了这么多的变化。”

唐百万感叹道：“你久在江湖之远，哪知庙堂高处的寒冷？中国自古有话，木秀于林，风必摧之，我这棵朽木，站在风口浪尖已经十多年了，被风吹雨打惯了，又岂是这一年两年之间的事？”党明义一时黯然无语。

唐百万又道：“开平矿务局的未来，我唐廷枢可能不会再过问了，但中国民族工业之振兴，却是我辈人人肩上责任，所以我才想着要搞这个港口。这些年来，我帮着李中堂搞银行，搞兵工厂，又搞矿业局，一晃十几年了，搞了这么多的实业，但是明义你相信吗？我现在越发觉得，要是能把港口搞起来，那就是最大的实业。港口若是兴旺，中国可能就有希望了。”

党明义思考片刻，说道：“老师，我知道您说得都对，但是我总想着，这个国家要是这么个搞法，实业救国到底还行不行？”唐百万听了这话一愣：“你又何出此言？”党明义说：“老师，还记得我们的铁路是怎么修起来的吧？您不是说过，我们的铁路不是修在路上的，是修在园子里的吗？这修铁路的事，不是工程师和经理人说了算的，是老佛爷说了算的。”唐百万听了这话，笑道：“你觉得中国的事，就不能都让老佛爷说了算？”

明义说：“没错啊。蒙老师您的赏识，一年多来，我在英国学会了英语，读了不少外文书，也长了不少见识。看我们身边的英格兰、法兰西、美利坚、俄罗斯，就算是把天皇当成神仙看的日本，都不是只有一个人说了算的，这国家，是大家伙儿的国家，是老百姓的国家，可不是她一个人的国家，要是什么事都一个人说了算，她高兴了就能办，她不高兴了就不能办，那能办成什么事？老师您想想看，一个铁路就把咱们折腾成这样！折腾了这么多年，才修了这么几十里，要建一个港口，又不知要遭多少罪，等多少年呢！”

唐百万听了他的话，有一阵子不吭气。党明义有些不安，拱手道：“老师，我说错了吗？请您原谅。”唐百万说道：“你的话没错。我只是想起了另一件事，这民间都叫我唐百万，你可知道，为何有此说法？”党明义说：“老百姓认为你富可敌国，特别有钱，才有此谬称。”

唐百万说：“你这‘谬称’两字，说得很对。大家都以为我唐廷枢富可敌国，钱多得家里装不下去，其实他们有所不知，在开平十年，我已经两手空空，甚至债台高筑。为了开平的矿业，我投入了所有的财力，还背负了本属于开平矿的债务，我如此做，你可知是为何？”党明义说：“那都是老师高风亮节，顾全大局。”唐百万说：“这话只对了一半。自古以来，商人趋利，乃是天性，我唐廷枢也曾是这样的人，但今天我已经不是了，那都是因为一个开平矿。开平矿这偌大的产业，我亲眼看着它从无到有，那是一滴血一滴泪累积而成。我觉得这产业现在既不属于你我，也不属于李中堂，甚至都不属于老佛爷，它只属一个人，那就是这个国家。明义，我们身在这个国家里，喜欢它也好，不喜欢它甚至恨它也好，都无法做出更好的选择。身为中国人，为国家做事，鞠躬尽瘁，死而后已，这就是咱们这一代人的宿命，也是咱们做人的底线啊。”

党明义默思唐百万的话，顿有醍醐灌顶之感。唐百万将手放在党明义的肩膀上，又说了一番掏心窝子的话：

“明义，这个时代已经就这样了，有些事存在几千年了，谁也改变不了。比我们聪明的人，比我们有权力的人都改变不了，我们是什么？不过是沧海一粟、大漠一沙而已啊，我们凭什么能改变它？但是我却相信，这世界不会永远这样下去的，有一天，我们的中国会改变的。就像几年前，没人以为我们中国会有自己的铁路，可现在不也有了吗？我相信，我们总有一天也会有自己的港口的。有了我们自办的港口，我们就能够跟世界强国互通往来，互利互惠，我们会看得更远，走得更远，了解这个世界，也让世界了解我们，实业报国的梦想也就会实现得更快，这就是中国的希望，也是我们这些小人物的希望。我们活着为了什么，不就是为了这点希望吗？与之相比，一点点个人荣辱又算什么？”

党明义被唐百万一席话说得热血翻涌，激动地说：“老师，我的命都是您给的，反正您说什么，我就做什么就是。您有一天真的能办港口了，我就来帮您。”唐百万说：“办港之事，任重道远，不在一朝一夕。今天为师和你说了这些，就是要你好好记在心里，有时候觉得失去希望的时候，就把为师这些话翻出来，想一想，鼓励一下自己，日子就没那么难过了。话已至此，为师之意你已经清楚了，咱们也不必多留了，明天就回去吧。不过我们可要分头而行了，你回唐山和家人团聚，我要去北京拜见李中堂，请他帮忙，把这建港的意思递到上头去，老佛爷要是开了口，这事就准成了。”

党明义要求陪唐百万一起去北京，他却不同意："你就不要去了。留下来好好读几年书，以后参加京试，先博取个功名吧，开平矿的事，可以暂时放下。"

党明义愣道："老师不是要实业救国吗？怎么又要我去科考？"唐百万说："自古以来，都把咱们经商的当成了下九流，你老师我虽然博了个御赐黄马褂穿上了，总是名不正、言不顺。在咱们中国办事，就怕这名不正、言不顺，不在官场却要做官办的事，没个名分，没个职务，难啊。你还年轻，不像我，一把年纪了，已经不能从头活一次。你考个功名来，能做实业做实业，做不了实业，总有个位置不受人欺负，起码能养家糊口。"

明义明白了唐百万的意思，终于答应他回去备考，并承诺若能混上一官半职，一定继续帮老师办实业。唐百万笑道："一官半职也不重要的，你记着，有一天开平矿若是容不了你，这里也一样大有可为。"他用手指了指脚下的海面，一字一顿地说道："希望有一天，这里会有一片真正属于咱中国人的大港口，那就是你的广阔天地。"

作者简介

刘剑，生于20世纪70年代，国内较有影响的青年作家、历史学者、讲师。其作品曾荣获河北省好新闻一等奖、河北省"五个一"文艺图书类工程奖、河北省首届奔马奖电视片一等奖等荣誉称号，本人曾荣获秦皇岛市专业技术拔尖人才奖、秦皇岛市首届市管专家等称号。现为河北省文学院签约作家、秦皇岛市历史研究学会副会长、秦皇岛市国学研究会签约讲师、秦皇岛市图书馆签约讲师。其主要作品有长篇历史著作《帝国雄关》《帝国铁骑》《大石河》，长篇历史小说《谁主沉浮——明末清初风云录》《旌旗裂》《大港口》，长篇报告文学《罗哲文与山海关》《拒绝屈服》《中国式离婚报告》及长篇社会小说《天使不在线》等。

家的变迁（节选）

程湛馨

一

一九八五年十二月十六日中午，郝占仁在海城县城三岔口公共汽车站下车。李侠、淑娴、二弟占义、三弟占礼在汽车站等候。

郝占仁一身的绿军装，头戴大檐帽，鲜红的帽墙、银灰色装饰带，板正的肩牌，洁净的面容精神焕发，在黑框眼镜的点缀下，潇洒、英俊、帅气……

老三占礼大声惊呼："看！大哥太帅了！嫂子你快看，大哥太帅了！"

一下子，淑娴、占义、占礼三人就把郝占仁围上了。

李侠在四个人的外围，害羞的容颜、甜蜜的笑容，目不转睛地看着郝占仁。

"拿包、拿包，你们拿包去！"郝占仁指挥弟弟妹妹拿提包，自己来到李侠面前。

"哦，对了，咱们快拿提包吧……"二弟占义恍然大悟，笑呵呵地说。

占义自行车后架上驮着提包，占礼自行车后架上坐着淑娴，两辆自行车有说有笑地向郝家沟方向奔去……

李侠推着自行车，郝占仁在她的身旁，两人就慢慢地走着。

"真想你！"郝占仁看看附近没其他人，靠近李侠耳朵小声说。

"嗯，知道。"李侠轻轻地点头，幸福的容颜白里闪烁着红云，"我也是。"

"咱俩哪天结婚好？"郝占仁瞟了一眼李侠问。

"你说、你说哪天就哪天。"李侠眼睛看着自行车的前轱辘，突然问："你从部队开结婚介绍信了吗？"

停顿片刻，"啊呀！"郝占仁如梦初醒般地说，"光想着跟你结婚了，忘开介绍信了。”说完自己还呵呵地傻笑。

“怎么？你忘了开介绍信，那咱俩咋结婚呀？”李侠停住脚步，着急地看着占仁问，“没有介绍信，谁给咱办结婚证啊？”

郝占仁就继续傻笑着说：“呵呵，没结婚证，咱俩偷着结黑婚。”

“那可不行！”李侠斩钉截铁地说，“我不会跟你结黑婚的！我要名正言顺地做你爱人。”

“那咋办？我又不能跑几千里回部队开信啊……”郝占仁故作为难状。

李侠盯着占仁，想了一会儿，忽然有了主意，甜甜地笑着说：“我有办法了，咱到邮政局给你部队拍电报，请他们开信邮来，家里咱们准备着，啥都不耽误。”

这个时候，郝占仁的手已经握住了自行车把，也按住了李侠的双手。两个人的脸很近。“我逗你呢，信在上衣小兜里。”郝占仁乐呵呵地说。

“你——你——你真坏！”李侠嗔怒地说着，抽出双手，就去掏郝占仁左胸前的小兜，在军人证里拿出一张纸，她一看是盖着解放军部队大红章的结婚介绍信，就幸福地笑了，嗔怪地说：“这是你第一次逗我，看我怎么报答你！”

二

一九八六年元旦，郝占仁、李侠结婚了。

郝春秋家，一个四间房的农家院子，每个门上都贴上了红对联……

院里院外都是人，男女老少有说有笑。

郝家沟村副书记、民兵连长郝春才既是媒人又是知宾，里里外外张罗着：“新媳妇已经接到家了，饭好咱就开席，人多，照顾不过来就互相照顾一下啊，没上账的赶紧上账啦！舅、姑、叔、姨们赶紧上账啊！”

舅、姑、叔、姨多数上礼五元，家庭条件差点的上礼四元，平辈的表兄、表姐上礼有四元的，也有三元的，同村有走动往来的上礼三元或两元，归账的时候，总数礼金一百二十二元。

四间房子摆了八个饭桌，十二点的时候，郝春才说“开饭啦”就算是礼成了。

敬酒的时候，新郎父亲郝春秋略带酒意，说话了：“都是实在亲戚，我就不说客套话了。”停顿了一下，又说，“感谢的话，在这个场合、这个大喜的日子，我还是得说说。武装部的程部长，公社郭委员、高助理来了，我最应该感谢你们，如果说我儿占仁是一匹千里马的话，那么，你们就是伯乐！伯乐，你们是占仁的恩人，是你们把他送去参加中国人民解放军，在那个大熔炉里锻炼成长，今天我儿占仁，实现了对我的承诺，实现了他妈的梦想，真的是穿上了四个兜的军装，戴上了大檐帽，扛上了肩牌。伯乐们，领导们，老郝家感谢你们！”郝春秋干了一酒盅，又让占仁倒满了一盅，接着说：“感谢我的亲家，把这么好的闺女嫁到我老郝家！我大儿媳妇李侠是个好青年！在县服装厂是技术员……”郝春秋忽然停顿了一下，把想说还是车间主任的话咽了回去，不能太张扬，保守一点没坏处，便突然转了话题，“李侠，我儿媳妇对长辈那是好得没说的，她婆婆有病住院的时候，那伺候得跟亲闺女一样！我们很知足！我干了这盅！”郝春秋又是一饮而尽……

“好！好！”有几个年轻的小伙子高声喊着。大家都知道，郝占仁娶个媳妇，真是一分钱没花，女方什么彩礼呀、房子啊、三转一拧啊、项链耳环戒指啊，统统都没要，三里五村的年轻小伙子真是羡慕死郝占仁了。有的小伙子后悔地说，我也当兵去就好了，也能找个不花钱的媳妇；有的小伙子说，光当兵也不行，你得有本事、有文化，人家郝占仁咋回事？人家能写会算！没文化，你当兵也是个大头兵，穿不上四个兜的军官服，也戴不上大檐帽，更扛不上肩牌……

“不说了，总归一句话：谢谢大家！”郝春秋又停顿了一下，“我还得感谢一下大媒人、咱村的副书记、民兵连长春才！你自己喝好了啊！自家兄弟，我就不单独敬你酒了，呵呵……”大家就都哈哈地笑。

“放心吧！今天我一定好好喝，不醉不归！”郝春才高兴地应着。他也是当兵的时候谈的恋爱，娶的媳妇也是三里五村的头面人，女方也是时代好青年。现在郝春才的儿子已经两岁了。

郝占仁、李侠挨桌敬酒。

郝占仁每桌都干了一盅之后，回来再陪程部长、郭委员、高助理和村里的郝书记继续喝上了——

“谢谢程部长，敬您，我干一盅！”“谢谢郭大哥，敬您，我干了！”“谢谢高大哥，敬您，我干了！”郝占仁连喝几盅，满脸通红，“书记，我敬你……”“中了、中了，少喝点……”大家就劝郝占仁少喝点，李侠借机就把自己的爱人搀扶走了。

晚上，新房里。

李侠倒了一杯水，轻轻地唤：“占仁、占仁，你酒喝多了，再喝点蜂蜜水，解解酒吧……”

郝占仁躺在洞房的炕上已经睡着了。

后半夜的时候，郝占仁似乎醒酒了，就伸手抻李侠的被子……李侠就在他的耳边轻轻地说：“我来事儿了，不行的……”

“啊？来事儿了？……哦……”郝占仁似乎懊恼了一下，但很快又睡着了。

第二天，郝占仁滴酒没沾。

晚上，上炕钻进被子里的时候，郝占仁突然懊恼起来，很是懊恼的神情瞅着新婚的妻子李侠……

李侠微笑着，脸贴近他的耳朵边，轻轻地说：“跟你说个事儿，不许生气，你必须保证不许生气……昨天你喝了那么多的酒，不怎么清醒，醉醺醺的，我逗你了，别生气啊。”说完，顺便亲了一下郝占仁的耳朵根。

郝占仁一愣：“逗我？你、你，你没来事儿？”

李侠十分羞怯地点头“嗯”了一声，立刻用被子蒙上了自己的头。

郝占仁伸手就把电灯关了……

三

春节过后，婚假还没有休完，因为要参加部队军事演习，郝占仁带上新婚的妻子李侠提前返回部队。临行的前一天，郝春秋、钱雨召开了“家庭会议”。

“你大哥明天回部队，你嫂子请休结婚假，一起去部队，你们大哥大嫂的喜事就算办完了。”郝春秋看着老二占义说，“你在林业局上班，有没有合适的姑娘啊？搞对象的事儿也要重视起来。”大家就都瞅瞅占义。占义乐呵呵地说：“爹、妈，我的婚事不用您二老操心，我处着呢。”钱雨说：“那好！处就好好处，处好了带家来，让你爹我们帮你看看。”“我的婚事，也不用爹妈操心，我本科毕业还要读硕士、博士，婚事不是着急的事儿。”老三占礼平平静静地说。

“行，你的婚事，自己把握，爹妈就不过多掺和了。”郝春秋就把目光从三儿子脸上挪到闺女淑娴身上，怜惜地说："淑娴虽然差两分没考上大学，可是也不错，正赶上招录代课教师，寒假过后，开了学你就是教师了，农村女孩子，当老师也不错……"钱雨愧疚地说："淑娴没有考上大学，主要是怪妈，都是妈有病住院那个月给你耽误了，妈对不起你。"淑娴急着说："不怪妈，是我舍不得妈，再说，当老师也挺好，多少大学毕业生不也是当老师的吗？"大家都说当老师挺好的，应该祝贺淑娴。

"我的婚事暂时不着急！"正上初中的老四郝占智一本正经地说，"等两年再说吧。"

逗得全家人哈哈大笑……

"你把书念好了就行！"郝春秋收起笑脸说，"小四、小五，都要以你们的哥哥姐姐为榜样，好好读书，你爷爷早就说了……"

"从小读书要用心，要知书内有黄金……"不等爹说完，占智、占信就接话说，"知道书内有黄金，读书一定要用心啊！"

"呵呵……哈哈哈……"

大家开心地笑过之后，郝春秋激动地说："我很知足，我的孩子们一个个都长大了，有出息了，我高兴！你哥结婚的时候，还剩几瓶喜酒，今天晚上，咱家人喝一瓶！"

第二天，郝占仁、李侠启程回部队。

军营。

军务科赵科长、龚参谋、黄参谋、吴参谋和王保密员，赵佳仁、李文生打字员和司机都来祝贺郝占仁、李侠的新婚，有的给十元钱，有的给买个饭锅、饭盆，有的给送一个暖水瓶；同乡战友周玉功、袁庆峰、李新国、陈兴会、邱永常等也来祝贺，有的送一条鱼，有的送一个双人床单、有的送一对枕巾，有的送一个洗脸盆，有的给十元钱。

"得请两桌客。军务科、保密室一桌，同乡战友一桌。"郝占仁说。

李侠说："你看着办，部队上的事我全听你的。"

一九八六年是部队百万大裁军后的第一年。郝占仁所在部队是沈阳军区驻内蒙古某守备区下属某守备师，担负着祖国北疆某一地域的守备防务。

虽然是两个师撤编新组成的一个守备师，但由于干部配置规范，科学合理，部队的向心力、凝聚力、战斗力不减，各种训练、演习稳步推进。

新婚喜酒还没来得及请，郝占仁就参加了师司令部作战指挥的军事演习。

郝占仁乘坐的是军务科赵科长和黄参谋的越野吉普车。

在郝占仁的想象中，这次演习是草原或沙漠深处，肯定是一望无际的大草原或者是沙漠地带。没想到，汽车行进两小时后就来到了连绵的群山中，吉普车在大山沟里、山路上盘旋，没有几分钟停了下来。左右全是高山，山上没有树木，多是密布的岩石和稀疏的杂草。

在这里演习七昼夜？郝占仁正疑惑中，赵科长说："进山洞。"

赵科长是老守备师的正营职参谋提拔起来的团职军官，当然熟悉这里情况。

大家突然看到右前方立陡石坡下有一个屋门大小的洞口。

跟赵科长进了石洞口不久，郝占仁"哇"的一声惊叹：别有洞天啊！里面就像火车隧道一样宽阔，且灯火通明。再往里进，眼前是一眼望不到头的开阔通道，宽阔的房门，房间分左右两侧，比师部办公大楼的走廊格局更宽阔、更壮观。

"这个洞是指挥部吗？"郝占仁惊讶地问赵科长。

"是，是其中之一，"赵科长说，"这都是那个年代遵照毛主席'深挖洞、广积粮、不称霸'的最高指示开凿的，这里可以容纳数百人生活、指挥作战……"

这次军事演习，就在这个山洞里进行，检验部队指挥机关的生存能力和指挥作战能力。

这座大山绵延多少公里郝占仁难以估测，但他知道这个山洞在这座大山底下至少数百米，在群山包围之中。他听赵科长说，这个山洞有多个进出口，有的洞口可以直接开进各种军用车辆；山洞有多个通气孔……

演习间隙，郝占仁回忆起郝春才说的话，"当兵时天天打山洞子"，这些规模浩大的工程，一定是郝春才那些老战友们用血汗开凿的！

前人总是为后人铺路，其实，前人所有的付出，在很多方面真的都是为后人"开凿洞穴"啊！

"没有强大的国防，就没有国家的繁荣富强；没有稳固的边防，就没有人民的幸福安康。"师首长的话，在郝占仁耳边隆隆回响。那一刻，郝占仁为自己是中国人民解放军中的一员感到无比的骄傲、自豪、荣耀！

"我一定要做一名最优秀的中国军人，忠于祖国，保家卫国！"郝占仁就这样在心中坚定地说。

夜深人静的时候，其实山洞里，根本就不知道白天和夜晚，只是演习睡眠的时间，郝占仁想到了新婚的妻子，贤良、聪慧、美丽、善良、温柔的李侠。

“李侠，你刚到部队，还没来得及领你看看军营大院是什么样子，也没有领你到部队驻地的城区走一走，我就把你独自一人丢下来参加军事演习，你不会恨我吧？不会的，我的可爱的妻子不会的！”郝占仁就这样在心里与妻子说话：“侠，军人意味着奉献，没有军人的奉献，哪来的稳固国防？没有军人的奉献，哪来的国家安定？侠，你知道吗？在新婚蜜月里，我参加这样的军事演习，对我来说，意义该有多么重大！它使我更加强烈地感受到了军人的光荣、伟大！侠，你想一想，如果没有我们这些军人保卫国家，国家能是国家吗？如果国家任人宰割、蹂躏、践踏，那么这个国家的公民能有好日子过吗？侠，你是我的妻子，你想，如果国家被人欺辱，那么再美的妻子也是不安全的！不是大话、不是空话，就是为了自己的妻子、自己的兄弟姐妹、自己的亲爹亲娘能有一个稳定的家、幸福的家、安全的家、有尊严的家，我也要做一名最优秀的军人！侠，有时我在想，任何一个青年人、热血男儿，都应该首先热爱自己的国家、保卫自己的国家，为自己能够成为一名优秀的中国军人而骄傲、而自豪！只有这样，他的父母、兄弟姐妹，他的妻子和儿女们才能不被人欺辱！侠，谁人不是血肉之躯，谁没有七情六欲，可是，每当想到军人的责任、使命和担当，我真的为自己毅然放下卿卿我我而自豪！……”

就在这数百米深的山洞指挥部里，郝占仁充满激情地用心跟自己新婚的妻子李侠说着话。

四

师司令部演习结束，回部队所在地的第一个星期天，郝占仁首先请军务科、保密室和打字员、司机等战友们喝喜酒。

同乡战友陈兴会送的鱼有二斤多，李侠就将这条鱼拦腰截断：“仁哥，鱼头这面儿请你们单位首长、战友，鱼尾这面儿请同乡战友，你看行不？”李侠称呼新婚的丈夫郝占仁“仁哥”，他觉得很甜蜜、幸福，但也有点欠妥，似乎有点肉麻的感觉，就商量着说：“侠，有外人的时候咱不称呼‘仁哥’好吧，可以称呼‘占仁’或者称呼‘小郝’，不然我会脸红、不好意思的。”李侠瞅着郝占仁，甜蜜地一笑说：“行，仁哥，我记住了。那有外人的时候，你怎么称呼我？我爱听你称呼我‘侠’，可是，外人是不是感到肉麻呀，怎么办啊仁哥？”郝占仁说：“好办，我称呼你‘小侠’怎样？”李侠一听“小侠”就开心地笑了，“就叫我‘小侠’，我爱听、我喜欢。”

军人家属来队临时宿舍。

军务科战友们喝酒的时候，赵科长很激动地说：“今天这个酒好！得喝出三层意思。”大家就问：“哪三层意思？”赵科长说：“第一，小郝和李侠同志的结婚喜酒；第二，这次演习成功的凯旋酒；第三，祝贺郝占仁同志进步的祝贺酒！”

大家对第一、第二层意思明白，对第三层意思就都有点丈二和尚摸不着头脑，大家的目光齐刷刷地望着赵科长。

“小郝的进步祝贺酒？怎讲？”黄参谋问。

赵科长不是卖关子，但是并没有说出真正的原因：“进步酒，就是郝占仁同志要进步了，升（生）了！哈哈哈……”

赵科长这句话是一语双关的。演习中，郝占仁思路清晰、反应迅速、动作到位，表现非常突出，体现了师部指挥机关军人的高素质，在首长心目中留下了良好的印象。当师首长得知郝占仁还是新婚蜜月期间，且婚假还没有休完就来参加军事演习，更是赞赏不已，表示要对小郝进行奖励，奖励的办法不是嘉奖、立功，而是提职。郝占仁是志愿兵，属于专业兵种系列，准备想办法提一档。但是，这事情在师首长那里只是个意向，并没有落实、公开。所以，赵科长哈哈一笑，巧妙地转移了话题，说：“大家就不要装了，你们想啊，占仁和李侠同志结婚了，是不是啊？”大家都说：“是啊。”赵科长说：“结婚了当什么了？当丈夫了，当丈夫了之后干什么？能不生（升）吗？哈哈哈……”

“哈哈哈……”大家都笑了，把目光一下子就都转移到李侠身上。

李侠脸红红的，就抻一下郝占仁衣襟，说：“仁哥，咱给赵科长敬酒，给大家敬酒！”

“仁哥，这称呼太那个了……”黄参谋呵呵地笑着说。

“仁哥？仁哥！仁哥好啊！仁义的大哥！……”大家就都重复着叫好。

李侠脸更红了，害羞地说：“仁哥，啊不，占仁不让我在外面人面前叫他

‘仁哥’的，我忘了。”

“就叫‘仁哥’！我们是外人吗？我们不是外人，我们是亲兄弟啊！”大家说着就唱了起来——

战友战友亲如兄弟，
革命把我们召唤在一起，
你来自边疆，
他来自内地，
我们都是人民的子弟，
战友，战友！
这亲切的称呼，
这崇高的友谊，
把我们组成一个钢铁集体，
钢铁集体……
战友战友目标一致，
革命把我们团结在一起，
同训练，同学习，
同劳动，同休息，
同吃一锅饭，
同举一杆旗……

又一个星期日，郝占仁、李侠请海城籍贯的同乡战友喝喜酒。

周玉功是工兵营机械连连长兼指导员，酒量不大，一两正好、二两就多的主，所以他不在喝酒时说话，等大家喝得差不多了就开声了：“让新郎官唱首歌吧！”袁庆峰、李新国、邱永常、陈兴会等就喊：“好！”

郝占仁在战斗连队时间短，军歌会唱的没有大家多，就手抓脑袋琢磨唱啥，忽然想起在师警卫连新兵时学的《打靶归来》，站起来说：“我唱一首《打靶归来》——”

日落西山红霞飞，
战士打靶把营归把营归，
胸前的红花映彩霞，
愉快的歌声满天飞，

Mi sol la mi sol，la sol mi do re，
愉快的歌声满天飞。
歌声飞到北京去，
毛主席听了心欢喜，
夸咱们歌儿唱得好，
夸咱们枪法数第一……

“不行不行，还没‘走上打靶场’就打靶归来了？不行，先唱《走向打靶场》！”在通信连当指导员的李新国偷着乐，鼓动大家说。大家就都跟着喊：“对，对！先唱《走向打靶场》！”

郝占仁在师警卫连当新兵的时候学过，当然会唱，一点儿不扭捏：“好！一首《走向打靶场》献给大家！”这个时候，郝占仁略有醉意，离开饭桌，立正、稍息、立正，原地踏步走，同时双手前后摆动——

走向打靶场高唱打靶歌，
豪情壮志震山河，
子弹是战士的铁拳头，
钢枪是战士的粗胳膊，
阶级仇压枪膛，
民族恨喷怒火，
瞄得准来打得狠哪，
一枪消灭一个侵略者，
消灭侵略者！
走向打靶场高唱打靶歌，
豪情壮志震山河，
子弹是战士的铁拳头，
钢枪是战士的粗胳膊，
阶级仇压枪膛，
民族恨喷怒火，
瞄得准来打得狠哪，
一枪消灭一个侵略者，
消灭侵略者！

“好！好！”大家一边喊好，一边鼓掌。

“歇会儿，歇会儿，”袁庆峰说，“歇会儿再唱《打靶归来》。”

“敬酒！敬酒！给老乡敬酒！”李侠张罗着敬酒。

“新娘子也应该献上一首歌。”李新国瞟一眼李侠，诡秘地偷着乐，又出了点子。

“新媳妇唱！欢迎新媳妇唱！”邱永常、陈兴会笑着就带头鼓掌欢迎起哄。

李侠爱唱歌，上高中的时候跟着收音机学唱，高中毕业就没怎么唱了。跟郝占仁订婚之后，就学着一个人唱《望星空》《十五的月亮》，这个时候还真就用上了，说：“我唱《望星空》吧——”

……

我望见了你呀，
你可望见了我。
天遥地远，
息息相通，
息息相通。
即使你顾不上看我一眼看上我一眼，
我也理解你呀此刻的心情。
夜深沉，
难入梦，
我在凝望那颗星那颗星。
它是那么灿烂，
它是那么晶莹，
那是我敬慕的一颗心灵。
我思念着你呀，
你可思念着我，
海誓山盟彼此忠诚，彼此忠诚。
即使你化作流星毅然离去，毅然离去，
你也永远闪耀在我的心中，
在我的心中……

“不错，应该好事成双，再唱一首《十五的月亮》。”老实巴交的陈兴会呵呵地笑着喊。

大家就一起鼓掌："对对，好事成双，好事成双！再唱《十五的月亮》！"

李侠就再唱——

十五的月亮，
照在家乡，
照在边关。
宁静的夜晚，
你也思念，
我也思念，
你守在婴儿的摇篮边，
我巡逻在祖国的边防线……

"呵呵呵……"周玉功不等李侠唱完就嘿嘿地乐着说："你可傻着急的，蜜月刚度完就'守在婴儿的摇篮边'？哪有那么快啊……"

"哈哈哈……"大家就起哄，"噢，喔，哦……"

李侠霎时脸色绯红，双手捂着脸摇头说："不是不是……不是……"

袁庆峰、陈兴会就劝大家说："别捣乱，别捣乱，让新娘子把歌唱完了！"

李侠就又接着唱——

你在家乡耕耘着农田，
我在边疆站岗值班，
啊，
丰收果里有你的甘甜，
也有我的甘甜，
军功章啊，
有我的一半，
也有你的一半……

这首歌让大家来了兴致，战友们都唱了起来——

十五的月亮，
照在家乡，
照在边关，
宁静的夜晚，

你也思念，
我也思念。
你孝敬父母任劳任怨，
我献身祖国不惜流血汗，
你肩负着全家的重任，
我在保卫国家安全。
啊！
祖国昌盛有你的贡献，
也有我的贡献，
万家团圆，
是我的心愿，
也是你的心愿。
啊！啊——
也是你的心愿……

“好！好！喝酒、喝酒……”喊声和酒的味道充盈整个房间。

又喝了几盅酒之后，袁庆峰一本正经地说：“这回该占仁唱《打靶归来》了。”

李新国就诡秘地说：“赶紧唱《打靶归来》，人家新娘子等着‘守在婴儿摇篮边’呢！”

战友们又是一阵：“噢！喔！哦……”

郝占仁已经不是微醉了，而是醉意朦胧了，又站起来，立正、稍息、立正，原地踏步走，双手前后摆动，唱——

日落西山红霞飞，
战士打靶把营归把营归，
胸前的红花映彩霞，
愉快的歌声满天飞，
Mi sol la mi sol，la sol mi do re，
愉快的歌声满天飞。
歌声飞到北京去，
毛主席听了心欢喜，

夸咱们歌儿唱得好，
夸咱们枪法数第一，
Mi sol la mi sol，la sol mi do re，
夸咱们枪法数第一，
一、二、三、四，一二三四……
到最后，大家一起扯着嗓子喊："一，二，三，四！一二三四！"

五

又一个星期天，吃过早饭，李侠跟郝占仁恳求说："仁哥，带我到你们师部大楼里看看呗？"那种渴望的眼神让占仁很是怜悯。其实，李侠就是想看看爱人工作的环境，丈夫的工作"保密"对她太有诱惑力了。

"好！今天就陪同小侠首长视察师部办公楼。"郝占仁爽快地说。

李侠穿戴好衣服，又拿起小镜子前后左右照照，感觉没什么问题，拉住占仁的手，"仁哥，走啊，本首长视察师部办公楼！"

"好，走！"郝占仁起身，到了门外，他有意抽出李侠攥着的手，没抽出来，就侧身对李侠小声说："到外面不许手拉手，让人家看到不好。"

"哦，我忘了。"李侠害羞地一笑，马上放开紧攥着的仁哥的手，并立即侧跨出一步。

这是五层红砖楼房，进了大门，挎枪警卫战士一侧立正站立，因为郝占仁与警卫员们彼此很熟，用眼神打个招呼就上楼了。

来到第二层向右，过了两个无门牌号的门之后，依次门牌号码：1 号、2 号、3 号。

走到"1 号"门牌下面，李侠停住脚步，背着手，看看门牌号，看看房门，瞪大眼珠子，靠近占仁，小声问："这屋里的人是谁？"郝占仁郑重回答说："师长。"

"哦，是真师长？"李侠瞪大了眼睛。

"真师长，保证。"

李侠轻声说："小的时候陪表弟下军棋，知道师长是大官，没想到我能来到师长门口。"她的神情很庄重。

到了“2号”门牌下面，李侠很自然地问：“2号？多大官？”占仁说：“不一定，我们2号是师政委，跟师长一般大。还有团政委，跟团长一般大；军政委，跟军长一般大；军区政委，跟军区司令员一般大。”

李侠疑惑了：“跟师长一般大，谁听谁的？谁说了最算？”占仁说：“军事上师长是1号首长，政委是2号首长；政治上，政委第一，师长第二，政委是党委书记，师长是副书记。”李侠就点了下头：“哦，明白了，打仗的时候，师长最大；讲政治的时候，政委最大。”郝占仁就靠近李侠的耳朵，小声夸赞地说：“小侠首长就是聪明！”两个人都朝对方微笑了一下。

来到“3号”门牌下，看看房门，看看牌号，李侠自信地说；“这是副师长，对不？”

“正确！”占仁说。

“4号呢？”李侠继续往下看，3号之后没有4号，问：“4号应该是师副政委，怎么不见4号？”

郝占仁解释说：“部队裁军百万，精简整编，和平时期副政委不安排，但留位，4号空着；到了战争时期，肯定全部到位的。”

“嗯，明白了。”李侠好像很懂得，微微点头，那神态很是让郝占仁心里甜美、得意、骄傲，还有迷恋。

“5号！5号！”到了三楼，李侠小声惊呼，然后问：“什么官？”

“参谋长。”郝占仁一想军棋上没有这个官儿，就多解释一下，说，“参谋长，大校军衔，与师长、政委、副师长一样军衔。参谋长也分多种级别，有团参谋长、师参谋长、军参谋长、大军区参谋长，中央军委还有总参谋长。”

“嗯，知道了，”李侠靠近占仁，嘴巴贴近他的耳朵说，“哎，仁哥，听人家说参谋不带长，放屁都不响，是真的吗？”

“呵呵呵……”郝占仁就笑个不停，看着面前这个纯真无瑕的妻子，真是天真得可爱，回答说：“主要是岗位、责任、分工、权限不同，不能简单这么说……”

“保密室”映入眼帘，李侠显得格外兴奋，倒背着手，说：“这就是仁哥的办公室喽？”

“正确。”占仁说着话，在腰间取出钥匙，打开房门。

进入一个贴有淡青色壁纸的房间，干净简洁，东西两侧各靠墙摆放一个三人座红色真皮长沙发，挨着沙发就是两个高至胸脯的红色栏柜，中间有个只能一人通过的道口，李侠问：“你就在这工作吗？”

“这是保密室的对外接待室，我们两个保密员东、西两个屋。”郝占仁介绍说。

李侠这时才注意到，栏柜里面东、西墙壁上各有一个铁门，紧关着。走过栏柜通道口，李侠问：“哪个是你办公室？能进去看看吗？”

“不能！任何人都不行！”郝占仁严肃而坚定地说，“除了两个保密员，不管是谁，绝对不能进入！”

看着郝占仁那认真严肃的神态，李侠说：“我只是问问，没想进。”说着就回到了栏柜的外面，坐在红色沙发上。

“请侠首长理解，这是我的职责规定，必须遵守。”郝占仁依然很严肃，但也很俏皮。

“理解，本首长理解！”李侠拉住占仁的手，又是乖乖的样子，“仁哥，你严肃认真起来特庄重，特有男人味，很有魅力，好迷人哦！”

郝占仁幸福地笑了……

六

婚假到期，李侠明天就要结束探亲回家乡海城县了。

晚饭后，郝占仁默默地为李侠准备行囊。把洗过的苹果放入塑料袋里后又放在手提包里，叮嘱说：“今后你要尽量多吃水果，听人家说孕妇多吃水果对孩子有好处。”

“嗯，我知道了，仁哥。”

“不许干重体力活，保护好咱们的孩子。”

“嗯，我知道了，哥。”

“尽量不加班，加班也要早点回家，跟姐妹们搭伴走。”

“嗯，顺路姐妹四五个呢，放心吧哥。”

“明天你跟周玉功、袁庆峰媳妇一起搭伴走，互相多照应着点。”

“嗯，周玉功媳妇好像也有了呢。”

“你们重任在身，二十年后，很可能又是两名优秀的中国军人。”

“嗯，哥，到家我就给你来信。”

“回去为了上班近，你只能住在娘家了。将来咱也在县城买房子。”

“嗯，咱买房子一定要距离我爸妈近点的，互相有个照应，我妈还能帮助咱看孩子。”

“嗯，有空去看看爹妈，他们把我们哥儿五个和妹妹养大真不容易。妈身体不好，你多操心了，就替我多瞅瞅他们。”占仁动情地说，“其实，想一想长辈们为了啥？起早贪黑爬半夜的，就是为了儿女们幸福，将来有好日子过。”

“我会经常去看咱爹妈的，哥，你放心，在我眼里，公公婆婆就是自己的亲爹亲妈。”李侠说，“我还会经常给咱爹妈做衣服的，有适合他们穿的颜色面料，我就给咱爹妈做。”

“常来信。早点歇着吧，得两天两宿才到家呢。”郝占仁说。

“嗯。”两人上床之后，李侠面对丈夫，双手扳着他的后脖颈子问：“哥，如果不搞军事演习，你是不是很清闲啊？”

“是不累，每天实际工作量，累计三四个小时足够了。”郝占仁看着李侠的眼睛说，“这回你走了以后，我有闲暇就多看文学书刊了，两年多没有读文学书籍和写作了，我的精神家园快荒芜了。我必须坚持业余写作。”

“你给女兵都写过《琴声》的诗歌，哥，你啥时候也给我写一首诗呗。”李侠脸贴在丈夫的胸膛上。

“会的，一定会为你写出诗歌的。”占仁的手抚摸着妻子的长发，“你就是我的诗，最好的诗！”

“哥，你说咱儿子长大了，也能会写诗歌吗？”李侠在畅想着未来，“我早早地就教他读《诗经》，背诵《唐诗三百首》，长大像你一样，戴眼镜，会写诗。”

“会不会写诗，不重要，关键是首先教他怎样做一个好人，做一个德才兼备的好人，做一个对家庭、对社会、对国家有责任心的好人，同时，要是再会写诗，当然就更好了。如果只会写诗，不会做人，那他的诗也不一定会写到最好，而且他的人生也不一定会取得多大的成功。”郝占仁说。

“嗯，我知道了，”李侠说，“哥，我一定把咱的孩子首先培养成一个好人，而且还会写诗。像你一样，德才兼备的好人。”

“谢谢你能这样看我。”郝占仁说，“我们都二十五六岁了，想一想自己走过的人生道路，我觉得，无论会什么，做人品德是最重要的。如果一个人品德好，他就总会遇到很多贵人、恩人，进步的机会就多；如果一个人品德差劲，有再大的本事，那也是假本事，别人也不会看重他的，机会也不一定敢给他。”郝占仁停下不说了。

“嗯，我听着呢，哥，你讲。”

“我高中毕业到现在八九年了，我遇到了很多的好人、贵人、恩人。”郝占仁回忆说，“我的人生之所以这么顺，就是贵人多、好人多，而他们都是我的恩人。从公社的干部，到师警卫连、师医院，从师医院再到师后勤部，百万大裁军之后到师司令部，一路走来，一路贵人、恩人。你知道吗？师首长已经把我报到沈阳军区了，如果军区批准，我可能被授予军士长军衔。现在志愿兵属于专业军士，只有通过军队院校才能授予军士长军衔，可是，我没有机会经过院校，什么院校都没经过就被授予军士长军衔，全师只有一两个……”郝占仁忽然感觉李侠脸贴在自己的胸口上，没有一点动静，想她可能睡着了，就不说了。

“哥，你讲啊。”李侠突然说。

“你没睡着？我以为你睡着了。”

“没有，我在听哥说话。”

“哦，不说了，明天你还得赶路。”

“哥，你说吧，我听着呢。”

“那我说，你想睡就睡。”

“在军事演习的时候，我就特别想你，有很多话想跟你说。你知道，那可是在几百米深的山洞里，大山的心脏里。我在思考，人这一辈子应该怎样度过才有意义、有价值？我是一个农民的孩子，可是目前我所担负的责任，是我做梦都不敢想的。我真的很幸运。家里父母亲那样慈爱、仁厚，部队首长那么关怀下属，战友之间彼此真情相待，还有你，你李侠对我的爱。我真的太幸福了。这一切，都值得我好好珍惜，我就是要做一名最优秀的中国军人，来回报你们这些大恩人……不说了，你睡吧。”

“哥，你说，我听着呢。”李侠说。

“那就少说两句，军人是干什么的？是时刻准备打仗的，为什么准备打仗？那是为了和平、平安，为了幸福才准备打仗的。中国军人——中国人民解放军，就是保卫国家的，没有国，哪来的家？所以，为了家，也一定要保卫好国，保卫好咱们中国……”

“嗯。”李侠应声着，手抚摸着丈夫的肩膀。

“休息，坚决不说了。”郝占仁说。

“那以后再听哥讲。”

“嗯，以后哥再给你讲。”

……

作者简介

程湛馨，原名程占新，笔名燕山童，河北省秦皇岛市抚宁人，1962年10月出生。优秀中华文艺家荣誉称号获得者，中国诗歌学会会员，河北省作家协会会员，河北省文艺评论家协会会员，河北省网络作家协会会员，秦皇岛市作家协会理事，抚宁区作家协会主席。

春天里的救赎

卢立明

一

夜，已走进深处，老宋还在床上辗转反侧，难以入睡，心绪被秦东给搅乱了，乱如春风里摇曳不安的柳丝，他哪里还睡得着？寂静黢黑的卧室里，也残留着酒的醇香气息，间或还可闻到一丝丝淡淡的霉潮味儿。这房子，是老宋的老窝，这两年老宋一直寄居儿子家里，只是偶尔或临时有什么事，才回来住上一两天。儿子的家在市区，小两口一有了儿子，老宋老婆就乐颠颠搬过去住，老妈子当得心甘情愿，也乐此不疲。老宋喜欢清静，但又已习惯衣来伸手、饭来张口的日子，没坚持上几个月，他还是成了儿子家中的一员。后不久，又成小区老头儿帮的一员，老宋，则是那些人对他的称呼。

秦东的电话，是在下午四点多钟打给老宋的，说是已近两个月没见面，晚上想来家里跟老领导喝口酒，聊点儿事。秦东拎着酒菜上门来，还是称呼他宋局，老宋也或许真的有些不适应，连连摆着手，还宋什么局哟，那是老黄历了，现在我应该叫你秦局才是。秦东也显出几分惶恐不安，咧嘴笑笑说，可别介老领导，还是叫我小秦或秦东好了。

秦东上门找老宋，是为汤泉寨拆迁的事。汤泉寨在市开发区最西部，位置有些偏远，知名度却很高，这不光是因为它附近有处旅游景点，也是因为它搬迁改造过程弄得风起云涌，一度备受社会和舆论关注。那个时候，汤泉寨村还归宁安县管辖，老宋虽然在市开发区任发展局局长，对个中原因也知道个大概齐，说到底，就是开发商惹出的祸端。本来是一桩三厢情愿的好事，没那么多复杂因素，他们非要弄个血腥恐怖，以致引发村民大规模上访，先是呼呼啦啦围堵县政府、市政府，又去了北京城，这还了得？后经政府多方安抚，风波才暂时平息下。不想开发商那边又出了事，大老板二老板，双双进了监狱，工程项目由此被搁置，到现在已是八个年头，平时偶尔被人说起，常常能听到样板戏里那句台词：八年了，别提它啦！

前不久有了新情况，一是汤泉寨一带被划归市开发区，二是开发区管委主任也走马换将。这是两条比较敏感的大的消息，赋闲在家的老宋也已耳闻，但对这之后发生的事情，他还是有些闭塞了，秦东这时告诉他说，新主任上任没几日，就冲市领导拍了胸脯子，要将汤泉寨一带打造成一个大景区，四十天内完成汤泉寨村搬迁，两年内完成新村异地建设。接下来，新主任把这村里三百余未搬迁户，全部分包给区各委办局做工作，签订搬迁协议，到时完不成任务，唯一把手是问……

说者与听者，脸上都不见有兴奋之色。在老宋面前，秦东总是一副低姿态，今天又显得有些怂，眉宇间时而还会闪现几丝忧愁。拆迁工作组进驻汤泉寨村，已有小半月时间，秦东和手下几个弟兄已使出浑身解数，到昨天止，他们局分包的十九户人家，总算有十户签订下搬迁补偿协议，有五户尚在犹豫观望中，其余几户，还是那么顽固不化，尤其一个叫陈玉屏的老大妈……

秦东话说到这里，才让老宋彻底明白这位继任者的来意，而后，老宋的心绪就有如被风拂乱的柳丝了。老宋对秦东，也有些怨气，怎么不早点儿把这事告诉他。秦东的回答，他是不想给老领导添麻烦。老宋嘿嘿笑着说：“你小子少来这一套，是怕我找你的麻烦吧？”

汤泉寨村拆迁改造再怎么轰轰烈烈，也难以激荡起老宋的心潭涟漪，已是置身事外之人，那些事跟他还有几毛钱关系？引发老宋心神不安的，是那个让秦东犯头疼的女人陈玉屏，那是让老宋牵挂于怀，也是让老宋和老婆都很敏感的一个女人。秦东满怀希望地走了，扔下老宋和这孤寂的漫漫长夜，老宋为陈玉屏和她的家事焦虑着、困惑着，不时叹息出声，好在今晚他孤枕独眠，不然，他那老婆怕是又得扳坛倒醋……

好不容易的，老宋终于睡着了。但似乎没过多久，老宋就被噩梦给惊醒，梦境里充满血光和死亡气息，血色硝烟里，一副担架飘忽而至，担架上那人面目全非，已经死去，老宋还抱着他不愿撒手。一颗炮弹呼啸落地，将担架和老宋一起掀下悬崖，老宋“啊”地喊叫一声，猛地就醒了。天还黑着，老宋睡意远遁，下床，去书架上拿过一只相框看着。照片是他和战友郑金良的合影，背景是友谊关，下面一行白字还很清晰：一九八四年初春于广西凭祥。这是郑金良拉着老宋照的，当时郑金良说："一出这关口，很可能就是永别，就算是给你留个纪念吧。"老宋不能接受这种说辞："怎么是给我？咱们是老乡，是生死与共的战友和兄弟。"郑金良说："你这指导员是政工干部，要死，也得先可我这连长来，好兄弟，真要有那一天，我老爹老娘，我那两个孩子，还有你玉屏嫂子，就都托付给你了……"眼角有些冰凉，老宋用手摸摸，是泪水……唉，三十四年了，金良，你在那边还好么……

二

老宋的住处在市开发区滨江道"希望家园"，与秦东的家相距不远。老宋心不在焉地吃过早饭，没等秦东来接，自己提前过去，在小区门口与秦东碰个正着。秦东开了一辆黑色现代吉普，老宋坐进车里，仍有些精神恍惚。

他们走的是开发区最宽敞的龙海大道，也是一条最打眼的景观带，和煦的春风里，老宋看见道路两旁的花花草草们，又开始争相斗艳，高大的阔叶林带，又浓绿得汹涌澎湃。这些年，市开发区扩张速度很快，从最早的城市区边缘，已经向西纵深三十多里，俨然成为一座五脏俱全的新兴城市，这让老宋感觉有些陌生。

越野吉普一阵颠簸后，由大道尽头驶入一条窄路，前行十几里，就是汤泉寨了。

这条路，老宋很熟，车轮溅起的每一粒尘埃里，似乎都含有让他难以忘怀的往事，沉甸甸撞击着他的心……四十一年前，老宋和郑金良当兵离家，结伴去镇上报到，走的是这条路；五年后，老宋借探家之机，陪送陈玉屏去部队跟郑金良结婚，走的是这条路；又四年后，老宋与郑金良再次结伴而行，荣归故里，走的也是这条路，郑金良却化成一捧骨灰，被红布包裹着，静静躺在老宋的旅行箱中。转年春天，老宋转业回来，此后多年里，这条路他走得很勤，也很沉重，直至陈玉屏嫁给第二个男人。也不是嫁，应该是娶，陈玉屏曾信誓旦旦不会改嫁，自食其言，抑或是生活所迫，郑金良是家中独子，扔下一双年迈父母、两个幼儿而去，让陈玉屏独撑这份沉重，该有多难？也抑或是承受不住飞短流长，自古寡妇门前是非多，老宋经常出入陈玉屏家，已引发单位、村里、自己家里各种议论猜疑不断，老宋身正不怕影子斜，可陈玉屏在乎，她公公婆婆在乎。

陈玉屏是为了照顾公公婆婆，才招二婚男人入赘上门，这个倒插门儿，正像老宋事先暗中考查过的，果然很不错，尽心尽力帮陈玉屏支撑着家，对她两个孩子也视为己出，可惜这半路好夫妻，也是没得善始善终。老宋至今还清楚地记得，那是五年前的四月二十五日，倒插门儿突然来管委会大楼找到他，说自己还是食言了，半路当了逃兵，陈玉屏那个家，以后还有劳宋兄弟多费心了……老宋已有些日子没去汤泉寨，这时才知道，这好男人得了绝症，已时日不多。

好男人死个明白，却难安然，老宋给他的那个郑重而悲壮的承诺，或许能让他走时少些挂念，但老宋却有负自己的承诺，对陈玉屏和她家人，虽牵挂依然，却疏于具体行动。今年春节，老宋曾打电话给陈玉屏，本想过来看望，听见对方一客气推让，他又心生怯意，现在想来，还是自己有点不够男人了。

去陈玉屏家的路径，秦东已熟悉过老宋。当年开发商一经跟搬迁户签下协议，跟着就动用钩机铲车，把房子拆个乱七八糟，废墟也不清理，权作一种手段催逼那些不愿搬迁户。如今八年过去，废墟大多还胡乱堆在那里，上面已是荒草萋萋，一些小树已有碗口粗，看上去，整个村子就像是一处地震遗址。

秦东今天不方便跟老宋一起见陈玉屏，回指挥部等候消息了。老宋走进院子，愧疚的心里，也有些莫名的紧张。陈玉屏似乎知道他会来，她不叫老宋，不叫宋局，叫他建林兄弟。这一称呼，打老宋咕咚一个响头磕下，认郑金良父母做干爹干妈那天起，就不曾改变过，它蕴含着一个女人对一个男人的亲切、亲近，但在老宋的感觉里，它好像也有设篱笆墙的意味。这种感觉，让老宋不免有些怅然，这么多年里，他一直拿陈玉屏当着大姐，当着嫂子，不曾动过半点儿邪念的。不过话说回来，陈玉屏这女人也确实容易让男人心生非分之想，她模样好，身材好，脾气秉性和为人处世，也都无可挑剔。她是那个年代这村里为数不多的高中生，还曾当过民办教师，天生气质与后天修养相融，让这乡下女人又有别于乡下女人。老宋老婆有幸成为城里人，成为官太，也自觉逊色不及，这也或许是她不放心老宋和陈玉屏来往的缘故吧？

屋子里只有陈玉屏一个人。老宋没有过多寒暄，很快就进入实质性话题，很快就弄清症结所在。按市开发区现行补偿安置政策，陈玉屏一家能分得四套安置房，近百万补偿款，除此之外，开发区还要为搬迁村民购买养老保险，女的五十八，男的六十，也能像城里人那样拿养老金了，这可是天上掉馅饼的大好事啊！陈玉屏却迟迟不愿签订协议，根子是在她那两个亲生儿子身上，他们都认为这宅院属于老郑家，后爹的儿女春梅和石头是后来者，是外姓人，安置房没她们的份儿，补偿款也不该跟她们平分。“建林兄弟，你说大军、二军他们这叫人话吗？二军更不应该呀，要不是他那后爹、后哥不辞辛苦挣钱养家，供他上大学，他能有今天？春梅学习比他好，是为了他，才放弃上大学的机会，这些恩德情义，他们咋就忘了呢？这次拆迁，官家跟我们村民誓言，一定要一碗水端平端到底，我们家这碗水，我也要端平端到底，手心手背都是肉，向着亲的亏着后的那种事，我陈玉屏做不出来！”

陈玉屏不愿跟秦东他们，不愿跟街坊四邻坦言实情，是嫌砢碜，现在说给建林兄弟，也觉脸上有些灰，她，和她这个前撇后带的家，可是一直被村人视为楷模的。陈玉屏也怨起自己，在公公婆婆离世后，她为了一家人的和睦，一直没把房产和宅院分割清楚。怨过，她转而又骂起原村长罗大嘴，要不是那个花心萝卜愣说她们家院大地阔，愣是不给大军和石头另批宅基地建房子，也不至于出这乱子。

这时候的建林兄弟老宋，心中充满对陈玉屏的敬佩和同情，他已让陈玉屏打电话给几个孩子，由他主持召开一个家庭会议，如果他能把这场矛盾纠纷解决好，既是帮了陈玉屏的大忙，也是帮了秦东的大忙，可谓一举两得。

三

外边传来摩托车引擎声，是大军回来了，大军就在附近旅游景点上班。陈玉屏不放心地嘱咐老宋一句：“我那两个儿子儿媳，能说服则罢，可别弄个脸红脖子粗的，犯不上。”老宋笑了下说：“能和风细雨地解决问题，当然再好不过，如若不能，撕破脸皮我也无所谓，反正我是不想和稀泥、当和事佬的。”

石头回来时，也拖拽着一串引擎声。他先去了后院自己家里，等见大姐春梅露面，才一块过来。春梅嫁的村子，距汤泉寨有十五六里路，她是坐三轮电动车来的，陈玉屏也招呼姑爷子进屋，春梅没让，说看过宋叔他们就走，婆婆在镇卫生院输液，需要照看，至于安置房和补偿费，随他们怎么分，怎么争，她不想再参与。

春梅这番话，引发石头的不满："姐，咱们不是在争，是在维权，要说争，也是为争个公平，为争口气。"老宋和陈玉屏也都是这话，将春梅夫妻俩劝留下来。

就差二军小两口还没到，他们住在市区，路途稍远些。陈玉屏有些等不及，打手机催问，二军却说有事来不成了。愤怒和失望，让陈玉屏变得粗俗起来，骂起二军："浑蛋玩意儿！来不了咋不早放个屁？"

一口恶气还横在嗓子眼儿，又听大军阴阳怪气道："二军来不来，这家庭会开不开，反正左右都是那么回事。妈，不是我说你，这本是咱们家的事，你让外人掺和个啥呀？"

陈玉屏像似被棍棒击中脑袋，猛地呆住。少顷，她忽地扑到大军跟前，厉声问道："你说谁是外人？你春梅姐？你石头兄弟？还是你宋叔？浑蛋玩意儿，这么多年里，他们一回回帮你疼你的时候，你怎没拿他们当外人？现在说这话，我看你是心肝肚肺让狗给吃了！"

老宋劝阻住陈玉屏："算了嫂子，拿我当里人外人，我还是我，没关系的，大军有啥话都让他说出来，灯不点不亮，理不辩不明嘛。"

大军却敛了口，说他是从班儿偷摸跑回来的，得赶紧回去。说着话，人已经出了屋子。石头跟着也起身，冲陈玉屏叫声妈，说他还是那句话，这事不整个明白，协议就不能签，签也白签！然后气哼哼走了。

最该来的人，要么躲着不来，要么这么气急败坏，家庭会刚开个头，就不欢而散，这叫啥事啊？老宋呆呆站在那里，满脸的尴尬、沮丧，老宋也为自己感到悲哀，在大军、二军眼里，他已经不是当年那个被仰仗、受依赖的宋叔叔了。

陈玉屏更是气得鼓鼓的，春梅两手在她前胸后背交替摩挲着，同时也替石头道着歉。陈玉屏说："道啥歉哪，石头说得没错，妈也还是那句话，手心手背都是肉，不能便宜这个亏待那个，更不能亏待你这好闺女。"春梅说："妈你不用顾及我，我们家的日子眼下是难点儿，可没有搬迁补偿这事，不也得照常过吗？"春梅也要走了，问陈玉屏，定没定下哪天给郑爸迁坟，到时他们一家都过来。

陈玉屏强忍在眼里的泪水，在春梅离去那一刻，怦然而落了，怨气又随之而出。老宋没接陈玉屏话茬儿，他在想大军、二军，那么好的两个孩子，怎么会突然变得这么利欲熏心，近三十年两姓兄妹姐弟间的那种难能可贵的相濡以沫，在真金白银面前就这么不堪一击么？……老宋心有怨而不言，是不想给陈玉屏添堵，他只能送她宽心解忧丸——大军二军那哥俩，本质不错，只是一时迷了心窍，相信他们会觉悟的。劝慰几句，老宋遂问起迁坟的事。

郑金良的骨灰，一半安葬在广西凭祥烈士陵园，一半被陈玉屏葬在自家地头，那片区域已纳入大景区，马上要开发建设，所有坟墓都要迁移，离最后期限还有五天时间。在这件事上，陈玉屏也没想要当钉子户，她打算把亡夫骨灰先起出来，待补偿费下来后，在长山陵园买块墓地，在那里安葬下。老宋却另有所想，说这事由他来操办。

四

老宋从陈玉屏家出来，没走多远，就被秦东给迎住，秦东一看老宋那副表情，不需问结果就已知道是什么结果。老宋也看着秦东表情，说："怎么的，沉不住气了？你老领导当年带兵攻克的山头碉堡，比这艰难多了，别急，心急吃不了热豆腐。"

两人回到"希望家园"，已是中午时分。秦东又要请老宋吃饭，被老宋谢绝了，他独自去了附近的"老兵饭店"。一点半钟左右，老宋从饭店出来，坐上二十九路公交车回了市区，不过他没回家里，而是去了市民政局。

第二天，老宋又出现在"老兵饭店"，中午，他们一群战友要在这里聚会，他还邀请了一位特殊客人。这位客人已经猜测到老宋请他吃饭的目的，来得有些不情愿，拿拿捏捏临近十二点才到，一走进包间，他陡地愣怔住，屋里除了宋叔，还有十几张生面孔。

老宋招呼着他："来，来，二军，这些人也都是你爸的老战友，都曾几次去过你家。"二军窘迫地笑笑说："不好意思，都认不出了，宋叔，今天这顿饭理应我请各位长辈。"老宋嘿嘿一笑，指指身旁那人，说："你这位曹叔是店老板，还用得着你破费？你能来，就是给宋叔面子了。"二军明白老宋言有所指，说昨天他确实有事过不来。老宋说："我就说嘛，二军是大学生，哪会那么不明事理？”把二军拉到他身边坐下来。

人已全部到齐。老曹喊儿子过来倒酒，老曹说：“叔叔伯伯是你接来的，这差事也交给你了。”小曹应得爽快：“好嘞！”看见桌上多出一套餐具，要撤下，被老曹给喝住，说：“那里坐着人，你看不见，我们这些老战友可都看得见。”小曹懵然片刻，恍然明懂了一种神圣寓意，恭敬小心地，把那只杯子也倒满酒。老曹这时瞅瞅老宋：“那就……开始？”

二军闻言起身，要先敬各位叔叔伯伯一杯，却被老宋制止住。老宋朝墙边那张木柜走过去，将一块黑纱缓缓揭掉，露出一只相框，问二军，知不知道这位军人是谁。二军神色变得肃然，他说他知道，是凭想象，凭感觉，恍惚记得，他家柜子上也摆放过这样一幅照片，后来被妈给收藏起来，只是在某个特殊日子，才拿出来给他和哥哥看过。真实的父亲，二军只见过一面，那时他还不满周岁，脑子里不可能留下印象。他印象中的父亲，就是这样一幅永恒的平面影像，也是有些淡忘了。

“二军啊，我们这些战友每次聚会，都要在桌上为你爸摆上一副碗筷和酒杯，第一杯酒，都要先敬你爸，你知道为啥吗？”老宋又在问二军。这是不需回答的问，老宋接着又说，“那是因为我们是吃过一锅饭、睡过一铺炕生死与共的战友和兄弟，是因为我们还没忘掉那份情，是因为你爸还活在我们心里。”

老曹接过话：“二军，我的侄儿小子，你宋叔说得没错，这么多年了，我们这些战友始终亲近不疏，有难相帮，有福同享，不分城里村里，没有高低贵贱，凭的就是一个情义。就说我吧，要不是你宋叔和这些老战友帮衬，我哪能开成饭店？一家人还在村里过穷日子哪！再说你宋叔，他对你爸的临终托付和自己的承诺，看得比大山还重，执意要转业回来，放着市里不去，县城不去，就回镇上，侄儿小子啊，你更应该明白他这是为了啥吧？这世上，什么东西都有价，就这情义无价，就这情义最珍贵。”

老宋没让老曹再说下去，把那杯酒端起来，放在了相框前：“金良大哥，我们这些战友又相聚一起，二军也来了。没啥情况，他们哥俩，还有那姐弟俩，都好着哩，嫂子和家里也都好着哩，你放心吧。金良大哥，我们敬你了。”

十几位战友一起举杯，酒只喝了一半，将另一半，泼洒在了地上。

今天这场战友聚会，大家的心情都有些惆怅。老宋特意把二军请来，但从始至终，他们都遵从老宋的意图，谁也没言及二军的过错，也没言及他家里的那些矛盾纠纷，如果二军能够明懂事理，自然会明懂老宋和这些叔叔们的良苦用心。这期间，老宋一直观察着二军的神色，二军离去后，把他的心也牵拽去，他不知道这场无声胜有声的救赎对二军的心灵是否会有所触动。但愿他们兄弟俩还没堕落到不可救药的地步。

当天晚上，除老曹外，其他那些战友都住在老宋家没有回去，不是因为喝酒聊天过晚，是因为明天他们要去给老战友迁坟。老宋昨天下午去的市民政局，今天下午就接到局长钟厚林的电话，说他们那边该做的工作，都已经做好，他那位老战友明天就可以迁坟入陵。钟厚林也是军人出身，但做事如此爽快，又如此敞亮，还是出乎老宋的意料。

一群战友分散而居，难得相聚，茶水喝得没完没了，话也说得没够，很晚他们才睡下。老宋又是一个难眠之夜。

五

陈玉屏带着全家人，在坟地等候着老宋他们。春梅和石头两对夫妻也都来了。老宋和那些战友们，今天都换上了绿军装，他们走近陈玉屏一家人跟前，才被认出来。这是老曹的主意，也是老曹的亲力亲为，他们曾经穿过的这种老式军装，市面上已经很难见到，不知老曹是从哪儿淘弄来的。军装刚一穿到身上，他们都觉有些好笑，有些别扭，但很快就被一种庄严和神圣感所浸染，让他们仿佛又回到当年的岁月里。

坡岭上阳光融融，慰藉着一颗颗悲伤的心灵。春天给人们的感觉总是很美好的，温暖，鲜活，蓬勃。坟地四周的田头地埂上，花草树木又吐绿的吐绿，开花的开花，变得色彩斑斓起来，只有坟头前那株洋槐树，还粗黑黢黢光秃秃，枯死了？近前，才发现它枝头上已冒出芽坯，有春风春雨的滋润，到了五月中，它就会吐绿，会开出一串串白花，香气浓郁得远远都能闻得到。据陈玉屏说，这株槐树是她亡夫安息这里第二年，自己长出来的，冥冥中，她总觉这是亡夫灵魂的复活、生命的延续，这树要是能和亡夫的灵柩一起移走，那该有多好啊！

坟墓被挖开。坑穴内那只微型柏木棺材，已经腐烂，几件遗物也成黢黑一坨。骨灰被放在坛子里，封闭很严，完好无损。但老宋并没重新装殓，也没见他带骨灰盒来，他和那些战友们，似乎都在等待着什么。陈玉屏和家人都有些茫然。老宋却不言明。陈玉屏过来正要问个究竟，猛听老曹喊声：“哎哎老宋，车来了！”

三辆汽车，依次停在坡下空地上，头一辆是黑色轿车，第二辆是秦东的黑色吉普，后边那辆，是白色加长加宽型灵车。老宋心头倏忽泛起一团麻酥酥的热，赶紧迎过去，老宋没想到钟厚林把场面弄得这么隆重庄严，更没想到他还会亲来现场。“钟局长，真得好好谢谢你呀！”钟厚林不以为然：“应该，应该的，当过兵的都是战友，在你们面前，我不过是个新兵蛋子。”

从灵车里下来的四位小伙儿，都一袭黑西服，手戴白手套，前边那人怀抱一只骨灰盒，上面覆盖着红布，像团火在春光下闪动。郑金良的骨灰，还有一套他生前穿过的旧军装，都由他们缓缓放入骨灰盒中，其意义就有些不同了。当他们迈着军人式步伐，护卫着大军抱着骨灰盒离开墓地时，灵车上忽然又响奏起悲壮的哀乐，老宋那些战友们，这时仍站成一排没动，老宋冲他们大喊声：“敬礼！”

在附近劳作和迁坟的人们，纷纷被这场景吸引过来，有些人家，把迁坟仪式弄得也挺隆重，但哪见过老郑家这阵势？陈玉屏和一大家人，悲伤着，激动着，也震惊着。让她们更想不到的是，灵车并没去长山陵园，而是五十里外的烈士陵园。陈玉屏惶惑不安地看着老宋，看着民政局局长，“这，这……”一时不知怎么表达。钟厚林说：“老嫂子，你就心安理得地接受吧，这地方才应该是你丈夫的安息之地。”陈玉屏听了，不禁哽咽出声。老宋和他那些战友们，眼里也都噙满泪水，秦东也是两眼潮湿……

这大半天里，老宋也默默观察着二军、大军，期望能从兄弟俩的目光里，读到让他欣慰的信息。老宋不知道这种救赎形式，能否从泥淖里唤回他们的道德和良知……

老宋接到陈玉屏电话，是两天后的下午，这是老宋一直期待着的。陈玉屏一开口，先感谢起他这建林兄弟和那些战友，多亏了他和他们，他们一家才没有分崩离析，才又和睦如初……老宋只听这几句，就已明白是怎么回事了，一口长气舒出来，顿觉身心轻松很多。

陈玉屏不只是报喜，还有件事，明天中午，她想把一大家人都召集过来，在老家院吃最后一顿团圆饭，让老宋和那帮战友也都过去热闹热闹。

老宋的表态有些模棱两可，按老宋的想法，等他们搬家那天他和战友们再一起过去，帮他们在新地安置好后，大伙儿齐聚老兵饭店，好好热闹一场。沟通电话，老宋先打给老曹，老曹也是这个意思，但老曹又说："陈玉屏一家在老院吃最后一顿团圆饭，很有意义，咱们人可以不到，心意得到，我的意见以咱们战友们的名义，送一只大蛋糕给他们。"老宋说："这想法好，蛋糕上面再写上一句祝福，诸如家和万事兴什么的，就更有意义了。"老曹说："得嘞，我这就去起士林定做，明天中午前，让我儿子把蛋糕给他们家送过去，宋局还有啥指示没有？"老宋说："啊呸！这么不长记性，叫我老宋，老哥……"

作者简介

卢立明，20 世纪 80 年代开始文学创作。河北省作家协会会员，秦皇岛市文学院签约作家。曾在《青年文学》《长城》《天津文学》《小说月刊》等刊物发表中、短篇小说，散文，报告文学等作品 40 余篇。出版小说集《困惑的土地》《祭海》和长篇小说《白芦花》。作品多次获秦皇岛市文艺繁荣奖。

砥 柱

马建忠

持久地坚持正义和纯粹地选择是艰难的。
——题记

一

有人愿意把房屋建在离坟地最近的地方吗？

有。

耿胜男的房屋就建在坟地一侧。

屋子没有院墙，只有一扇挂着风铃的窗，那扇窗正正地对着一座坟茔和一棵笔直冲天的树，那棵树好似一根旗杆在中间那座坟的正后方。耿胜男也记不清到底是哪一天长出了这样一棵树，她只记得那是她当家人蒋一准去世后的第一个清明节，有一棵不知名的树伫立在了那里。

一片片树叶飘零而落，像是耿胜男凋零的心，微弱的星光下，土屋与坟地似乎成为一座庄园。

耿胜男雕塑一般坐在窗前，一双眼睛与花白的头发及满布的皱纹极不相称，直勾勾地盯着那棵树，突然一个身影在窗前一闪即过，那人身着一袭白色长衣。她喊了声“谁”。那个人回转过身来，他的正面竟然跟背面一模一样，依然无法辨认出五官，就在她张大嘴巴合不拢的时候，那个人的肩上又冒出两个头来，只是仍旧无法辨识出模样，她抄起蒋一准生前留下的杀过鬼子的青锋刀，准备推门刺之，一瞬间那个人不见了，只剩下孤树下一座孤零零的坟茔，那把雪亮的青锋刀划过一道美丽的弧线刺向了树的枝干，她在舒缓中醒了，疲倦的她手里捧着一个相框，那张照片里有一男一女和一个孩子。

秋风吹着落叶击打在窗户上发出“唰唰”的声音，风铃也发出有节奏的音乐，耿胜男从来不惧怕那些游荡的灵魂，她甚至有些时候希望自己灵魂出窍与那些灵魂促膝而谈。如果说非要找出一种耿胜男害怕的事物，应该就是孤独了，一个看不到希望的孤独者确实是可怕的。

耿胜男一个人害怕的时候最喜欢向远处看海，蒋一准就在那里。

二

蒋一准家住崇山，那是一处少有的世外桃源，草木葱茏，山花烂漫，树干指天，阳光透过茂密的树叶倾洒在羊肠小路上，这唯一通往崇山的路崎岖蜿蜒，紧邻着悬崖峭壁。他从小就像猴子一样穿梭于崇山之中，奔跑、跳跃、攀爬，身轻如燕，眼睛锐利如鹰。他的弹弓打得极准，除了射猎一些雀鸟外，夏日里经常用微小的石子捕杀藏匿在茂叶中的蝉。烤蝉是爷爷教给他的第一种烹饪技术，作为一名猎户他的成长历程就是学会用各种技巧捕捉一切来自崇山之中的猎物，小到山鸡、野兔，大到狍子。远离尘世喧嚣的他和爷爷无忧无虑地生活在崇山的石屋之中，夜晚来临月色撩人的时候，爷爷常叹气说：“咱这儿穷乡僻壤的啥时候能给你娶个媳妇呀！”蒋一准摇头说：“我跟爷爷相依为命，永不分开。”

那天，天高云淡，一声清脆的枪声划过长空。在深深的蒿草丛中蒋一准突然放下瞄准兔子的猎枪，他判断着刚才那声枪响不是出自爷爷的猎枪。在这崇山方圆数十里地就只有他们这一户人家，是谁闯入了他们单纯的世界呢？更为可怕的是闯入者带着一种听起来穿透力极强的枪。他放弃了到手的猎物向爷爷出发的方向奔去。二十分钟后在鬼见愁悬崖边上他找到了身负重伤奄奄一息的爷爷，蒋一准不顾一切地扑到爷爷身上，他把爷爷的头枕到自己的臂弯里，爷爷费力地睁开了眼睛。“爷爷，是谁打伤了你？”爷爷努力地张了张嘴，什么也没有说出来，头一歪撒手人寰。

三天后，石屋的小院内竖起了一座坟茔，蒋一准沿着羊肠小道开始了寻仇之路，他的布兜里装着从爷爷身上剜出的那颗子弹头，他确定这种子弹头从未见过。

以往这样的季节，小溪流水潺潺，林中鸟儿争鸣总让人心旷神怡，可如今这一切在蒋一准心里都视若无物，他装着的只有满腔仇恨，以及手刃仇人的信念。

猎人的嗅觉超常的灵敏，翻过达子岭不久，蒋一准似乎闻到一种不寻常的信息，紧张、狂虐、暴躁，他知道走出达子岭就意味着走出大山，走进繁华的滚滚红尘。他敏捷地爬上一棵参天大树，这是他常攀爬的瞭望树，在通往达子镇的路上用一层层铁丝网和木楔子拦在了路上，守护的人穿着土黄色的衣服，他们的手里拿着长长的枪，枪头上还插着银光闪闪的刺刀。蒋一准竖起耳朵听着他们之间叽里呱啦的对话，竟然一句也听不懂，他决定在枝叶的遮蔽中静静地等待，直觉告诉他会有什么事情发生。

远山的空濛中月儿挂上树梢，他的肚子有些饿了，他不敢动，微风拂过枝叶轻打着他的脸颊，他知道一旦被对方发现就会成为活靶子。他咽了口唾液，一动不动地潜伏着，这是从小爷爷传给他的本领。记得最初学习狩猎的时候，第一课就是练习耐性，六岁的他蹲在柴火垛后用拍网抓鸟。他似乎天生具备猎人的本能，每一次与猎物进行耐性的较量中他总能成为最后的胜利者。

蒋一准用余光瞟了眼骑在山头上的夕阳，他觉得时间差不多了。果真，不远处的小木屋里走出来两个也穿着土黄色军装的人，从第一天看到这些像蝗虫一样的人他的心里就充满了憎恨，对他而言，原本这条通往达子镇的路是通往人间天堂的路，可自从有了这些“蝗虫”设卡以来行动就极为不便了，那次因为他腰里别着一把宰杀兔子的匕首挨了一枪托，心爱的匕首也被没收了，他不明白凭什么这些“蝗虫”可以不讲理地吆五喝六。恨，从那一刻便悄然根植在蒋一准的心里。

朦胧的夜色中一件物品瞬间撩拨了蒋一准的内心，其中一名军人腰里别着一把锋利的背刀，他一眼就认出那是爷爷的青锋刀，那把刀曾陪伴爷爷杀过清军，也杀过洋鬼子，听爷爷说那把刀虽然不长、不宽、不厚，但是锐利无比，吹毛断刃，是刀中的极品。

蒋一准举起手中的猎枪，又放下了，通过目击距离他知道猎枪的射程根本无法伤及“蝗虫”，他灵机一动，迅速从树上爬下来，从怀里掏出一根绳索，然后从兜里摸出一块打火石。他绕到大树的后面用打火石点燃一根松油火把，用绳索套牢扔向了另一棵树，而后朝着门卡放了一枪，随后快速爬上那棵枝繁叶茂的树。树林中已然休憩的鸟被突发的枪声惊得四散纷飞，那支松油火把将鸟雀的身影映得迷离。

“蝗虫”向着这边举起了枪，那两个人双目相望地交流一下，其中腰别青锋刀的“蝗虫”向树林处走来。树林死一般的寂静，“砰”的一声那个“蝗虫”仰面倒地，他手中那把长枪滚落一旁，那把青锋刀竟然神奇地划过“蝗虫”的腹部，五脏六腑撒了一地。蒋一准嗖地一下窜下来，一手捡起那把青锋刀，另一只手拾起长枪。

一颗子弹顺着他的耳际划过，他的位置被另一只“蝗虫”发现了，刹那间，他知道这把长枪竟然有这么远的射程，他蹲下身子瞄准，子弹划过夜色穿透了那个“蝗虫”的脑壳，尸体直挺挺地倒在了门卡处。连续的枪声惊动了木屋里的“蝗虫”，蒋一准一松手，那支绳索上的松油火把荡开来飞向一侧的悬崖处。夜，骤然漆黑了，乌云遮住仅有的一丝月牙光线。

天蒙蒙亮的时候，做着快意恩仇梦的蒋一准被尖叫声惊醒，一定是有人掉进木屋附近的陷阱了。他敏捷地翻身而起，背上青锋刀和猎枪，顺手抄起那把长枪，然后紧贴着石墙经窗口移动，他看到七八个“蝗虫”正朝着石屋靠近。从小爷爷就对他说猎户三道门，尤其在崇山这样险峻的地方，很可能遭到猛兽的围攻，爷爷在建造石屋的时候早就留有后门。那是通往北侧峻岭之门。他拉开后门的门闩，同时放下正门的弩箭机关和后门的竹箭坑，随后他在隐蔽处举起枪瞄准了那个拿着大洋刀的“蝗虫”。

他每扣动一次扳机子弹就会从“蝗虫”的眉心穿过，转瞬间四个“蝗虫”命呜呼。他枪法的精准超出了“蝗虫”的想象，剩下的四个人不敢再露出头来射击，而是选择了向石屋扔掷手雷。“轰、轰”两声，石屋剧烈地摇晃着，没有长枪子弹的蒋一准在灰尘四溢中跑出石屋，钻入植被更加繁茂的峻岭之地。

没了石屋的遮蔽“蝗虫”的胆子大了起来，余下的四个人叫嚣着冲进石屋，弩箭被手雷破坏没有起到任何暗器的作用，一个“蝗虫”中了陷阱的道，一头跌进竹箭坑万箭穿身。轻车熟路的蒋一准试图摆脱“蝗虫”的追踪，他确实快，确实比那三个“蝗虫”快，可他快不过那只大狼狗，那只军训过的狼犬嗅觉极为灵敏，闻着他身上的气味一路跟了过来，越追越近。

三年前他听说峻岭下的耿家庄有一个与他年龄相仿的年轻男子叫耿穿杨，枪法极准，弹无虚发，他就专门去找人家比试，两个人从五十步柳条系苹果到十步针线拴大钱没分出个高下，英雄相惜的他俩摆上一张小方桌、两个小木凳，倒上六杯清酒，跪拜在地上结为金兰之好，随即两个人痛饮一番，不知不觉日头已经爬进山坳，一片霞光映照在两张绯红的脸上，蒋一准抹了一把嘴起身去拿猎枪。

“兄弟有点晚了，要不别走了，就在我这里住一晚，明早回去。”耿穿杨拉着他的手挽留说。

“我跟爷爷说来峻岭这边狩猎，要是彻夜不归他一定非常担心的。”

“虽然咱们这两座山相隔不太远，可夜晚还是有猛兽出现的，前些天我们庄接连出了几起饿狼伤人的事件。”耿穿杨担忧地说。

蒋一准举起手中的猎枪微笑着说：“咱这枪可不是烧火棍。”

看着那支明亮的猎枪，耿穿杨悬着的心放了下来，“作为一名猎户哪有怕野兽之说”，蒋一准甩下这句话后飞快地消失在耿穿杨的视野中。

野狼是崇山与峻岭中最臭名昭著的野兽，它们通常群居，偶尔也独行。进入峻岭深处不久天色愈发暗了下来，林中通幽的土路绵长向远，蒋一准加快脚步，他一手握紧猎枪，一手摸出火折子，很少在崇山峻岭中走夜路的他听爷爷说过，火是野兽惧怕的东西。在他试图点燃松油火把的瞬间，夜色中一对绿色的灯直射进他的双目，他下意识地环顾四周，他最担心的无数盏绿灯辉映的场景没有出现，这是一只独狼。是除掉它，还是摆脱它，蒋一准一边有意识打乱脚步的节奏观察着尾随而来的独狼，一边想着。杀死这只狼不难，一枪毙命，但他知道这样的后果可能会招来狼群的围攻，穷凶极恶的野狼是不会被猎枪震慑住的，那只能更激发它们的凶残，还有一种方法就是借助捕兽坑杀死这条狼。峻岭的猎户布置他不是很熟悉，他需要尽快进入崇山地带，然后就不必非要从路人皆走的土路上行走了，他可以钻入森林与这只狼玩猫捉老鼠的游戏。

经验告诉他翻过峻岭至少需要一袋烟的工夫，那只狼匆匆的脚步逐渐迫近，他假装举枪射击，那只狼一闪身藏匿在大树的后面。蒋一准几次尝试未果，他觉得有点累了，一天的折腾加上紧张的情绪，使得他有些体力透支，他决定铤而走险钻入峻岭的森林之中。

那只狼像甩不掉的影子，紧紧跟随着他进入森林之地。

钻进森林后一种奇特的地貌现象引起了蒋一准的注意，峻岭的植被左右两侧泾渭分明，左侧的树木高大，右侧的低矮。他沿着右侧急速行走，那只狼反向而行，在右侧茂密的草丛中忽隐忽现地跟踪着。蒋一准的鬓角已经沁出大颗汗珠，他有些气喘吁吁了，他十分了解这些野兽的习性，为了伪装隐藏，它们常常匍匐于蒿草之地寻找猎物。他猫下腰边走边一连拾起数个石子，随后一个跨步斜插进左侧。很快，他发现前方有一棵极为粗壮的大树，树干皮皱的纹路印刻着满身的沧桑，他接连扔出两颗石子砸向巨树下面看上去有些蓬松的土地，声音的回馈果真如他所料，他闪身回到右侧，加快脚步，当身体与巨树平行时，他迅速滑步过去贴紧巨树。

天已经完全黑了，那双幽灵般的绿眼珠子愈加露出凶残之光，他甚至能感受到脊背处的冰冷。

蒋一准爬上巨树最低处的树杈，他把身子转向另一方，故意将背部朝向绿光直射的地方，不一会，那只饿狼尾随至离巨树三四米的蒿草丛中，它停下来观察即将属于自己的美餐。蒋一准熄灭了松油火把，他在等待着饿狼耐性尽失的时候。

饥饿是可怕的，即便是丛林中最可怕最有耐性的狼面对饥饿，面对可以饱餐一顿的诱惑也会急躁，丧失耐心。饿狼几次从草丛中钻出来，做出蓄势攻击的样子，蒋一准知道以这只饿狼的力量是很难对他现在所处位置一击得手的，他思量着给饿狼露出一个更大的破绽。他把猎枪背起来，从腰间抽出匕首，假如他的判断有误，就只能用匕首与饿狼短兵相接展开肉搏，他每往下爬一小步似乎都能感觉到狼牙的锐利。

“扑——通”。那一瞬间，这两个字是蒋一准享受的最美妙的音乐。穿透枝干林叶的缝隙，一抹微弱的月光下那只饿狼被一根根倒插的木剑扎成了刺猬。

蒋一准把“蝗虫”的大狼犬引向了死亡之地，所不同的是诱导狼犬的方法。他轻甩绳索勾住巨树上较为粗壮的分支，然后轻巧地踏着陷阱的边缘纵身跃向巨树，那只狼犬紧跟着他的脚步跌入竹箭坑，万箭穿身。“砰砰”，子弹呼啸着从蒋一准的头顶擦过去，他急忙松开绳索绕到巨树的另一侧举起猎枪，三只“蝗虫”呈品字形向他包围过来，三支枪紧密配合连续射击，他只能躲起来。这时，一只蛇从草中游弋而过，那三只训练有素的“蝗虫”急速调转枪口，蒋一准俯下身翻滚出去，透过草丛的缝隙看准离他最近的“蝗虫”扣动扳机，这一次子弹顺耳穿过，紧跟着他趁着另两个人仓促躲避之际，沿着山坡滑草而下。

枪声再次不绝于耳。

三

耿家庄的猎户在峻岭之地发现三具日本兵尸体和浑身是血、奄奄一息的蒋一准的时候，林中早已恢复寂静，清脆的鸟鸣替代了恐怖的枪声。耿穿杨亲眼见过日本士兵杀人，手段极为残忍，在出山的道口守护的日本兵只因与路人发生几句口角便一枪刺穿了那个人，当时耿穿杨的拳头攥得咯咯直响，他想一定找机会去当兵，只有手中有枪才能手刃这些入侵者。

当他一大早听到一阵阵急促的枪声时，他知道祖辈苦苦寻觅的一方净土将会不再安宁。耿穿杨作为一名枪手迅速辨识出是“三八”大杆和猎枪的对决，从枪的发射频率可以判断出是几个人和一个人的枪战，直觉告诉他是几个日本人在围堵一名中国人，他抄起猎枪朝着枪声大作的方向疾奔而去，紧随在他身后的是村里都称其为男人婆的妹妹耿胜男。

耿胜男因其从小性格倔强不服管束，在耿家庄是出了名的女混世魔王，没有人愿意跟她在一起玩耍，孤独的她除了和哥哥在一起，就是与大山为伴，从山里获取乐趣，她从哥哥带回的那本《中医学》中学会了采药、煎药、熬药，只是她的医术从未在外人身上试过，她常常拿自己做实验，耿穿杨是另一个实验品。蒋一准让他们哥俩费尽九牛二虎之力抬回来后已近命绝，大量失血导致他深度昏迷，在耿家庄最南端的木屋里，耿胜男抱着死马当作活马医的念头动手给他取弹头，然后止血、熬药、喂药，之后她把积攒了多年的滋补药全给他煲了汤，耿穿杨几乎每天猎杀一只山鸡或者野兔给他补充营养。

叮叮当当的声音飞进蒋一准的耳膜，他迷迷糊糊地想起爷爷给他做的风车，风车的扇叶上挂了三只铃铛，每当他跑起来那风车就会急速旋转，铃声不绝于耳。他看见爷爷拿着风车跑过来，爷爷的腰里竟然别着那把青锋刀，铃声更加悦耳，只是爷爷的风车没有转动，哪来的铃声？他拼命地挣开紧垂的眼睑，一缕金色的阳光直射在他身上，那扇木质窗户框上挂着一串风铃。

“你终于醒了。”一个看上去端庄秀丽的女子坐在床的旁边。

他试图坐起来，刚从极度虚弱中活过来的蒋一准被耿胜男按在床上，“怎么的，要走啊。”她说。

“你是谁呀？”他不解地问。

“我是谁并不重要，重要的是你先安稳地把伤养好了。”

“是你救的我？”他的眼里流露出感激之情。“每个有正义和良知的中国人都会救你的，更何况你是我哥哥的把兄弟。”

“你是耿胜男？这里是耿家庄？”

耿胜男给他倒了杯水说：“你大伤未愈气血不足，少说话，注意休息。”他缓缓地轻饮几口水。

“没错，这儿就是耿家庄，这里就是我的家。”她的声音像极了风铃，悦耳动人。耿胜男把水杯放在方桌上，那上面还放有一把匕首，这把匕首是从一个日本兵胸口上拔出来的。

蒋一准突感一阵晕眩，他闭上眼睛觉得肩胛处一阵剧痛，他的大腿好像透风的墙，一股血水沿着裤子流下来，他猎枪中最后一发子弹打爆了那个用刺刀刺穿他大腿的“蝗虫”，他用匕首刺穿了近距离开枪的另一个“蝗虫”。那一刻，他感到天在旋，地在转，比现在晕眩了不知多少倍。

“跟你说了大伤未愈少说话，你偏不听。”他微睁双眼刚要张嘴说话，耿胜男上前用手堵住他的嘴说：“你多说几句话我哥就要多给你打几只山鸡。”

这时，窗外传来洪亮的嗓音：“胜男，跟谁说话呢？”声到人到，一挑门帘子，耿穿杨跨步拎着两只山鸡进来了。“哥，咱们没白费工夫，他醒了。”

蒋一准想用手撑着炕坐起来。“兄弟，别动，你伤口还没彻底愈合呢。”

蒋一准有些吃力地说了句：“大哥，我躺了多久了。”“十多天了，幸亏我这个妹子精心医治和照料，要不咱哥俩没准阴阳两隔了。”

“谢谢妹子救命之恩。”

“都是自家哥哥。”她说着把山鸡拿了出去。

蒋一准最担心的是日本人寻着足迹来报复，从耿穿杨嘴里听说已经十几天过去了，想必不会有什么事情了，其实日本人真的进山寻人了，是耿穿杨把那几个日本兵的尸体处理掉了，再有就是耿穿杨家住最南端，平日里很少有人来串门，没有人知道庄里藏了一个陌生人，按照祖上的规矩，庄里是不允许轻易带个陌生人进庄的，他们喜欢与世无争、无忧无虑的生活，与世隔绝是他们保障自身安全的一种方式，耿家的老祖宗就是这么传下来的，这些规矩蒋一准在上次比试枪法时早有耳闻，如果那天不是最北端的集市的喧嚣遮掩了猎枪声（耿家庄多为猎户，男孩从小就接受射击训练，耿家庄的最南端有个射击训练场），他早被驱逐走了。

蒋一准能下地的第一件事就是握猎枪，枪是枪手的生命，每当他躺在床上听到耿家庄靶场的枪声心里就痒痒的。他感到有些蹊跷，除了风铃作响，怎么如此出奇的寂静？他寻思着一大早耿家兄妹的对话。

“胜男，对于咱们庄女孩子来说今天是个特别的日子，好好打扮打扮，你要是被选中了就了却哥一桩心事，哥也算是对得起九泉之下的父母了。”

“哥，你就这么讨厌我，咱俩相依为命不是挺好的吗？”她辩驳着。

“哥从心里舍不得你，可是你不能一辈子跟着哥哥过呀！女孩终归是需要男人呵护的。”他耐心地劝导她。

“你也知道咱们庄的那些人是看着我长大的，都知道我生性顽劣，谁敢娶我，再说我也不想像庄里的婆娘一样非要嫁给左近的男人。”她固执地说。

“你野心还不小，咱们庄有不少人都知道你是很善良的，只不过脾气倔了点，那跟一个人本质没啥关系，再说赵家湾也有人过来寻亲。”

一个多月来，耿胜男还是第一次在白天离开他身边，蒋一准第一次感到内心寂寞，平日里耿胜男喂他吃完饭便在一起聊天，两个父母早亡的人互相讲述成长的经历。蒋一准的父母原本是地道的商人，因为不肯捐军饷被土匪出身的军阀杀害了，是素不相识的爷爷抱养了他，为躲避乱世来到崇山。耿胜男的父母是遇到一次意外，她家原本住在耿家庄的中心位置，一次滂沱大雨，雷电击燃了房屋，父母被熊熊烈火烧死，到老仙师家玩耍的兄妹俩雨大未归幸免于难，事后耿穿杨曾想起老仙师曾三次提醒父母搬家，他说那住所乃是山神之府不宜居人，否则会惹天怒。料理完父母后事，经老仙师推算兄妹俩搬到了与村庄一水之隔的南端空旷地，庄里人齐伸手帮着他们建完屋舍，兄妹俩含着悲苦又感激的泪水住进新房，那晚老仙师是最后离开的，他在窗框上挂了一串风铃，随后说了句：“风过耳，终不能留”。

蒋一准的经历听起来平淡无奇，耿家兄妹的则颇有传奇色彩，最令蒋一准感兴趣的是老仙师，卧在病榻上的他曾几次让耿胜男带他去拜见老仙师，他甚至有些半信半疑，耿胜男一而再地拒绝了他，理由很简单：耿家庄不容许外人过夜，更何况是杀气甚重的他。

蒋一准托起猎枪作出瞄准状，受伤的肩胛已无大碍，他轻轻放下枪，然后把枪挂在墙上，他决定出去走走，看看耿家庄，看看老仙师。他抬起头放眼望去，耿家庄好似落入丛林的一块玉地，四周皆是峻岭丛林。他缓慢地踱着步，从小孤独生长的他还从没有如此近距离地接触过一块外地，他发觉这里每门每户门前左侧都种植一棵树，这种树颇像那棵巨树的种子长成的，每棵树都是高高挺拔伫立着，像一棵棵定庄神针。穿过南部村庄，有一条小溪横亘在眼前，流水潺潺，清澈见底，一座木质浮桥跨过南北。他用一只手扶着粗绳串接的索条，靠一侧前行，就在他思索南部人家何以寂静无声的时候，忽然从桥的北部传来阵阵锣鼓声，莫非耿家庄的人都集中在北部了？他加快了脚步。

在北端一块开阔地上搭建着一处高约五十公分的台子，一条红色长绸围住台脚边，上面站立着众多花季少女，一个个打扮得花枝招展，似争奇斗艳的花朵，耿胜男赫然其中，不过她不是面带笑容，而是像得了瘟疫一般被孤立在台上一角。台下四周的最前沿是一个个强壮有力的少年汉子，蒋一准静立在墙角一隅，观察着台上台下的一举一动。此刻，一个年长的老者站在台子的正前方，他合拢手指做出喇叭状放在嘴前，刚刚的喧嚣顿时鸦雀无声。“各位乡亲乡邻你们好，今天是耿家庄一年一度的十六岁少女成人礼，跟往年一样，适龄的小伙子们看中哪家闺秀可以上台表白，如果对方应允，择日可以婚嫁。”老者的话音未落，急不可待的小伙子们便响起了雷鸣般的掌声，随即蜂拥着登上台子，这些小伙子走到自己中意的女孩面前纷纷抽出自己的腰带，可是结果不同，有的女孩允许对方将腰带搭到脖子上，同时还用双手替那个小伙子拽住下滑的裤子，有的女孩用双手推搡，不让对方把腰带放在脖子上，那个小伙子就会露出内裤，惹得台下面的人哈哈大笑，臊个大红脸。整个台上最难堪的恐怕就是没有男孩愿意为你解腰带，孤孑一角的耿胜男是台上唯一没有被求爱的女孩，她挺直腰杆站在那望向村庄的南部。

很快，台上的女孩一个个被兴致颇高的男孩领走，有些不能如愿的男孩悻悻地提起裤了穿上腰带，眼见男孩女孩成双结对地走下舞台，嬉笑着，欢愉着，蒋一准看到人群中身材高大的耿穿杨一直在紧张地探头张望，可惜的是他的焦虑没能换回一个男孩在妹妹面前驻足，即便那些被其他女孩拒绝的男孩也没有一个人向耿胜男示爱，他知道她的性格倔强，也在病榻上听她说过一起起淘气的事例，有些事情是让人咋舌，但那毕竟是儿时的恶作剧，涉世未深的蒋一准不明白第一印象是多么重要。他听到有些人议论着：“你看让咱们说中了，耿胜男果真没有人要。”“谁敢娶她这个男人婆呀，扫把星，就会闯祸，要不是她在山神庙玩火，哪至于父母双亡。”“名字起得就硬，一个女孩胜什么男呀，乖乖相夫教子比什么不强。”蒋一准越听越不顺耳，毕竟是一个未出嫁的女孩，你可以不选择人家，但没必要在背后指手画脚，说三道四，毁人声誉，他忽然有一种冲出去理论的冲动。这时，那个族长又登上台，他挥手示意大家安静，然后嗓音洪亮地说：“这次成人礼即将结束，按照族里的规矩，没男孩选择的女孩就是不完美的成人礼，她只能是孤孑一人终老一生，或者是嫁给丧偶的男人。”蒋一准看出阳光下的耿穿杨的额头沁出了汗珠，他又瞅了一眼独自一人站在台上的耿胜男，一腔热血直涌上头，他心里想耿家庄这是什么规矩，他几个箭步走到人群前，拨开看热闹的人们蹿上台跑到耿胜男面前，解开裤腰带。似乎是早有准备，耿胜男任由他把腰带套在脖子上，她双手急速地拎住了他的裤子，蒋一准看见台下很多人被这突如其来的一幕惊呆了，他们张着大大的嘴巴，这其中包括耿穿杨和老族长。几只喜鹊从台子上空飞掠过去，最后结伴而行的他俩竟然成了最受人瞩目的一对，两个人微笑着迈步从台上走下来。

“他不是咱们耿家庄的。”有人缓过神来说。

“也许是赵家湾的呢，也说不定。”旁边一侧的人说。

“他不是赵家湾的人。”一个中等身材、头发稀少、面容瘦小的人说：“我是赵家湾的赵秃子，我敢保证他不是赵家湾的。”几个妇女也嚷嚷说：“这个不算，他是怎么进咱们庄里来的？”众人把目光转向老族长。老族长一时间面带难色，像今天的这种情况他闻所未闻。“有困难找仙师”，这是已故去的族长给他指出的最后一招。

他来到唯一坐着观台的老仙师面前，老仙师轻捻几下长须慢条斯理地说：“该来的迟早要来，该去的迟早要去。”老族长明白了老仙师的授意，他重新登台再次提高嗓音说：“耿家庄的若干规矩中从未有过不允许外族人娶咱们族女孩为妻的训示，这样看耿胜男的成人礼也是圆满的……”

四

离开耿家庄的念头已经在耿穿杨和耿胜男心里出现不止一次了，特别是耿穿杨经常和老族长出去购盐，他更喜欢外面广阔的天地。可是当他俩真的要转身离开的时候，两个人的眼里噙满了泪水，原来他俩爱恋这片土地的情感是那样的深沉，毕竟是这里的山、这里的水、这里的人滋养了他们。

赵家湾是峻岭通往北面山外的必经之路，三个人决定从这一侧出山。耿胜男也穿了一身男人衣服，看起来更像男人婆了，看着她气宇轩昂的样子，耿穿杨忍不住笑出声来。

虽然他们三个人前途未卜，一路上仍有说有笑。

“想过出去后做什么吗？”耿穿杨问。

“我想当兵，听爷爷说好男儿就应该立志当兵。”

“兄弟，咱俩想一块去了，上次我出山买盐看到日本人的暴行就立志当兵，用手中的武器把他们赶出咱们的国家。”

“胜男准备好干啥了吗？”

“我可以做医生，他就是我最好的实验品。”说着她指了指蒋一准。“你还别说，她真是这块料，我这个一只脚已经跨进鬼门关的人愣是让她给拽回来了。”他冲着她竖起大拇指。

“兄弟，害怕流血牺牲吗？”

“怕死还当什么兵，只有在战场上死去才够壮烈。”

“你们是不会牺牲的，别忘了有我这个神医呢！”她打趣说，“正义是不会消亡的，你们代表着正义。”耿穿杨的眼前一亮，他信心满满地说：“胜男说得对，咱们都要好好地活下去，为了伸张正义。”

临近赵家湾的时候，一阵密集的锣声传入三个人的耳中，耿穿杨皱起眉头，他做了个稍停的手势，嘴里自言自语地说：“赵家湾这是有什么事情，才会敲紧急集合的锣声。”

“大哥你知道他们在哪儿集合吗？”蒋一准是第一次来赵家湾。

“知道，在村中央的水池旁。”

“咱们可以去那里看个究竟。”

“还是稍等一下，待他们村的人集合完毕后咱们再进去。”耿穿杨思虑地说。

大约一袋烟的工夫，三个人悄悄地溜进了赵家湾。赵家湾并不大，因为有一条溪流绕村穿行而过得名，看着村口那条弯弯的溪流，耿胜男说：“这条河的水色跟咱们耿家庄的太相似了，不会是相连的吧？”蒋一准竖起手指放在嘴前提醒她尽量不要出声。

耿穿杨悄悄地说：“听老族长说万溪归江河，也许这两条溪流在某地相融呢？”

赵家湾的中央位置是一个非常大的水塘，其水清澈见底，鱼儿在里面自由自在地游来游去，村里的人有序地围着水塘站立着，在面南背北的中间位置有一个巨大的岩石，上面站着几位身着军装的军人，与岩石平行的两侧站满了荷枪实弹的士兵，在岩石左右两侧各有一张木质桌椅，木桌上放着文房四宝。

“乡亲们，我们执行任务恰好经过这里，我是军人，说话就不绕弯子了，刚才我已经跟你们的族长说清楚今天的来意了，如今日本人侵占了咱们的领土，我们军人保家卫国浴血奋战，很多弟兄都在战场上马革裹尸了，现在我们的编制已经不完整，所以要补充兵源，希望咱们赵家湾有血性的汉子能够以民族大义为重，踊跃参军入伍。”那个军官满嘴吐白沫地一口气说了这么多话。

周围一片静谧，好像夜晚降临一般。见此情景那个军官口气有些急了，他说：“日本人很快就会打到这里，到时候你们将会成为他们案板上的肉任其宰割。”一些年轻人开始蠢蠢欲动，军官赶紧趁热打铁鼓动地说：“国家兴亡匹夫有责，如果你们是贪生怕死之辈大可不必参军，参军后也只能是个逃兵。”

“一个大老爷们，士可杀不可辱。”一个年轻人率先走到桌前报名，领了一身军装，随后开始陆陆续续有不少青年人不顾父母的拉扯毅然报名参军，这其中也包括耿穿杨、蒋一准和耿胜男。

每当想起自己军旅生涯第一次作战蒋一准都会感到无地自容。

出赵家湾后他们接到上级指令，要协助集团军打一场阻击战，目的是为集团军合围日本某部联队赢得宝贵时间。蒋一准在入伍后多次跟老兵们聊过，知道双方的火力配置相去甚远，每次正面作战都是用伤亡的代价换回来的，老兵说每次上战场都抱着必死的信念。蒋一准所在的营做好了充足的战斗准备，大家都知道这一仗意味着什么，临上战场前他们都把类似遗嘱的书信留给了转移部队的战友。耿穿杨所在的警卫连随同师部一起转移，临行前他们三个人的手紧紧地握在了一起，一句话也没有说。

蒋一准一遍遍擦拭着手中的狙击枪，他紧咬着嘴唇透出一股杀气，耿胜男在他旁边的班，也已经做好了牺牲的准备，可是令蒋一准万万没想到的是，就在阻击战一触即发的时刻，忽然接到上级让撤退的指令，别说是他想不通，连营长都想不通，他狠狠地骂了句：“这他妈的叫怎么回事，都闻到日本人身上畜生的味儿了，让咱撤退，指令还有没有个准。”

“为啥让咱撤退，这会影响整个大战略部署的。”蒋一准问那个老兵。“兄弟，不明不白地撤退是让人窝囊，可咱这吃饭的家伙还能多在肩膀上扛几天也没什么不好。”

“我当兵不是为了撤退，是为了冲锋，就算牺牲也要死在冲锋的路上。”蒋一准激奋地说。

“小兄弟，你还是嫩！”另一个老兵抽了一口烟说，“每逢协同作战的时候，咱们总是不打自乱，有人擅自改变作战计划，所以围歼日本部队的可能性很小。”

“为什么？”他不解地问。

“各自保存实力，他们都是军阀出身，深知部队的重要性，谁也不愿意把自己辛辛苦苦带起来的队伍给拼光了。”

“互相钩心斗角保存实力还打什么仗？”蒋一准一把揪下帽子狠狠地摔到地上。

“都别嘀咕了，我他娘的也觉得窝囊，可咱们军人以服从命令为天职，按照老规矩撤出战斗。”很快蒋一准所在的部队便撤出了战斗，从撤退得井井有条他看出了这支部队撤退的经验。

沿着山脊跑了大半天，眼见夕阳已经快要落山，就在营长正准备发号施令休整片刻的刹那，一阵密集的枪声划空而过，惊出了他们一身冷汗。

“通信员，到底是怎么回事？”营长一边问一边示意赶快隐蔽准备战斗。十分钟后通信员满头大汗地回来说：“报告营长，左侧山凹中有一处村庄正遭受日本人清洗，很多村民正往山里跑，日本人在追杀，刚才的枪声是一支八路军小分队在截杀日本兵，他们在掩护村民往山里撤退。”

“战况怎么样？”营长急切地问。

“这支八路也就一个排，武器装备太差了，连一挺机枪都没有，现在边打边退，看样子快支撑不住了。”

“日本人有多少？”营长又问。

“连皇协军都算上估计有几百人。”

“千载难逢的机会呀！营长咱们过去支援一下他们，来个左右夹击，定会打日本人个措手不及。”蒋一准激动地说。

“住嘴，你个新兵蛋子懂个屁，不许扰乱军心。”蒋一准放下枪有些莫名其妙。

“咱们的任务是撤退，如果咱们参战了，八路军一撤咱们就会跟日本人直面作战了，要知道我接到的命令是撤退。”营长示意安静，然后说：“他们在左侧打恰好也能替咱们抵挡一下，咱们从右侧撤退会很安全。”

“看着自己人寡不敌众，咱们自行逃命，这叫什么部队？”耿胜男愤愤地说。“你他娘的是不是要抗旨不遵，老子毙了你。”没等营长发作，班长先发火了。蒋一准急忙给她使了个眼色，告诉她保持清醒，保持沉默。

枪声越来越凌乱，蒋一准从枪声中判断出八路军快顶不住了，他握了握手中的狙击枪对旁边的士兵说：“兄弟我去尿泡尿，马上就赶上你们。”那个惶惶而逃的士兵根本没有工夫搭理他，只是随便应了一声，耿胜男如法炮制地也说要尿泡尿。

十五分钟后他俩顺着枪声找到了作战的地带，凶恶的日本人已经呈扇形渐渐包围了这支八路军小分队。蒋一准想起羊群中只要摁住头羊就会摁住整群羊的事，他举起狙击枪，通过瞄准镜找到那个手举弯刀的日本军官，屏住呼吸轻扣扳机，那颗子弹划出一道惊艳的弧线穿过了日本军官的太阳穴，日本军官一头栽在旁边机枪手的身前，蒋一准迅速调整位置，又连续两枪干掉了两名机枪手。

“有埋伏，快撤。”皇协军小队长惊叫着带头往回跑，为数不多的日本人也如无头的苍蝇乱了手脚。那一仗后，蒋一准和耿胜男脱下了那身精致的军装，穿上了灰色土布的军装，这支八路军小分队一下子增加了两名出色的战士。

五

在战场上冲锋号是蒋一准最喜欢的声音，听到这种声音他就跟打了鸡血一样拼了命地往前冲，枪林弹雨视若无物，他的额头被弹片划伤过，小腿被子弹射穿过，在一次夜袭战中他被敌人从背后放冷枪击中，幸亏背着的青锋刀救了他的命。在八路军的队伍中作战顽强是非常重要的素质，几场大仗过后他的上级相继牺牲，他便顺理成章地担任到了营长的职务。猎户出身的他没有进入过一天军事院校，可他具备军人天生的军事素质，后来他给后辈讲起战争岁月中不得不提的一仗时，他讲得最多的是金鸡岭一役。由于叛徒的出卖，日本鬼子突然来扫荡，意图一举消灭驻扎在金鸡岭根据地的旅部，蒋一准接到的任务是依托三道岗有利地形以连为单位布置三道防线，层层阻击敌人，坚守阵地十二小时。

蒋一准迅速登临阻击的作战现场，回来后开战前准备会时他提出改变作战计划，理由是三道岗地势狭长呈梯坡势，具有天然的工事，可是这三道岗错落的高度不够大，而且每一层都有较为平缓的坡地，有利于日本兵架设山炮，他曾经吃过这样的亏，战事开始前日本人一阵炮轰，阵地上的士兵就会减员过半，大大削弱战斗力。如果在鹰爪峰构筑工事，那里怪石嶙峋，树木丛生，能架设山炮的位置已经超出射程，日本人只能依靠人海战术往上攻，就会成为一个个移动的活靶子。他的想法立即遭到了政委和副营长的反对，其一擅自改动作战计划，一旦阻击失败后果不堪设想，其二鹰爪峰是高险，可是上面更为狭窄，最多一次有一个连的战士投入战斗，另外两个连的战士干什么？蒋一准深思熟虑地说："只要咱们拖住敌人十二小时就是胜利，用最小的代价换取胜利是我们这些指战员首先应该考虑的，人的生命是多么宝贵，我们要对战士的生命负责任。"政委和副营长面面相觑，他已经不是第一次改变作战计划了，不过每次都取得了不错的战斗效果，况且他们两个人也知道是执拗不过蒋一准的。

蒋一准接着说："据我所知咱们营大概有六七十人具备狙击手的潜质，把这些人都集中起来，分成三个组穿插到三个连中，鹰爪峰上始终保持有二十多个枪法准的战士，剩下的两个连在鹰爪峰后面的土坪台休整待命，根据情况变化适时进行轮换，这样咱们的队伍就会一直保持很强的战斗力，让日本人搞不清到底有多少人在进行阻击。"

惨烈的鹰爪峰阻击战在新中国成立后被写进大牯市的日志中，这场战斗从开始就进入白热化，密密麻麻的鬼子兵蚂蚁觅食般顺着三道岗谷底向上攀爬，一颗颗冰冷的子弹射入一个个鲜活的肉体，血浸透了山石，与枫叶映衬着生命的脆弱，正义与邪恶在峰与谷之间演绎着生命轮回的旋律。伴随着飘落的红叶，有多少无辜的生命在呼啸的子弹中凋零消亡，硝烟飘散的灰暗天空，盘旋的回音在谷底一圈圈荡涤开，久久不能散去，好似风铃的叹息。

因为这场战役，蒋一准在新中国成立后没有选择去大城市工作，而是留在大牯市任职港务局局长。他喜欢海的博大宽广，从一个军人的角度思考，海是重要的战略资源，一场兵力不对等的甲午海战让北洋水师重创毁灭，日本的崛起跟他们航海业的发展有着不可分割的关系。他想在未来的很多年内海洋仍然是兵家必争的战略资源，很多陆地上不能直接运输的物品都可以从四通八达的海上运载。每逢清明节，他都会前往金鸡岭英雄纪念碑祭奠战友的亡魂，他把战争年代牺牲战友的可歌可泣的故事讲给孩子们听，从小培植他们的正义情结。

蒋文第一次动手打人打的竟然是赵虎，而且把五大三粗的赵虎打得很惨。那次，班主任组织孩子们到附近的鲤鱼溪去郊游，一些聪慧的孩子事先做足了功课，带上了鱼线，想从那里体验钓鱼的乐趣。蒋文从小好静，除了父亲蒋一准逼着他练习武功外，他最大的乐趣是画画，没有什么比野外郊游接触大自然更能展示天地之秀美的了。

蒋文安静地坐在溪水边不远处一块地势处中的岩石上，山泉顺流而下，发出哗哗的响声，泛青的草散发出阵阵清香，初春中偶露的山花成为整个溪流岸边的点缀，有羊群经过，远远望去像白色的云朵在地面上滚动。蒋文才思泉涌，他的脑海中瞬间勾勒出一幅大美鲤鱼溪的自然山水画面，他抓住难得的外出机会挥笔作画，不多时一些同学的身影已被画笔挥意到画纸上。

“赵虎把张哲推到水里了。”不知是谁喊了一声。全神贯注作画的蒋文一抬头恰好看见这一幕，两个人正撕扯着，显然人高马大的赵虎占据了绝对优势，“咕咚”一声，钓鱼的张哲被拉下水，成了落汤鸡。这个时候班主任老师去厕所了，作为班长的蒋文决定立即制止这种行为，他三步并作两步来到赵虎面前大喝一声：“赵虎松开手，你拽张哲干啥？”显然赵虎没有松手的意思，他看着蒋文说：“咱俩可是一个大院出来的，谁远谁近你应该清楚。”蒋文不理他套近乎说：“你把张哲身上都弄湿了，还不快松手。”“看来你是拿着鸡毛当令箭了，老师不在，你要充大头了。”赵虎的浑劲又上来了。“你嘴巴放干净点，别说我对你不客气。”同学们越聚越多，纷纷指责赵虎，他有些忌惮地松开手，嘴里却恶狠狠地说：“都别起哄，老实点，小心秋后算账。”赵虎用几分威胁的口吻边说边从溪水中走上岸来。蒋文不含糊地走到赵虎面前义正词严地说：“赵虎，赶紧给我和张哲道歉，否则有你好看。”“哎哟，没听说咱们大院还有你这一号，听说平日里总跟你那英雄的老子练习武术，来给我练一下。”赵虎说着做出个手势，让围观的同学闪出一块空地，只剩下他们两个人。看得出来蒋文有些急了，他迎面就给了赵虎一拳，赵虎只顾着上面封挡，没承想这招是虚的，真正的招式是下盘的扫堂腿，赵虎被狠狠地扫中，一个趔趄摔倒在地上。同学们哈哈大笑起来，弄得赵虎颜面尽失，恼羞成怒的他用双手抓住蒋文的肩头，往前使劲一拽，蒋文趁着他的力气前进了一步，随后赵虎又往后一带，蒋文又后退一步稳稳站在原地，同时蒋文的双手叼住赵虎的手腕，一拧一扣，赵虎疼得龇牙咧嘴地松开手，蒋文顺势借力打力一把将赵虎扔到溪水中。“老师来了，老师来了。”同学们顷刻散去，各自玩耍去了。

耿胜男和蒋文刚到大院门口恰好看到赵秃子父子。“这是你儿子给打伤的。”赵秃子一脸怨气地说，“老蒋你得好好教育教育你家孩子，咋能下这么狠的手呢？”

“老赵，蒋文这孩子的性格我知道，他绝不敢在外面欺负人，如果真是他欺负小虎，等他回来我饶不了他。”

“怎么个饶不了？”赵秃子不解气地追问。

“让小虎处置，打骂随小虎，你看行不行？”

“好，就这么着。”

“可是有一点，如果这件事有什么其他的情况就另当别论了。”蒋一准补充说。

“就照你说的办。”

这时候，赵虎的妈妈冯燕从屋里出来打圆场说：“孩子闹意见常有的事，不就擦破点皮吗，兴师动众的，饭好了，快回屋吃饭吧。”

“蒋文，你害怕吗？”耿胜男有些担心地问。“怕啥呀！”“刚才你也听到了，你爸可能会很严厉地处罚你。”“妈，我不怕，我相信正义公理的存在。”蒋文目光坚毅。

六

在那段岁月中有多少人选择屈服无人可知。许多年后耿胜男在收拾物品时发现了一本日记，其中有一段篇幅最长的日记是这样记载的：那天清晨我一觉醒来，好像世界发生了巨大变化，在八一大院的围墙上贴满了图文并茂的大小字报，图文中所指的目标、对象人们看了就会心知肚明，院子的外面站满了围观的人，密密麻麻，一队红卫兵已经横在院门口堵住了出去的路……

山雨欲来风满楼。蒋一准夫妇没想到这种狂飙之风以迅雷不及掩耳之势席卷过来，一夜之间他们便成了千夫所指的对象。墙上、树上、门上，挂的贴的，满满的大小字报，语言之恶毒，污蔑之自然，让人难以接受。蒋一准不明白自己干了半辈子革命怎么会和“反革命”一样来个洗心革面、重新做人。他有个大舅哥参加国民党后来很可能去了台湾，可这跟自己有什么关系？他们彼此之间已经失去联系多年。如果非要找个干系，批评教育一下即可，但决不至于说他是留在大陆准备里应外合的特务，这样进行人身攻击太过分了，他忽然有种预感，这一次很可能会在劫难逃。他仍不顾一切地把不符实的东西从墙上撕下来，刹那间门口的十几个红卫兵夺门而入，他们齐声呐喊“住手”。蒋一准还要撕扯大字报，代表着造反有理的红卫兵一把按住了他的双手，眼见着一旁的耿胜男已经被捆绑起来，他没有再做丝毫的反抗。

几天后，在将反革命罪犯蒋一准、耿胜男押上来的训喝声中，两个彪形红卫兵将他俩押上审判台。“低头，弯腰，两手举起来。”下边群众七嘴八舌地喊着。赵秃子得意地说：“蒋一准，你要老老实实地交代里通外国的事，千万不要怀侥幸心理，避重就轻。”

蒋一准拼力地挺直腰说：“赵秃子你个卑鄙小人，血口喷人，我蒋一准永远忠于人民，永远不会做反革命，不像你两面三刀。”赵秃子的脸色极为难看，一阵红一阵白。有人上前在蒋一准膝盖弯处猛地踢了一脚，他那条被子弹打穿过的腿难以支撑跪了下去。赵秃子趁机说：“谁来揭发批判。”话音一落，便有许多双手举了起来。蒋一准高傲地抬起头来环顾四周，他认出这里面有不少人是他亲手送进监狱的犯人。一个白面书生气的人走上了台，是赵秃子的叔伯兄弟赵大年，因猥亵妇女被他抓住判刑。赵大年稍停片刻，疾恶如仇地对着蒋一准说：“你这个披着羊皮的狼，今天我要撕开你的皮，让大家看看你骨子里是什么？你是地地道道的国民党反动派的一条忠实走狗。”他越说越激动地转过身继续说：“蒋一准曾经当过国民党反动派的兵，他的大舅哥现在就在台湾，他是名副其实的潜伏在大陆的狗特务。”

“打倒蒋一准，打倒国民党反动派——蒋一准是彻头彻尾的特务，是杀人不见血的刽子手，是国民党卷土重来的急先锋……”口号声此起彼伏。一些人开始对蒋一准指手画脚，有的推搡，有的踢他，有的往他的身上吐唾沫，有的污言秽语骂他，并要他承认。

“你们这些人渣早晚会被绳之以法。”蒋一准正义凛然地争辩着。“死到临头还他妈嘴硬，揍他。”一些人对蒋一准拳打脚踢，鲜血顺着他的鼻孔滴淌下来，旁边的耿胜男被按到台上，几个人上去用剪刀剪她的头发……

“画人画虎难画骨，知人知面不知心，真没想到赵秃子这么阴险。”回到被关押的屋子中，耿胜男一边给蒋一准擦拭血渍，一边愤慨地说。

“我早就跟你说过这个人阳奉阴违，咱们的革命队伍中竟有这样的败类。”蒋一准在心里就厌恶赵秃子，从赵家湾一路走来，赵秃子几次叛节，他参加国民党部队被俘后任过皇协军队长，后又倒戈到国民党，解放战争中率部起义成了解放军。蒋一准从骨子里看不起赵秃子俘虏即投降的行为，他不明白通情达理的冯燕怎么会嫁给赵秃子。后来听赵秃子的警卫员说，冯燕原是大户人家的千金，家里被土匪抢劫一空，她被逼迫做了压寨夫人，赵秃子在剿匪战役中解救了她，温柔贤淑又美丽的冯燕嫁给了时任营长的赵秃子。

蒋一准吐了一口血水，他心里明白赵秃子为什么这样恨他，刚转业不久赵秃子就跟单位的一个小寡妇有了暧昧关系，一次在办公室被他撞了个正着，他狠狠批评了赵秃子：“刚进城就管不住裤裆里那玩意了，怎么对得起冯燕？”哪承想赵秃子无耻地说：“冯燕到我手时已经是被人玩过的破烂货了。”蒋一准见赵秃子这样说，一时气急上去就给了他一个耳光子，喝道：“人家冯燕并没有向你隐瞒什么，当时没人拿枪逼着你，现在儿子都给你生了你嫌弃人家了，早干啥去了。”赵秃子捂着腮帮子没敢吱声，事后乖乖地承认了错误，蒋一准也给赵秃子承认了错误，不应该动手打他。

看着耿胜男被剪成的阴阳头，蒋一准不禁心头一阵酸楚，他知道这样的揪斗才刚刚开始，等待他俩的是更残酷的考验。果真，几天后花样翻新了，赵秃子将分组分片的批斗会改为“游行”。他们给蒋一准戴了一顶用铁皮制作的、白漆油过的麻冠式高筒帽，上面写着“崇美幻蒋”，背上贴着一大方块白纸，上面写着“梦想卷土重来”，前面挂着一个长方形牌子，书写着“我是狗特务蒋一准”。

蒋一准拼尽最后一丝力气抗争着，他禁不住胸中的怒火，像崩裂的火山，恨不得把这些牛鬼蛇神一口吞噬。他争辩说：“卑鄙无耻的东西，两面派，哈巴狗，莫须有的罪名你们欲加，何患无辞，逼我胡说胡写休想。”被打掉牙仍不屈服的蒋一准被赵秃子一干人等关到那间黑暗的小屋，这次他们把耿胜男关进另一所校园内，赵秃子准备用各个击破的手段对付他们夫妇俩。巨大的屈辱包围着蒋一准，他不知道这样的日子能熬多久，他宁可悲壮惨烈地死去，也不愿意屈辱地生存。耿胜男也被打得浑身酸疼，她颤巍巍地站起来扒着窗口向外望去，那是家的方向。

夜太黑，伸手不见五指。一个多月来只有夜晚来临苦难才会暂时散去。耿胜男听见有人喊她，疼痛、疲倦的她听到了一个熟悉的声音，那声音已经很多年没有听到了，但是无比熟悉。一个白须飘飘的老人来到她的面前说："孩子，蒋一淮要走了，他不忍和你道别，不舍你孤孑的样子，可是他的使命完成了，他用生命捍卫了一种精神。"是老仙师，耿家庄的老仙师。"老仙师你一定要救救他。"她诚恳地央求着老仙师。"孩子，该来的迟早要来，该去的迟早要去。"老仙师微微一笑转身而去，那一刻她的耳边忽然传来了风铃的叹息声。第二天传来了蒋一淮辞世的消息，赵秃子给出的死因是畏罪自杀，至于是如何自杀的没有定论，有时候死也是一种反抗。

远在千里之外、高烧不退的蒋文也做了一个梦，他梦见一张全家福的照片不知什么时候被撕扯了，他在浑浑噩噩中梦到父亲向他挥手，他急切地奔跑过去拉父亲的手，可是没有拉到，那个身影越飘越远。他听见父亲说："孩子，你将来一定要到大牯市港口工作，爸爸有很多工作没有做完，需要你接着干好，我相信港口对于国家和城市经济的发展有着非常重要的作用……"那段日子，他常常梦见父亲，父亲威而不怒，刚毅的目光中透着坚韧、果敢和执着。他想起小时候偷偷摸父亲的军功章，他也想成为像父亲一样的人。

七

蒋一淮死后，耿胜男被驱逐出八一大院，安排在金鸡岭上的郑义村。郑义村的村支书三宝在新中国成立前是区小队民兵连长，参加过金鸡岭保卫战，他非常钦佩智勇双全的蒋一淮，说蒋一淮是反革命，打死他都不信，当时部队驻扎的时候耿胜男还医治好了他老婆的老寒腿，他对这夫妻俩心存感恩，给喜欢海的蒋一淮找了一处可以眺望海的坟地。

搬至郑义村那天，村口站着几个基干民兵巡逻检查维持秩序，耿胜男离老远就看见有一些上了年纪的老头老太太没进村就往回返了，她有些好奇地问三宝："他们怎么还没进村就回来了。"三宝恍然大悟说："进村的人要会背毛主席语录才让进去，估计他们年事已高记忆力不行。"说着一行人来到村口。三宝上前说了句："要拥军爱民。"耿胜男随口说："为人民服务。"

村子临街南的大墙上贴满了大字报，与众不同的是一墙漫画，画的非常恐怖，上千条大小毒蛇，人头蛇身，张着血口，吐着芯子，每条蛇身上都写着人名，标题是"万家黑线示意图"。耿胜男看着看着似乎看见了一张熟悉的面孔，那次金鸡岭战役，她曾亲手给这个人包扎过被子弹打穿的右臂。她扭头问三宝说："这个人面蛇身的人是不是叫万老五。"三宝点点头说："解放前万氏家族是县城名门望族，在抗日战争和解放战争中万家以万老大、万老三为代表的一批热血青年，毁家舍业，不怕流血牺牲，万老五因年岁小参加了县大队，这次造反派把他和万家沾亲带故的人都打成了万家黑势力。"

那天夜里耿胜男久久不能入睡，她渴望自由，但不是现在的这种自由，如果她有权利选择，她宁愿选择蹲监狱，也不愿意用蒋一准的死换取自由，她要的是生命的自由。半夜时分，村里的高音喇叭喊叫全体社员紧急集合接"最新最高指示"。全村的人都急忙赶到大队院内，站队后又敲锣又打鼓上街游行，半夜里人们冻得瑟瑟发抖，结果接到的最高指示是"办学习班是个好办法"。耿胜男看着周围社员迷茫的眼神，知道他们跟自己一样根本不知道这句话所指的具体含义。

村头的大喇叭就好似集结号，每次听到它全体社员都会急匆匆聚集到一起，虽然很多次社员们不知所云，包括打倒"四人帮"，当时没有一个人能完整地把这四个人的名字叫全了，但是政治嗅觉告诉三宝要有什么事情发生。

那一天平淡无奇，耿胜男习惯性地坐在门前那棵树下，泛青的芽孢散发出淡淡的清香，偶有微风拂过，那串风铃发出欢快的叮叮当当的声音，干裂的冻土已经返潮，地表升温的效应使得大地松软，裂纹不再。刚刚下过的一场春雨滋养了万物，连空气都在宇宙中愉快地漂游，一种泛自心底的自然召唤让她不由自主地站起身来，她远远地看到三宝骑车而来。

"嫂子，告诉你个天大的喜讯。"三宝车子还没停稳就急不可待地嚷嚷开来。"赵秃子因奸淫女青年被抓起来，蒋大哥的案子平反昭雪了，调查组一致认为是赵秃子阴谋陷害蒋大哥。"

耿胜男的眼睛突然放射出一种异样的光芒，快十年了，她的记忆里只有无尽的哀思和无限的痛苦。

泪水一瞬间流满了耿胜男憔悴的面庞，她有些不相信自己的耳朵，她用双手紧紧抓住三宝的胳膊说：“三宝兄弟，你再说一遍。”三宝的眼眶也已湿润。他激动地说：“嫂子，蒋大哥的案子平反昭雪了，你很快就可以搬回八一大院了。”

“你是要撵我走吗？”她用颤抖的声音问。

“嫂子，哪里话，我们这儿是乡村，条件很差，你是迟早要搬回去的。”他流露出恋恋不舍。

“我会跟组织说这里挺好，让我对世界有了新的认识，这些年我也住习惯了，不想折腾了。”三宝擦擦眼角的泪珠说：“蒋文很快就从北大荒回来了，你看需不需要组织上给他安排个合适的工作”。耿胜男摇摇头说：“蒋文从小就羡慕他爸爸，想当一名军人保家卫国。”

蒋文如愿成为一名海军战士，在“一夫当关，万夫莫开”的旅顺口，想起父亲对他说过旅顺军港的险要之处全存于航道两侧的山上，那里隐蔽着许多火力机关，交叉成网、互相支援，敌舰很难靠近，无论是甲午战争还是日俄战争，日军都没有从海上攻进旅顺。

二十年后的春天，耿胜男在和煦的春风中静静地坐在柳树下看着《大牯日报》系列劳动模范事迹，一篇名为《英雄本色》人物通讯的题记深深吸引了她——他，一名港口职工，却用崇高的操守和无畏的勇士精神书写着人生无悔的选择。

耿胜男舒缓地推了推老花镜，这个题记不正是她对蒋一准的人生凝练吗？她凝心聚气慢慢地读了下去：

那天，阳光柔和，微风拂水，当“引航1号”顺利送完引航员准备返航时，忽然发现海天相接处乌云骤起，雷声渐近。天，迅速地黑了下来，船尾两条雪白的尾迹在阴沉的天幕下分外显眼，大海似一场交响乐开始前般静谧。“引航1号”驾驶舱内，静悄悄的，多年的航海经验，使大家对此时的天气情况充满了警惕，这安静的背后必将是一场狂风暴雨！十分钟后，狂风不期而至，水雾骤起。小艇在风浪中开始上下颠簸、左摇右晃，航行变得异常困难。这时，站在操作台边的蒋文从驾驶员手中接过了操纵杆，有过军舰驾驶技能的他早就养成了处乱不惊的心境，他稳稳握住操纵杆，有条不紊地控制着小艇。无情的海浪拍打着船体，发出嘭嘭震响。暴雨倾泻而下，视线越来越差，能见度已不足五百米。船调在高频里不时询问着小艇的情况，言语中透着担心与不安。蒋文冷静地与风浪周旋，稳稳地操纵船舶折线航行，避免船体被强风浪横向击中导致倾覆，就这样与风浪斗智斗勇长达四十分钟，他终于在天空挂起彩虹的时候将船靠回码头。

还有一个寒冷的冬天，一艘靠泊的轮船有两根缆绳崩断，面对险情，蒋文没有选择退缩，而是迎难而上。一排排巨浪夹杂着碎冰迎面打来，船头激起的浪花瞬间被冻成了冰碴！霎时间，甲板上结出了厚厚的冰层。剧烈的晃动，桌面上所有的东西飞落一地，蒋文一边神情专注地操纵着船颠簸地艰难航行，一边告诉船方："不要慌，这样的情况我们处理过很多次，相信我们。"他们很快到达目的地，抛引绳、放拖缆、刹住缆机，成功将拖轮与大船联系在一起。蒋文沉稳地操作着拖轮，这时的操作十分关键，拖轮用力小了，在狂风巨浪下根本拖不动大船，用力大了就要考虑拖缆负荷，碗口粗的拖缆一旦断裂回抽回来将扫平一切！他将自己的驾驶技术运用到了极致，终于把轮船安全拖离了泊位……

看着，看着，耿胜男的嘴角露出了微笑。

作者简介

马建忠，中国微型小说协会会员，河北省作家协会会员，有300万字作品散见于《火花》《椰城》《小小说选刊》《唐山文学》《读者》《百花》《思维与智慧》《小小说大世界》《精短小说》《华文小小说》《东渡》《玉融文学》《绿叶》《时代邮刊》《中外文艺》《辽宁青年》《五月风》《羊城晚报》《燕赵都市报》《河北工人报》等报刊。

锦鲤的秘密

毛　蕊

一

我和陈警官认识在他穿着骑行服的时候，邂逅在他穿着警服排在我前面打饭的时候。你想象一下，隔着他肩膀，瞄着要哪样菜，吃米饭还是馒头时，他扭头忽然说："你来啦？"我瞬间愣在那，但还是从他右眉骨下的那道伤疤想起了这位四十多岁，中等个，棱角分明的警察在QQ上的名字叫田七，是个业余时间爱好骑行、爬山，念警校时有独自进藏经历的警察。为了一篇冬季刻苦锻炼强健体能的稿子，我曾经偶然拍过他的风采，并且留了电话，加了好友，不过我和他从没闲聊过，我们或许都忙也都习惯隐身。

实际上，我在海浦市公安局附楼六层有一间办公室，有这儿的门卡和饭卡。那个房间不算小，办公桌、沙发、文件柜都齐全，冬暖夏凉，要是不出去采访，猫在里面上网、看书、喝茶真是天底下最舒服的日子。但作为法制报的驻市记者，公检法司政府法制部门庞杂，新闻多得很，总不可能每天待在舒适的办公室里享清福，所以这个地方我并不天天来，来也是因为必须得来才来，比如今天就是政治处的李主任昨晚上打电话让我来一趟，说有事。

我猜想的事不外乎是海浦局新近又破了大案或者工作上出了新成绩值得报道一下，然而不是，是关于一个命案的调查，这个命案发生在前天，也就是周六的晚上。李主任说："午饭后刑侦支队的会找你了解点情况。""找我了解情况？从何说起这？"他说："你别紧张，具体情况我也不清楚，但你真不用紧张，又没做坏事怕什么。"李主任当过派出所副所长、教导员，他看人的时候表情总是和气友好，但眼光却异常犀利，其实许多警官都有那种职业习惯，说笑着呢忽然就严肃起来，前后几秒钟就判若两人。

买了饭我上楼到办公室，因为多日没使用电脑，从上午开机后一直要求更新加速重启应用，好不容易正常了，腾讯大燕网跳出一则新闻，说海浦市假日小区前日发生一起命案，一位女性居民被发现死在楼下庭院中，警方希望寻求目击证人和破案线索。我想李主任所说的案件应该就是这个了。可是这跟我有什么关系呢？

“真跟你有点关系。”说这句话的就是田七。直到这会我才知道他的本名叫陈维，几个月前从派出所岗位调到刑侦支队任职。办公室里弥漫着酸辣土豆丝的味道，我还没吃完饭，他和网监处的警察就进来了。

陈维端详会墙上的书法作品，看了看文件柜里面的书，然后坐在沙发上忽然问：“梁锦，网名锦鲤你认识是吧？”多年的记者生涯，我早就不会为什么事情大惊小怪了，不惊不喜地回答：“认识啊，算是不错的朋友。”然后猛地醒悟，非常非常心惊肉跳地问一句：“是她出事了？”陈维淡定但神情严肃地说：“是，小麦记者，你别紧张别害怕，听我说，能回答的就如实回答，配合我们调查案子。”我说：“没问题。”陈维说：“查看街道监控录像时，发现上月三八节那天上午十一点多，你们俩在她家小区街道入口前二十米，你的车里待过一会，应该是互相交换了东西，然后你开车离开，对吧？”我马上回答：“是的，那天我送给她泰国草药膏当礼物，她带了两包紫薯干给我，因为春节的时候，她请我吃了一餐饭，聊聊天，朋友间礼尚往来。”“你们认识多久了，怎么认识的？你对她了解多少？”我说：“认识足有五六年了吧，她的车在阳光花卉那被碰瓷，我刚好赶上在现场，一来二去就熟悉了。她离婚多年，有个女儿，她特别坚定地不想再婚，所以一直没找结婚对象。她和我说早年做烟酒生意，现在主要是炒股，她女儿在北京，是常年泡各种剧组或时尚晚会的化妆师，春节带回一个男朋友她不太满意。她在海浦没有亲人，有几个生意伙伴，她是这样告诉我的。我们见面不多。”

我犹豫着要不要把我对锦鲤的了解都竹筒倒豆子说出来，在我十分犹豫的瞬间，陈维接到电话，那边说着话，陈维已经站了起来，接着告辞离开时让我再好好想想我和锦鲤都聊过什么对破案有价值的话题，随时可以告诉他。临走时他说：“你最近不要离开海浦可以吧？”我说：“十天后我得去趟韩国，早就定了的。”陈维说：“那好吧，找你的这件事最好先不要和别人说，免得传来传去有影响。”“噢，好的。”

二

关上门，坐在电脑前开始发愣，脑子里闪过锦鲤的样子，尤其是她笑的时候，一双杏核眼在浓密的睫毛下特别晶莹透亮。除了长相气质有差别，锦鲤的个性在许多地方和我相似，比如都不热衷刻意打扮，冬天牛仔裤、羽绒服、平底鞋、大背包，夏天薄款牛仔裤、纯棉裙子、T恤衫、大背包、平底凉鞋，总之，就是说话、行事、形象都顺其自然不拧巴。

事实上，锦鲤和我说过很多很多她的事，就连我俩相识都建立在她的秘密之上。多年前的一个深秋，就是西北风吹着残叶满地的一个下午，因为没开始供暖的办公室待着不舒服，那会儿还没有买车的我决定去附近的花卉市场买几条金鱼，然后乘公交回家，每年都是这样，当喧闹热烈的盛夏和早秋走过，家里养上几尾自由自在洒脱又孤傲的金鱼，特别有种苦尽甘来的意境。从公安局后门出来，正待我等空当想过到对面时，这条窄窄巴巴的街路前方传来一阵尖利的刹车声，树下修自行车的大爷张望一下说：“准又碰瓷啦。”在这个城市时常发生的碰瓷是个特别有情节有表现力的法治事件，我一直都有写篇调查报道的想法。于是我就小跑过去。看到脸色煞白，正脑门一处淤血的女司机，惊魂未定地直愣愣看着那个倒在地上的男人，我站在她旁边问：“看看伤着没，报警吧？”她看了我一眼没答话，对地上的那人说：“你要真不想活了就跳海去，别害我行吗？你不觉得亏良心呀一次次的？”那个黑黢黢虚胖的男人坐起来待会继而站起来垂着手一声不吭。女人就返身到车上拿出钱包，取出几张百元钞递给他说：“再无理取闹我真不客气了。”这个过程也就五六分钟，等仁和里派出所的民警走来，那个男人已经拿着钱开溜了。女人对警察说：“熟人，没事。如果再看到他玩这套就抓，他故意的。”警察严肃地看着女人说：“你去处理一下伤口吧。”

按理说这时候的我们就该随着人群四散开去井水不犯河水了，可我，记者这个职业有时候想想真是不矜持，我就对女人说：“搭我一段路到街口，你的伤不轻，万一头晕我好帮到你。”她脸上有了血色，友好地笑了笑让我上车。前方不远是一家药店，我下去给她买了一盒创可贴和酒精棉球，这时候我就不失时机地递给她一张名片说："我是法制记者小麦子，觉得刚才一幕内含玄机，告诉我怎么回事吧？你要不愿意我就不写稿，就是想听听怎么回事，咱俩交个朋友好不好？"读大学时，老师教导，成为一个优秀记者的基本素养是对抗和麦穗与麦芒风格，面对陌生人或者权力，想知道什么你就在小桥流水处突然剑走偏锋，一味地趋炎附势只能人云亦云，得不到最该得到的。于是，敢想敢问敢说的毛病就慢慢渗透到骨子里，比如后来我原本说笑着呢就突然问梁锦："你从来没考虑过那个董天际、尔东方是玩弄女人的高手？包括你？"梁锦并没有因为我如此直白拂袖而去，而是娓娓道出更多细节让我帮她分析出出主意。需要自辩的是我的包打听与八婆的饶舌和嘴欠完全不是一回事，虽然乐凯说过就是一回事，那我也坚决不认账。

因为是顺路，告诉我她叫梁锦的这个女人就把我载到小区外面的天伦酒店停车场，我拉着她下车到旁边的蓝牧场店喝奶茶顺便处理伤口。梁锦问我："你信佛吗？"我说："佛主善，道法自然，心里很敬仰，但我是党员，你懂的，你什么意思？"梁锦说："我曾有个心地善良的邻居老太太，靠微薄的退休金自己过日子，下岗的儿子在媳妇家的村子种大棚，老人吃斋念佛天天保佑他平安，当然她也不懂多少佛法。在家没事她就给祭祀用品店叠元宝赚点费用，逢鬼节就去十字路口给老伴顺便给孤魂野鬼烧纸钱什么的。有一年清明节前，我买回许多金箔纸，拜托老太太给我叠成元宝，准备到路口给我爸烧烧。那天她儿子从乡下回来，从楼道就能听见俩人吵骂，晚上消停了，看门虚掩着我就敲敲门喊着她走进去，发现老太太已经倒在沙发上不行了。把她儿子叫回来，他就赖我把她妈叠元宝给累死了。就是想讹钱，他们的大棚受灾赔了。我也是懒得经官，看在老太太经常给我送焖子凉粉的份上我给了他一万。这家人住到城里后他媳妇卖煎饼果子他打零短，要是吃苦耐劳的人日子错不到哪去，可老太太这个儿子干什么也下不去辛苦，后来他总找我'借钱'，烦不胜烦。买房搬家后他找不到我了，最近走了几次这条近路，估计是让他盯上了，就上演了刚才那一幕。我没有知心朋友，跟你唠唠心里好受多了，但这些可不能写报纸上说去。"我说："你放心，报纸只发主旋律的，这也上不了台面。"我和梁锦的关系一开始就建立在她认准我是个绝佳听众，愿意和我交朋友做知己诉说烦恼和心事的基础上。没错，成就一对死党的根本条件就是一个有话想说，一个照单全收且明了诸事的体积和内涵，不能用来嚼舌头的必须得给朋友守秘。

有一次我俩喝茶回来，对，那天喝茶聊天的主题就是她的情人。到家后，我实在忍不住把她两个男人，人物甲尔东方和人物乙董天际的名字告诉乐凯，他毫不犹豫地说："吹牛逼吧！怎么可能一个无业游民，有病没有啊这人？"经他这么一问我当刻也十分犹疑，就是啊，是真的吗？这女人闯江湖多年离婚多年会不会脑子进水得了妄想症？

事实上锦鲤没有妄想，的确是真的，至少现在保持关系的这个是真的。去年暑期的一个周末，锦鲤打电话让我帮她从天伦酒店买上几样好菜，另要十只螃蟹、三斤皮皮虾，打包带到南玉区一处度假村的三号别墅去，她电话里一再说，之所以麻烦我，一是因为那家餐厅离我家近，再是她和他的事只有我一个人知道，最关键的是，他是从北京到田峦出差顺便，昨晚上来今晚上必须走，俩人不想出房门让别人发现在一起，要是拍了照片上网就麻烦了。

如约照办，因为我的车有通行证，穿过警戒区抄近路拐几个弯就从海浦到了南玉区那个看上去有些旧损的度假村。到别墅门口我打电话让她开门拿食物，没承想，那位中国的行业专家、社会精英董天际微笑着让我请进，闪身进门，室内的富丽舒适还是让我少许吃惊，眼前的他比在电视里看到的清癯瘦削挺拔很多，目光炯炯，声音温厚磁性，一点也看不出是年过大半百的人。锦鲤看了一眼箱子里的单据，数出五张百元塞给我说"辛苦啦"，关门时我给她做了个亲吻的鬼脸又竖起大拇指，她则轻轻说了句："保密！"

回来的路上我想起锦鲤说过他们相识在去昆明的飞机上，邻座，锦鲤是去弄烟，董是去讲课。一路话蜜情浓留了手机号。第二天晚上，董请她去住的酒店一块吃饭，俩人都喝了不少酒，酒后到他的大套房就互相失了身。最初听到这时，我哈哈大笑当成狗血电视剧的桥段半信半疑，现在想想也不离谱，艳遇和邂逅就是这么个意思，就是不知道狭路相逢之后，要品尝什么滋味儿或者会继续什么故事。反正一个是成功男，一个是单身女，谁也没占谁的便宜吃谁的亏。锦鲤有一次还说："我估计他除了他老婆之外不止我一个女人，但是我熬得起，等他们将来老得需要保姆时，我照顾他都不后悔，这辈子我就把他当成自己的男人了。"我说："你们一年见几次面，说句不好听的，他也就是换换口味，你觉得值吗？小他那么多，傻不傻啊你？"她说："什么值不值的，爱和崇拜加一块放不下呀。"切！无语。

我打开电脑上的音乐，拿出耳机，翻开手机，找到微信和锦鲤的对话框。

负责任地说，这上面的话题应该是一条重要线索，隐约觉得，杀害锦鲤的因素就是与这件事有关也不会和人物甲、乙有关。也奇怪，以前我经常把微信所有聊天和图片都一键清理干净，以释放空间，自从有了这次和锦鲤的对话后我就没再使用软件，而是手动删除没用的，为的是把这些内容保留，至于为什么保留自己也不知道，就是隐隐约约觉得是件挺大的事。耳机里清晰地传来锦鲤很好听的软塌塌的普通话，想到她人都不在了，忍不住打了一串冷战。但脑子里忽然清楚地记起她以前说过自己祖籍在浙江。中专毕业，“70后”，嫁了一个哈尔滨人，受不了那边的气候和他的暴脾气，合不来就离了。当初原本是来海浦市散心的，没承想挺喜欢这里，当时房子很便宜还给迁户口，就这么落脚了。

我把和锦鲤的对话从头到尾听了一遍，把期间几段打的字也仔细看了一遍。记录显示的时间是十一个月前晚上六点二十二分，这也是我俩第三次在微信里对话。她说一个朋友向她借了一百万元，说好就用两个月倒一下救个急，但三年过去了怎么要都不还。锦鲤说：“我想明天去他们单位，搬把椅子坐那举个牌子，写上某某某欠债不还，你能帮我找几个记者拍个照片，把事情扩散一下吗？”微信语音里我说：“你怎么摊上这事啦？这是个什么人？哪个单位的？叫什么啊？借条是否保存完好？”锦鲤说：“这事是我考虑不周，当初觉得他是公安系统的，人也不错，姐姐长姐姐短的不停上好话，就没好意思让他打借条，但是我有转账凭证。”微信上那个人的名字是打的字：宋迈戈。我说：“曝光要账和跳楼讨薪一样不是不可以，现在的形势下公安局不会坐视不管，但是这个人到底什么路数你不了解，证据也不足，万一弄大发了经了官你要不到钱了怎么办？”锦鲤说：“嗯嗯，愁死我了。现在生意不好，坐吃山空，烦得不行。”我说：“那这个宋某认不认账啊，赖账还是怎么的？”锦鲤说：“那倒没有，每次都接我电话。这个人嘴特别甜，对不起，求姐姐大恩大德慈悲为怀容我个把月，等贷到款立刻还，每次都是这一套但就是不还。”“他到底做什么生意呢？”锦鲤说：“不知道，从来也没问到过准话。”我说：“美女，你这样吧，想办法把你们谈这事的话录音或者录像，万一有一天他翻脸不认，或者玩失踪，你好有证据。还有，你可要对这人防备着，懂吧？一百万不是小数，你在这又没亲没故的。”锦鲤说：“嗯嗯，对，太对了，谢谢提醒。”我给她发了个谢幕的动画，此事算说完。

另一段对话是在五个月以后，我主动问她一百万那事怎么样了。回答是弄好了一段在饭桌上提这事的录音，但宋的回答很含糊，怎么理解都行。锦鲤问我："你知道怎么一边打着电话一边把通话录音吗？"我说："没试过不知道，你看看手机说明书。"

三

楼道里静悄悄的，只有转角处的一间警卫室闪着门缝。我没乘电梯步行下楼，刻意显得步履轻松，因为知道每个楼梯间都有监控，如果挖鼻孔、抠眼宝相怪异或者鬼祟猥琐，即使不被盯上也有失体统。坐进车里后我决定不急着找陈维汇报，应该把我所了解的锦鲤梳理出清晰的脉络再做决定。对一个人的了解，一是听她说，再就是与其处事以及别人客观的评价，当然这些都不是绝对的，了解与不了解都是界定在某些层面，难以看清全部。还是春节吃饭那次，我问锦鲤是怎么认识和她借钱的那男的，锦鲤说出的故事又让我听得灵魂出窍。

人物甲尔东方就是这段故事的主角，是和锦鲤有过非常关系的一个男人，此人已经在前年去世了。这个人曾经是海浦市的一届大官，就是天天上媒体头条的那种人。锦鲤说："我那会儿刚从东北一会计岗位辞职到这里不久，在一个烟酒店打工。"说到这时她眯缝着杏核眼笑嘻嘻地说，"我跟你说这些是和一个好朋友说的，老规矩，你千万不能从职业角度出卖我。"我说："啥时那样过呀？必须不会的，你放心，来，盖章！"我俩就各自伸出大拇指对在一起，算是发誓。锦鲤接着说："我打工的这家店掺和着卖高档牌子的假烟假酒，许多大饭店大酒店都来取货。有一天，送货的那个大姐在我家附近截住我希望代替她往沈阳跑几次货，我就按照路数走了几趟，收入可观。从此就跟她干了。这个大姐能量很大，有一天她请政府招待处的处长还有区长什么的在世纪大酒店吃饭，让我陪着去，结果居然那个大人物从隔壁过来了，坐我旁边。看出他那天高兴，喝了很多酒。散场后，我还没到家，他打来电话，真是奇怪，就是酒桌上大姐说出了我的号，说谁有事家里需要添点什么找我俩都行。他让我马上到丽岛小区那的一栋楼找他，说有事告诉我。""你就去了？"我说。"对，就没下出租车直接过去了。怎么说呢，我什么不明白啊，那晚上就住他那了，但我几乎一晚上没睡着，他五十六岁了，我正年轻漂亮，你想去吧。"锦鲤浮起邪啦吧唧的笑。“第二天他上班，让我自己弄吃的几点再离开什么的，可仔细了。跟了他三年，只要他没出差开会或者他老婆孩子不来，啥时候招呼啥时候去，让去哪就去哪，就是一个应召女。这三年没跟他提过任何要求，比如安排工作，帮我赚大钱什么的，从来没有过，张不开嘴，就是白白让他睡，顶多拿过两三千零花钱，因为他就经常放桌上两三百让我买零食。第四个年头的元旦，他要调走了，一天晚上他拎上来一个小盒子，当着我面打开，是十块五十克一块明晃晃的金条，上面印着生肖。他就拿出五块用报纸卷好放抽屉里，余下的连盒子给了我，说留着压身要是兑换了也是一笔好钱，当是他的心意。我推辞了一下，也就收起来装在包里。当时我都不知道金子是什么行情，想问问他都没好开口，你说我有多敬畏他。现在想想我真够傻的，和他什么证据也没有，现在的女的拍艳照上网要钱要转正，那会儿想都不敢想。”“后来没联系了？”我问。“想他，去他任职的城市打电话，说忙没空见，以后不再见了什么的，从此就没见。”锦鲤顿了顿说：“他不见我，后来换了电话也不告诉我，真是，伤透心。”锦鲤有些哽咽，低头拿纸巾拭泪，平静一会又说，“五块金条后来惹出一件事。”正说到这，她女儿打进电话，她走出去接完，回来坐下说：“丫头跟她奶奶长大，懂事了才把我当妈，可不是东西了。”我说：“这会孩子都任性，不好弄。”

上面这一段事因为是前不久说的所以印象深。路过美鸥路时，我想起当年第一次面见而不是电视上见到尔东方就是在旁边这家会堂，领导上台讲话，会后，有省台电视记者采访，纸媒的记者也叫过去听。人物甲脸色黯哑，眼窝和嘴唇发黑，但眼睛挺有神。现在想来，人物甲累得面色无华，不光是日理万机的事。

重新坐下，锅贴和汤也上来了。我催着锦鲤讲金条引发的故事。锦鲤说话不是很有条理，总是一边说一边笑，说自己的事就像说别人，没心没肺二啦吧唧。再加上一笑就眯缝眼配着小酒窝，显出一种乖萌暖的样子，就是高艳冷的反义，按乐凯的话就是肉软，看着好上。

锦鲤说，拿到金条的第三天家就被盗了，是已经卖掉的那个老房子的时候。屋里被翻得乱七八糟，新内衣、新鞋、首饰、皮衣皮具都卷走，还有一万五现金，五箱假中华，两箱真五粮液。其实他们是冲着金条来的，原因是自己太大意、太天真。拿到金条的第二天，三个生意伙伴约锦鲤陪锦州来的几个朋友出去喝酒，饭桌上禁不住得瑟，流露出手头有金子，也没明说。

其中一个小年轻说："姐是啥人儿啊，跟谁都正合脚，有啥都不新鲜。"逗得大伙就借着这个题灌她酒，结果喝得烂醉后他们给送到家门口。锦鲤说，这些人就算踩了点定了位趁机捞一票。

锦鲤哭哭啼啼报了警，派出所来了几个警察拍照，问话做笔录，其中就有后来和他借钱的宋迈戈。她没敢说烟是假的，更不提金条的来路。那会儿也没有监控录像，开锁作案的手段也是滴水不漏，几个月过去没有任何破案进展。锦鲤向警察提出应该就是那几个所谓朋友的朋友干的，警察说："证据呢？我们也做了调查，但还是没证据。"因为心照不宣，再和那三个朋友见面就特别不自在。一年以后，领她上路的那个大姐一次喝多了对锦鲤说："给你金条的那个大官随便帮你一下就是大钱，听说有不少小妖精都靠这个干了房地产成了富婆富姐富妹子，你是不开窍还是咋地？"这下锦鲤完全确定就是那几个人洗劫了她的家，虽然那天喝酒没有这个大姐，但她了解其中内情。事出有因，金条拿回家，锦鲤在一根金条的下面发现了一张便签，上面写着：东方书记、我的好大哥，祝您步步高升。落款是大陆。锦鲤打电话问他还要看那个字条不，他让撕了。但锦鲤没撕没扔，就放下锦盒夹层的侧面。虽然自己二啦吧唧的，但和尔的关系绝对没向任何人提起过，尔东方让她起誓发愿加威胁不让，虽然好几次觉得自己有个大官傍身挺自豪，但绝对忍住了没说过。锦鲤说："因为时间过去太久，那种失去财物的愤懑已经不那么痛彻，加上丢东西后生意格外好做，也就不想再和那个大姐较真了。"我说："也没准那个大姐是尔的皮条客呢。"锦鲤愣了愣说："去你的我又不是那个！诶，妈的，还真没准。"

我琢磨，锦鲤的这段旧事如果跟警方说应该有助于破案，甚至案中案，但不可避免要提及两个人物。尔东方要是活着的在册贪官还则罢了，等于添一笔线索和又一个与之通奸的女人，可这个人已经去世，万一因为错综复杂的馊事，比如那个大陆正在刀把子上悬着，我这个知情人不是自找麻烦吗？而人物乙董天际可是正当红的专业精英，只要我说了，他就脱不了干系会被调查，他有可能杀害锦鲤吗？万一与他无关，我不是使此精英于隐私大暴露，毁人前程嘛。不能说绝对不能说。锦鲤的这些秘密，让我忽然觉得自己像只垃圾桶一样不清爽。

有了这么多顾虑，我决定不主动找陈维汇报，反正警方神通广大，等等案子侦破进展再说。

四

事前完全没有计划。星期六中午我和冉青在翠汀百货的停车场碰见了，她正在往车里放新买的行李箱，过几天我俩要一块儿二进韩国。五年前我第一次走出国门，就是陪她到韩国仁川考察一个景观建设项目。冉青我俩原本是对面桌的同事好友，她标榜自己是一枚“女汉子”，观点不合时敢跟领导顶几句，胳膊拧不过大腿时就摔自己的水杯，冲锋陷阵几年后全身退出，在建筑业大款老公的资助下开办了自己的景观公司，在各地城市建设中如鱼得水，没几年就有了去国外投标的资质和胆量。那时候她力劝我离开“越干越没劲”的媒体和她一起奋斗，但我对新闻事业充满热爱和理想，又是那种得过且过的散漫人，一切随性一切随缘，自己把握不了的事多半受不起煎熬，也就没答应。

两个人当年是从海浦港坐轮船过去的，也算冉青宣传文稿上御用我的一次答谢。然而不幸的是，第四天的工作和首尔塔的游玩刚刚结束，冉青就收到一个噩报，她家建军出了车祸。我眼看着她眼泪刷刷地流着，但声音还是那种惯常的冷静：“怎么回事？别吞吞吐吐的，全都告诉我。”电话那边说，车子走着好好的却莫名熄火，他就下车后退几步看车底盘，这时候开过来一辆车直接就撞了过去，人已经没了。冉青这才趴在床上痛哭失声。两个人第二天上午飞到了北京，直接赶回了海浦。

冉青自从丈夫出事后两年都打不起精神，后来干脆把公司交给她弟弟全权打理，自己把更多的时间放在教育儿子和会所上。她在园林建设中得天独厚置换到一栋九曲回廊的中式园林建筑，一开始里面做公款消费的高端餐饮，一边赚钱一边大骂贪官。近两年形势改变，她把会所字样改成茶楼。没多久，发现很多来逛园子的年轻人来买咖啡，冉青又重新装修出喝咖啡用免费 WIFI 的地方。没多久她发现店长帮朋友放的一些韩国化妆品很受欢迎，就干脆开辟出一个单间专卖韩国护肤化妆品。那些来买的人并不都是名媛阔太，而是一些退休早不富裕文化不高但爱捯饬的女人，就是那些一把年纪敢把短裙裤衩套在黑色紧身裤外面跳广场舞的女人。每当她们一拨几个组团前来选购时，冉青都让店员给打不小的折扣。但看着她们出去，冉青就会说：“唉，真不会穿衣服，让谁给她们讲讲课呢？”从消费群体冉青看到了蓬勃发展的商机，她一扫委顿，入资一家有进口海运、清关、仓储、采购商务等业务的国际物流有限公司，决定开办冀东最大韩货批销中心。

我俩是通过我朋友小悦开的旅行社报的韩国三日自由行，这样不仅费用低，主要是省去很多自己买机票、找酒店、办签证的麻烦。冉青说："出团通知发来了，还没顾上看，要是顺利还能玩两天，所有费用都算我的，甭跟我争。"我说："有人争着抢着给买单干吗要争啊。"

飞机到达韩国金浦机场的时间是中午十二点，北京时间十一点。走下悬梯到入关，整个过程就跟天气一样无风无浪。最浓重热烈的是一排举着接站牌的韩国导游，各个青春靓丽、气质不俗。跟着一团人上了一辆大巴车，地导的打扮和中国街头的中等时尚女郎没什么区别。白色针织长外套，暗棕格子短裙，黑色单皮短靴，直长发遮着半张脸。一个小时后到了给我们预定的酒店。地导迅速跑进去很快跑出来，身后是一位中国男人出来迎接，我和冉青就算脱离这个团自由活动了。

开房洗浴休息后喝午后咖啡打电话，一切妥当，两个大女人就出门上街，虽然语言不通，但酒店的中国老板服务极好，标注清楚的路线图和联系方式不愁客人会遗失首尔。我俩乘坐地铁三号线从安国站六号口出来，顺台阶往上一百米就找到了著名的仁寺洞商业街。穿过一条有很多画廊、艺术品店、古董店和茶室餐厅的胡同，找到了骆小玲的公司。这个骆小玲是一九八五年出生的山东烟台人，冉青的生意伙伴。她读大学时和韩国留学生朴谱吉相爱，最终嫁到韩国。中国家境很好的独生女，到韩国做媳妇可不容易。嫁的男人出生在信奉基督教的一个大家族，虽然是小两口单独在首都过日子，公婆也早就去世，但是男人家的兄嫂如父母，各种韩国传统的节日，如忌日、新年、中秋、圣诞节、教皇的去世、三一节等都要过。在韩国，家族聚会场合女人要张罗酒席、招待客人，男人只需坐那里撑场面摆谱。每次与妯娌们相比要轻松很多的骆小玲仍然要择二十斤的大白菜、打四十个鸡蛋、调五十人份的辣拌餐，摆五十个人的碗、盘、盅、筷、勺，吃完大家还要洗刷大批碗筷。骆小玲到家后不开心两人就吵。韩国男人朴谱吉认为自己挣钱养家天经地义，再累也应该。女人做家务看孩子也是天经地义，不理解为什么会抱怨和要求男人帮她做家里的事情。再加上骆小玲烹饪手艺一般，经常把很贵的五花肉、紫米、豌豆做得焦煳，俩人就为鸡毛蒜皮的琐事频繁吵架，吵多了就开始提离婚。骆小玲在中国的父母觉得没面子坚决不同意她离，骆小玲就带着一对儿女回烟台住了三个月。这一住，把那颗不甘做家庭妇女的心给激活了。

著名的港口城市烟台与韩国贸易往来日渐密切，原来那些跑船拿货的单帮客都在想法把生意做大，但苦于不熟悉更多产品和进货渠道。骆小玲回到韩国，白天把孩子送到幼儿园，用很多时间查找货源，做市场调研，很快就成了烟台客商的驻首尔办事处，类似于批发网购水客中转站。一位因年龄大无力打理生意的韩国老先生看重骆小玲的人品和能力，把自己有出口经营权的一个分公司全权交给她打理，也就是我们找到的这个两层小楼。

还没见面，冉青说，她可是一枚漂亮坯子，有点思想准备啊。迎出来的女人果然有股子不输韩国明星的韵致，加上见到国内商客朋友的热情笑颜，显得特别得体可爱。喝茶说话，客气劲儿过后，骆小玲就让冉青和我到隔壁的大厅参观选购化妆品和日用百货。仓储货柜排列齐整，琳琅满目的样品分门别类，附有韩文、中文、英文三种品名和批发金额。当然单位都是以集装箱来计算的。别说我这不做生意的，就是冉青都看得眼花缭乱。

冉青我俩从排排货架中绕出来，这才看到门口站着一个年轻强健但五官不那么顺眼又说不出毛病在哪的小伙子。骆小玲因为急着到不远处的一家旅馆去，由他来看着门。一开始我觉得小伙子面熟，四目相对我说："诶？你不是那个那个谁女儿的男朋友吗？"小伙子稍微一愣随即淡定地说："您认错人了吧。"我是把他看成锦鲤女儿的男朋友了。春节初四那天中午，我大哥请家人吃涮羊肉，正好路过一家素食馆，听见有人喊，锦鲤从里面跑出来，隔着大玻璃窗看见她染着深紫色长发冷冰冰的女儿和这个小伙子。我说："这是吃惯大鱼大肉跑这清口来了？"锦鲤说："我可是佛门善客，捐助寺庙二十万建了两尊佛像，今天告诉我农历二月十九去出席开光法会，出来庆祝一下。""那男孩是未来女婿？"锦鲤扭头看看说："我不喜欢他。"我笑说："你不喜欢管一毛钱用呀。"

我们又仔仔细细挑选了一遍，骆小玲才回来。骆小玲还和朋友合伙开着一家青年旅馆，主要顾客是那些办了医疗签证来韩国整容的中国人。每个人平均滞留二十五天，连吃带住不出楼生意很火。见我盯着她欣赏，骆小玲笑着说："我可是原汁原味没动过一刀一针的，原来打算做个削骨，让脸别这么大饼一张，结果看到了美女变怪物的新闻。早年一位韩国民谣歌手鬼使神差去打'豆油针'整脸，几年后，她的脸庞肿大，五官变形，皮肤黝黑，脑袋像是个大南瓜，看不出是男是女，成了一个怪物，穷困潦倒在贫民区活了二十年。尽管现在整容技术远高于从前，那我也不敢尝试。整失败的太多了。”骆小玲看了眼在院门口站着的小伙子说：“我舅儿子的女朋友在国内让所谓韩国高手给弄坏了，只好上这边修补，眼皮和隆鼻好了吧明天又要弄小腿脚踝去，本来挺好的女孩子，简直不可理喻。”

说话间夜色降临，冉青和骆小玲签好一系列合同文本，交了订金，算是完成此行最重要的任务。沿着 Ssamzigil 商业大楼的店内街走出不远，抬头就看见一家以亮黑和枣红为主色调装修的韩国餐馆，胖乎乎笑容可掬的朴谱吉带着一对漂亮乖巧的儿女躬身迎接。六个人盘腿就座，煎五花肉、安东鸡、海带汤、石锅饭，就着清酒和兴趣话题，连吃带聊十分尽兴。

据说作为比较不难看的外嫁女，如果没在韩国的夜晚酒后痛哭过，就不足以谈人生。不知是高兴还是伤感还是别的什么情绪，骆小玲喝得有点高，临了说想家想父母哭出了生活的颤音。她老公结账回来，那个店里见到的小伙子进来接他们回家。他称呼朴谱吉为姐夫。看见他牵着小男孩的手往出走，我问骆小玲：“你表弟一直在这帮你吗？有自己家人帮工挺好的哈。”“哪呀，他是我舅舅派来打酱油的，呵呵。”待他们一家开车混入车水马龙，我问冉青：“这个小伙子我分明春节时在海浦见过，但他就是表现出不认识我。”冉青回答：“你发现他是个斜眼没，看人像是没看，爱谁谁吧，咱哪也不去逛了，回去睡。”

五

首尔著名的景点青瓦台、景福宫那年来就去过了，前者只能远看外观，后者是个得名于中国古代《诗经》“君子万年，介尔景福”诗句的朝鲜王朝时期的正宫。小到最多三个小时走个仔细，而北京的故宫边听边看三天也就逛个大概。没什么地方可去，冉青提议去鸟叔唱红的江南区看看到底有多时尚、多富裕。我俩乘坐地铁二号线直抵狎鸥亭。大街上各类大中型名牌专卖店、咖啡厅、餐厅、美容院、汗蒸幕鳞次栉比。时不常眼前就晃动着穿戴讲究、有人给开车门牵小狗的少妇阔太。演唱会、新电影的海报以及 LV、GUCCI、PRADA 等炫目的大招牌一贯而下。行人比起江北区的商业中心少了很多，我俩随便走了几家独立设计师品牌的店，标着限量版、成名款的一件小 T 恤、小短裙就三五千人民币以上。许是年龄的问题，我俩实在都不是看见虚荣东西就想败到手的娘们。家里的所谓大牌提包、钱包都不好意思用着上班。当然，这一点冉青比我强，她是商场女强人，谈生意或者应酬，时装、套装、高跟鞋、精致短发，捯饬的利索着呢。“为了表明咱不是中国穷人，怎么也不能空手啊。”冉青说着拉我进了乐天免税店。俩人禁不住诱惑，还是买了首饰、手表、牛仔裤、凉鞋什么的。出来我说：“这些玩意儿发誓不再买了怎么又买啦？”冉青说：“微信里不是有个女人购物心理吗，这款没有，买；这颜色没有，买；那个秋天穿好看，买。以咱俩这副好坯子，对自己不算是狠的，只有惭愧，绝不自责。”

逛饿了我俩开始找饭吃，远远看见一个棕黄相间风格的韩式建筑物写着汉字：大长今。走过去冉青端详一会说：“没错，看到过，韩国最正宗的大长今，世界独此一家的大长今，早年给皇上公主做药膳的大长今，老板就是大韩民国美食协会副会长的大长今就在这里，电视剧大长今的药膳就是他们家提供的，除此之外都是假的。得了，就是这，姐请客。”

正是饭点，几桌食客都低声说着话吃着饭。吧台前有一只大缸，上面贴满了韩牛店的购物单，明显是为了告诉顾客食材的正宗和新鲜。坐下后看菜牌，最便宜的一碗冷面也要八千韩币。我俩商量着点了一个肘花鲜菇火锅、一份打糕、一碗米饭、一盘炸香蕉饼，泡菜辣酱免费，三百多人民币，吃得倒是挺舒服挺饱。

窗外的丽日晴空、树木草坪和人一样透出午后的倦怠，眯着眼睛看街景，人像是一尾尾随波逐流的鱼，有些虚无有些空灵。总懒坐着也不是事。我问冉青：“麻烦你给骆小玲打个电话呗，问问她表弟女朋友在这儿的哪家医院整容呢，咱们也去开开眼。”冉青眯着眼睛想想表示同意。电话里骆小玲告诉说就这附近的另一条街角，门口招牌上的花样美男是院长，因为给明星做过手术，所以经常上电视，在中国上海有分支，每月都要飞过去执刀，做女人脸跟雕玉器似的当成艺术品。骆小玲呵呵笑着说：“我劝俩美女姐姐还是算了吧，那么有个性的美丽，别人望尘莫及呢。”冉青说：“我们去看看，感受一下就走。”

出了大长今，沿着马路很快找到了那家欧式建筑的整形医院，估计是为了创造轻松就医环境，回廊过道都摆放着小动物玩偶，空气里飘散着清幽的栀子花香。一位穿着浅粉色玲珑精致的女护士看到有女客进来，又是“阿娘哈希呅”又是“您好思密达”一通鞠躬问候，听明白来意，她就领着我们穿过走廊来到二楼的观察室。看见那个叫闵易的女孩子正在病床上吊着双腿躺着。冉青的确是因为好奇想进来看看，我可是另有目的，我要确认一下这个女孩子不是锦鲤的女儿是谁。

眼前的姑娘明显不是我在素食店玻璃窗看见的那个显得高冷的姑娘，根本就不是一路人。眼前的闵易是个圆润蜜糖样的女孩，大眼睛看不出整过容，高鼻梁的青瘀斑还没消退。皮肤细嫩，牙齿雪白，一副不淘气长不大让人疼的小样。估计是没人说话闲的无聊，闵易听我们说明来意明显很高兴。我说："你真了不起，这么漂亮的女孩儿自己来做吸脂手术都不用陪护哈。"这是我的引导式采访技巧，先赞再纵，貌似聊天，不露痕迹得到自己想知道的。闵易说："我男朋友上午来了，我今天要留宿观察他就走了。""哦，你男朋友很帅，一看你们就是那种唯一的初恋是不是？""才不是呢？他有前女友，我没有过前男友。""是吗，你男朋友叫黎明是吧？和大明星同名，是赛车圈的和韩寒一块嗨是不是？"女孩笑得花枝乱颤："谁说他叫黎明呀他叫大童，玩攀岩、攀冰、蹦极、滑翔伞、跆拳道，可能作了，眼睛受过很重的伤。他爸想法让他进了大部委的小机关他不干辞了，在朋友的飞人俱乐部当个小头儿。""噢，这样啊。你说，小姑娘，要是我俩也来整容，怎么着也得一个多月滞留，怎么办护照啊？我们家人也得来照顾怎么才能说来就来呀？"闵易想了想说："我是北京那家医院给做坏了，鼻子发炎流脓，眼睛一大一小，我妈生意都不照看，天天找他们打架评理惊动了媒体，后来他们就给联系了这家医院，办的是医疗签证，我都来一个月了。我男朋友才来，他的签证比较长的。"

从整形医院出来，我和冉青沿着艺术氛围浓郁的罗德奥街往地铁站走，偶尔驻足看会热闹，喝点饮料，买点小零碎。因为冉青的公司在韩国做过一些月尾岛建设项目，她会看懂简单的韩语，所以我俩坐地铁不成问题。首尔的地铁每条线路以颜色区分，密度高，车厢宽敞，服务人性化，每个站都有独一无二的编号，也有韩、英、中三种语言的地名写法。在售票机买票的时候，可以触摸屏幕上的中国国旗，出来的就是汉字提示，但遗憾的是站名依然是英文。正是下班高峰，每节车厢的老幼病残孕专座却空着没人占用，专门可以放自行车进去的车厢人倒是不少。多数人都在看手机、看报纸或者发呆。

到达目的地走出来，远远看见了酒店的黑马标志。冉青说："你发现这像沈阳的西塔不？"我说："没去过。""哈哈，沈阳的西塔是韩国人聚居区，那里很多店铺卖所谓韩国衣服、韩国百货，林立着韩国招牌，生活氛围很韩。"她接着说，"哎，就这会儿，你说咱们跟在家逛完商城，买了吃的用的回家有啥两样。

要是没看到韩国字不说话，跟中国有什么两样？”

我们住的酒店是我国东北朝鲜族人开的，所以这里的中餐甚合口味。实话说，韩餐真没什么吃头，做法的缘故，有肉也觉得寡意，没肉的简直就心生悲戚。从餐厅出来冉青到前台拿明天早晨的餐劵，我拎着东西站在后面，转身的当口，我看见身边经过了一对男女，猜怎么着，男的正是那个叫大童的骆小玲的表弟，女的像韩国人，看不出年龄但很漂亮，垂直的长头发，短裙，随意套着件露出半个肩膀的套头衫，肩膀上文着一黄一绿两只蝴蝶。也不知为什么我对这个大童没好印象，生物场的原理，他也是同感吧。本来不用打招呼，但没想到那个大童迟疑了一下，扭身走过来站在我的面前，这时候我才注意到他的确患有斜视，那种哪里不对劲的感觉就是因为他看人时眼神不对焦，显得不真诚、不自然。我听见他清楚地恶狠狠地对我说：“你找闵易那个丫头片子瞎问什么？我从来没见过你，你记住了吗？记住了吗？哪挨哪呀，别乱说我的事！”冉青听得傻呆，随后拽上我上了电梯回房间。冉青不明真相，一个劲问我到底怎么回事。想到警察不让和别人说锦鲤，我也就决定守口如瓶。对冉青说：“你也知道，就这么回事，一是他珍惜女朋友，再是刚才看到的那个女人，不让给说出去呗。”冉青愤愤地说：“这会这年轻人真他妈邪性，刚才那个女的一看就是鸡。”“我看也像，妈的这个大童，真不是什么好东西。”我愤愤地说。冉青走进卫生间挺大声地喊：“韩国虽说是资本主义国家也是禁黄赌毒的。”我站在卫生间门外告诉她，早些年韩国对性产业持消极不干预政策，有玻璃房子街道红灯区。十多年前开始整顿取缔，妓女们上街游行，把当时的总统卢武铉气坏了，使劲取缔，现在都改为地下经营了。许多情况和中国差不多，有由中介管理的歌厅或夜总会小姐；有高级夜总会的固定女职员；有发小卡片的单帮客。还有一种很常见的“咖啡小姐”，以送饮品为名上门服务。

我们的飞机是傍晚五点飞天津，大童的出现让我心有余悸，因为做了有罪推断，甚至想到他会不会杀我灭口。上午不想出房间瞎逛，冉青就自己去附近的超市给儿子买东西。出团单上说韩国宾馆没有六小件，上次我们来的确没有，但今年这家宾馆提供得很全。除了抱歉地告诉宾客 WIFI 正在改造中，电脑、电视、冰箱、烧水壶、洗发水、洗面奶、浴液、浴帽、牙膏、牙刷、电吹风、乳液、面霜、咖啡、绿茶包、安全套和润滑液一样都不少。有一款绿色小包装的东西全是韩文，为了弄清是干吗用的，我打开写字台上的电脑。网速很快，操作系统是韩文，但根据图标猜菜单，我成功下载安装了QQ，平时最活跃的新闻民工群小人头一通乱晃，我找到旅行社的女友小悦问她是什么东西，根据我说的回答是洗液，类似妇炎洁。“怎么，这个东西也要往回买呀？哈哈。”小悦从QQ上告诉我，午后一点收拾好行李在酒店大堂等着，她让一个送团大巴顺路接上我俩，登机牌什么的也会让带团导游帮我们办，就把自己当那个团的人就可以了。有句电影台词是但凡不是做旅游的绝想不到这么周全。

这时候，田七，也就是警察陈维的消息发了过来：小麦记者，你的电话一直打不通，梁锦的后事她家已经处理完，我另有事找你。我告诉他我在韩国，没开国际漫游，晚上到家，明上午局里见面。

六

晚上飞机顺抵滨海国际机场，冉青和我拿着简单的行李到停车场，开上她的车就走沿海公路回海浦。形式上是出趟国，但感觉上和周末来一场短线旅行没什么区别。睡到自然醒，脑子立马就开始猜测陈维找我会说什么事，案件进展到什么程度，要不要把我知道的一切都全盘托出，尤其是大童这条线索应该是突破性的。

正是春暖花开的季节，海浦公安局院里院外已是一派柳绿花红。楼前警车停得满满当当。我用卡打开门禁，这才发现大厅里很多高大帅气的警察在进行警务实战技能培训，有的在练习使用手枪，有的在摆弄喷剂、伸缩警棍、手铐、盾牌、抓捕器等，有的在一对一背摔，每个人都特别严肃认真。海浦市有其特殊性，这里有个专属名词“支暑”。盛夏的几个月，有数千万游客、领导人、外国专家学者、外交官、艺术家、劳动模范们前来度假，警察的任务就是确保每一位游客的安全，确保不发生影响国家声誉的事件，因此，这里的警察平时的训练就更加严格，说个个身怀绝技也不出左右。

陈维走了过来，他的蓝色训练服上印出大片汗水。我随着来到不远处他的办公室。陈维也不铺垫直奔主题。“梁锦的女儿找到一部她妈停用的手机，处理后发现上面有你们俩的微信聊天记录。我也不追究你为啥不把这个线索告诉我们了。”他定睛地看着我，我也平静地看着他，不知道怎么回答时我总是比谁都平静。“我们对宋迈戈进行了侦查提审，他向梁锦借一百万没错，他承认，那部手机上有录音，有银行转账记录的照片备份等铁证如山，但是他还没堕落到杀人吞财的地步，上个月也就是三月十八日那天，他把一百万打到梁锦的账上，还了，梁锦当天把钱转账到了股市上。他说，这个女的真急了，在公安局正门口等着截领导的时候给他打电话，不还她就闹事到纪委告，告上去宋也就完了，因为那笔钱这个宋投资在一个以权谋私的利益链条里，那一窝里面已经有人被查。”“噢！”我说，“锦鲤没告诉我这个，那还了就不那什么了么，是不是？”陈维马上听明白了我的意思。“但宋没作案时间，他那几天正在德州公出，这个完全落实了。”陈维又继续说，“梁锦这个人在海浦的确没什么社会关系，几乎就是一个人生活。她父亲早逝，母亲改嫁都有半辈子了，她有个哥哥在温州做实业。她有时候会和几个人去咱们这儿的大普寺做做佛事，也经常自己去儿童福利院送礼物，和院里谈过怎样才能收养一个孩子。电脑主要用于炒股，没什么有价值的聊天记录，有一些日志我们正在理顺。家里的旧火车票表明最近去过北京和西安。唯一频繁的通话是北京的一个号，两三天打一通，多是被叫，中午或者晚上时长不定，但她现在用的手机一直没有找到。我们马上要去趟北京调查通话人。作为她的朋友，你对她私生活交往，说白了就是与男人的交往了解多少？知道的给我说说好吧？”浑身一阵冰凉，看来锦鲤与董天际的故事成了我不得不说的故事。

陈维领着我到了一个特殊的房间，从装修和布局上看是一间隔音室。他叫来记录员，我八卦一样把我从锦鲤那里知道的她和董的事都倒出来让他们录了音。董天际实在是个叱咤风云的名人，两个警察边听边流露出他的情人会是梁锦这么个小人物的不可思议和他不会杀人吧的困扰。

就在站起来可以离开那个房间时，我问陈维：“有个叫大童的，锦鲤女儿的男朋友你从没怀疑过吗？”陈维眼睛亮了一下：“她前夫我们已经排除了，这个女儿的男朋友嘛，她说春节分手后，就出国失了联系，你有线索？”陈维回他办公室拿来了一张大童的照片。没错，就是这个不能正眼看人，不帅也不难看，不能称为男孩子也不适合称为男人的二十五六的小伙子。我们重新坐下，他开始听我说这个大童。

有半个月我没有去海浦公安局的办公室，每天不是在采访就是在家赶写稿子。一天下午，冉青电话告诉我她的第一批货已经到港，正去海关的路上，韩国的骆小玲告诉她，舅舅让表弟大童火速回去了，北京警察找他们，事情与海浦有关。冉青问我："你一定是知道内情，还瞒着我，在首尔时感觉就不对劲。"我说："亲，你别问了，这说明咱们都马上就可以知道内情了，这么说吧，这人可能涉及一桩命案。""那大童在韩国的地址是你告密，不对，是你提供的？"我说："是，你不用担心，应该不会影响到骆小玲也就不会影响到你的生意。"冉青轻轻叹了口气说："但愿吧。"

放下电话我匆忙给一幅新闻图片配好词发进省会总社的邮箱，从冰箱里拿出一大盒草莓就开车往市郊走。我要去看看梁锦的女儿梁丽丽。三八节给梁锦送礼物那次她让我去她家，短信发来过楼门号。但因为时间紧并没有去她家。小区不大，只有六栋小七层、三栋小高层，一半是外地人买去用来度假的，院墙是统一规划的一米五的原石加铁艺，上面爬满了含苞待放的野蔷薇。自从出了命案，小区装上了监控，修好了起落杆。我把车开到锦鲤家门前，上到三楼按门铃，正以为没人时防盗门上的小纱窗哗地被拉开了，我看到过的那个紫头发姑娘发出像她冰冷的脸子一样的声音："找谁？""找你，"我说，"春节时见过你一面，你妈的朋友，看看你。"她划开防盗门转身用脚踢出一双拖鞋，看都不看我就自己走到沙发前坐下呆呆地看着电视。我把草莓递给她说："洗洗去，渴了。"她接过去进了厨房。

锦鲤的家是一百平方米左右的两居室，布置得温馨舒适，阳台上绿意盎然。沙发后面主墙上是一幅龙飞凤舞的书法，落款正是董天际大名，此人还有这方面的才华倒是不知道。正面右侧墙角处是一尊金光闪烁的观音佛龛，下面是个香炉，旁边摆着足有二三十条各种材质的佛珠佛牌。锦鲤信佛信到什么程度我俩还真没详细交流过。要是按春节时她说给寺庙捐赠过二十万元铸造佛像，还真是信得不浅。梁丽丽把洗好的草莓端过来，又去给我倒来一杯开水，脸色舒缓许多，坐到侧面的沙发问："姨您有什么事？"我说："你的男朋友大童，我在韩国碰见他了。"梁丽丽稍微发愣，低着头用细长的手指捏着一个草莓说："我前男友，掰了。"我说："大童是没责任感，不求上进那种，还是脾气暴躁易发怒？""说不上哪种，就是谁都不在乎，不踏实，不付出，吃着碗里看着锅里，花别人钱如流水，瞎折腾，老想着不劳而获赚到大钱中个彩票出国享受什么的，特别不靠谱。""春节不是还在一起好好的么？"梁丽丽抬头看我一眼，哗地把头绳拽下，缕缕长头发又重新束到脑后，忽然指着墙上那个书法作品说："他，这个人，是大童他爸，我妈的傍家。什么名人精英，就一老痞子、老流氓。”我坐不住了，站起来扭身看着书法上面的落款说：“他实在是专业精英，隔三差五上电视关注国家大事的人。”“没错。大童春节来我家知道他俩的关系，说他爸私生活乱七八糟，天天借着饭后散步出去打电话嘚瑟个没完没了，一把年纪为老不尊，弄得我们不欢而散。”老半天我坐下才说出话来：“你妈很爱他，愿意就这样和他好着。”“哼哼，她那个傻……傻啦吧唧的女人，男人玩她还不滴流转。”“别这么说你妈，她善良，孤单单的不容易。”梁丽丽脸色略有尴尬，看了一眼佛像的位置，手在嘴边挥了一下说：“对不起。”她站起身给我添上水说：“阿姨，听你就不了解她，不能说我妈好吃懒做但她就是拈轻怕重。她和我爸离婚就是不爱生火做饭洗衣服带孩子伺候人，她就是不适合做人家媳妇的女人。跟我说这些年不找男人再嫁就是想到和男人过日子就烦。你不知道，她做好了菜连盘子都懒得用，就着平底锅吃，说可以少洗碗，一点不讲究。就算没啥事上网看闲书，也要每周请个钟点工来打扫卫生、洗衣服。”“一个人的缘故，喜欢生活尽可能简单。”我说。“切！她和这个董好，就是因为不用生活在一起，还能有个人恋着，个把月找他干一回事她就知足了，算她清心寡欲吧。”现在孩子们说话直白不修辞真是又见领教。“警察应该已经到北京调查董先生了，大童也会回国。你认为他们会害你妈吗？”梁丽丽愣愣地呆坐一会，眼眶浮出泪花，哽咽着说：“谁知道呢，警察去查吧。我现在就等着消息。保险、遗产这堆事办好好回去上班。”我问：“你爸，你奶奶没来？”梁丽丽说：“我爸把我妈骨灰带回去了，我舅舅回南方了，他和外婆放弃继承财产。”看时间不早了，我站到两个房间门口看了一眼，一间是大单人床、书柜、电脑桌、竹摇椅、很多毛绒玩具。主卧室的床品是华贵的条纹贡缎，地上是一块豹纹地垫，床头柜上摆着梁锦靠在一颗古树干上开怀大笑的照片。我说：“丽丽，你妈天生是丫鬟身子小姐命，敬着她吧。”告辞往出走时，我掏出一张名片递给她，梁丽丽流露出没必要的表情但还是接过去。后来这个姑娘始终没和我联系过。

七

时间转眼进了五月下旬，这个季节的海浦犹如游戏中换了血的晴空战士，处处活力四射。酒店宾馆民宿全都整饬一新开门纳客。拖家带口的俄罗斯人不畏冰凉的海水，游得不亦乐乎。国际轮滑节、世界徒步大会、国际马拉松接二连三，春夏之交，每个人都进入了忙工作、忙赚钱的生活模式。

好几天我就思寻着锦鲤的案子不知怎么样了，好端端的人不会因为案子挂起来白死吧。连着两天我走进公安局大楼就先去敲陈维的办公室，每天都早敲没人晚敲还没人，午餐时政治处的李主任也说好些天没碰见了。下午四点我去问上次那个做记录的年轻警察，他说你给他打个电话，看看他在哪。电话很快接通，陈维让我等他会儿，马上回来。这时候那位警察才说，他们应该在检察院那边，那个案子破了。我心怦怦狂跳了好几下。

陈维明显比一个月前黑瘦了许多，右额下那条伤疤显得更深。陈维坐下还是有话直说的风格。“梁锦案子查实了，刚才办完了文鉴移交检察院审查起诉。你猜凶手是谁？”我紧张得气短说不出口。陈维接着说：“小麦记者同志，这案子可不能报道啊，啥时候合适报还是按程序走，因为你有介入，就是当知情人和你唠唠。”我忙答应着。这点规矩我比谁都明白。陈维思忖了一会说：“那我从两条线给你说个大概。一是我们到北京对梁锦联系最多的号码，果然就是你说的那位著名的董天际进行侦讯和传讯，让董大童回国，董天际交出了梁锦的手机。”“真是他们干的？”我又感到气短。“你听，别打断我啊。董大童春节初三那天开车来海浦玩，俩人到底算什么关系他也说不清，就是谁都不是非他（她）不可吧，他就到梁锦家和梁丽丽住一起。期间得知梁锦有一定的积蓄，经济比较宽裕，最关键的是，他得知梁锦和父亲关系貌似不一般，出于别扭和说不清的心理情绪，董大童故意说了很多父亲的坏话，离开海浦回到北京，私下里以让道貌岸然的父亲身败名裂，向母亲和有权势的姥爷告发等相要挟与父亲要钱，他的心愿是去南北极旅游、去美国西部自驾等，就是玩，而这种要求董原来是坚决反对的。不想闹得鸡犬升天不可收拾，董出主意让董大童到韩国外甥女骆小玲那先游历一番，研修一下跆拳道自己开学校什么的。当然，他对儿子不承认自己与别的女人有染，‘更别说这个明显不会有交集的普通女人了’。为了体验海中行船的感觉，这是董大童说的，他买的是从海浦港出发的金芙蓉号游轮四月十六日的船票。董天际开车来送他，入住系统内的海浦科学专家疗养院。当晚，董想见梁锦，就轻车熟路，电话上楼敲门上床办事喝水吸烟走人。到楼下，俩人发现董大童正和一个四十多岁的高个男人撕扯。好啦，这条线先放着，说另一条。”

陈维喝水，起身上了趟厕所，回来坐那儿笑着说：“小麦，实话说，我真不爱和别人说案情，这么着，你看卷宗吧，我得去趟领导那儿。”他把很厚的一摞材料拿出来，从中挑出一叠，“你从这看，口供什么的都有，就是我接下来要说的那些。”“好好。”我接过来，陈维收拾好桌面，和那个警察一块出去了。

房间里就剩我自己，一缕单薄的夕阳照在墙上，楼里楼外出奇地安静。我把眼睛落在那些工整的A4纸上快速浏览下去，锦鲤最后的生命轨迹宛如秋天的落叶，从我眼前一片片飘落，最后凝聚在她靠着古树的那张照片上。

前年六月，梁锦去浙江看望他大哥顺便游览普陀山，那个时候她已经在海浦开始信奉佛教，还去香火绵延、高僧辈出的赵县柏林禅寺参加了正规的信徒皈依仪式，在寺内的万佛楼应捐了一尊牌位。现在，要是不参加旅行团，多数人都会找个伴在网上订好住宿，被害人梁锦没有，独自出行。从朱家尖到普陀山的轮渡上他认识了一个四方大脸高个的僧人，自称会林，给她讲法布道，动员她广施善缘给寺庙捐佛，就是施主出资捐助寺庙铸造佛像。留了联系方式，梁锦住宿农家旅舍，流连佛顶山、普济寺、多宝塔等景点，虔诚地烧香拜佛，观光游览。那个动员她捐佛的僧人几次与她偶遇，游说她缘分所致不可落逆天心。梁锦在普陀山那种氛围下，心里就是佛前的擦身而过，实则几世缘分这类的想法，于是决定捐就捐。随后询问了几个基本问题，比如捐给哪家寺庙，什么材质的，需要多少钱。当她听到位于陕西宝鸡石榴山附近的广顺寺在原有的大雄宝殿、掌卦亭的基础上扩建观音殿和念佛堂等正在荣捐，当时就决定了出二十万元给这家寺院捐助两尊铜质大佛。宝鸡是她喜欢的男人、大名人董某的家乡。

在普陀山镜幽一处中式院落的一个房间，梁锦和真名汝会林的人签了合约，款项打到西安一家法器厂，等铜佛建好落定开光之日，邀请施主前去出席法会。一年半后，也就是上个月的四月七日，梁锦辗转到了宝鸡广顺寺出席了活动仪式。期间她得知那个所谓会林居士实际上是法器厂的业务员，她的名字并没有如当初说的单独标注在佛像底部，而是和众多名字刻录在功德碑上，就是说这个佛像并不是她个人所捐。因为有些不如意，她质问汝会林贪财，会林极力辩解。斋饭后梁锦又去拜佛施礼准备离开，寺院住持缓步走过来对锦鲤说道：“阿弥陀佛！请铸佛像，要看施主出发点何为。请佛寺庙向您低价祈请，此为交易带有外相执着，功德回大向小，利益六道而已；您本人发愿捐佛给寺庙供养，不究利益，功德回小向大。不论大小佛像，一切人天。发何种愿，都功德不可思量，结善缘，必得上天垂念！阿弥陀佛！”梁锦听明白了，心头生出喜悦和释然，又听住持说道："会林客师为凡人于俗世，女施主结交自辨，阿弥陀佛！"

四月七日当晚，十一位来自全国各地荣捐十万元至五十万元不等的客人由法器厂在宝鸡天韵泽大饭店请客聚餐，并入住该酒店，梁锦是唯一女客。次日上午梁锦乘坐10：14的K6次列车到达陕西西安，游览大雁塔后在回民街进口处吃了一份镜糕，到宝翔饭店用的简单晚餐。当晚她乘坐K546次列车于次日晚九点到达港城火车站。期间在宝鸡、西安和火车上与董某有电话联系。回到海浦当晚十点多与会林有过长达十三分钟的通话。次日上午她写了简短日志：捐佛无怨无悔。对××厌恶挥之不去。

看到这我一阵寒战，写法制报道这么多年，还是第一次看着原始卷宗并连贯出顺序和情节，没错的，只要警察想找你，分分钟的行迹都在他们掌控之中。

八

董大童与之拉扯的人正是寺庙客师、法器厂业务员汝会林。汝会林不是第一次来海浦，但是第一次找到了梁锦的家。在宝鸡入住登记时记住了她的门牌号。

看完焦点访谈，董天际就从包里拿出个小礼盒放裤兜里和儿子说他出去一下，董大童眼睛都没挪开手机答应一声，他心想，肯定是去找那个女人。董天际走开大约半个小时，董大童决定尾随而去，只要和他们俩碰见至少有两个好处，一是你个老董还想狡辩与女人无染？二是不小心与女儿男朋友的父亲有一腿，人家要出国哪有不给个红包的道理。不管怎样，只要捏着别人把柄自己都占主动权。尽管听上去不太合情理，董大童当时就是这么想的。他叫了出租车很快来到梁锦家小区，院内绿影扶疏，花团锦簇，但亮着灯的房间并不多。董大童走到最边上那栋楼下，看到了董天际的车停在附近，他决定不上楼打扰，于是就坐在旁边花坛边上玩手机。

汝会林来了。他到海浦有两个难说谁轻谁重的理由。这个城市目前有两座本地知名山地景区正在修复扩建寺庙，他来寻求推销佛器的可能。其实促使他要来的动力是想见到梁锦。离开这个女人的十几天他昼思暮想，寝食难安。在宝鸡天韵泽酒店的那个晚上，汝会林敲开梁锦的门想给她解释一下捐佛这件事的过程和细节，实际上不说也没事了。梁锦边打电话边给他开了门，示意他坐圈椅上还是继续打。坐在床上的梁锦脸上挂着酒晕，穿着紧身内衣的胸脯丰满圆润，细长白皙的脖子和锁骨闪着诱人的光泽，说电话的声音媚气娇声，眼睛还时不时瞄一下他。汝会林酒劲在身，顿觉欲火中烧，就在她结束通话笑嘻嘻看着他时，站起身就把梁锦扑在床上。梁锦这个女人开始有反抗的言辞举止，但因为喝了不少酒人又瘦弱终究抵不过也就半推半就，整个过程俩人居然没任何交流。平静下来后梁锦把他推了出去，直到第三天晚上回到海浦才接了他的电话。梁锦骂他不是东西。汝会林就顺杆爬也骂自己不是东西，是人，实在是她魅力所致难以自持，夸她是帷帐尤物，实难忘怀，愿祈四面八方神灵护佑她一生荣华富贵。俩人在斥责和赖皮脸中结束通话。

汝会林挎包里装着一对相比不值大钱的缠丝蓝田玉镯，一身酒气地走到梁锦家楼下站那儿打电话，不接，再打，他说："梁锦，小梁我在你家楼下，我上去找你。"口音挺重，在董大童听来感觉这人土得掉渣，欠揍。董大童站起来截住他："你是干吗的？大晚上的上人家合适吗？""你是谁？她娃？她不是没男娃独过吗撒！""撒你妈撒，你别上去就别上去！""咋咧？这婊子还带望哨护院地咧咋？"梁锦和董天际这时正好下楼听到这句话，四人八目面面相觑，梁锦应该是真的讨厌这个汝，上去就一个嘴巴子，汝骂："小婊子，卖 × 还卖得成群结队地咋？"董天际看看梁锦，抓住她胳膊推搡出去。梁锦踉踉跄跄倒地，董天际拽上董大童开车就走。梁锦站起来把全部怒气撒在汝会林身上，又抓又挠，被激怒的汝会林与之纠缠，以在家打老婆的习惯动作，抓过她的头发用力推搡出去，梁锦一头撞在小石桌上，挣扎几下，软塌塌瘫倒在地。汝会林没再管她，径自走到马路上截了辆出租车，回到滨盈快捷酒店，心中对梁锦的感觉烟消云散，于次日去长春继续推销法器。

董天际并没扬长而去，走了一段路他把车停在马路边，抽了根烟，又调头回到小街路口附近，对董大童说："我感觉不好，你去看看阿姨没事吧？"董大童跑去小区，看见倒地的梁锦身下有大摊血，脖子软塌塌扭到九十度，人似乎已经不行了，他大惊失色，转身时看见梁锦的手机就在脚下，他捡起来就跑回车上。董大童对董天际说："她好像死了一样，她要死了，手机上肯定有你不少信息你就完了。"董天际焦虑地说："应该马上报案、送医院。"董大童急赤白脸地说："那要是死了算谁的？咱可说不清呀，你可就上头条啦，我也走不了啦。她要真是个婊子，你的人可就丢大发啦。"董犹豫再三随后开车回到疗养院。董大童于次日上午十点坐船离开海浦去了韩国。送航回到疗养院的董天际果然听到了清馨小区有一女人死亡的议论，他把梁锦的手机放进车后厢的工具包里离开海浦回到北京。直到警察找到他。他说盼着警察快点找到他。

董天际说，他很喜欢梁锦，在北京的生活圈子自己的私生活很谨慎，没有绯闻。而在外地的梁锦很善良、很漂亮、很女人味，还善解人意不缠人，平时愿意跟她电话聊聊天，见面不多但每次都很快乐，年复一年，没有理由舍弃她不来往。他认为自己很爱她。警察此处的笔录是：说完董哭出声。

九

综合案情新闻发布会上我把席位牌悄悄拿到后排，这样可以避免一直盯着前面警官的表情。每次召开这类会议，上台去的警官们都要先给台下的记者敬个标准警礼，然后才坐下“汇报”。有一次《都市晚报》的小涵说：“他们敬礼的时候我就特想说，别别，手快放下，不用这么客气。”旁边太行新闻网的记者忍着笑说：“警徽在上，祖国唯一，那是神圣的职业要求和职业素养，别认为那是给咱们敬的你就坦然了。”小涵的心情代表了记者的普遍心态，与那些用奉献、担当捍卫诠释生命意义、调侃自己的名字不会上报、上报也是因为追悼的优秀警察之间，总是存在着深深的理解和敬重，内心深处有说不尽的殷殷祝福和互道珍重。

当天晚上我约了冉青吃西餐，主要话题就是和她说说这个案子的来龙去脉、前因后果。用完最后一道甜品准备离开时，冉青说：“已然这样了，再告诉你个秘密吧，刚才你提到的给人物甲送金条的大陆就是我老公建军，他叫陆建军。当初送金条时那个纸条是我让写的，怕那个贪官都不知道是谁送的。”我半天说不出话来，人与人到底是缘分呢还是一个怪圈，抑或就是一个解不开的死结？

作者简介

毛蕊，60后，女，满族。河北省作家协会会员，磨铁中文网签约作家。中短篇小说散见于《长城》《啄木鸟》《天津文学》《北京文学》《河北作家》《青年文学》《石油神》《九江州》《海韵》等杂志。出版个人随笔集《串味折子》。

一　　生

程继杰

朋友很年轻，喜欢各种享乐，喜欢率性而为。但是，他做青年志愿者，对那些无人照拂的老人极尽临终关怀。

他说：“我不喜欢活得那么严肃，不过这并不妨碍我对世界的关心，那些即将走到生命尽头的老人，我愿他们都能含笑离开。”

遇见佟之思老人却并不是在敬老院中。

那时老人站在路边，穿一身干净得发白的旧衣服。

老人身躯微微伛偻，迎着风，吃力地挥着手。

朋友以为老人要搭顺路车，但老人却说有一件事，一件非常重要的事要拜托。老人说：“我知道你，特意在这里等你，你是做临终关怀的——不知像我这样的，可不可以被关怀？”

“当然，您的需要，就是我的工作。”

老人请他去一趟自己的住处。

朋友问：“您住哪里？我从没有在哪所敬老院中见过您。”

“是啊，我不住敬老院，我一向自己照顾自己。”

“您是位退休教师吧？”

“呵呵，我只是一个拾垃圾的。”

“您……您开玩笑？”

老人摇摇头：“孩子，我这岁数了，哪里还有玩笑。”

老人的住处，是公路桥下一个简易的棚屋，隐蔽，简陋，寒酸，却令人意想不到的整洁。

“您怎么不申请去敬老院？至少会有人照应啊。”

“我不习惯。孩子，这辈子，你是我求的第一个人。”

“不论什么事，我一定努力让您满意。”

“谢谢你，孩子。”

在那张用木板和纸板搭成的床上，老人掀起简单的被褥，掀起一层层的纸板，然后，取出一个小小的报纸包。

老人将纸包托在手里，一层层打开。最后现出了一页发黄的纸张、一块斑驳的旧布。那纸，明显带着年深日久的印迹，仿佛轻轻一碰，都可以破碎掉。

“孩子，这是我的党证和证明材料。”

浑黄的纸片上，勉强能够看清上面套红油印的镰刀斧头图案，用工整的毛笔小楷书写的姓名，以及“一九三八年七月八日”的日期。日期上，还有一枚红色的印章，可惜是模糊不清的。

七七事变时，佟之思还在学校就读。不是所有的学校都能够转移到后方，不是所有的学子都可以继续自己未竟的学业。在沦陷区，每天要眼睁睁地看着日本国旗升起，要含悲忍辱地被迫接受奴化教育。他和许多同学以退学抗争，但随即父母就被抓到日本宪兵队，不断地遭受毒打和折磨。日本人扬言，只要学生乖乖返校上课，他们的父母就会得到释放。一天、两天……眼睁睁地看着自己的双亲血肉模糊、命在旦夕，学生们不得不流泪屈服。

父亲到家后，就不断地吐血，人变得沉默寡言，从此一病不起。

佟之思三岁丧母，自幼和父亲相依为命。父亲童年时逃荒进城，忍饥受冻，从最苦最累的事做起，一点一点积攒起一份小小的家业，走南闯北，远途行商。到佟之思出生时，家境已经颇为殷实，所以他能够上学读书。父亲原本十分健康，里里外外操劳，从不知疲倦。日本宪兵队中的非人生活不仅毁坏了他的身体，更使他的精神饱受折磨，刚强的汉子对身受的屈辱气恨难当，又无法复仇，时时无言凝望苍天，不消几日，已经两鬓苍苍。只有看到儿子年轻健康的身影，他憔悴沉郁的脸上才会闪过一丝无限慈爱的暖意。

时入初冬，父亲的病势加重了。那天夜里，在剧烈的呕血之后，父亲又一次陷入了昏迷中。握着父亲干瘦冰凉的双手，感受着父亲微弱的脉息，十七岁的佟之思心痛如绞，有一种欲哭无泪的深刻悲哀。

不知过了多久，他觉得父亲的手微微动了一下，不禁惊喜地叫起来：“爹，爹！爹你醒了是不是？”

父亲睁开双眼，怜爱地看着儿子：“爹没事儿，儿子，睡吧！”

“爹，你的嘴很干，喝点水吧！”

这时，远处有枪声响起。

“儿子，快，吹灯！”

父子同时听得，枪声越来越近了。

不久，听到急促杂沓的脚步，夹着日语的呼喝。

“儿子，日本人要干什么？”

“爹，不好，他们在搜查，不知要找什么人。”

野蛮的砸门声已经响起。

佟之思去开门。

门刚一打开，六七把明晃晃的刺刀就逼了进来。同时，一队日本兵凶神恶煞地冲进了小院。

他急忙返身，守护在父亲身旁。

将各处折腾得一片狼藉之后，日本兵终于走了。

“天打雷轰的日本强盗！”父亲猛然挺起上身，望着日本兵离开的方向，切齿咒骂。目光中，有一种刻骨仇恨的灼灼光芒。

“爹！”父亲又开始呕血，大口大口的鲜血狂喷而出。

“儿子，你，你可一定不能……不能这么屈辱地活啊！”

父亲的最后一句话，让他刻骨铭心。

满怀悲愤地安葬了父亲，佟之思决心复仇。

他参加了中共地下党在学生中组织的秘密抗日团体。

在夜里敌人巡逻的间隙贴标语、撒传单；在日间从敌人的眼皮底下取情报、传消息……曾经一心只想为自己复仇的少年心中有了民族的大义。一九三八年，经共产党员刘叙伦介绍，年轻的佟之思加入了中国共产党。

刘叙伦身材敦实，浓眉方脸，比佟之思年长一旬，有一身精湛的家传武功，为人沉稳干练。佟之思聪明颖悟，颇得刘叙伦的武功真传与刀、枪拼杀之道。他曾经多次要求到前方部队去，刀对刀、枪对枪、面对面地杀敌，但组织上表示，敌后比前方更加需要他。不久，刘叙伦奉调前往他区工作，佟之思也离开了学校，以杂货店小老板的身份为掩护，继续进行秘密抗日活动。因为在校曾经被迫接受日语、日文的教育，又被委派到云洲地区，打入敌伪内部做翻译，从事情报工作。

由于工作的特殊性，在云洲，佟之思只和他的上线、公开身份是伪维持会会长的黄一达单线联系。他们的情报，曾经帮助我根据地多次取得反扫荡斗争的胜利；他们的掩护，曾经保证了紧缺药品的运输畅通；他们的工作，曾经促使了一支伪保安大队的起义投诚……

那天傍晚，佟之思独自骑马在公园里漫步。漫天云霞绚烂似锦，夕阳的光辉明丽而柔和。他的坐骑是一匹高大漂亮的白驹，长长的鬃毛在微风中轻轻拂动。年轻的佟之思看起来轻松自在，仿佛沉浸在黄昏的美景中。

而事实上，他的心中却正在紧张地思谋。情报工作中形成的敏锐感觉告诉他：日军，正在预谋一次大规模的行动，一次密级最高的行动。而他，必须设法获得情报。

天色渐暗，晚风渐凉，佟之思忽然挥鞭唿哨，纵马飞奔起来——他心中，已经有了行动的方略。

马蹄嘚嘚，风声飒飒。佟之思喜欢极了这种自由奔驰的快乐。

嘚嘚的马蹄声戛然而止。骏马四蹄悬空、一声长鸣，而此刻，让佟之思骤然收缰的那个小小黑影也自空中径直坠下。

佟之思探身展臂，一只黑色的小鸟已在手中。小鸟的胸前一片血迹，并且沾着一些泥土沙尘，还有一片枯草叶。

鹰羽，鹰羽！

鸟儿勉力看看他，发出微弱的叫声，然后，小小的头一歪，便死去了。

藏在鸟儿尾羽中的小纸条上，有潦草的两个字：倪庄。捧着小鸟正在变凉的小小尸体，他仿佛听到黄一达在喊："小佟快撤，我们暴露了，你赶快跑！"

佟之思悲从中来，热泪迸流。

老黄！老黄！！老黄啊！！！

在蛇蝎从中穿行久了，那份同生共死的战友情早已是血肉相连。即使在夜里睡觉，佟之思都是极为警醒的。只有见到黄一达，只有在黄一达面前，看他的浓眉高扬，听他的磁性声调，或者，令人无法察觉地握一握他的有力的大手，甚至，只是礼节性地同他相互抱拳问候，佟之思的心里，才有一份厚重的踏实，一份亲切的温暖。

鹰羽是父亲远途行商带回来的。小鸟全身的羽毛漆黑闪亮，尖尖的小嘴儿却是鲜红的，活泼顽皮、极通人气。父亲从猎人的手中买下，原想训练好了，再次行商时便可与儿子互通音信，以免相互挂念。佟之思那时还是个快乐单纯的少年，他给小鸟取名叫“鹰羽”，每天早晚都和父亲一同训练小鸟。那些声音，那些画面，那些无忧的和平、安宁和幸福……都随着父亲远去了。父亲去世，鹰羽成为佟之思唯一的伙伴，他却再也无心训练它，直到奉命前往云洲。

考虑到自己的工作身份，佟之思决定将鸟儿放生，让鹰羽回归大自然。

那天，他捉了许多鹰羽最喜欢吃的小虫，将鹰羽捧在手上喂食。他已经很久没有这样做过了，所以鸟儿在欢喜地啄食了两个小虫后，停下来，带着一种探究的天真神情，偏着头看他。他说：“吃吧，以后，我不能再给你捉小虫吃了。以后，你要学会自己照顾自己。”

飞吧，鹰羽，飞到大山里，飞到高天上，我会和你一起、寻找自由……

目送着鸟儿小小的身影消失在空中，佟之思最后看一眼自己的家，转身踏上征程。不料鸟儿在空中高飞远翔之后，竟一如从前地落回到他的肩头。

曾经逐日里和气生财的小老板成为文质彬彬的翻译官，顺利地同黄一达接上关系，佟之思紧张地开始了自己的工作。一天午后，他在悦来茶楼独自品茶，眼睛望着卖唱的歌女，心中却在思索着营救一位被捕同志的事情。忽然一道黑影掠过，鹰羽穿窗飞来。佟之思随意拈起精致果盘中的花生米，掰开、捏碎，饶有兴致地逗喂小鸟。片刻，鸟儿又自他掌上起飞，翩然而去。

佟之思将鹰羽托付给黄一达。平常，鹰羽只是维持会会长如影随形的一只玩鸟，紧要关头，就是彼此的信使。只是他们约好，绝不轻易出动小鸟，所以除了佟之思和黄一达，没有人知道鹰羽还可以做传递情报之用。

现在，鹰羽来了，不但受了伤，还死了，佟之思无法不让自己相信，黄一达，他在云洲最倚重、最信任的唯一的战友，必定凶多吉少。

白马在飞奔，追兵的枪声在响。暮野四合，佟之思在郊外的旷野上心潮翻滚。

硬硬地截住将要涌出的泪水，他侧耳倾听，判断出追兵人数众多，一旦被围，势必无法脱逃。于是轻轻一拍，让白马继续向前急奔，自己却飞身而下，隐入山林。

翻过山包，是密林一般的青纱帐。佟之思在青纱帐的掩护下穿越广阔平坦的开阔地，又涉过两条河流，前面出现了一条铁路。

天已接近黎明，隐身在铁路下的麦田里，佟之思倾听、观察着周围的动静。

他听到了远远的火车汽笛声。

远远的火车汽笛声变成了隆隆的震动声。

隆隆的震动声带得大地震颤，似乎就在头顶轰鸣。

佟之思纵身跃起，飞上路基，攀上了飞驰的列车。

他伏在列车顶上，耳旁的风声呼啸而过。这是一列运煤车，列车运行带起的劲风扬起细细的煤尘，让人睁不开眼睛。但是也很快，就使佟之思变成了煤人，与整节车厢、整趟列车融为一体了。

他调整一下姿势，使自己卧得稍微舒适一些。心中一松，便觉风冷刺骨，煤尘的黏附，更让鼻息愈益艰难。努力揉揉眼睛，他观察着黎明中的景物。天亮之前，他必须离开这趟运煤车，而且必须在火车进站以前离开。

朦胧的晨曦中，佟之思钻进了山林。

三天之后，一个迷迷糊糊的醉汉，走在通往倪庄的村路上。醉汉的脚步趔趔趄趄，但是他朦胧的醉眼，却一直望着渐渐进入视野的倪庄。

忽然，醉汉似乎不胜酒力，颓然跌倒。

然而刹那间，朦胧的醉眼中精光迸射，变得冷峻森然。

倪庄，已经是一座死庄。所有的房屋，都是被火烧过的断壁颓垣。断壁颓垣间，没有一丝人影，不闻半点鸡犬之声。甚至不必顺风，都可以嗅到沉寂焦煳的死亡气息。

佟之思还是在倪庄附近盘桓逗留了十几天。

毕竟，这是老黄留给他的唯一线索。

十几天，得不到一点寻找线索的希望。佟之思决定冒险回云洲，至少，他要确知老黄的生死。如果可能的话，他想，拼死也要救下老黄。

他知道云洲日军的军犬一定早已熟悉自己的气味。好在那时候，他有意沾染许多的脂粉气。现在，已是一身的汗馊气。再加上些乱七八糟的垃圾味儿，装扮成一个街头常见的破烂邋遢的残疾乞丐，人不会认出他，狗也不会认出他。

他带着睁不开的一双盲目乞讨，浑浊的声音苍老哀怜。衣着光鲜的人们走过他，就像走过一蓬乱草、一口破锅、一堆瓦砾。偶尔有人停也不停地抛下两个小钱、几口吃的。没有人理会他从哪里来，或者关心他到哪里去。因而也同样没有人知道，那些能够在全城各处出现的流浪儿，都是他的朋友；他们会从四面八方，把形形色色的消息带给他。

那天，老黄带着鹰羽出门，像是惯常的散步，状态悠闲。在胡同拐角处，突然被一群便衣包围。老黄停下脚步，继续玩弄手中的小鸟。“什么人？给老子让开！”

“黄一达，你的戏该收场了——别动，你是共产党！”

“我是共产党？哈哈哈……你这种人身攻击，未免太可笑了！”

“一点也不可笑。你还是赶紧发抖吧，我们是特高课渡边课长派来的。顺便告诉你，我们还知道，和你单线联系的，就是司令部的红人佟翻译官！”

“是吗？故事编得不错呀！那走吧，我倒要看看，你还能玩出什么花样！”

这些话音还在空中飘着，老黄已经扬手放出鹰羽，同时飞身踹倒一个便衣，从另一个便衣手中夺过一把枪，冲出了包围圈。

一切都发生在电光石火的瞬间。

“混蛋！混蛋！”便衣队长气急败坏，也不知咒骂的是谁，便衣们立刻忙乱地追击。

枪声乱成一团。

大概是想抓活的，除了开始射向鹰羽的子弹，那些便衣的枪随后都朝下打，打在了老黄的腿上。

老黄倒在地上，索性回身，与便衣对射。他枪枪命中要害，便衣们一时不敢靠前，但却紧紧围着，随时准备一拥而上。

老黄忽然放声大笑，以手中的枪一一指着包围他的人：“就凭你们这些败类，也想抓老子？上，谁上？想死就快点！”

包括便衣队长在内，没有人动。

老黄忽然举枪顶住了自己的额头，对他们说：“记住，没有人，可以抓住我黄一达！”

他把最后一颗子弹留给了自己。

山坡上，佟之思面对一个小小的土堆泪流满面。没有老黄的遗体，没有老黄的遗物，什么都没有。小小的土堆下面，是鹰羽小小的尸体。

老黄啊，就让我相信，相信你依然还和鹰羽在一起，你们一直在一起……

佟之思现在终于明白，老黄原是想通过自己给倪庄报警的。却不料倪庄、老黄、自己，居然都已被对方暗中掌握。

从未听老黄提到过倪庄，或许，倪庄是老黄的上线。

即使是，又如何呢？倪庄被毁了，老黄牺牲了，如果不是出了叛徒，就一定混进了奸细。佟之思与组织失去了联系。

夜深沉，佟之思的家乡宣城，笼罩在一片浓深的夜色里。街道上，除了日军和伪保安队巡逻的车声、脚步声，没有任何声息。

一条偏僻的小巷。巷口住户的对开木板门紧紧闭着。巡逻队过后，一条黑影倏然闪出。

黑影悄无声息地来到门前，开始有节奏地叩门。

笃、笃、笃；笃——笃。

笃、笃、笃；笃——笃。

板门忽然大开，四只手枪同时指向黑影。

黑影悚然一惊，身形顿矮，一个地趟腿扫倒两人，随即三窜两跃上了房顶，跃入了另一条街巷。

而就在同时，另外两支枪呼啸着开火。警笛声、巡逻队的跑步声与摩托声四处响起。

黑影似乎不见了，但是军犬开始吠叫着引导追踪。

可恶的王八羔子，还黏上了！佟之思飞出瓦片，正中那条日本狼狗的鼻子，然后跃向右侧的屋顶。

几番蹿跃，他看到，下面的路口有一支日军的小型摩托车队，似乎正在犹豫，不知该冲向哪条路；或者，是在警戒着所有的路口。他不及多想，对准最后一辆车，两柄飞刀出手，人也随即飞出。

两挺快枪在手，一阵不容喘息的连发速射，近前的几辆车措手不及，顿时人仰马翻。

开足马力，佟之思驾着摩托车向郊外飞驰。身后，摩托声，枪弹声，汽车声，犬吠声，呼喝声响成一片。

枪弹呼啸，乱飞如蝗。摩托车左弯右拐、风驰电掣。

风驰电掣中，车身猛然一震。佟之思当即意识到，车胎中弹了。他别无选择，只能弃车。荒郊野外，一路绕山，竟无岔路。他不暇细忖，急急将车子转成左向，而从右侧钻入山林。

山中的行进，速度慢了很多。他知道，追踪的人马，也已经上了山。

竟在秘密联络站遭遇伏兵，被如此众多的军犬缠着，人围着，枪盯着，若想突出重围，除非能像孙悟空一样一个筋斗蹦出十万八千里，不然，有土行孙的地遁术也可以。但是佟之思是凡人，那些神仙法术救不了他。他只能懊丧又气恨地一拳捶向树干。

却觉得右臂有些不听使唤。他吃惊地发现，自己中弹了，而且已经流了许多血。

一阵晕眩袭来。

佟之思倚着树干稳住身体，用牙齿撕扯着帮助左手将衣襟扯破，草草包扎了右肩的枪伤，拼尽全力向山林的深处飞奔。

断崖，断崖！树枝和刺草划破了衣裤，刮伤了皮肤，包扎后的伤口依然在汩汩地流血。佟之思有些头重脚轻，他咬紧牙关，顶住晕眩，手足并用，爬向断崖。

儿时，跟着父亲一位采药的朋友，佟之思攀过这座断崖。他知道，断崖的下面，是飞湍的急流。

他爬到了崖上，坐在崖边喘息。山风阵阵，吹着他丝丝缕缕的衣衫，梳理着他浸着汗水、沾着草屑的黑发。他仰头望向夜空，夜空墨一般，不见一丝星影月光，黑得令人窒息。

追兵已经近在身畔。他们知道他已经无路可逃，正在命令他举起手、站起来。

父亲，老黄，鹰羽，我来了。

他根本不看四周，现出一个恬静的微笑，跃下了断崖。

……

轰轰轰轰，轰轰轰轰，什么在响？火车吗？自己什么时候上了火车？啊，这火车怎么是变形的？喂，走开，不要挤我，我，我要，我要被挤炸了！

一股大浪扑面而来。佟之思本能地一动，清醒过来。他在急流中，在急流中两块巨石的夹缝中挤着。努力地动一动，他看到，自己的身体仿佛一段不规则的树干，以一种极为古怪的姿势倾斜着夹挤在石缝中。

他苦笑，不知道这算捡回了小命还是换一种死法。

他试着将身体从夹挤中抽出来，徒劳无益。

“啊——啊——”

他绝望地吼叫，狂暴地挣扎，既然没有落入敌手，为什么要被石头夹住？既然留住了生命，为什么要失去自由？既然还有知觉，为什么不能自己？

受伤的右肩在外侧，整个的左半部身体却被无情的大石牢牢锁住。长时间的失血使他的神志时而清醒、时而昏迷，已被感染的伤口痛彻心髓。

再一次醒来时，他开始平静地接受命运的安排。

不再吼，不再挣，他想保留最后的一点体力。他努力关注着上游的一切，努力不使自己再失去知觉。能够死也不让敌人擒获，就一定要活着挣脱石头的束缚。不甘心！绝不甘心！！绝不！！！

昏昏沉沉中，似乎有什么东西划着小腿。他倏然而醒，看到一长串用绳子连在一起的箩筐。

那种箩筐用当地山上出产的一种灌木枝条编织，近似圆形，口小肚大，韧性强，不怕水，一般人家常将它们连接在一起拦在水中，数日之后，总会有些鱼虾收获。这串箩筐从上游漂下来，大概是固定的绳索断了。

佟之思发现的时候，箩筐串的大部分已经漂过他的身畔，最后的两三只也很快漂开。

那一瞬间，一定是集聚了潜能爆发的所有力量，佟之思情急之下，奋力纵身，竟然飞落水中，将将来得及抓住最后一只箩筐。

勉强将身体伏在箩筐上随波逐流，佟之思不得不打起全部的精神，应付急流中随时可能出现的种种不测。那些零零落落的水中的大石极其危险，会将人直卡在水里，也会撞得人头破血流，好在数量不是很多。

在水流渐渐平缓、水面渐渐开阔的时候，佟之思设法上了岸。他已经无力站起，用尽所有的力气，爬着滚着向河岸附近的大片深草行进，意识逐渐模糊，逐渐模糊……

一场暗夜里的追杀唤醒了他。先是逃命的青蛙慌乱中闯进了他破烂的衣衫内左冲右突，随后那个追杀者、粗过拇指的大蛇也跟了进来，佟之思眼睁睁地看到就在青蛙终于从他两粒衣扣间的缝隙中奔出的一刹那，蛇头同时冲出、咬住了青蛙。

瞬间，他被血腥的屠杀激怒，骤然出手，死死卡住了蛇的七寸。

多年以后回首往事，佟之思依然觉得，那只蛙和那条蛇，其实是救了他的命。平生第一次生吃蛇肉，他毫无味觉，只是因此恢复了体力，也重有了精力。然后，他寻找一切可食的东西入口，寻找自己所认识的草药疗伤，使自己可以起立行走、可以行动自如。

这样，他走进了附近的市镇。他了解了自己想要的情况。他轮流潜入每一家药铺，酌量取走所需的药品。因为数量微乎其微，从未被发现过。

然后，口碑极差的富户深夜被盗，一个人影贴上远去的列车，一位略显病弱的富贵公子，安静地住进了大上海的一家酒店。

外滩，五颜六色的霓虹灯光，将黄浦江映成了一条彩色的河流。来来往往的船只，汽笛声杂乱地此起彼伏。佟之思望着江中的灯光船影，目光忧郁深沉。伤好后，他又回过云洲，进过宣城，甚至，还去了当初刘叙伦奉调而往的城市，都是无功而返。

九死一生，却是一只断线的风筝，一艘无港的孤舟。

有时，他一身雪白的高档西服，风度翩翩；有时，他号服覆体，埋头拉车；有时，他是一位瘦弱的教书先生；有时，他是一个唯利是图的胖商人……他出入各地，他化妆为不同的角色，他打一枪换一个地方、神不知鬼不觉地独自铲除汉奸。

直到抗战胜利。

抗战胜利，他再次重返故地，故地被南京政府接收，找寻组织的希望再次落空。

他决定去解放区。

可是，解放区没有人认识他，仅仅一纸有文字、无照片的党证，无法证明他的身份。

解放区的党组织，终于设法与云洲、与宣城取得了联系。然而得到的回答是：佟之思同志，牺牲于一九四三年。

他被怀疑为军统或者中统的特务分子，他要求面见自己当年的入党介绍人刘叙伦，却一直联系不到。

耐心又耐心地等了一年多之后，他不再对等待抱有希望，决定脱身，他想自己去寻找刘叙伦。

而问题在于看守的战士，尽管他们对他充满敌意和警惕，他却绝不想伤害自己人。于是他偷偷地训练自己闭气，直至能够自如调息。

他生病，不吃不喝，针药无效，卧床不起。然后，在天黑时分停止了呼吸。裹一张薄薄的草席，被埋入地下。人们离开了，他也离开了。

刘叙伦并不是宣城人，他用的应该是一个化名，工作的需要还会使他有新的化名。离开宣城后，很可能又屡屡辗转，行踪难觅。佟之思设想了种种可能，做了种种尝试，大海捞针似地寻找数年，并没有如愿以偿。

新中国成立后，佟之思回到宣城，回到云洲，已经没有人认识他，也没有寻找到他要找的人。他不想再次贸然地去以自己的本来身份去寻求确认，他自称来自刘叙伦的家乡，是他的一位远亲，试探着做迂回了解。在招待所住了三天，得到的答复是没有人知道这个人。

时隔未久，他又一次回去，想知道梁汀君的下落。梁汀君是曾和他一起秘密参加学生抗日活动的同学，刘叙伦是他们共同的入党介绍人。

而梁汀君的故事居然那样地让他心痛如绞、扼腕浩叹。

大概就是在他飞马逃出云洲的时候，梁汀君在宣城被捕。年轻的姑娘不曾理会敌人的利诱威逼，却是在受刑昏迷之后，梦呓一般地泄漏了后来使佟之思身陷重围的秘密联络站。知道自己竟是那个十恶不赦的泄密者后，梁汀君悲痛欲绝，撞墙自尽。

郊外山上，萋萋荒草中一座小小土包，是梁汀君的坟墓。没有墓碑，只有那种非自然状态的隆起，让人想起，这一抔浅浅的黄土下面，曾经睡着一个纯洁而不安的灵魂。

佟之思采了很大的一捧山花，默默地放在坟前。山风吹过窸窣的坟草，他仿佛听到多年以前听过的歌声——

长亭外，古道边，芳草碧连天……

那时，他和梁汀君是多么要好的朋友啊；那时，他们是多么年轻的热血青年啊；那时，他们一同憧憬过多么美好的未来啊……一种从没有过的茫然，让他黯然神伤。

后来，他四处漂泊，云游八方。东南西北三十余个行政大区，都曾有过他的身影。

再后来，走乏了，找倦了，他在贺兰山下的长城边当起了牧马人。纵马飞驰，依然是他最喜欢的感觉。

然后，无法证明的历史让他和一群被称为“牛鬼蛇神”的人为伍，住进了牛棚。

这些人被驱往腾格里沙漠的边缘地带开荒种地。在腾格里，他竟意外地遇到了一直在找却一直不曾找到的刘叙伦。两人驻地很近，却归属不同系统管辖。刘叙伦已经恢复了“郑捷民”的本名，作为走资派从省城发配到沙漠。那时正重病不起，身边也没有任何纸笔，却在弥留之际暗中撕下床单、咬破手指，为当年的战友写下证明材料，并且按上了自己的手印，辗转托人交给了佟之思。

而他，只能将这份材料秘密珍藏，默默凝望入党介绍人寂然长眠的土丘。

二十世纪八十年代后期，历史上许多的冤假错案都陆续平反了。佟之思也恢复了自由。

“您应该去找组织，找回曾经失去的一切。”

“不是所有失去的，都可以找回来，孩子。我想找回老黄，可以吗？我想找回梁汀君，可以吗？我想找回刘叙伦，可以吗？”

“至少，应该找回一个公平和公正吧？”

“我已经老了，就算恢复身份，也就是享受一下离休待遇。那又何必呢？”

几十年时光，不过是茫茫宇宙中的一刹那而已，但是一个人的生命，却已经走过了从起点到终点的漫漫长途。而在人生的终点，一世的风雨足以让人懂得彻悟。回首平生，那时已届古稀的佟之思无怨无悔无欲无求，他不再需要确认和证明。

佟之思没有去找党组织，他看望了刘叙伦的家人，郑姓的儿孙们，如今快乐而幸福；他去拜祭了父亲和黄一达，黄一达的故事，如今是少先队员在清明节讲述的传奇；他曾想再看一看梁汀君，梁汀君的坟墓已经不知移往何处，如今那里是著名的旅游风景区；他还想再寻一只鹰羽那样的小鸟儿为伴，却发现啁啾的鸟儿都在笼子中，一只只色彩斑斓，鹰羽的同类，早已绝迹。

他最后来到这座美丽如画的海滨城市。自己在郊外搭了座简易的棚屋，拾垃圾、卖废品，阅读市内广告橱窗中每天更换的报纸内容，静静地等待最后的时刻。

他知道这座城市的临终关怀事业开展得最好。

“我很快乐、很踏实、很安心，当年，我们拼死拼活，为的，不就是这样的和平与安宁吗？”

“那么，您老还有什么未了的心愿呢？”

老人辛苦积攒了八千元钱。在生命的最后时刻，他希望能够将自己的劳动所得作为党费，交给组织。

“如果不行，”老人微微叹息，“就替我捐给希望工程吧。我做过了解，孩子，你是非常值得信任的人。”

带着老人的党证、刘叙伦的证明材料和那八千元钱，朋友四处奔波。他祈愿可以尽快让老人的心愿兑现。

结果，他失望了。在本市，在老人当年入党的地方，在老人曾经工作和生活过的地方，所有的组织部门都告诉他，太久了，太久了，这么久的组织关系，其实是无法恢复的。

朋友最终，以“一名共产党员”的名义，将这笔钱捐给了希望工程。

他去看望老人，却发现老人已经安详地去世了，呼吸已经停止，体温还有一丝微热。仿佛知道他来了，老人的嘴角，隐约有着一痕浅浅的微笑。

小小的棚屋干干净净，陈旧的被褥干干净净，朴素的衣衫干干净净，辞世的老人，走得干干净净。

朋友将党证和血写的证明材料拿给我看。

他说：“本来，我打算把它们和佟之思老人葬在一起，后来却改了主意。安葬了老人，却留下了这两份材料。你是做记者的，肯定有搞文史的朋友，这党证和证明材料，应该是一份珍贵的文物，一种历史的见证，一个让人无法忘怀的深刻故事。”

朋友说，与佟之思老人其实仅仅只是一面之缘，可这一次的经历，已经极深极深地影响了他。

一个人的一生，可以多舛，多舛要有多舛的魅力；可以坎坷，坎坷要有坎坷的壮怀激烈、曲折传奇。只要不是苍白的，只要能够无怨无悔，只要能够留下一些什么给后人思索和咀嚼，他的生命，也就有了沉甸甸的分量，是不是？

作者简介

程继杰，女，汉族，1962年生人，河北省作家协会会员。秦皇岛开发区诗词学会副主席。作品曾获首届全球华人中国长城散文诗歌金砖奖和“古贝春杯”河北省第一届散文大赛等专业奖项。所著散文集《它们》，为2017年度河北散文排行榜上榜作品。

大道岭（节选）

马国华

一

其实薛莲和孟如风明知道，耿县长哪里是想验证刘大军的功夫，肯定也是想找他卜算命运的，这很好理解，所以那天饭后，他们就说要回大道岭村工程指挥部去，也好顺便探探刘大军的口风。

但他们不知道，就在他们离开大道岭村这段时间，围绕着刘大军，又有一件奇怪的事情发生了。

原来，自从韩阳副市长带队考察了大道岭村长城并很快修通了水泥路之后，大道岭村就已经在方圆十几里范围内出名了，人们都知道了这里要被开发，也听说了前期发生在大道岭村的种种奇事。特别是大道岭村还出了刘大军这样的预测大师，更诱惑得人们要一探究竟了。所以奥运会开幕式以后，已经有几个人去过大道岭村了，主要是来拜访刘大军的，可这些人无一例外都吃了闭门羹。据此有人就怀疑，说刘大军有这样的能力都是谣传吧，要不怎么不敢见人呢？又向大道岭村的人求证，大道岭村的人就都信誓旦旦地说，保证不会错，刘大军当初真的预测出了报纸、电视上的事，还预测出了那两个城里人要带来邢大通的事，后来他给邢大通算命，还得了一万块钱呢。他要是算得不准，人家怎么会给他那么多钱？来的人这才明白，原来这个刘大军的要价太高了，他大概是知道你们也拿不起，所以懒得理你们。可他们都是和刘大军一样的农村人，算一回命就要拿一万块钱，又有几个能拿得起呢？大鱼小鱼都要，不是能发得更快吗？想不明白，人们就都很悻悻，却也因此感觉到，刘大军也许真的有很高的功能呢，要不怎么敢这样狮子大开口地要钱？

于是，越是难以企及，就越能激发人丰富的联想，刘大军也就越发被传得神乎其神了，只是有那一万块钱的大坎子挡着，一般的人觉得心疼，也只好望洋兴叹。

可是在农村里，毕竟还有一部分人很有钱的，头脑精明、善于经营的就比那些只会土里刨食的人宽裕。不过这样的人，他们的钱也是靠劳动得来的，平常很节俭，让他们拿一万块钱来算命，除非十分迫切，否则他们是不会乱花钱的。还有另一种人就不同了，就是当上了村主任的村霸地痞。这些年，村霸地痞当村主任也已经是个见怪不怪的现象了。有人在分析这种现象时，还曾经列举了四条原因：一是地痞有淫威，老实巴交的村民不敢不投他们的票。二是农村的选举基本全是拿钱买票，地痞们也知道必须投资才能当选，舍得出钱，拿了人家钱财的村民当然是谁给钱就投谁的票。三是村民们虽然也想选出一个能把大家带向富裕道路的好官，但农村太缺少这样的人才。很多人参选，都是看上了那一年几千块钱的工资补贴，同时可以利用职权为个人捞些好处，那么在有既得利益的情况下，村民们也只能谁给钱就投谁的票了。四是把票投给地痞样的人，村民们也是出于这样的考虑：土地都是个人的，自己种自己的地，用不着村干部操任何心；只有出现了什么纠纷，村干部才显出了用处，但那些窝囊的、服不了众的，却很难裁定一些事情，就不如让一个地痞样的人物当村主任，冲着乡情，再给些贿赂，他们把眼睛一瞪，没准事情就解决了。就是这些原因，地痞当村主任才成了一个相当普遍的现象，其间透出的却是村民们深深的无奈。而这些村霸地痞，当初竞选的时候是花了钱的，当选之后当然要变本加厉地往回捞，手中的钱也就比普通村民多得多了。又因为他们那些钱来得相对容易，花的时候也用不着太斟酌。特别是算命这样的事，假如人家大仙给他算出还能发更大的财，或是能避过什么灾祸，那么一万块钱不就成了小钱？

于是这一天，就有一位王家营镇的村主任，外号叫三坏的，开着一辆老旧的切诺基，带了几个跟班一样的人到大道岭村来了。

他们倒是很懂规矩，知道在自己的管辖范围之外要先拜码头，就先去找了章营和刘松柏。他们都是同一级别，也曾经在镇里开会时见过，虽然不是很熟，也不是很陌生，三坏的恶名也早入了章营和刘松柏的耳朵里，知道不理不睬的就甭想经过王家营镇了，更不用说章营的儿子还在镇上开着木器厂，有些投鼠忌器，所以帮忙引荐一下还是必须的。不过章营和刘松柏也知道，这个刘大军并不是谁求都见的，眼下，村子里除了他们俩，还没有一个人求得动他呢，如今他们又带了外人，刘大军会不会给面子呢？这个可不好说。就先跟三坏说了这个顾虑。三坏的跟班们就说："他要是不尿咱们这一壶，就把刀架他脖子上，看他给算不给算。"三坏却瞪起了眼睛，骂他的手下人说："都闭上你们的鸟嘴，也不看看这是什么地方。这是章大哥和刘大哥的地盘，怎能让你们想怎样就怎样？"章营急忙说："你们也别急，这不是没去呢吗，我们先去问问，万一刘大军答应见你们，不就省事了吗？不过，你们也知道，刘大军给人算命，底价就是一万块，想必你们也听说过。他要是非得坚持要这么多钱，你们怎么办？"三坏说："钱是小事，只要他算得好，赏他一万块钱又算个球？"章营就说："那你们先等着，让松柏先陪陪你们，我去问问。"

不想，章营一到刘大军家，刚说了三坏要求见的事，刘大军连想也不想地就应允了，说："他想来就让他来吧，可我必须只见他一个人。"章营急忙回来，说了刘大军的要求。三坏的跟班们就说："你看见没有，啥人都是穷的怕横的，横的怕不要命的。"三坏也显得很牛气的样子，说了声"走"，便又请章营前面带路。等到了刘大军家门口，那帮跟班们也想进去，三坏不让，说："他这是给老子算命，要是说出啥秘密来，让你们听了去怎么行？都老实在外头待着吧。"那帮跟班们无奈，只好等在了外面。章营把三坏领到屋里之后，也退出来了，而半个小时之后，三坏也出来的时候，等在外面的人就看见他的脸上挂满了惊怔和恐惧。

当时，章营和三坏的跟班们都曾问他："算得怎么样？"可三坏什么也没有说，只是默默地向他的手下打了个要走的手势，一帮人上了车，对章营连再见也没有说，就开车进了归程。可不一会儿，就有村民跑来向章营报告说，一辆汽车在村外拐弯的地方出事了，连护栏都撞坏了，翻到了旁边的山坡下。章营就猜想到可能是三坏出事了，急忙带人去看，山坡下面果然是那辆老旧的切诺基，有人已被抛到了外面，正在挣扎着。章营一边派人下去救人，一边给镇上的派出所打了电话，派出所的人告诉他，这样的事应该打 122，通知交警，章营又急忙联系交警。怎奈这里山高路远，等离此最近的交警支队赶到的时候，车祸已经造成两个人死亡了，其余的全是重伤。当时三坏倒没有死，可一天后章营就听说，三坏可能比死了还惨，他被摔成植物人了。

这一下，关于刘大军就又多出一种传说来了。凡是听说了此事的人都确认，这肯定是刘大军惹的祸。尽管像三坏这样的人出了事很让大家舒心，可刘大军到底对他说了什么，才能让三坏遭了这样的报应呢？从章营、刘松柏露出的口风中，别人也都知道了，当初三坏要找刘大军的时候，由于担心刘大军不给面子，他的跟班还威胁说要动刀子，可见是嚣张到家了。莫非刘大军是想给他们点颜色看看，才整出了这样的车祸？这不太神了吗？

就这样，几天来，关于这件事的议论就弥漫在王家营镇附近的几个村子中了，很多人称愿的同时，自然更把刘大军奉为神明。这一天薛莲和孟如风回到大道岭村之后，章营和刘松柏便急忙对他们讲了此事，本想他俩也会惊讶，却不想他俩只是相视笑了笑，薛莲就说："这太正常了。"章营不解，问道："这怎么会是正常的？"薛莲说："刘大军法力高强，他弄出的事有什么不正常的？"章营和刘松柏一想，也对，既然刘大军已经跟神仙差不多，那么他想收拾那些恶棍还不是小菜一碟？便更佩服得五体投地了，同时也更加疑惑刘大军的功能是怎么来的了。

其实薛莲和孟如风虽然面子上没有表示惊讶，可在内心里，他们也同样是疑惑重重的。刘大军不管是通过什么渠道获取了特异功能，若说他能知道前后之事尚可理解，但若说，他还能主导人的生死，就实在不可思议了，因为，那就真的涉及了法力而不是能力。但所谓的法力，多半都是故弄玄虚的，是一些骗人的伎俩。再换个角度说，假如他真的还有这个能力，就不值得庆幸了，而是很可怕，因为原来的刘大军并不是个正常人，假如以后他突然再发起疯来，又有主导人生死的能力，他不就成了一个祸害吗？不过目前，薛莲和孟如风还是不相信刘大军会使什么法力的，觉得三坏的出事很可能有另外的因果，更可能是个巧合，于是他们决定，去找刘大军问一问。

和往常一样，对于他俩的求见，刘大军并没有拒绝，也知道他们登门的目的，就解说了三坏前来算命的前后经过。

原来，那天三坏刚进来的时候，表现得还是猖狂不可一世的。其实像他这样的人，刘大军本来也懒得理他，可刘大军也知道，不理他，他就会闹将起来，又打又砸的，结果肯定很不好，就不如顺了他的意思。况且，刘大军已经知道他会站着来，躺着回去，也没有必要再给他撒泼的机会，便真的把他的命给算了。

一开始，刘大军就说："像你这样的人是不应该找我来算命的，要算的话，你不如去找那些排四柱八字的瞎子。"三坏就问："为什么？"刘大军说："因为那些瞎子能瞎说，我说的可都是真的。”三坏说：“老子来就是想听真的，干吗要去听那些瞎子瞎说？”刘大军说：“既然这样，那我就实话实说了。你小的时候，因为你爹去世了，你就跟着你妈改嫁找了个后爹，可你这个后爹不喜欢你，没人管你，所以你很小的时候就学坏了。人们都叫你三坏，不是因为你排行老三，而是因为你连偷带骗还打架，才被人叫了三坏。对于你来说，这些都没有什么，可你杀过人，已经逍遥法外八年了，你以为别人不知道，可那屈死的冤魂，能让你安生吗？”刘大军这一说，三坏就一下子惊呆了，问：“你是怎么知道的？”刘大军说：“别人不知道，我却什么都能知道。那是八年前，你看上了镇上的一个姑娘，可人家因为你的恶名，根本不喜欢你，你就一直想找机会祸害人家。那一天姑娘到镇东的大河去洗衣服，很巧那天没有别人，一直盯梢的你就发现了机会，把人家姑娘扯到旁边的树林里，要侮辱人家。可那个姑娘宁死不从，你就生生地把人家姑娘掐死了，还侮辱了人家尸体。要说你这个人还真是有心计，一看出了人命，倒没有把尸体放在那里就跑，而是用随身带的刀子把尸体弄得四分五裂，有的让你埋到了附近的田里，有的让你扔进了河里，冲到了湾水湖，毁尸灭迹的功夫真是做到家了，以至于不光姑娘的家人找不到，连公安局的也只是在发现了第一现场之后便束手无策了。当时公安局倒是怀疑到了你，知道你曾经追求过人家，可他们没有证据，这个案子就成了悬案。我知道这些年你也没有安生过，不是让噩梦惊醒，就是担心东窗事发，可那些不作为的警察一看案子难破，也没人用心了。你呢，因为心里有鬼，也安稳了许多，不敢偷了，不敢骗了，也不敢打人了，怕的就是不小心被抓进去，把这事也牵连出来。可你不偷不骗了，毕竟还得生活呀，于是你转了行当，笼络了几个人，利用你以前的淫威，开始做上了强买强卖的土特产买卖。不过这样的强买强卖，你也已经学会掌握分寸了，不至于惹起众怒，不至于让人打官司告状。这样，你就攒下一些积蓄了。后来村里要选村主任，你一方面是觉得，当上村主任可以为自己捞些好处，另一方面更重要的，你是想用村主任这个白道彻底罩住你以前走过的黑道，所以你才不惜本钱，竞选上了这个村主任。我知道你不傻，还知道为老百姓做些事，让这个白道像个真的白道，可你毕竟是个背负着人命的人，如今找我来算命，难道就不怕真的有能人把你的秘密算出来吗？”刘大军这一说，三坏可真的吓坏了，禁不住在心里暗骂，自己真是没事找事，既然已经听说了刘大军的功夫，躲还来不及呢，又怎能送上门来？可他不甘心，就又问：“那我能逃过这一劫吗？”刘大军说：“你记着，凡是欠的，就早晚要还的，如果你想知道一个期限，那我也可以告诉你，你会遭到现世报应。”三坏又问刘大军：“有没有破解的方法？”刘大军说：“我不同于那些巫婆神汉，只会算，不会破解。”然后他也不向三坏要钱，让他走了。而当三坏离开的时候，刘大军已知道了，他马上就会出车祸。

听完了这个故事，薛莲和孟如风都禁不住一阵感叹，暗忖三坏有了这样的结局，也总算给那个可怜的姑娘一个交代了。可他们不明白，这个世间真的会有报应吗？就问刘大军。刘大军说：“你们希望有吗？”薛莲和孟如风都说：“当然希望有，要不然，这个世界就太不公平了。”刘大军说：“讲因果报应，已经有了一个体系的，就是佛教，涉及了三世报应，讲的是欲知前世事，可看今朝事，看了今朝事，可知后世事，其中体现报应不爽的，就是现世报应。其实这默契的就是一种信息平衡。那天三坏就是不来，类似的报应也会出现的，因为就像你们说的那样，如果没有这样的报应，那这个世界就太不公平了。而三坏没有死，只成了植物人，应该是报应中最惨的了，因为那是生不如死。”薛莲又问：“那么既然有报应，就应该是有什么东西来操纵的，像一个电脑程序，莫非真的像你前些日子说的那样，这样的程序始终就存在于宇宙中？”刘大军笑了笑，说：“这实际就是所谓的天机，当年悉达多王子就是悟到了这一点才成佛的。其实报应就是一种规则，是用来约束人的，可因为很多人看不到这种约束，就敢于恣意妄为，或心存侥幸，殊不知天眼在上，无时无刻不明察秋毫，就有所谓‘不是不报，时候未到’这句话了。”薛莲和孟如风就都有些惶然，暗思人若是真的被什么东西操控着的话，目的又何在？一个人在诞生之前可谓无，一个精子和卵子的结合就造成了有，阴阳交汇，无中生有，造出来的东西却无法自知所为何来，看来这宇宙也真是太奇妙了，便想再向刘大军咨询，刘大军却先开口了，说：“这个问题太大、太深奥，将来有机会，我会系统地讲给你们的。现在我能告诉你们的是，三坏之所以会在大道岭村出事，也是有原因的，因为他这只蝴蝶的翅膀，还要在这里掀起别的风浪。总有人要为一些事情付出代价的，但结果将如你们所愿。”薛莲急忙问：“如我们的什么愿？”刘大军一笑，说：“螳臂当车呀。”

这时，薛莲和孟如风终于再也没有对刘大军的任何怀疑了。没有他不知道的事，便只能不断地惊叹他的神乎其神。他们本来还想把老教师的故事再讲给刘大军听，可刚要开口的时候，刘大军却说："今天就到这里吧。"他们就知道，对刘大军，还是越尊敬越好，不能总是提出一大堆的问题。便急忙起身，说了感谢赐教后，向刘大军告辞了。临走的时候，刘大军又说："陈书记和耿县长要来找我的事，你们也不用问我的意见了，他们会找到办法的。"

二

随着北京奥运会接近尾声，乘此东风的各项工作也开始启动起来了。目前正是暑期，滨海市的旅游经济正是红红火火的时候，但市委、市政府领导并没有满足现状，而是想到了更上一层楼的问题，想着要把旅游这个舞台做大，要实现真正的异彩纷呈。恰巧邢大通要开发偏远地区长城旅游资源的计划很符合市委、市政府的思路，于是这一天的党政联席会就做出了一个决定，由市委书记亲自带队，各有关部门都要参加，并带着各路媒体，要为这个项目推波助澜。电话通知到湾水县，又通知到邢大通那里，把一直闲饥难忍的邢大通给乐坏了。

按邢大通的话来说，二○○八年的八月二十八日，对于他的开发计划来说，应该是个特别值得纪念的日子，因为就是在这一天，滨海市的市委书记、市长、各相关部门，连同湾水县的书记、县长、各相关部门，以及市电视台、日报、晚报、《滨海旅游》杂志、滨海在线网的记者，全都到小小的大道岭村来了。他们无一例外地惊叹这里的美景，无一例外地夸赞这样的项目太应时应势。随后，滨海市内的各个媒体就出现连篇累牍的报道。其中日报在开辟的专版中，以"古老长城从沉睡中醒来"为题报道说：开发偏远地区的长城旅游资源，既是大山中农民的迫切愿望，更是政府的责任，而企业家能成全这样的好事，也让他们的社会责任感得到了体现。这是功在当代、造福子孙的幸事。此举不但能最大限度地改变山区的贫穷落后面貌，还能改善和保护文化古迹及自然生态环境，增加滨海市旅游产业的内涵和经济收入。同时电视台也对邢大通进行了专访，当记者问到他为什么要来大道岭村搞开发时，邢大通说，其实这里的旅游资源早就应该开发，可当地的村镇没有开发资金和其他相应的条件，他作为有了一定资本的企业界人士参与进来，不仅自己能拓展经营范围，更多关注的还是社会效益。最后他还神秘兮兮地说了句："到大道岭村来吧，你会有意想不到的收获。”

紧接着，邢大通又在电视台、报纸、杂志、网络上打出了广告，列出了三项极具诱惑力的内容：一个内容是《参与垒长城，让纪念成为永恒》；一个内容是《喝山水，吃野果，已被证明可治绝症》；一个内容是《在大道岭村长城的地磁现象背后，你会有意想不到的发现》。当然在做这个策划之前，邢大通已经找过薛莲和孟如风了，想请他们执笔作方案，可薛莲和孟如风说，他们不过是画画和写诗的，搞这样的文案不在行。邢大通就知道，他们是因为反对这个项目而赌气，明显是故意不帮忙，就只好又求了湾水县的那帮文人。湾水县的文人也没有多想，又都认为这个项目确实是个好项目，就帮了邢大通的忙。可别的内容没什么，关于《喝山水，吃野果，已被证明可治绝症》的内容发布出来以后，却让薛莲和孟如风不满意了。尽管湾水县的那帮文人也考虑到了隐私问题，没有直接提名道姓地说是薛莲在这里治好了癌症，而是又编了个故事，说是一位癌症病人在发现自己得病以后，为了不拖累家人，就想独自死在大山里，可在苟延活着的过程中，因为喝了山水，吃了野果，半年后竟奇迹般地回家了，经检查，癌细胞竟然已经消失得无影无踪。对这样的内容，薛莲和孟如风就觉得，虽然对他们的事知道内情的不多，可个别知情人难免会说漏嘴的，假如不经意间，让滨海市内那些对他俩有成见的人听了去，说不定还会怎样编排他们。就暗自埋怨湾水县的那帮朋友，怎么不和他们事先商议一下。可转念一想，这个内容本来就是邢大通最看重的卖点之一，他们在滨海市有过什么遭遇又不是众所周知的，且人家还做了相应的技术处理，你还有什么理由耿耿于怀？便也觉得没有办法，只是又要考虑，既然他们已不想再帮邢大通，又怎么好再在工程指挥部里掺和呢？于是又去咨询了刘大军，刘大军说：“你们完全可以效仿徐庶进曹营啊，再说这里还有你们的角色，不掺和岂不要影响剧情？对于邢大通的事，能躲的就躲吧，实在躲不过的，帮着伸下手也无所谓。”

薛莲和孟如风就依言，却也觉得陷在这出戏里头真是被动，只能揣着茫然的心态继续观望着往下走了。但他们心里有了什么烦恼，邢大通自然是一无所知的，并且他也没有闲心去琢磨这两个人了，因为他已经琢磨过，认为这两个人不过是暂时赌气，等工程红红火火地开展起来，他们受了感染，肯定也会转变想法的。而自媒体的报道和他的广告打出去以后，他也真是太忙了。首先，他根据各方面的意见，吸纳了市、县文物管理部门、王家营镇、大道岭村等方面的负责人，正式组建起了工程指挥部，决定由李处长负责，按照省文物局批复的长城修复方案，指挥由招标而出的施工单位来修复长城，搬砖的事当然由游人来完成了；再由章营和刘松柏负责，继续招集民工来铺设山里的石阶道路。其次，他还要尽快再找一个建筑单位，马上把山门并售票窗口建立起来，因为他知道，广告已打出去，又适逢奥运会即将结束，游人马上就要涌进来了。

但这样摆布停当以后，他马上又面对了两个问题，一个是李处长来找他，说是山上的城砖因为倒塌滚落，有一部分已经残缺了，从中间断了的还可用，可断头掉尾的，垒上去就不美观。而根据修旧如旧的原则，尽量还不要烧制新的城砖，且这样做还会增加新的投资。那是不是没有别的办法了呢？李处长说，有，不过要实施这个办法很有难度，那就是包括大道岭村在内的周边村子中，有部分老百姓盖房、砌墙的砖，就是用毛驴从山上驮下来的城砖，可若是把这些砖要回来，就要毁房拆墙，这对于老百姓来说，谈何容易。二是章营和刘松柏也来找他，说是在山里铺路的民工听说了，现在拖欠农民工工资的现象很严重，他们担心在路修好以后不好要工钱，不如现在就把工钱给他们，一日一清。并且他们还参照了城市建筑施工的工资标准，认为劈山开道更辛苦，所以要求每人日工钱不能低于一百元。这两个问题一出来，邢大通的脑袋就大了，马上想到了刘大军和他头一次见面时说的话，想着这山里的农民还真是不好对付。可问题已经摆在这儿了，他不解决行吗？

很显然，李处长提出的难题是最不好解决的，因为这真的涉及毁房和拆墙。好在他与李处长进一步沟通以后了解到，这里的房子大多是唐山大地震以后建造的，那时“文化大革命”刚结束，人们的政治觉悟还算高，还没有人敢大张旗鼓地拆长城来垒墙盖房，一方面是因为，这里的老百姓多是戍边将士和守城人的后裔，祖宗建的东西可不能随便拆；另一方面是因为，人人都知道长城是中华民族精神的一种象征，谁要是敢毁了这种象征，那时还会有人揭发告状。但后来就不同了，随着全民经济取代了全民政治，只要能省钱，不花钱，祖宗不祖宗的，象征不象征的也就没人在乎了，所以凡有倒了墙要修补的，就赶上几头驴去山上拆长城。也因此，如今想把这些城砖再要回来，也多是毁掉一些院墙猪圈而已。邢大通因此略略松了一口气。可他也知道，就算是不拆房，影响不了那些山民的生活，可若说把他们的墙拆了，只靠做思想工作、讲觉悟，不是笑话吗？弄不好就要把人脑袋打出狗脑袋来。所以唯一的办法，也只得请公安部门出面了，首先是他们的威慑力能让那些世面不广的山民害怕，其次，拆长城本来也是违法的事，把原本属于国家的东西再拿回去，不处罚他们就已经是仁慈了。这些，邢大通倒不觉得为难，他为难的是，你拆了人家的墙，能拍拍屁股就走人吗？总得要再弄些石头砖块给人家重新垒起来吧，若是放着不管，老百姓闹起来，势必给他刚刚开张的生意带来影响；而此后，若再有人在他的生意上使坏，比如在游人中散布点坏消息什么的，不是更给他添堵吗？只是重新垒墙是要花钱的，这样的钱谁花？让他花？也行，那得先看看是多少，少了还行，他大不了再高尚一把，让那些记者再吹吹他；可如果太多了，他是来利用资源的，不是纯出资来保护资源的，连这个钱也要花，他不成冤大头了？

于是他向李处长探询，这笔钱是不是也能由政府出资。李处长说，要修复大道岭村这段倒塌的长城，市财政和湾水县财政加在一起只给了四百万元，据说是经过专家论证了的，每一分钱都有可用的地方，从这里挤资金几乎是不可能的。而若说让政府为老百姓的违法行为买单，也实在是说不过去。邢大通突然猛醒，心里说，是啊，为什么要为老百姓的违法行为买单呢？到时候只要说，不只要拆你们的墙，还要罚款，老百姓肯定就傻了，这时，他再做出一种姿态，为老百姓求情，说款就不要罚了，老百姓再垒墙还要花钱，那老百姓岂不要很感谢他？这样决定了后，他就急忙跟耿县长和公安局长联系，说了此事。第二天，数辆警车就鸣着警笛开到相关各村了，邢大通也派了手下人跟随着，宣传就是因为他的求情才让老百姓免了处罚。有不从的、动粗的，当时就被带上了手铐，相关百姓自是害怕，便都乖乖地把墙拆了，把城砖单放一处，只等着来人拉走。而对于邢大通所谓的求情，除了大道岭村人更有切身利益，知道修好了长城更有好处，因此看得远些外，其他村落却没有一个人表示感激的，甚至还要骂他，说正是因为他要搞开发，才闹得他们也跟着受连累，这样的人，不断子绝孙才怪。

针对章营和刘松柏提出的问题，邢大通在反复考虑之后，也不得不应允了。他知道，山民们提出了这样的要求，虽然有些小家子气，但根据相关的现状看，也是合情合理的，各地恶意拖欠农民工工资的现象确实时有发生，因此，假如他向这里的民工宣讲，他的工程就在他们的家门口，既搬不走，也挪不动，肯定不会拖欠工钱，那些民工就算能理解，他该花的钱就能省下吗？不是早晚得花吗？那还不如依了民工的要求，一日一清地给他们，也好激发他们的积极性。不过邢大通也想到了，农民工，若说让人看不起，也确实有被人看不起的地方，就因为他们的觉悟低，不懂得敬业是什么概念，所以偷懒耍滑磨洋工就是常有的事，你要是按日给钱，那么三天能干完的活，他们就能给你磨蹭出五天的时间来，所以邢大通要求章营和刘松柏，必须对农民工实行效益工资，即要按铺设台阶和开凿道路的长度、搬运石料的块数合理计算工钱。然后他吩咐财务，先提出了二十万现款，给了章营和刘松柏，再嘱咐他们要让村里的会计记好账，钱是多退少补。章营和刘松柏领命，乐得屁颠屁颠地走了。

其实不只章营和刘松柏要高兴，李处长现在也很高兴。就章营和刘松柏来说，实行效益工资本来就是再正常不过的事，不过他们所说的每人每天一百元却是瞎话。尽管按照城市建筑施工的工资标准，现在负责垒砌的匠人日收入已超过了一百，但他们招集的民工，毕竟是在自己的家门口干活，没有吃住的费用，所以章营和刘松柏早就和那些民工讲清，即使是按工程量计算工钱的话，他们的日收入也不会超过七十元。那些民工经过仔细盘算，也觉得差不多，就都应承了，所以章营刘松柏只要让本村的会计做好假账，其中就有了30%的截留。而对于李处长来说，同样也是把假账做好就行了的。四百万的预算，就等于是垒砌一米八千元，虽然要包括垒砌、炼灰、灌浆、夯实、搭脚手架和人工的费用，可垒砌这么大块的城砖毕竟容易，找旧砖的时候没花钱，搬运城砖的工作又不必支付工钱，所以他也是早和施工方密谋好了，说是每个方面的费用多造出一些，实际就能得到不少虚头，初步估算，从中虚出五十万来还是很容易的，这样，他与施工方经理就可以各自分得二十五万元，很简单就能发上一笔了，他能不偷着乐吗？

这些，邢大通自然是不知内情，又兼已经忙得不可开交，也不会有闲心去揣摩他人的心思了。每处理完一件事，他就得马上考虑还有哪些事要办。这也没办法，任何稍大的工程，都可能要千头万绪，有了足够可用的人还好，若是手头无人，单凭一个人动脑筋，他就算浑身是铁，又能碾几根钉呢？可气的是薛莲和孟如风还不帮忙，每日里不是背着画架到山里去写生拍摄，就是跑到刘大军那里不知探讨什么，还真把自己当成客人了。如此，邢大通不自己忙成吗？他要怪，也只能怪自己原先开办的买卖太难造就人才了，不过就是饭店和景区，纯服务的行当，学会点头哈腰、面带微笑就可以了，平常的经营又不必搞什么创新，就弄得现在连一个给他出主意、把关口的都没有。而凡事都要由一个人把持，毕竟难免有想不全面的时候，于是邢大通刚刚解决完城砖和民工工资的问题，又一个问题便摆在眼前了。

这个问题是，很多人都已经看到了媒体的报道，也看到了广告，又兼更早还有人看到过大道岭村出现地磁现象的报道，就都动了好奇心，第一批游客开始光顾了，可这时，邢大通的山门并售票窗口还没有着落，特别是他还没有门票呢。

三

临时在山口埋了几根桩子，两边扯上铁丝网，中间的路上横上一根木头，从酒店的保安中抽调了人，算是作为维持秩序的；再从酒店里抽调几名服务员，算是作为收费的，邢大通的长城旅游风景区就这样非正式开张了。

没有剪彩，没有庆祝活动，只因为这还不是正式营业。就连收费也是收现金，成人每人十元。当然这是暂定价，偌大的一个风景区，若是将来每人也只收十块钱，显然是太便宜了。可现在，邢大通不能多要，一方面是因为，要多了，游人会有意见，在风景区连个门面都没有的情况下，拦路就要钱，这跟古代剪径的强盗也差不多；另一方面，是有的人可以拿门票报销的，你没有门票，人家不掏这个钱，你还真的没辙。其实一开始的时候邢大通也想过，既然现在还不具备营业的条件，就应该先不收钱，让这些游客免费来此游玩，回去后也是个活广告。可他怕的是这些游客回去后，说这里正在试营业，不用花钱，那来的人就更多了，他怕招架不了，只好多多少少收点费了。不过邢大通也告诉他的手下人，对那些愿意掏钱的，该收就收，不愿意掏的，也别强要，并且还要向游客说明，这里还不具备接待的条件，等一个月后，相应的条件基本具备了，他们一定会以热情周到的服务来迎接各位贵客的到来。

话说出去了，相关的工作就得做，于是邢大通又召集工程指挥部的所有人开了一个会，布置了今后的工作。第一项，他请薛莲帮助设计一下门票的票面，然后马上找印刷厂印制。对这个要求，身为画家的薛莲不好再拒绝，就答应了。第二项，由他自己负责，马上寻找建筑单位，必须保证在一个月的时间内建好山门、售票处、办公用房和停车场。第三项，山上要马上搭好脚手架，该备的石灰要备足，只等游客大面积一来，开始搬砖，就开始修复工作。第四项，在山中修路的，要加快进度，要再从附近村子中多找些人，凡是游客可能去的地方，都要在一个月内把路修好，实在不行，可以适当加些工钱来吸引民工。第五项，要立即在大道岭村宣传开办农家饭店，身为村干部的章营和刘松柏要带个头，先把农家乐饭店建起来，以满足游客在这里的吃住。最后邢大通问，大家还有没有别的意见？众人都说没意见，一切按你的意思办就是了。邢大通就又说，这些工作因为要涉及许多主管部门，所以他还得马上到县城去一次，让县政府从中协调。说完他给耿县长打了电话，在得知县长有时间接待他之后，他就宣布散会，立即马不停蹄地赶到县城来了。找到县长作了汇报，耿县长又急忙和陈书记联络，在征得书记的同意后，便吩咐秘书通知工商、土管、环保、卫生、发改、水务、旅游、文化、建设等各局及各大建筑公司的领导，明天上午到县政府开会。

这一个晚上，邢大通就住在他县城的酒店里了，却平生第一次感到真的累，连姘头的求欢都没有答应，只说想一个人好好休息一下，却又翻来覆去地难以入眠。他知道，自己经过三十多年的奋斗，目前已经攒下三千多万元的积蓄了，在一个县城里，这么多的钱已相当不少了，可他看到能挣钱的买卖，为什么还是那么兴奋呢？他似乎还没有好好想过。有人说，大款有了钱后，那钱就已经不是通常意义上的钱了，那仅仅是资本，是用来衡量自己还有多大创业能力的，这或许就是商场中人生存的意义。那么，像比尔盖茨、李嘉诚那样的巨商，正是以行为来默契这种意义吗？他不知道。他只知道自己从来也没有琢磨过，钱多了对于他到底有什么意义。一个直接的想法好像就是钱越多越好，可这个“好”究竟是个怎样的概念，他又说不清。他也曾听那些酸文人说起，钱能买来书籍却买不到知识、能买来钟表却买不来时间等看似很觉悟的话，也知道这些人在含着酸水这样说的时候，眼睛却正在对着钱喷射绿光。现在的人，还有不喜欢钱的吗？好像是少得可怜，更多的人都是把钱当成好东西了，甚至为了钱可以不要良心，不要亲情，不要法律，不择手段，多少触目惊心的事都是因为钱。从这个角度看，钱又真的不是什么好东西，竟然很容易地就能毁了人的道德、人性。可说一千道一万，在你发现一个好项目能挣钱并且还有能力运行这个项目的时候，又有什么理由不去做呢？既没有违规犯法，也没有坑人害人，那就好像背后有人推着似的，不去做才没有理由呢，而做的理由又确实是为了钱。于是为了这个魔力重重的钱，你累成了孙子样，情愿不情愿的，你找谁说理去？

一夜辗转，邢大通就没有休息好，可天一亮，他奔赴到了会场以后，马上又精神起来了，昨夜想的那些也成了昙花一现。县长亲自主持了会议，首先请邢大通介绍了项目进展情况后，耿县长就说，大道岭村长城的开发项目，已经成了市委、市政府进一步繁荣旅游经济的重点项目，要求各级各部门都要全力配合。目前，前期的道路建设已经完成，其他的工作也已经正式启动，所以本县的各有关部门都要在具体工作上给予大力支持，任何申报、审批手续，都不能人为地设置障碍和出难题，必须要保证效率。在场的各局领导就都表示，一定会责无旁贷，回去后要马上去大道岭村摸清情况，能现场办公的就现场办公。邢大通就抱拳，对着一圈人表示了感谢。会后又单独留下了各建筑公司的领导，因都是熟人，且平常也总有交往，邢大通就说，他建山门及附属设施的工程就不搞什么招标了，里外也不是什么大工程，看看哪位兄弟能帮下忙。有人就说现在房地产的工程正紧张，实在是抽不出人来，也有人说恰好有房地产的工程完工了，刚接了旧城改造项目，可具体方案还在做，正好有了空当。邢大通当即就把工程给了有空当的建筑公司，并要求说，这个工程只有一个条件，就是要保证在一个月时间内完工，且还要保证工程质量，挣多挣少的，钱的问题好说。建筑公司的经理就说，咱们哥俩谁跟谁呀，这么小的工程，能挣几个钱？还不如人情值钱呢。邢大通很感激，中午请耿县长和建筑公司的经理等人吃了一顿饭，便又急忙赶回了大道岭村。

很快，各局的人就真的都来大道岭村现场办公了。卫生局的卫生防疫站派来了流动检疫车，对准备开办农家乐饭店的村民在厨房、卫生间建设、食品卫生及碗筷消毒等方面开展了培训；旅游局为邢大通送来了旅游管理方面的书籍；文化局、文联派出了创作人员，到大道岭村实地采风，搜集、整理和创作有关这里长城的传说和民间故事；水务局则派人来指导如何在村中修建自来水塔……山上，李处长领导的施工队也开始了搭建脚手架，章营和刘松柏则又招了不少人，正在加快进度开凿和整修山间的道路；建山门的施工队也开进来了，开始按照邢大通审定的图纸施工。总之，一切都按部就班地运作起来了，邢大通也终于宽下心来，不是到各个工程点去视察，就是来琢磨刘大军。而针对薛莲和孟如风，他对他们闲云野鹤的态度也已经习惯了，想着只要这两人留在这里就好，毕竟让外人看来，他居然有著名诗人和著名画家帮忙，也是一个很好的幌子，何况，他们还能多多少少帮点忙呢？

这期间，最让邢大通感兴趣的，是他的买卖还没有正式开张，刘大军的家却已经是门庭若市了。他不明白，一向拒人于千里之外的刘大军，不知动了哪根肠子，竟然接待起人来。据他的了解，虽然刘大军开出的底价很高，有许多人都是慕名而来，却因为心疼钱而离去，但还是有不少人因为事出紧急，咬牙掏钱也要来的。比如孩子正在上高三，明年能不能考上大学呢？这年头尽管上了大学也可能找不到工作，可家长们为了孩子，还是不惜血本的；再比如有丢了孩子，跑了老婆的，不找不行，靠公安局找又不知能不能找到，就不如破点财来求大仙，也许能直接达到目的了。还有就是一些小官小款，要谋求升迁发大财的，一万块钱还不算割肉，就也偷偷摸摸、遮遮掩掩地来了。有和邢大通熟识的，自然要先找邢大通，以为他能帮着通融，等听邢大通说，他说话也不好使之后，就只好自己登门去求了。后来邢大通还听说，即使是给钱，刘大军也不是来者不拒的，有些人就是提出加价，刘大军也是不给算；而有些人，在算过了之后依例奉上卦银，刘大军却是死活不收的，只是暗自嘱咐这样的人，千万别说他没收钱。看起来刘大军还成了个义半仙。邢大通便暗自疑惑，这个刘大军到底是个怎样的来头呢？他算命既然收钱，就说明他还是为了钱，可既然是为了钱，他若当了经济人，肯定会挣更多的钱，刘大军为什么不理他这个茬呢？

想不明白，这一天闲暇时，邢大通就又把刘大军当初对他说过的话认真回忆了一遍，想起刘大军曾经暗示过，他的买卖不会成功。可截至目前，除了薛莲和孟如风曾经以很牵强的理由反对过这个项目外，他还没有发现任何可能导致这个项目不成功的因素，难道以后会有吗？有关政策会调整，不让再动长城的念头？还是游人根本就不喜欢这个地方，让这个地方门可罗雀？这些问题仔细想来，都几乎是不可能的。而不论做什么事，后面都必然会有未知因素等着，你能因为前途未知就停下不走吗？还是那句话，走下去，倒是有充足的动因，停下来，却是毫无理由的，可偏偏无形中就有了一个神秘莫测的声音，说你可能会碰壁，那你到底是应该相信自己的判断呢，还是应该迷信一些，及早收手以避免更大的损失呢？这又十分不好定夺，就把邢大通的脑袋搅得，真成了一锅糨糊了，禁不住在心里暗骂，刘大军岂止是疯子，简直就是个魔鬼，要么你就什么也别说，要么就斩钉截铁地告诉我到底是怎么回事，现在倒好，弄了个模棱两可，让人两眼一抹黑，只搬出些假如、可能之类的话，这和那些骗人的算命先生两头堵有什么分别？

突然又想到这些，邢大通就真的希望自己是庸人自扰了，可问题就在于，他又真的担心刘大军说的那些话很有可能是真的。虽然他只正式和刘大军接触过一次，但奥运奖牌数毕竟不是随便能蒙出来的，后来不管是薛莲孟如风的见解，还是如今人们的趋之若鹜，加之数日前三坏出的那档子事，都能证明刘大军确有预测的本事。既如此，刘大军的暗示到底是什么意思呢？真的会有不测的事情导致他的项目受挫吗？这可真是停也停不得，走着还不敢迈步，便直觉得头疼，心里还隐隐地感觉到了一种烦躁，以至于他在视察那些工程的时候，也有些心不在焉了。他知道这样可不好，就想找薛莲和孟如风谈一谈。

这天晚上，他吩咐带来的大厨，做了几样好菜，单独请了薛莲和孟如风共进晚餐。他先是夸赞薛莲设计的票样真是美观大方，意境悠远，然后话题就扯到了刘大军为什么会一改常态开始给人算命上。薛莲就说："具体原因我们也是不清楚，不过，当初刘大军以你为始，先定了一万块钱的底价，也说过凡人低于一万块钱不给算，那么如今有人愿意出这一万块钱以后，他就不好再找别的理由拒绝了。"

邢大通认为有理，又问："当初刘大军第一次接待我们的时候，好像暗示过我的开发项目不会成功，这其中的奥秘你们了解吗？"

薛莲说："我们也不了解，不过我记得当初刘大军说的是，你能因为这个假如就看着挣钱的买卖不去做吗？还说恰恰是因为你非来不可，才可能导致应该发生的事情按定数发生。这样看来，你的项目不成功倒真有可能是真的，而你又不能不做下去。"

邢大通就苦笑起来，说："这叫个什么事？知道我不会成功，还叫我非做不可，我成什么了？"

孟如风问："那你的打算是什么？"

邢大通想了想说："我还能有什么打算？路修了，台子搭上了，后台老板都等着我鸣锣开戏呢，我这里却说不演了，还解释不出个原因，你让我的脸往哪儿搁？我邢大通能开这样的玩笑吗？这可是真正的骑虎难下了。"

薛莲和孟如风也觉得邢大通很可怜，并且依他们的想法，为了让山里的动物能安生，也确实希望邢大通就此收手。可刘大军毕竟那样说了，显然是另有目的的，他们又能怎么样？便想了想说，要不，我们再帮你找刘大军问一问？

作者简介

马国华，男，1965年12月生人，河北秦皇岛抚宁人，河北省作家协会会员，1987年开始文学创作，主写小说，客串其他体裁，至今发表作品逾200万字。2014年、2015年，由中国文联出版社出版长篇小说《大道岭》和《篱笆围城》。

一身警服

孙庆丰

第一次见到王锁，是在一九九九年四月初，当时他给我的印象并不好。虽然人长得还比较精神，中等个儿，国字脸，戴着一副深度近视眼镜，外表看上去仿佛蛮有学问，但感觉肚子里却像装了一堆花花肠子。按照中国人的传统习惯，我伸出右手主动和他热情地打招呼，谁知他却长时间紧抓着我的手不放，让我心里很不舒服。如果这一点还尚能忍受，接下来他的一双眼睛隔着厚厚的镜片从头到脚将我打量了个遍，就让我对他心生反感了，一个事业单位的保卫干事，待人接物怎么如此轻浮呢？

后来接触多了我才慢慢知道，原来王锁从小就有当警察的梦想，无奈高考时分数达标却视力受限，因此无缘踏进公安院校的大门，也无缘穿上那身梦寐以求的警服。也就是说，王锁第一次见到我时，并不是对我这张天生就帅气的脸有多欣赏，而是喜欢我身上的这身警服。用他后来的话说，他天生就对警察怀有一种特殊的情感，只不过，当时他那种男人之间不宜使用的肢体语言，让我对他的情感并未读懂。

记得那天我接到辖区北方疗养院报案，说是昨晚院里发生了一起盗窃案，客人的钱包被偷了。放下电话我就急匆匆赶了过去，于是便有了和王锁第一次见面时让我反感的那一幕。但反感归反感，个人的心理反应再大，最终还是要服从于工作大局，因为我是一名人民警察。

我让王锁介绍一下案情，王锁见我一脸严肃，立刻就换了一副表情谈起了正事：这案子其实很蹊跷，因为现在是旅游淡季，院里就开了两间客房，昨晚四个人在一间客房里打麻将，另一间客房的门和锁都没被撬，两位客人的钱包却被偷了。起初我以为是客人有意栽赃，八成是赌输了钱回去没法儿向家人交代，想讹我们疗养院一把，可根据我从事保卫工作一年来的经验……王锁说到此处故作了一下深沉状，接着说看两位丢失钱包的客人着急的表情，又向其他两位客人了解了一下情况，并不像事先串通好的。

“当晚值班的服务员呢，有没有发现什么有价值的线索？”我问王锁。王锁说：“因为客人少，院里为了节约运营成本，服务员都是临时招聘的季节工，五一黄金周前才会正式上岗，这个季节白天安排正式工打扫客房卫生，晚上就没人值班了。”“那楼门锁了吗？”“没锁。”我说：“按照治安管理规定不是要求你们晚上十点之后锁楼门吗？”一说到锁楼门，王锁立刻又换了一副为难的表情问我：“为了防盗你们公安部门让我们锁楼门，为了防火消防部门不让我们锁楼门，孙警官，您说我们到底该听谁的？”

关于这个问题，其实已经不止王锁一个人问过我。在我们这座海滨城市，大大小小的疗养院有二百多家，疗养院里所发生的案子，十有八九都是客人财物被盗，所以从我们公安的角度讲，还是主张晚上要锁楼门的，尤其是暑期旅游旺季时，客人一多，盗窃案也会高发。不过这晚上锁楼门确实也存在一定的弊病。譬如有一座疗养院，有一天晚上一座休养楼突发火灾，由于楼门紧锁服务员惊慌之中找不到钥匙，只好操起一把椅子砸碎了玻璃大门让客人紧急逃生。火灾虽没造成人员伤亡，但不少客人却被残留在大门上的玻璃碎片划伤了，导致大批客人住院，有一位客人的颈动脉被划伤，差点儿因失血过多丧生。事后那座疗养院被消防部门查封，责令限期整改，连赔付医药费加上停业期间没收入，一下遭受了很大的经济损失。待重新开业后，那座疗养院很快又发生了盗窃案，我们公安部门一再要求晚上锁楼门，可他们就是不听，理由是客人丢失些财物事小，火灾闹出人命事大，权衡一下利弊，还是不锁楼门好。

不锁楼门那就说不清楚了，我的话还没说完，王锁就说其实他也怀疑是内部作案，但苦于找不到证据，为此他还专门把接待科的工作人员审问了一番呢。我说：“你这么做可是犯法啊，你又不是警察，有什么权力审问别人。”

王锁一听赶忙解释道：“刚才说错话了，是询问，询问。我作为疗养院的保卫干事，负责全院的安全保卫工作，对可疑人员进行一下内部询问总该有这个权力吧，毕竟接待科是客房的直接管理部门，每一名工作人员都能接触到客房钥匙，询问也是履行正常内部程序。”顿了顿，王锁又说，“其实你没来之前，我已经把全院职工都排查了一遍，只要是昨晚案发前后的时间段不在家的，我都进行了详细询问，如果说不出不在家的原因，或者能说出原因却没有证人，都会被列为重点怀疑对象。”

“结果呢？”我问王锁。

“结果，接待科没有排查出什么眉目，全院职工昨晚只有一人不在家，说是整晚在人民医院陪护生病的岳父，天亮后直接从医院来到单位上班。为此我还专门跑了一趟人民医院去取证，值班医生和护士都证明那位职工没有说谎。”

没想到，这个王锁乍一看挺轻浮，其实肚子里还真有不少墨水，尤其是脑子机灵，反应快，悟性高，口才也好，分析起案子来有板有眼，头头是道。原本刚与他见面时，我还对他挺反感的，等和他一起分析起案情时，突然又一百八十度大逆转，对他产生了莫名的好感。

由于缺少重要的证据，那个案子一时陷入了僵局，而丢失钱包的客人案子不破死活不肯走，在疗养院白吃白住还整天跑到院长办公室讨说法，院领导考虑到五一黄金周即将到来，怕对疗养院影响不好，只好照客人所说的被盗金额全部赔偿给了他们。虽然那段时间我每天都要去一次北方疗养院，甚至还在夜里和王锁一起蹲点儿，希望能有意外发现，但每次都是失望而归。

一桩案子破不了，两桩案子破不了，时间一长，骂我们警察不作为的声音就像倒春寒时四下钻出的冷风，从各大疗养院里呼呼地传出来了，有的疗养院因为对我们的办案能力怀有极大的不信任，索性就不再报案，内部自行处理了。可以说，有很长一段时间，我们全城的警察都面临着很大的压力，一方面，上级领导要求我们提高破案率，给我们这座海滨城市营造一个平安的旅游环境；另一方面，各大疗养院和丢失财物的游客都等待我们给出一个满意的交代，最重要的是，我们也想在短期之内，提升整个警察队伍的形象。

我参加工作时是一九九七年，那时监控系统尚未登陆我们这座海滨城市。“怎么会有这么多盗窃案呢？”我问那些比我年长的同事们。同事们告诉我，在过去的几十年里其实没有这么多盗窃案，有时一年也接不到一个这样的案子。从一九九八年起，各大疗养院纷纷改制后，不再开展专门的系统内职工疗养，而是主动参与到市场竞争中去，也就是说，只要有钱，谁都能住进疗养院。有钱人一多，盗窃案也就多了，特别是暑期旅游旺季时，游客增多流动性也大，现场保护起来十分困难，有时一间客房里居然能提取到十几个不同的脚印，排查起来根本就没有头绪，因此盗窃案的破案率并不高，越是破案率不高，小偷就越发猖獗。“破案难，总不能把原因归结到没有监控系统上吧？狄仁杰和福尔摩斯生活的时代都没有监控系统，许多重大的杀人案不都破了吗？”王锁说这话时，让我感到有些汗颜，是的，他说得没错。王锁接着说：“若想彻底刹住这股盗窃之风，首先，要找出这些案件的共性，明确侦破方向；其次，要摸清小偷犯罪的规律。”他认为，这些小偷只要一天不被抓，尝着了甜头，就会继续铤而走险，譬如，他们疗养院还未正式上岗的临时工。昨天他在大街上居然遇到了一名去年在他们疗养院工作过的服务员，他问那位服务员你家不是在农村吗，离这儿有一百多里地，怎么这时候跑到城区来了？服务员说是来走亲戚，可据他所知，那位服务员在城区根本就没有亲戚。

王锁这么一说，我像是突然获得了某种巨大的启示，思路一下清晰起来。经过认真分析和细致梳理，我终于找到了疗养院盗窃案存在的共性：旅游淡季时，很大可能是内部作案。曾经在客房工作过的服务员，因为他们有机会配制钥匙，熟悉疗养院的环境，所以很可能会潜回疗养院作案；旅游旺季时，因为多数案件都是翻窗作案，所以很可能是流窜作案，不排除是疗养院里的客人。

当我代表我们派出所在局里作案情分析报告时，得到了局领导和其他派出所同志们的一致认可。为此，各派出所分别召集辖区疗养院的保卫人员开会，要求他们加强对临时工重点是客房服务员的管理，不让服务员直接接触到客房钥匙，所有的钥匙都安排正式工专人管理；旅游旺季时要加强对客房窗户的管理，告诫客人在房间时可以开窗通风，离开房间时必须关闭窗户。另外，我们还建议各大疗养院增加几名专职保卫人员，形成动态工作机制，尤其是夜间务必要加强巡逻力度。

很快，破案率虽没有显著的提高，但发案率明显降低了，看来，打击盗窃案仅靠警察是不够的，关键是各大疗养院要增强自我防范意识，不给犯罪分子作案的机会。我在向各大疗养院的保卫人员传达局里的指示时，王锁竟坐在台下直勾勾地看着我，我一看他，他的眼神马上就转移到了其他警察身上。

除了疗养院要增强防范意识，我们片警也要加强对辖区疗养院的巡查力度，这样一来，我和王锁见面的时间就多了起来，关系也渐渐好了起来，不久竟好到称兄道弟的地步。用王锁的话说，他一口一声孙警官，我一口一声王干事，显得太生分了，毕竟我是负责北方疗养院的片警，见面的时候多着呢，加上他在这座城市无依无靠，又比我小一岁，于是便喊我大哥，我也就只好认了这个兄弟。

关系好了，我才慢慢知道，王锁从小就有当警察的梦想，虽然高考时因视力受限，没能考上公安院校，但并未改变他那颗立志为国家和社会匡扶正义的雄心，所以即使他在北方疗养院做一名保卫干事，也能像做一名警察一样做得有模有样，唯一与我不同的是，他的身上没有一身梦寐以求的警服。此后，当我再到北方疗养院巡查或办案时，王锁都会习惯性地从头到脚把我打量一遍，而我也已经习惯了被他打量，我知道他是从骨子里喜欢我身上的这身警服，且每次都像第一次看到一样无比亲切。

王锁在北方疗养院的工作除了做一名保卫干事，还兼做档案管理员。二〇〇〇年十月的一天，王锁突然神秘地对我说，有两桩案子你有兴趣没？感觉像是两桩冤案。我问是什么案子，他说是“文革”时发生在北方疗养院的两桩命案，因为两桩案子有关联，所以可以并案侦查。他还说他已经查阅了当年的档案，发现两桩案子有很多疑点。

你是怎么发现的？我好奇地问。

王锁说，起因是前几天有一个人拿着他父亲的一份退休证明来到疗养院，说是讨要退休金。所谓的退休证明，其实就是一张废纸，上面写着：刘一兵同志于一九六七年七月二十七日退休，落款是北方疗养院，盖着一枚当时疗养院革委会的公章。

院领导让王锁查阅档案，当年确实有一位叫刘一兵的人在疗养院工作过，是一名临时工，一九六五年五月份入院，工作了两年多时间。临时工还退什么休呢？王锁觉得纳闷，院领导也觉得纳闷，那个年代怎么还有临时工退休这种荒唐事呢？刘一兵的儿子说，当时的革委会主任告诉他父亲，等六十岁了国家就给开工资养老，虽然他父亲现在只有五十三岁，可是患了重病瘫痪在床，需要钱治病，已经等不到拿退休金了，希望疗养院能把退休金提前支付了。

王锁说：“不是国家给养老吗？找疗养院干什么？”

刘一兵的儿子说：“疗养院就是国家的，我父亲是从疗养院退休的，当然应该找疗养院拿退休金。”

典型的没文化、不懂政策也不讲理，真是秀才遇到兵，有理说不清。院领导好说歹说让刘一兵的儿子先回去，等问题调查清楚了一定会给他一个满意的答复。第二天，院里派王锁去刘一兵家了解情况，这一去反而被王锁把两桩冤案翻出来了。王锁对我说，他到刘一兵家时，进了院子还能听到刘一兵在说话，当时屋里就刘一兵夫妻两个人，可等他进了屋，刘一兵就装着不会说话了，但眼神一直在游离，似乎在刻意回避他的视线。王锁觉得蹊跷，回到疗养院就继续查阅档案，档案里有一份资料，上面明确记载着：一九六七年七月十日晚八时，客房服务员张金花在院内跳井自杀，餐厅厨师刘一兵下班后正巧从井边经过，目击了张金花跳井的全过程，但死因不明，推测是因心情抑郁一时想不开跳井自杀。

如果记录到这里结束，王锁心里也就没那么大的疑惑了。可问题是，越往下看越让他心里瘆得慌，材料上白纸黑字又清晰地记载着：七月十九日晚九时，负责侦破张金花跳井案的辖区派出所民警李正宽跳海自杀，恰好被我院餐厅厨师刘一兵在海边散步时发现，但发现时李正宽已经死亡，推测是因为张金花的案子压力太大而自杀。

案情讲到这里，给我的第一感觉便是这两桩案子的确有问题，因为都与刘一兵有关，且案发时间很近。可案子已经过去三十多年了，且档案里记录着当时辖区派出所认定张金花和李正宽均系自杀结案了，还怎么去翻案呢？“这可涉及两条无辜的人命啊！”王锁眉头紧蹙地说，“我要是警察，非得把这两桩案子重新查个水落石出。”

但从哪儿寻找证据呢？我刚这么一说，脑子里突然闪过一个人——时任革委会主任。对，既然是他给刘一兵开具的退休证明，这件事肯定与他有关。说到时任革委会主任，王锁叹了口气告诉我，前年他已经因病去世了，死人已没法开口说话了，现在唯一的突破口就是刘一兵，而且我推断刘一兵肯定是在装病。

王锁的推断不无道理，这时李正宽这个名字突然又闪进了我的脑海，总觉得这个名字很熟悉。对了，想起来了，我到派出所报到的第一天，有一位老阿姨来到我们派出所，说自己的丈夫是被人害死的，让所里给她丈夫恢复烈士的名誉。记得当时负责接待我的一位同事讲，“文革”时所里有一位叫李正宽的民警，因为案子破不了压力太大跳海自杀了，都过去几十年了，他的妻子现在才来所里讨说法，当时和他一起工作的同事都陆续去世了，没人也没有证据能证明他是被人害死的。

那就先到李正宽的家属那儿了解情况吧。我把王锁说的话全都记录下来，回所里查到李正宽家属的地址就直奔那里。老阿姨一见到我就泪如雨下，一口一声她丈夫是冤死的，被人谋害的。老阿姨说：“李正宽生前有个习惯，一遇到重大的案子没有头绪，晚上就会到海边去钓鱼，说是钓鱼，其实是在思考案情，梳理线索。那时孩子刚十六岁，婆婆不满六十岁，一个上有老下有小的大男人，就算案子破不了也不应该丢下家人去自杀啊。再说了，我们自小在海边长大，对大海太熟悉了，老李从那个地方跳海，尸体怎么还会从那个地方被海水冲上来呢？要说这大海啊是年年吃人，有的人在海里游泳不幸溺死，尸体会被海水冲到几十里之外，几天之后才会被找到。”

老阿姨说得没错，这世上再有能力的警察也不敢说接手一个案子就肯定能破了，尤其是，李正宽的尸体被海水冲上原地，渔具还在旁边放着，就能推断出他被谋杀应该是成立的。并且，老阿姨还告诉我，当年老李可能得罪了北方疗养院的革委会主任。张金花跳井后的第二天晚上，革委会主任拿着两条香烟、两瓶酒来到她家，让李正宽不要在这个案子上深究了，就以自杀为由尽快结案吧。李正宽一听，立刻将革委会主任赶了出去，说好歹自己身上穿着这身警服，案子不明不白就结了，自己还算是个人民警察吗，对得起这身警服吗？

看来，北方疗养院时任革委会主任的确有重大嫌疑，可能就是那两桩命案的始作俑者或幕后主使，无奈革委会主任已经去世，唯一的突破口就像王锁所说的只剩下刘一兵了。我去疗养院找到王锁，让他抽时间带我去一趟刘一兵家，王锁说这么大的事还说什么抽时间，现在就去。

到了刘一兵家，只见他躺在床上，眼神木讷，面无表情，俨然就是个重病瘫患者，完全不像王锁之前所说的是在装病。难道这刘一兵已经预感到我们要来，具备了反侦查能力？我向刘一兵的妻儿说明了来意，并且告诉他们我姓李，叫我李警官就行。我说自己姓李时，王锁用一种疑惑的眼神看着我，不知道我葫芦里在卖什么药。好在王锁人很机灵，没有穿帮。刘一兵的妻子告诉我们，之所以让儿子去疗养院要退休金，主要是刘一兵重病在床，没钱医治，如果现在不去要，恐怕等不到六十岁拿退休金治病了。

我在和刘一兵的妻儿谈话的时候，不时地用眼睛的余光观察刘一兵的反应，我发现当我说到一九六七年发生在北方疗养院那两桩案子并且提到两条人命时，刘一兵的身体突然剧烈地颤抖起来。我问刘一兵的妻儿这是怎么回事，他们居然异口同声地说是习惯性症状，虽然人不会说话了，但脑子时而迷糊时而清醒，见到有外人来全身就会剧烈地颤抖，过一会儿脑子迷糊了就没事了。

哦，原来是这样。“刘一兵，我是李正宽的孙子，为什么要害死我爷爷？”我突然朝着正在颤抖的刘一兵大吼。刘一兵一骨碌从床上爬起来，连鞋都没穿就跪到了地上，他说都是革委会主任指使的，如果他不杀害李正宽，革委会主任就会把张金花被人扔到井里的罪名扣在他头上。看来，刘一兵这三十多年来一直胆战心惊地活着，我这么一吼，他的心理防线瞬间就崩溃了。

我拿着本子做笔录，刘一兵一五一十地还原案情。一九六七年七月十日晚八时，刘一兵从餐厅最后一个下班后回职工宿舍，路过院里一口露天的水井旁时，发现有两个人在争吵。借着月光，刘一兵看到是革委会主任和客房服务员张金花。张金花哭着说，一定要找警察告革委会主任强奸她，且边说边挣扎，而革委会主任死抱着她不放，就在俩人相互纠缠之时，革委会主任突然抱起张金花扔到了水井里。刘一兵一看出了人命，正想逃跑时，革委会主任发现了他，并且追上去一把抓住了他，继而恶狠狠地威胁他说：“你要敢说出去，我就会对警察说是你强奸了张金花又把她扔到了水井里，而我就是目击证人。”

刘一兵知道革委会主任在疗养院一手遮天，自己作为一名临时工又人微言轻，才二十岁呀，连媳妇还没娶上，就这样被人冤枉去坐牢，搞不好还会被政府给枪毙了。他越想越害怕，只好就范，听从革委会主任的话，到派出所去报案，说自己下班后路过水井旁，亲眼看到张金花自寻短见跳井自杀。本来第二天刘一兵就想辞职，可负责办案的民警李正宽说案子一日不结他就一日不能离开疗养院，并且要随时配合调查。让刘一兵万万没想到的是，革委会主任居然又胁迫他去谋杀李正宽。

人家可是警察啊，让刘一兵去杀警察，当时他就吓得尿了一裤子。一说到李正宽，刘一兵不仅情绪激动了起来，全身也开始颤抖起来，和刚才躺在床上的症状一样。他说这种症状已经有三十多年了，每晚都会做噩梦，一梦到李正宽就会全身颤抖惊醒，就连白天下地干活，一想到李正宽也会因全身颤抖瘫坐在田地里。刚结婚时妻子以为他患有癫痫病，让他去医院治疗，可他死活不去，因为他知道其实这是心病，只是不敢说出来。

直到前不久，终于有媒婆给不学无术的儿子上门提亲，因为女方彩礼钱要得太多，又不能眼瞅着已经年过三十岁的儿子打光棍，所以刘一兵就只好拿出藏了三十多年的退休证明。既然有退休证明，就应该能拿到退休金，可要等到刘一兵六十岁还有七年呢，黄花菜都凉了，谁家的闺女还会等着？于是一家三口一合计，就编了个刘一兵生病没钱医治的幌子，想从北方疗养院提前拿到退休金。谁知退休金没拿到，反而把王锁招来了，于是就有了王锁来了解情况时刘一兵装病的那一幕。尽管刘一兵一家人机关算尽，但还是被聪明细心的王锁看穿了他们的把戏。王锁走后，刘一兵便有一种不祥的预感，于是把儿子一顿大骂："你个逆子，为了能让你娶到媳妇，老子可能要去吃枪子儿了啊！"骂完，只好向妻儿道出了藏在心里三十多年的秘密。

话题再回到刘一兵还原杀害李正宽的案情上。革委会主任告诉刘一兵："李正宽是全城出了名的破案高手，而且还铁面无私，如果照这么查下去，事情早晚会露出马脚，你若不想死，就得让李正宽死。"并且，革委会主任还告诉刘一兵："听说李正宽有个习惯，一接到案子暂时理不清头绪，晚上就会去海边钓鱼，你趁李正宽专心思考案子不注意的时候，先从身后用棍棒把他打晕，再把他的头摁在海水里，等他彻底断了气再去报警，就说自己在海边散步时发现了李正宽跳海自杀。这样一来，我们就彻底安全了，如果你不这么做，就等着被政府枪毙吧。"

刘一兵思考了一周，终于在七月十九日的晚上，按照革委会主任精心策划的方案，成功地对李正宽痛下杀手，没想到派出所很快就结案了。刘一兵拿到一纸退休证明后，于七月二十七日回到了农村老家。此后的三十多年里，刘一兵见事情一直没有败露，虽然每天心惊胆战，但也梦想着到了六十岁去拿退休金，只是没想到那张退休证明其实就是一张废纸，是革委会主任糊弄他的。如果不是因为自己贪心，当时就应该把那张退休证明毁掉，或许那两桩冤案就永远无法昭雪了。

我怕刘一兵连夜跑掉，便给他戴上手铐，准备先把他关押在镇上的派出所，待我回去向所长和局领导汇报后，第二天一早再押回去继续讯问。离开刘一兵家时天已经黑了，好在他家离镇上并不远，我和王锁来时坐中巴车在镇上下车，步行到刘一兵家花了二十多分钟，如果再步行回到镇上，估计也就半个小时。我打算把刘一兵关押到镇上的派出所后，让所里的民警开车送我和王锁回去。

天黑，路不好走，从村里到镇上是一条崎岖不平的土路，路两边是茂密的树林，王锁虽然来过两次，但都是白天，并不熟悉这里的夜路。刘一兵说他在前边带路，让我们在后边跟着，还说让我们放心他不会跑。王锁说："为了长大后能当警察，从小我就天天练赛跑，上初中和高中时年年都是校运动会的百米冠军，追起犯人来一点儿都不比警察跑得慢，不信你就试试看。”

我一听赶忙悄声对王锁说：“不要刺激他，常言说狗急了还会跳墙呢，大晚上的万一出点儿乱子就麻烦了，他可是两桩冤案唯一的人证啊，还是把他安全押到镇派出所为好。”

王锁不说话了，继续赶路。走着走着，他又突然问我：“哥，你不觉得我是你的贵人吗？那些到疗养院偷财物的小贼抓不住，让你这个警察有些颜面扫地，这下可好，一下破了两桩大案子，回去不仅会立功，没准儿还会升职呢。”

我说：“立功和升职绝不是警察的人生信条和奋斗目标，天下太平才是我们最大的梦想。不过，你说你是我的贵人，这一点我承认。你不仅是我的贵人，也是李正宽和张金花家属的贵人，这两桩冤案在三十多年后终于可以昭雪了。尤其是李正宽的家属，三十多年来望眼欲穿，这下终于可以恢复名誉了。”

王锁说：“那好，既然你承认我是你的贵人，那就满足我一个小小的愿望吧。”

“什么愿望？”我问王锁。

王锁说：“走夜路好冷，你把警服借我穿穿吧。”

我说：“不行，要是便服肯定借你，警服可不能随便借你，我们有纪律。”

王锁说：“反正是晚上，这里又没人认识你，就借我穿穿吧，穿一会儿就行，快到镇上时就还你，让我也过一把当警察的瘾。他娘的，若不是因为这双破眼睛，凭我这聪明的脑子，当了警察不知能破获多少大案子呢。”

王锁说着说着又老调重弹了，天知道，他是多么想当警察。只能怪他命不好啊，我心里想，看来命运欠他一身警服。我觉得应该满足王锁这个愿望。彼此一交换上衣，借着微弱的月色一看，别说，王锁还真有那么一股警察的精气神。

我们继续走着，突然，咚的一声，冷不防王锁的后脑勺被什么东西重击了一下，他立刻倒在了地上。“谁？”我猛一回头，只听到一句“让你们抓我爹”，一道黑影朝我袭来。我侧身一躲，没有被打到，那个人丢下一根铁棍撒腿就跑，很快就消失在苍茫的夜色中。我没有追，因为我不知道王锁的伤势如何，比起追凶，我认为还是救王锁要紧。

我背着王锁一路奔跑，不知摔了多少次跟头，只记得摔倒了再爬起来，爬起来背上他再跑。当刘一兵指引我到了镇医院，我才发现自己浑身都是血，而王锁身上的警服已经被鲜血浸透了。

我大声喊道："医生，医生，一定要救活他！"可医生却无奈地向我摇摇头，说王锁失血太多了。

我哽咽道："如果不是因为他穿着我的警服，躺在这里的应该是我啊！"

这时，气息奄奄的王锁却拉着我的手，微笑着对我说："哥，人生自古谁无死，能他娘的穿着警服死，兄弟我这辈子……值了。"

闻讯而来的镇派出所民警们，先是纷纷脱下警服盖在王锁身上，然后齐刷刷地站成一排，流着泪向他行了一个军礼！

作者简介

孙庆丰，男，1977年4月生人，鲁迅文学院河北青年作家高研班学员，河北省作家协会会员，河北文学院第十三届签约作家，作品散见于《诗刊》《小说选刊》《青年文学》《时代文学》《啄木鸟》《延河》等刊物，曾获徐霞客游记文学奖、鲁藜诗歌奖、梁斌小说奖、延安文学奖、中国工业文学奖等奖项。

远行的火

杨立秋

楔　子

张伟杰吃完午饭回到办公室时，办公室的李秘书正好推门进来。

“中俄输油管线中国贮油站喷淋装置的合同打完了吗？”

李秘书点点头：“我正要和你说，我早就给你放到办公桌上了。”

张伟杰这才从办公桌前坐下，找出合同翻了翻，这些密密麻麻的文字，在他眼里忽然变成跳跃的音符，妙极了！他非常满意，非常开心，读着它们就像喝了一瓶泡沫洁白细腻、丰富自然、挂杯持久的优质啤酒一样痛快、舒服。

一段调皮的音乐响了起来，张伟杰一边翻合同，一边去拿电话筒。

“伟杰！”电话里传来的声音有点低沉、沙哑，张伟杰感到脖子后面有点发凉，一阵恐惧从脚下油然而生，心怦怦地跳得愈加激烈。

“出什么事了，田春兄？”

田春的回答让张伟杰差一点滑倒在地上，像是当头给他来了一记闷棍，实在是难以接受：“魏君花自杀了！”

“什么？”合同从张伟杰的手中一张又一张地滑落在办公桌上和地上。

嘴像忽然让人粘了封条，胸口重重地压上了一块大石头，想说话，却又不知从哪儿说起。

张伟杰倒在椅子里，顿时整个房间旋转起来，他闭上眼睛，“魏君花！”他用手抽了自己两下，“为什么？田春兄？是什么时候的事情？”

“昨天夜里。”田春回答道，“她在浴缸里切断了自己的动脉。”

张伟杰顿了顿，又深深地吸了一口气，慢慢地恢复了往日的神态。

“为什么？为什么她非走这条路，难道没有第二条路可以选择了吗？”

田春沉默着。

“难道这个世界上就没有她所留恋的东西？”张伟杰自言自语。

“说的是，我以为她自从组建了红衣天使白血病帮扶中心之后，重新获得了生活的勇气和意义呢。”

张伟杰眉头微微地颤动了一下：“我知道。”

“你知道什么？张老弟，她非常喜欢你，你成为她的偶像，她是你的铁杆粉丝，她每每提到你，就像基督徒提到耶稣一样，脸红得像是恋爱中的姑娘，她常和你嫂子说，你如何如何的好。”

田春的话像把尖刀刺在张伟杰的心上，他感到痛苦不堪，不能让他再说下去了。张伟杰闭上眼睛，人在做，天在看，即使魏君花的灵魂能放过我，我的良心能安宁吗？“什么时候入葬，有人给开追悼会吗？”

“三天后，我和你嫂子，还有她的许多朋友都为她的后事张罗着呢。”田春停了一会儿又道：“她早就为自己准备好了墓地，就在她老公和女儿边上，他们葬在了一起。”

“我一定去。对了，还有什么其他需要我的地方吗？”

“不用，伟杰，也不要太伤感了，能做的事我们都想到了。”

张伟杰放下话筒，看着那碰落在地上的合同纸，方才还视为宝贝的中俄输油管线中国贮油站喷淋装置的合同此时仿佛变成了一堆废纸。他打开窗子，一阵冷风吹进来，泪水顺着脸颊落了下来。远处的大厦林立，高低不一，像一座巨大的魔方块儿，演绎着财富聚集和分离的诡异戏法，而这戏法的残忍从来都是以鲜血和生命作为代价的。她死了，张伟杰无法接受这一切，却又不能不接受这个事实，她温软的红唇似乎还慰藉着他枯竭的心灵，他的耳畔还回响着她那动人的声音：“伟杰，你……不能……离开我，因为，你已经成为我的世界。”

是的，她的世界是我，而我的世界又是什么？张伟杰扪心自问……

一

张伟杰早晨起床有个习惯，用他自己的话说，就是“清理一下自己脸上的垃圾”。男性特征在张伟杰这张脸上反映得异常突出：络腮胡须，从两鬓一直延伸到宽阔的下巴底下，然后，又从下巴底下向前进发到下唇后，兵分两路从左右嘴角向上在鼻子底下会师。虽然张伟杰刚进入不惑之年，但这项工作却干了三十多年了，记得当年还是上中学一年级的时候，就有老眼昏花者问：“小伙子，有几个孩子了？”“三个。”“噢，三个孩子的父亲长得可够年轻的！”年少的张伟杰差点把鼻子气歪了。但生气归生气，胡须不因为你对它的气愤而停止生长，没办法，十四岁那年就学会了“清理脸上的垃圾”。这下不要紧，原来用剪刀剪的时候胡子长得就不慢，这回用刀片一刮，更他妈快了。新的胡须像割掉头茬的韭菜一样又粗又壮、又黑又亮，而且随着刮脸次数的增加，又先后出现了灰的、黄的，以至后来白的胡楂。

当然，这一脸胡子也不是没有好处，年少时，他张伟杰不算年轻，可到别人开始增加皱纹的时候，他在这一脸胡子的掩盖下，很难看出岁月留下的痕迹。于是，和他这个年龄段里的男人相比较，张伟杰显得年轻了许多，更富有雄性的朝气和中年男人的魅力。再加上高大宽阔的身躯，一双不大的炯目，搭配着又黑又浓的两道眉毛，就更加让许多女人刮目相看了。

“清理完脸上的垃圾”，张伟杰去衣柜拿衣服，撞掉一个挂在衣柜上的旧书包。书包掉了，从包里散落出各种各样的奖状，足有四十多张，张伟杰看见它们，脸变得严肃起来，摸到其中一张，打开一看上面写着：奖。张伟杰同志被评为本年度优秀青年企业管理工作者，一九九一年十二月五日。那是他在原来单位，一个大型国有企业任企管处长时得的一张奖状。他之所以钟爱这张看似普通的奖状，是因为自己不是凭领导赏识，而是全厂干部、职工无记名投票的结果。除了得这个奖状外，他还得了当年优秀共产党员的奖状。没办法，领导不能搞平衡，选举前，公司总经理在会上承诺的，如果有人当年得两项奖，就可以涨两级工资，所以那一年成为他一生最辉煌的一年。到二〇〇〇年的时候已经是主管销售副总的他，正是大展宏图的时候，国家资金从整个行业退出，公司转卖给个人。张伟杰和公司里有点血性的人都悄悄离开了他们相濡以沫、历经几十年奋斗成长起来的公司，各自走上了创业之路。开始，没有好项目，张伟杰为了生活卖盗版书，被文化局抓过数次后终于改邪归正。改卖青菜，这下更热闹了，有一次他触犯行规，别人卖一元一斤的韭菜，他卖九毛一斤，结果，被卖菜的同行“帮助”了一顿，被打得遍体鳞伤，整个人在床上躺了半个月都没下地。

终于和朋友开了家广告公司，把下岗的安置费三万元全部投了进去，没过一年赔个精光，只分得一台旧电脑，一套工作服。屡败屡战的张伟杰借钱开了家建筑材料商店，不到一年，净赚三万块，只是第二年又让一位携款潜逃的开发商黑了四万元货款。

手机突然响了起来，是公司李秘书打来的："方才，你的手机是不是没开？"

张伟杰点了点头："是的。"

"好，半个小时后，田春先生有事找你。"

"好的。"张伟杰放下手机，把散落在各处的奖状、证书放进了原来的旧书包，他心想，田春找我一定有急事。

身在北京的田春是张伟杰最好的朋友，可以说，没有田春就没有他张伟杰的今天。当初，他被开发商骗去借来的四万元时，真是走投无路了。要面子，维护自己的良好形象，是张伟杰的优点，也是缺点。下岗时，他对父母说，放心吧，干部能下岗，工人能下岗，还没听说过儿子能下岗的，儿子有能力养活你们。可是现在，不但拿不回钱给父母，恐怕还要向父母张嘴求救了。因为他还是父亲、还是丈夫，这两个岗位更是下不得。就在这时，在一家地方报社任总编的田春为他找回了那四万块的货款，而且又为他跑前跑后，人力、财力统统帮忙，建立了现在这家公司。

"田春，你这么帮我，我是真过意不去！"公司成立的那一天，张伟杰非常感激田春。

现在张伟杰每年为贮油企业制作喷淋冷却装置生产额达一千万元之多，毛利近百万。在这条商业街上，这个公司也是一家形象和效益都不错的小企业。有一次，田春问张伟杰："伟杰，创业成功之后，你想干点什么？"

"啥叫成功？"

"就像现在这样呗。"

"年轻的80后一夜之间能完成亿万资产的神话，我算得了什么？"

田春拍了拍张伟杰的肩膀，点了点头："《国际歌》里唱得好，也不靠神仙皇帝，要创造人类世界，还需要我们自己。好兄弟，往前走吧！不过挣了钱，别忘了适当地拿出一些来，做点公益事业。”田春年长张伟杰两岁，所以就经常这样兄弟相称。张伟杰几次提出要和田春磕头拜把子，都被田春巧妙地回绝了。

他轻轻地摇摇头说：“是真兄弟，不拜把子也不能看热闹，不是兄弟，拜了把子又能怎样？”

张伟杰佩服田春的为人，尊重他的选择。

手机又响了，张伟杰把它贴在脸上，里面传来田春爽朗的笑声：“想曹操曹操就到吧？”

张伟杰说：“我真是呼风唤雨，想啥来啥！”

“张伟杰，能不能帮个忙啊？”田春打断张伟杰的话。

“当然行，只要不让我去劫法场，什么事都行。”张伟杰坚定果断地说。

田春在张伟杰心里的位置决定了他为田春办事的力度。

“别整得那么吓人，是这样，你嫂子有个闺蜜，搞了一个红衣天使白血病帮扶中心，具体什么事情，我也不太了解，你嫂子只是托付我给你打个电话，这一半天，有一个姓魏的女士找你面谈这件事情。”

“我向田主编保证，一定把事情办好。”

“别，你还是向我的领导保证吧，人家是娘家人。”

“你说的是姑娘？”

“看看看，一提姑娘电话里我都能看见你的眼睛放着绿光。”

“没那么严重，大小是个老板，啥女人没见过。”

“哈哈哈！”电话里双方都大笑起来。

二

这天，张伟杰和徐舟在一起研究中俄输油管线中国贮油站喷淋装置的技术方案和商务标的事宜，李秘书敲门进来：“老板，有位大姐来找你。”

“什么大姐？”张伟杰沉醉于商务兴奋之中，头都不肯抬一下。

“她说是和你约好的。”李秘书很有把握地说。

“我啥时候约过大姐？”张伟杰想都没想地回答。

“她说得很肯定，你去见见她吧。”李秘书催促道。

“去去去，别捣乱，我们正忙着呢。”张伟杰不耐烦地拦住了李秘书的话，摆了摆手，继续对徐舟道：“初步预算一个两万方的储罐最少单价58万元，现在有一百台这样的装置，需要我们去做，那是多少？是0.58个亿。”张伟杰这辈子听说过的钱也没这个数大。他鼻尖上冒着汗，两只眼睛放出光芒，仿佛能把周围的一切都点燃。

门又被李秘书推开了，她看看兴奋中的张伟杰，嗫嚅一下：“还是抽时间见见吧，人家大老远从北京来的。”

“我不是没有时间嘛。”张伟杰还是不想见。

“她说，她姓……”

张伟杰又一次阻拦了李秘书的话：“她姓什么和我有关系吗？今天你怎么这么啰唆。”

李秘书还想说什么，被张伟杰一挥手打断了，她耸了耸肩，无可奈何地再次走出办公室。

“不过这次，我们的竞争对手是被人称作‘羊角风’的老家伙，全名杨彪，是生意场上的冷杀手，和他对阵，全行业几乎没有几个人有胜算的。”徐舟说。

“那是他们。”说到这儿，张伟杰提高了声音，“他是没遇到过我。我是谁，我是杀手里选出来的杀手啊！”

徐舟提到的杨彪，张伟杰从心里也发憷，但他表面上不能有任何胆怯。就在去年，他的一位同行，也是一位他要好的朋友，和杨彪争一个中石油发标的喷淋装置项目，结果就在夺标的第三天，这位朋友的两条腿被人不明不白地打断了三节，而且有人还收买了他身边的销售人员，把公司修改营业执照、注册资金的事给捅了出去。有关部门介入后，将这位朋友的公司以伪造国家文件罪被查封了。人受伤了，罚款还要交，公司花大价钱争来的项目做不了了，还要赔偿人家的损失。其实，当下的中国，有多少个小微企业像这位朋友的公司那样，是在逐步地扩大自己，在成长中，逐步完善国家那么多部门对他们提出的合理的、合法的要求，他们需要一个过程，需要一定的时间，他们和拿着国家大笔资金投入运行的企业不一样，这些企业又有多少成立之时就成了他们的灭亡之日，国家对他们的服务体现在哪里？小微企业不被同行吃掉有时也可能会被国家和地方政府的临时政策挤对死，还有各部门的利益，总能让他们有掏不完的小钱儿。

“我们要想在这个行业做大，早晚要和杨彪交手，你不打他，他也会收拾你。后老婆打孩子早晚是一顿，不用怕他，他也不是长了三头六臂的怪物，他是人，是人都有七情六欲，是人就有软肋，就有可能犯错误，就有可能让我们抓住，这就看我们有没有本事找到它。”

张伟杰看了看徐舟，把头转向窗外的远处，那是一片海天交织的地方，离那个地方不远处是一座古城，城里的东门外有一个小村庄，一律青砖绿瓦，规规整整的四合大院，岁月剥去了一层又一层的墙皮，风化掉它们的岩石，腐朽了圆木铁钉，让它们在风雨中摇动起来。这座村庄沐浴在诡秘的气氛之中，传说它曾是甲申大战李自成丢失财宝的地方。张伟杰每每闲暇下来就会到那边拾一块破旧的砖头或者带有古文字的瓦片，运气好时还可以看到某某团练监造字样的整砖整瓦，他不是专业的考古人员，但他总是能从这些谜一样的故事中捋出一些道理。

“对不起老板，魏女士要走了，一个小时以后她要回北京。”李秘书在门外大声地说道。

张伟杰这才恍然大悟，想起了田春兄的交代和嘱托：“快快快，让魏女士快点进来吧！”

不一会儿，李秘书一推门，跟着进来一位年轻的少妇，她的出现让张伟杰眼前顿时一亮，像漆黑的夜空中突然燃起了一串美丽的烟火。不管是官场上曾经的副总，还是商海之中的老板，可谓所见美女如云，但今天他还是少见多怪了。黑色的长丝浓密如云，两潭泉眼儿般清澈见底的双眸，丰满的脸颊，性感的双唇，挺直的鼻梁，稍长的下巴，两只元宝耳朵上没有挂任何饰品，洁白的牙齿整齐得像串起来的珍珠。

张伟杰一改过去的沉着老练，看乱了套，弄花了眼，先是摸摸下巴，然后又摸摸硬刷刷的胡楂，有些惭愧，有些快感，有些不知所措，他不知道自己怎么对待眼前这位妇人了。不知不觉他收了收腹，这才发现已经没有效果了，啤酒肚凸出了许多，也是自己近期饮食毫无节制的后果，随之而来的又是懊恼。

“快坐下，这事搞的，我真该死，差点铸成大错了。”此时的张伟杰仿佛刚刚恢复常态。

“你就叫我魏君花吧。”说罢，她把小坤包放在茶几上，从里面取出一张名片，递给张伟杰。

“田主编让我找你，主要的目的是……”说到这里，魏君花似乎感觉有些唐突，“看来这件事情会给你添麻烦的。”

“没关系，田春的朋友，就是我张伟杰的朋友，尽管直说。”张伟杰非常爽快，他确实想把对魏君花的帮助作为报答田春多年来对他的关怀。

“我在北京组建了一个红衣天使白血病帮扶中心，主要是想帮助那些患了白血病的人，让他们从家庭的困境中走出来，我在北京已经吸收了一百多名会员，也募捐了一些资金，但还不够，来到这里，主要是想利用你在这个城市的影响和号召力再尽可能扩大一下这个中心的影响，多吸收一些会员，募捐一些资金。”

张伟杰忽然有点被愚弄的感觉，他很想压住心中的怒火，但是终于又犯了驴脾气，没办法，他就是这样一个人，粗糠能咽，野菜能吃，就是脾气改不了。“破衣烂衫、灰头土脸、受人摆布的残疾乞讨者我见过；佯装良民受难，实为好逸恶劳的年轻人我也见过；遇难的女大学生，玩三张牌的无赖，搅局的，碰瓷儿的，哪一样能逃过我的火眼金睛，今天这段英雄救美的故事就别往下讲了。”

再看魏君花，气得脸都变了形、走了样，她磕磕巴巴地说出了几个字：“你是误会我了！”说罢起身就要往外走。就在她站起来的时候，一张侧角度面孔突然摆在张伟杰面前，咦，这么眼熟啊，张伟杰脑海里闪过一道电花。对，就是这样一个侧面的照片，曾经登在一份中央级的报纸上，那上面说，一个女人三十多岁时，因为白血病，丈夫和女儿先后去世了，这个女人忍受巨大的悲痛，接手了死去丈夫的公司，只用三年的时间，将一个资产不过百万的小公司经营成为一个资产超过三千万的大公司，并且在某一天突然将其全部变现，创建了红衣天使白血病帮扶中心，解救了一百三十多个家庭，并吸收了大量志同道合者的资金，使这个中心像滚雪球一样越来越大。

于是，张伟杰赶快拦住魏君花……

三

电话铃响了，徐舟接过电话听了一下，对张伟杰说：“是会计把上个月的利润算出来了。”张伟杰接过话筒，转向魏君花：“对不起，耽误你一会儿。”

魏君花笑了笑，摆摆手，示意张伟杰继续接电话。“你说吧。”张伟杰对着话筒道。“扣除增值税、财务费用，本月盈利 11.5 万元。”对面会计的话音里不掺杂任何情感，仿佛说着一件与自己毫不相干的事情。

“还可以嘛，一个小微企业，养活几十号人，一个月挣十几万块钱，还是下岗职工。”张伟杰转身对徐舟说道，同时也瞥了一眼魏君花，见魏君花正在看墙上的报表，没什么反应，又补充道：“说一千道一万还是小微企业，和人家大企业比不了哦。”

“大国企是拿着国家的政策，挣的是国家钱，不是我们没法和他们比，是他们不敢和我们比。”魏君花言语不多，却很有道理。

张伟杰佩服地点了点头：“是的，就是按大鱼吃小鱼的法则排队，我们这些小微企业也是在序列之外啊。”

魏君花看到张伟杰手中那个中俄输油管线中国贮油站喷淋装置的商务招标书，顺手接了过来，她前后翻了翻，又核实了一遍，看着张伟杰，不紧不慢地道：“我在杨叔叔那儿也见过这个东西。”

“你说是哪个杨叔叔？”张伟杰不解地问。

魏君花笑了：“在你们这行当里，杨彪还不够有名吗？”

张伟杰瞪大双眼，眨都不敢眨一下地望着魏君花：“你是说，杨彪是你叔叔？”

“当然，比亲叔叔还亲，难道你不认识他吗？”

“何止是认识，全行业可以不知道总理是谁，但不能不知道杨彪这个人。”张伟杰警惕地看着魏君花，想说什么又咽了回去。

“我叔叔还是很有知名度的人物嘛。”魏君花脸上充满了自豪。

“也可以这么说，但是知名度这东西，要是加上味道就不好说了。”

魏君花歪着头对张伟杰说：“知名度还有味道？那我叔叔是什么味道？”

“你叔叔的味道比较臭，或曰臭名远扬。”

“好，这个评价很辽阔，很深远，能不能让我也略知一二呢？”魏君花非但不生气，反而好奇地又问。

“那你能不能告诉我，这位杨叔叔和你到底是什么关系？”

“当然可以。”停了好一会儿，魏君花扬起脸歪着头，回忆道：“三十年前，是爸爸和杨叔叔一起创立了这个公司，那时候，我还没有出生，有一次爸爸在出差的半路上遇到了车祸，没有抢救过来，去世了。妈妈和杨叔叔说，我是爸爸的遗腹女，妈妈年轻的时候，身体就不好，在爸爸去世后，杨叔叔在郊区给我们母女买了一块地，建了一套院子，平时无事，除了杨叔叔给的三千块钱生活费以外，靠妈妈养鸡养鸭贴补一下生活。随着年龄的增长，有时候，杨叔叔还经常增加一些学杂费用给我，反正这么多年，我们吃的、喝的、用的基本是杨叔叔给的，我好像长这么大，没有因为钱的事情发过愁。杨叔叔这个人很低调，在大学期间，我和一个记者讲了杨叔叔供我上学的故事，记者很感兴趣，就偷偷去采访，结果事情没进行几天，就让杨叔叔知道了。到现在我也不明白，当时杨叔叔为什么发那么大火，鼻子、眼睛都错了位，把那位记者的相机也给砸了，我只好哭着对杨叔叔说，这件事情下回我再也不敢告诉别人了。”

张伟杰听着魏君花的叙述，心里边一个问号接着一个问号。

“后来呢？”张伟杰又问。

“当然，杨叔叔给记者赔了好多钱，事情也就这样了结了。”

“你这个杨叔叔真有意思，学雷锋做好事，花钱隐名埋姓，怪哉。”徐舟把话接了过来，又对魏君花说道：“好过头喽！”

“什么意思？好像话里有话。”魏君花说。

“不是，不是，他是说杨先生这人心眼儿真不坏。”张伟杰连忙为徐舟打掩护，也为自己继续能唱好这台戏留下个伏笔。他隐隐约约地感觉到，魏君花肯定会帮上他的大忙。

“我们找个地方坐一坐，怎么样？”张伟杰试探地问道。

“不麻烦了，另外我要赶晚上 7 点的动车回北京。”魏君花抓起茶几上的坤包就要走，被张伟杰拦住了。

“这样吧，我们找个茶馆一边喝茶一边谈谈你的红衣天使计划，怎么样？”张伟杰恳请。

“不行，初次见面，我怎么能让你破费呢？”

“看看，这就见外了吧，不是说田兄的朋友就是我的朋友吗？别说喝我一口茶，就是要喝我一碗血我都高兴奉上。”张伟杰的话有点过了头，但也反映出他的诚意。

“不行啊，张老板你不要为难我了，头一次见面你就要请女人喝酒、喝茶，这可不是什么好习惯。”魏君花一席话像一条绳子，把张伟杰吊了起来，让他上不着天，下不着地，连自己都觉得自己没劲，但最终还是找了一个很好的借口：“就算我之前不小心怠慢了你，向你道歉呗。”

“我们已经是朋友了，不要说这些了吧。”魏君花推开办公室的门走了，远远地丢下一句：“下星期我还会来的。”

四

一般情况下，大小老板的区别，就是看他一个星期能过几个星期天，大老板可以有双休日，甚至双双休息日，小老板则不然，他们常常是连轴转，张伟杰就属于这一类，你告诉他下星期几，他没这个概念，谈到休息赶上哪天是哪天。刚刚决定和老婆去郊外游玩，李秘书的一个电话，又把他拽回办公室，有几个政府部门的领导要来考察，他不得不前来陪同。

不惑之年的张伟杰精力应该没有问题，但是他的工作太累。

张伟杰恢复了常态。刚才一出家门，妻子甜玉还给了他一个长吻。张伟杰和妻子有个儿子，非常聪明，现在上小学，学习很好，张伟杰常常这样夸妻子“你看人家那块儿地，长出来的苗就是茁壮。”

“别这么说，没有好种哪来的好苗呀！”甜玉是一个非常优秀的高中语文老师，打语言官司，她当仁不让。到了不惑之年的张伟杰，精力应该没问题，可是由于工作的劳累，有时他显得是那么疲软，他的妻子老是嗔怪道：“是不是有小三了？”每到这时，张伟杰都回答：“是的。”妻子当然知道，张伟杰在开她的玩笑。他爱她，结婚这么多年，他只要一看见那诱人的裸体，都像小孩见到母乳一样，一定要吃口，而张伟杰自称的“小三”就是他的公司和公司里所有的工作。张伟杰说：“妈的，我这小三，情欲太旺盛了，不分早晚，没完没了，早晚得把我撂倒，凭我怎么努力也满足不了她！”

其实，两人在维护夫妻关系上，还是有点意思的。比如说，甜玉与他结婚后，不像好多人家媳妇那样，随随便便，邋邋遢遢，特别是生完孩子之后，在丈夫面前随便袒露身体的关键部位。甜玉为了让丈夫对自己有新鲜感、神秘感，时不时地还与他分居几天，而张伟杰也不辜负甜玉的一片苦心，他也尽量把“小三”的干扰减到最低。他自己也有个秘密武器，那就是一般情况不上，上来了就得让甜玉满意。一次，甜玉的一个闺密对甜玉诉苦，说她老公每天老是缠着她那事儿，不让就急，让了又软，每次把她弄得都很难受。甜玉就把这事告诉了张伟杰，张伟杰诡秘地笑了，他说："要不我去帮助帮助那个女人。"甜玉一伸手甜美的小拳头轻轻落在张伟杰身上，张伟杰也不管三七二十一，把甜玉扒了个精光，好家伙，像羊脂般雪白的身躯立即呈现在眼前。那天，好像天还没黑，透过纱帘，一道金黄色的阳光洒在甜玉身上，张伟杰看着妻子，过去往往是有限的局部，今天是从上往下，从前往后，从左到右，他一会儿摸到凸起的屁股，一会儿又摸到凹下的腰肢，像森林探险者。此时在甜玉的腋下游动着的是他一双温暖的大手——曾经抚摸过很多高级石头，他忽然觉得背着阳光的地方是新疆和田玉；涂满夕阳的地方，是福建的寿山石；而在它们相间的地方是内蒙古赤峰的青田石；腋下黑的一片是珍贵的一种名石叫月尾紫……

刚送走前来考察的政府领导不久，办公室门外又响起敲门声。进来的竟然是魏君花。今天，她的上衣领好像比原来低了一些，雪白的脖颈，浓黑的头发，绽放着花朵一样的脸颊，她把柔软纤细的手指伸过来："你好，伟杰，我又来给你添乱了。"

"哪里，哪里，我这是求之不得。"张伟杰想了想开玩笑说，"你果然没食言，来接受我道歉了。"

"正相反，我应该向你道歉。事情商量完，我就得离开。"

"事情我们共同办，但是饭我还是要请。"张伟杰有点急了，其实也没什么，人家为这事大老远跑来了，一不用捎话，二不用手机，说明这件事是多么重要和机密。

魏君花有点难为情了，没想到自己心里的小秘密，全被他看穿了，真是骑虎难下。

过了好一会儿，魏君花从包里掏出手绢，发出了嘤嘤的哭泣声，她说："人家不是怕给你添乱嘛，再说了，这心里的伤疤刚刚结痂，你还要去碰它，我求求你放了我吧。"

男人这种动物真是奇怪，张伟杰一反常态，双手向前一把抚住魏君花的双肩，"你没有权利拒绝一位红衣天使的追求者。"张伟杰大声地说道。

"可是，我忽然间想起来，我晚上还约了别人呢。"

"好吧，你走吧。"张伟杰有些沮丧。

话音刚落，魏君花一转身，闯出了房门。这时候电话在响。

“哪位？”张伟杰接过电话问道。

“啊，我是田春，今天晚上我们可不可以共进晚餐？”

“你来关城了？那求之不得呀。”

隔了一会儿，张伟杰又把电话拨了回去说：“几点？都有谁啊？”

“我和你嫂子，还有一位嘛，正在做工作，现在还不好说。”田春卖着关子说。

“不知道嫂夫人想吃什么？”张伟杰问道。

“就定在关城大酒店，有你们当地的各种小吃，不是挺好嘛。”

张伟杰知道，田春喜欢关城大酒店，那里有关城的主食特产，用栲椤叶裹着带馅的、透明淀粉包制的各种不同味道的饼子；还有用铜锅蒸煮的各种古城土制菜肴；还有其他地区并不多见的时令野菜；海鲜在这家店里是主打菜，海鲜的品种与别的饭店相比并没有多大区别，关键它体现一个“鲜”，无论是鱼、虾、蟹、贝，随便点哪样，皆可以生吃。

“太好了，我马上就去准备。”

张伟杰出门追看魏君花，人已经不见了。他给关城大酒店打了电话预订了房间，把结果用短信发给了田春，然后告诉家里不回去吃饭了。

他不开车、不打的，甚至不坐公共汽车，也许是难得轻松，也许是有些心事，他把出门的步伐放得很慢。

五

这座小小的古城，南面临海，北依燕山，中间有道关峡，身高数十丈，由巨石堆积而成。它的左手伸出来，正好搭在燕山山脉的山顶，它的右手伸出来，恰好揪住渤海中的一块巨石。关门外几十里之内大关套小关，城中有城，关中有关，是冷兵器时代的兵家必争之地。这个地方不大，方圆几十里，在中国古代净住大官儿了，掰着手指头数一数，国防部长这一级的就有几十个人先后住过这里。北边有座城门，早年间常年有重兵把守，西门和南门是通商要道，小小的古城内，每一寸土地上铺的都是玉石青砖。白天里，战马嘶鸣，不停地运出运进官兵。傍晚时分，铁蹄践踏过的街道，反射着冷凝的青光，注视着人世悲欢。今天的古城，除了保留它军事需要的原貌之外，还吸引了更多的游者，因为这里绿树成荫，四季分明，有天然氧吧之美称。中午还觉得发烫的天气，到了晚上就会变得格外凉爽。张伟杰吸着海滨城市特有的新鲜空气，走进了关城大酒店。

张伟杰刚走进饭店门口，领班就跑了过来，殷勤地说："张先生，田春先生在这边等你！请你这边走。"说罢，在前边引路。几日没来，这饭店又有了改进，走廊里的墙壁上挂了许多老照片，在照片底下标注着时间，最早的是明朝的，而大部分是清朝的、民国的、"文革"前的，这些照片佐证了这家饭店的历史。所以，别看关城大酒店名字小一点，名堂可不小，正应了那句老话，叫包子有肉不在褶上，古城饭店有四五百年历史，吃的不仅是味道，还有文化和历史。

张伟杰走进包房，田春和夫人高白茹站了起来，张伟杰连忙给嫂夫人递过一张笑脸："嫂子，欢迎你光临指导。"

"欢迎不欢迎，都得来啊，我就是一个吃货。"高白茹是一家小报社的记者，她思维敏捷，语速极快，平时不大看别人的脸色，自以为是才女，总拿着别人的不是当理说。但是，由于有了这位厚道、服众的丈夫在身边，她身上的那些小毛病，也就很少有人计较了。

"田兄约我，是瞧得起我，不要客气嘛，没有你们哪有我的今天。"张伟杰总是不失时机地利用各种场合表达一下心情。

张伟杰的话的确饱含着真诚，在这之前，高白茹大事小事没有少找他，大钱小钱他也没少花，但是他不能和田春说，他知道田春的脸皮薄，而且也不是随便占别人便宜的人。

"嫂夫人，最近你可越来越漂亮了。"张伟杰瞥了一下田春，接着道，"看看嫂夫人脖子上那串珠子，少说也值几万吧，不可能是自己掏腰包买的吧。"他好像故意提醒田春注意。

"假的，假的，海边上那些老娘们儿硬塞的，一串还不值十块钱呢。"高白茹把珠子摘了下来，放在桌上，满脸表现出轻松的样子。

张伟杰拿起来指着其中的两粒说道："一千块钱一粒卖不卖？"

高白茹轻轻地抢过项链，不满地对张伟杰说："净拿穷人开心，你们这些当老板的！"停了一会儿，她忽然想起什么，从椅子上站起来，冲着里面的卫生间喊道："是假洗手，还是真偷听啊！"

张伟杰相信，他们俩是同时看见对方的。魏君花眼睛里闪着光芒，但不知为什么又立即消失了，好像犹豫了一下，才从卫生间走出来。

魏君花伸出了手，彬彬有礼地道："伟杰，又见到你，真高兴。"

张伟杰握住魏君花的手，她的手激动得有点发抖，当魏君花就座的时候，张伟杰给魏君花扶了扶椅子，高白茹满面笑容地向前欠了欠身子："君花这是今天准备离开的最后一分钟才做出决定，同意一块吃饭，然后一起逛逛商店，伟杰，看着吧，我们非把你们城里的一大半年货给点下货架。"

"你拿不了，没见伟杰故意没开车吗。"田春笑着说。

高白茹紧接着又说了点其他事儿，但是张伟杰一句也没听清。此时，就是美国的"9·11"在这里重演也很难引起张伟杰的注意。张伟杰直望着魏君花，忧郁的双眼又蒙上了几分痛苦的表情。她的双唇柔软、鲜红、丰满且线条分明，充满着对世界外来力量无尽的渴望和诱惑，张伟杰一直在心中默默地警告自己，不要乱来呀，我是个正人君子。可是，这有用吗？张伟杰还是想吻她一下，哪怕只是一下。

六

古城人遵古训，养成了早睡早起的习惯，八点多钟，全城几乎都进入了梦乡，街道上三三两两的行人目不暇接地看着街道两旁古门房和燃着蜡烛的街灯、走马灯和各种形状的彩灯，仿佛置身于百多年前，成了大清子民，真有了点儿穿越的感觉。

"八点多了，我们回吧。"田春打个哈欠道。

"要不你们明天再走。"张伟杰看看这个又瞧瞧那个。

"你也困了，回去休息吧。"魏君花对张伟杰说。这时张伟杰正好叫了两辆出租车。高白茹拉着田春上了一辆，剩下的只有他们俩一起用了。

"我还是先给你送到宾馆吧。"张伟杰说。

魏君花踌躇地看着张伟杰，张伟杰一脸无辜的样子说："我就想让你多休息一会儿，这有什么不可以的吗？"

"那好吧。"魏君花终于有了点笑意。

“我和你一起走吧，先送人家去车站。”

在驶向车站的路上，张伟杰坐在副驾驶的位置上，偶尔在倒车镜里窥视一下魏君花的表情，但遗憾的是他都没有看清正脸。窗外的风把魏君花一头浓浓的黑发吹散，好像去鼓舞着前面这位男人的情感。张伟杰手机响了，田春在里面跟他说：“不要跟着了，回去休息吧。”田春又和他谈了谈中俄输油管线中国贮油站喷淋装置合同方面自己的看法，转眼间两辆出租车都到了车站。到了检票口，田春把手伸过来对张伟杰和魏君花说：“再见吧。”

高白茹话里有话地对魏君花说：“我看小城的日子过得也不错，记得有那首歌吗？叫《小城故事多》。”

张伟杰和魏君花又回到了他们原来的出租车上，目送月台上的动车缓缓地移动，然后出租车像箭一样地离开了。

张伟杰从副驾驶的位置换到后座，两人一时无语。

“你非常喜欢他们吧？”与其说是提问，不如说是自言自语，张伟杰知道自己是废话连篇了，难道他不关心、不喜欢这两口子吗？

魏君花点了点头：“我从心里感激这俩人，是他们在我最困难的时候，搭一把手，在我最绝望的时候，让我看到了希望，如果没有他们，很难想象，我现在是什么样子，尤其是……”

“你不简单了，三年的时间，你把企业翻了几番在当今的社会里，别说是女人，男人又怎么样？这么多年下来了，我的企业举步维艰，这回好了，遇上你这个有缘人了。”张伟杰有玩笑的成分，也有心里话，他总觉得魏君花在他最近要抢的这个合同中会有作用。作用多大，他不敢说，感觉而已。

“是吗？”魏君花问。

忽然张伟杰感到自己今天有点傻，他想起自己第一次赚钱的情景。

第一次，他拿了两万块钱的本钱，给一个楼的工地送管材，一百多里地，为了省下运费，他拖着人力车，一步一步地送到工地，回来的时候，两万块钱变成了三万，他一遍遍地数啊，泪水浸透了百元大钞。他没有饭吃，饿着肚子，愣是一个人走了回来。

张伟杰点上了一支烟递给了魏君花，魏君花伸出一只手无声地接过烟，熟练地吸了一口，看起来不是第一次。张伟杰自己也点了一支烟，但是他没有吸，掐灭了，他也曾经吸烟，那个时候他在国企工作，待客烟是定时发放，每天一条，每盒都得四五十块钱，这还不够，每天蹭烟的、送烟的不计其数，可是哪个不是笑脸相迎，沦落到个体户的时候他也曾经有过思想准备，但是真的就像知道狼来了的孩子一样，并不是怕狼，他常说，自己是一只动物园里驯养出来的废物狼，而那些从小在社会上闯荡江湖的人，才是真正的野狼。

刚开始干个体的时候，有一个社会小痞，从他的一大堆塑料袋里拿出一个小的塑料开关，告他这是三无产品，结果工商局罚了他两千块钱。他去争辩，说他那一袋里有一个合格证，有一个说明书，有一个出厂日期，可是人家非要这一个塑料开关的说明书、出厂日期、合格证。你又能怎么办呢？啥叫任人宰割，张伟杰从那时开始一点点明白了，也许就是这样，他这只废物狼才逐渐培养出点野性。

烟头上的火光悄然地向后移动着，映在两人的脸颊上，魏君花幽深的眸子里也有些亮晶晶的东西在闪烁。不知是从哪一天开始，她不经意地将一根拇指般粗细的树枝顺手插进了门前的一片土壤里。她没有去想，也没有去关怀，但水分依然充足，阳光也比较充分，没有几天，那一节树枝悄然地生了根、发了芽，长出了稚嫩的小叶。魏君花慌了，事先她没有这个计划和安排，她不知道要把它放在哪里，原来院子里的东西，该种的地方都种满了，她该怎么办呢？

“我真不想再见到你，可我管不住自己。”魏君花吸了一口烟说道。

“我知道，我和你差不多。”

“是的，我真不想在我的伤口上再被你捅上一刀，那样对你、对我都不公平。”魏君花声音幽幽的。

“可我真的没想过要伤害你呀！”张伟杰说。

“不，可能这就是男人和女人的区别，男人可以将爱变成除法，把它平均成若干份，而女人却只能将爱变成减法，一个萝卜一个坑，没有多余的位置。”

“是吗？”张伟杰将烟头扔到窗外，大喊“停”他一把将魏君花拽出出租车，甩给出租车司机一张百元大钞，说：“不用找了。”

出租车走了，张伟杰的嘴唇到了，张伟杰将魏君花搂在怀里的同时，把热吻也给了她。虽然魏君花没有积极响应，但也没有拒绝，她轻声地对张伟杰道：“你是谁？你能代替他吗？”

“不，他已经死了，而我还活着，你不能活在他的影子里，你是人，你是女人，你需要女人所需要的一切，不要拿死人来吓我，你知道吗？”话刚说完，张伟杰便觉得脸上被人重重地抽了一下。

“你知道吗？有一段时间，我们两地分居，每天早晨、中午、晚上，每一天的每一分钟，我们靠什么熬过来的，靠性爱？不，它不是爱的全部，爱是牵挂，是一条拴着你的心的红线，我们互相牵引，让那根线系在我们心上。多少次，我梦里这根线断了，我又把它接上，多少次，我们这根线长了，我又把它缩短。爱是磁场，它能远远地吸引着你，当一个人走进你的磁场的时候，这个人不是简单的男人或女人。现在，我这根线的确是断了，但我那个磁场却还存在着，过去，他每走一个城市，总在街心广场给我打电话，说那里如何如何美，说那里如何如何棒，他说，如果那街心广场是城市微笑的酒窝，我就是那街心广场，我就是他心中永远微笑的酒窝。”

七

没想到初次和杨彪见面，是在中石油北京的一个项目部，这家伙高高的个子，高高的鼻梁，高高的颧骨，脖子和脸比一般人都要长，走起路来往前蹿，说话不紧不慢，干干巴巴，像缺了水分的丝瓜瓤儿，总之，在人面前总有一种摇摇欲坠、不堪一击的假相，其实这个人，在商场上是截然相反的性格。

“早就有耳闻，只是比我想象的还要年轻一些。”杨彪伸出像“凤爪”一样的双手说道，脸上的笑容却非常灿烂。

“你也挺精神，不像七十岁的人嘛！”张伟杰恶心他一下。

“你比我儿子也大不了几岁。”他当仁不让。

“你们俩说相声呢？”徐舟看看杨彪，又看看张伟杰。

“好吧，杨老先生，我是小字辈，我先说，说得对你就给个耳朵儿，商量着办，说得不对，就当刮了一阵耳边风，啥也别算。”张伟杰顿了顿，又轻轻地清了一下嗓子。说实在的，面对这场谈判，他很有信心，当然，他不是想独吞这笔生意，他的企业小，没有这么大胃口，这是其一。其二，按中石油发包工程必须要先垫付资金的惯例，就算都给他他也受不了几千万的资金，打死他也弄不来。他的企业注册资金只有几百万，几百万和几千万，也不是一个账。猫吃老鼠，还可以，蛇吞大象他不干。来之前，张伟杰做了大量的调查，准备充分是他早年在国有企业里积累多年的经验，在销售上他一直不敢有一丁点马虎和敷衍，知己知彼，百战不殆。给别人算好账，自己才有希望，这就是他的办事哲学。

“几千万的工程，不仅是我吃不下，你一个人也很难张嘴。”杨彪听到这里，想要插上一句话，被张伟杰拦住：“我知道，你在这行比我或者我们企业强太多了，但是，再强，你每天的生产也就十吨左右，一个企业是十吨，现在你手里有这样的三个企业就是三十吨，一个月满打满算不超过一百吨，一年也就一千二百吨，而我们面临的销售收入几千万元的产量大约一万五千吨。如果不扩建，就你现在的生产规模需要干一二年零五个月，可是这次中石油给我们的生产时间是不能超过一年半的。”

张伟杰一口气把眼前的实际情况摆在杨彪面前，杨彪的厚嘴唇动了动，半天挤不出一个字儿，他没想到张伟杰头脑如此冷静、清楚，分析得有理有据。张伟杰的话句句击中杨彪的要害。第一，他在业内拿得罪人当家常便饭，除自家有三个分公司他还能说了算，其他企业绝对不可能听他的；第二，在他公司内部，由于多年的言而无信，优秀的工程技术人员也走得差不多了，最近三五年他们产品质量事故频发，在许多单位都上了黑名单；第三，由于上述两个原因，他们没少赔款，影响了声誉不说，经营效益也不好，所以在短期内筹到扩建资金也是难上加难。

“那你看这盘棋该怎么走呢？”杨彪的情绪在脸上是看不到变化的，他一只手随意地翻着技术标书，另一只手夹着烟，一脸轻松的样子。“你是长辈，还是听你的高见吧。”张伟杰也不动声色。

“好，那我就说一说。”杨彪把大半截子香烟掐灭在烟灰缸里，眼皮往上挑了挑，“你说得没错，但我为什么非要和你探讨这个问题？干我们这行的，全国不下三十几家，我和谁谈不行？我们也不是非你莫属。”

张伟杰笑了，前边他早就拆穿了这家伙的内忧外患，但也就是点到为止，给他留点面子吧！

“那是，以你在业内的威信，肯定是一呼百应，秦桧还有俩相好的呢，以小字辈拙见，你不可能百分之百地给谁，嘿嘿。”说到这儿，张伟杰笑了，他还有一张牌，那就是人才，张伟杰把整个行业一半多的工程师，组织了一个挂靠的设计院，所以谈到技术在行业内他才是真正的老大。但他的公司在承担设计的同时，业务量也相对地增长。白给人设计，不收设计费，看起来很傻，实际上却得到了大量的行业信息和人脉资源。徐舟曾不止一次和他打架，让他把这赔钱的业务推出去。

杨彪当然知道张伟杰话中所指，他摇摇头，苦笑道："谁家都有本难念的经，你那五个手指头伸出来也不是一般儿齐。"

张伟杰知道杨彪是指其中有些人，平时和杨彪还有些往来，一个企业出现一两个叛徒，也是不足为怪的，林子大了什么鸟都有。

从中石油项目部出来，徐舟甚是高兴，他说："老家伙好像有点动心了！"

"不，不可能，如果事情都这么简单，他就不叫杨疯子了。"停了一会儿，张伟杰对徐舟说："你先回旅馆吧，我走一走。"北京的夜晚不像张伟杰住的那个小城市，这里到处灯火辉煌，微风吹来，热气腾腾，一点清爽的感觉都没有。说句实话，尽管杨彪一直表现得比较沉默，但内心究竟是怎样想的，他猜不透，他没有徐舟那么乐观。

前边一拐弯是一座立交桥，他顺着人行道慢慢走上去，当他走到桥顶，看到桥下有个人影，隐隐约约的比火柴盒大不了多少，便叹了口气，他在想，那个人看他也是同样的效果吗？立交桥上的灯光，在车流中放出五彩的光芒，抬头看看天，太远了，星星的光亮显得那么微弱。此时，张伟杰也不知走了多远，到了什么地方，但他还是不停地在走，他在脑海里过滤着这件事，俗话说得好，细节决定成败。不知是有意无意，他到了一座别墅前，抬头望去，上书海塘湾子小区108号。张伟杰从手提包里拿出魏君花的名片看，上面的门牌号正好与它相符。

魏君花竟然正站在门口，一看她的脸，就知道她在这里站的时间不是很短了。惊喜既是意料之中，又是意料之外，谁也没有说话。张伟杰感到魏君花眼睛里有一种莫名的孤寂和痛苦。她张开嘴，嘴角蠕动着，好像要说什么，却什么声音也没有。张伟杰向魏君花伸出了双臂，魏君花情不自禁地扑了过来，仿佛这里才是最安全、最温暖、最适合的栖身之所，魏君花的脸贴在张伟杰的胸脯上，张伟杰吻着魏君花的双眼，泪水好咸好咸呀！

张伟杰与魏君花就这样抱了好一会儿，渐渐地，她的眼泪干了，他的胳膊累了。

进了房间，张伟杰像主人一样从酒柜里找到了一瓶红酒，先给魏君花倒了一杯，然后自己也倒了一杯。也不知喝了多少杯，一直到酒柜里第三瓶红酒都成了空瓶为止，他们还没说话，生意的事情早已被抛到九霄云外去了。

魏君花身后的窗子开着一扇，微风吹来，室内的纱帘随风飘扬，把放在不远处的花朵吹落成片片花瓣，散落在室内。张伟杰感到浑身的肌肉被一种几乎遗忘的力量拉紧了，他的双臂又变得那么有力，魏君花嘴里不停地说道："不，不，不，伟杰……"

张伟杰疯掉了，他们已经进入了另一个世界一朵巨大的白云将张伟杰和魏君花托上了天空，张伟杰找到了彗星，并在他心中爆炸了……令人迷乱的寂静之后，让人跌进无底的深渊，看着半裸熟睡的魏君花，一个疯狂而卑鄙的念头塞进了张伟杰心中最黑暗的地方——在起床之前，我们一定拍一张照片……万一以后用得着呢？

八

杨彪公司的全称是阳彪机械设备有限公司，坐落在古城的西北方向，前面有道三丈高的黄土坎挡住了进出公司的路线，只能从左右两侧绕行前进，甚是别扭。用青石砌成的高墙，如果再有两位持枪的警察站在岗楼上，就和监狱没什么区别了。大门里有一幢新盖的办公大楼，白得发亮，旁边是一排排厂房。公司的另一面是一排临建的彩钢瓦搭成的工棚，不知为什么，张伟杰一走进公司大门口就觉得有些压抑，他回头看了看徐舟，徐舟不语。

"你们找谁？"一位身着制服的警卫从身后的警卫室里喊。

"我们找杨彪。"张伟杰答道。

"你们有预约吗？"警卫问道。

"有的。"张伟杰答道。

警卫拿起座机的话筒，按了一个号码，向里面道："有两位先生要找董事长。"说罢，伸出窗外问道："你俩叫啥名字？"

"张伟杰，徐舟。"

警卫对着话筒说了一句，把两人放了进去。走到办公楼的门口，一位身材饱满的姑娘从里面迎了过来，说："董事长在开会，请你们跟我走吧。"

张伟杰和徐舟被引到一个巨大的办公室，没等他俩问清情况，一杯香茶摆在茶几上，姑娘又急匆匆地走了。

张伟杰揉了揉眼睛，和徐舟对视了一下。大约过了十分钟，那姑娘又出现了：“请跟我走，二位先生。”

张伟杰和徐舟跟着姑娘走进一条铺满大理石的长廊，在一扇雕花的木门前停了下来。推门进去，里面空空如也，还是没人。此时，张伟杰感觉就像拿着别人给的小礼物，没完没了地剥下一层又一层的包装，就是看不到里面的东西。

这个房间四周全是造价昂贵的红木墙壁，上面用木框镶嵌着照片，照片从省部领导人级别，一直到这个区上的几任区长，都是来公司视察时与杨彪的合影。仔细看去，别人几乎没有重复出现过，只有杨彪上蹿下跳，一会儿跑到这个人的后面，一会儿又跑到那个人的前面，一会儿握手，一会儿拥抱，张伟杰一边儿看一边儿点头，旁边的姑娘时不时会解释一两句。

“我们何时能见到你们董事长呢？”张伟杰问。

“年轻人要沉住气嘛。”说话的是杨彪。杨彪从旁边的门里走了出来，他向张伟杰和徐舟挥了挥手，示意他们坐下。

“惭愧。”张伟杰说。

“你一年能赚多少？”杨彪突然问。张伟杰怔住了，他不知道这家伙来的是什么招儿。杨彪说：“当然是指你的公司一年净赚多少？”

张伟杰不知该怎么回答。

“不用怕，我不是税务局的，你可以大胆地告诉我。”杨彪用眼睛盯着张伟杰。张伟杰这才想起来和他一起来的徐舟，忙问：“徐舟，我们一年大约有多少收入？”

“大约50万吧，当然我说的是纯的。”徐舟也不知出于什么目的，把利润少报了一半。

“不止这些吧！”杨彪带有疑问。

张伟杰和徐舟相互看了看，笑了。

“知道我把你们请来的目的吗？”

这家伙葫芦里卖的是什么药，张伟杰想。“我们不太清楚。”他说。

杨彪不高兴了：“我喜欢说真话的人，年轻人，那天你说的是真话，别看你没拿我当回事儿，我还是挺喜欢的。不过，”杨彪打了个响指儿问道，“你们俩还想不想多赚钱？”

“我也正想问你呢。”张伟杰决定回击了。

“那好，把你们的公司归到我的名下，然后还是你们经营，我每年给你们俩年薪 120 万元，”杨彪看着张伟杰说，“你 70 万元，徐舟 50 万元，怎么样？”

哦，明白了，他是逼着我们把公司和我们自己一同卖给他，做他妈的大头梦吧。

张伟杰两只手发抖，真想过去给他一巴掌。

“不能否认，那天你说的话有道理，所以我才听你的，不去和那些既无钱财又无人才，也没精神头的家伙们合作，选择和你们合作是给你们机会，给你们成长的平台，年轻人，我说得对吗？”

杨彪的自以为是，更加激怒了张伟杰，徐舟私下里用一只手推了他一下，张伟杰压了压火：“杨先生，我有一事不明白，为什么非得你吞并了我们，难道这里就没有更加平等、友好、双赢的办法吗？”

“年轻人，啥叫吞并了你们，我也是照市面价格收购，尽管你们的土地是租用的，固定资产这块我还是不会少算的。”说到这里，杨彪看看张伟杰怒不可遏的样子，仿佛又怪自己没有把话说明白，就打开旁边一直盖着的地图道：“那天，你说我有三个子公司，那是老皇历了，到现在为止，我们在全国有五个子公司，还有消防配套相关产品。比如说，我们的水炮、水枪，还有泡沫装置、比例混合装置，还有救火车的生产能力等等，更何况我们还是在这个行业里的领军企业，我们有各种产品质量检测手段，行业的话语权在我们的嘴上。”

杨彪似乎也说累了，他点上一支烟，狠狠地吸上一口，拿出长者的风度和口吻对张伟杰道：“其实，你和年轻时候的我没啥两样，桀骜不驯、不服管教这是你脱离了国有企业后摔打出来的，自私自利、冷酷无情，这是你从国有企业离开，自力更生之后的必然产物。”

杨彪喝了一口茶又道：“当然，我管这些叫面对现实，是我们生存需要的法则，所以，我请你来，不但要把现在的公司搞好，还得兼我们集团的公关部部长，当然徐舟是你的助手。”

“那么，剩下的那些和我们竞争的同行怎么办？”张伟杰狠狠地吸了口烟，使劲握住沙发的扶手，一动不动。

“给两年的时间，再让他们关门。”杨彪恶狠狠地说。

“原来是这样。”张伟杰在沉默中轻声说道。

“张伟杰先生，其实你大可不必这样态度对我，不用惊讶，弄清对手和合作者的生产问题也是理所当然的。”

停了一会儿，张伟杰问：“你还有什么教诲？”

“在工作方面你是无可指责的，家庭也很和睦，我这人就像老农卖猪一样，买猪也得看圈，后院失火的家庭事业也好不到哪去。目前你的私生活应该注意一下。”杨彪说。“这是什么意思，杨彪先生？”张伟杰警惕地问道。

“前几天夜里，和你一起下榻在宾馆的那位女士不是你的夫人吧？”

张伟杰猛地一愣。

“和谁睡觉，我不关心，我关心的是以后你们家庭的安稳度。”杨彪冷冷地说，“当然，它和我们的合作好坏有直接关系。”

“对不起，谢谢你的好意。”张伟杰说。

“你不要……太天真了！”看着张伟杰拉着徐舟离开的背影，杨彪的最后几个字几乎是一个一个地往外蹦。

九

魏君花失踪了。一连几天，拨打她的手机都是关机。今天，张伟杰刚到办公室就把门扣上，把手机关掉。他告诉李秘书，谁的电话也不接，谁的面也不见。下午的时候，张伟杰一开机，手机上出现了十一个字：“我们结束吧。不会有结果的。”张伟杰像看到希望一样将电话打过去，是魏君花的声音：“你就别找我了，找也找不到。”

“现实能够逃避吗？”张伟杰急速表达自己的意思，他想知道到底发生了什么事。

“我想逃避的现实是一个疯子。”

“为什么？”张伟杰不解地问。

“我帮不了你。”魏君花似乎在流泪。

张伟杰愣了一下。他想，这真是一个聪明的女子。镇定之后，张伟杰慢慢地问道：“那我们为什么要开始？”张伟杰感到自己也问得茫然。

“那是我的错，我现在就开始纠正错误。”魏君花回答得很清楚。

电话挂断了，张伟杰放下话筒，一屁股坐在沙发上，两眼盯着办公桌上的那瓶白酒，心里凉透了。他拿起来喝上几口，门铃响了。

“请进。”张伟杰说。

门慢慢地被打开了，守在门外的李秘书不安地看着张伟杰，好像不认识一样，面目呆滞，舌头像坠了一块石头：“伟杰，你这是怎么了？”一直以老板相称的李秘书，看着眼前张伟杰的模样也动了恻隐之心，连称呼都变了。

“哦，没事。”张伟杰说。

“来了几位技术监督局的同志指导工作。”李秘书一边给来人介绍张伟杰，一边打圆场，“我们张总大病初愈，刚上班不久，一是身体不适，工作时间不能太长；二是有些问题也不太清楚，请领导多多原谅。”

“好说，好说，过去也听说过你们的技术还是挺过硬的。”三位身穿技术监督局制服的领导，其中一位年纪较长的，满脸堆着笑容，另外两位一个年龄在三十岁左右，严肃得很，手里拿一支红蓝铅笔，另外一个二十岁左右，左顾右盼，一看就知道是个毛孩子。

说话的是年长的，另外两位称他为处长。

“哪里，哪里，没有技术部门的监督和指导，我们啥也干不成呀！”李秘书话说得有点露骨，但还是挺受用的。

“有人举报你们生产消防设备没有许可证。”年纪较大的处长脸上收敛了笑容。

“我们有检测报告。”张伟杰马上拦住话题，对李秘书吩咐道，“给处长过目。”李秘书径直走到保险柜前，找到了检测报告，交给那位处长，同时似乎是很随便地套了点近乎：“处长好像在哪儿见过？也不知怎么称呼你？”

“这是我们安检处的李处长。”三十多岁的那位年轻人接过话茬回答道。

“噢？那你一定认识张吉祥副局长吧。”张伟杰把一位堂兄的名字搬了出来。

“认识，那是我们主管局长嘛，你们是啥关系？”李处长感兴趣地问。

“噢，那是我堂兄，我俩是同一个爷爷的，前几天还在一块喝了一顿五粮液，也不常聚，反正十天八天的凑一块喝口酒，没啥正事。”张伟杰故意把话题放得轻松自然。

“是吗？那我们是一家人啊，你看看，你看看，知道这些我干吗还来找麻烦？”说着，李处长还是很认真地看了看检测报告上的日期和红章。

张伟杰把脑袋凑近李处长：“还需要看看别的吗？”

李处长摇摇头：“不用，不用，不过……按规定这是有人告你，有问题没有问题也得查清一下，这是规矩。现在看有吉祥局长作保，我就破破例，你们该咋干咋干。”

“哎呀，这是多大的面子，晚上请我堂兄过来，咱们这回喝茅台。”张伟杰笑了，不过，他还想知道，这个诬告他的人是谁呢？于是又对李处长说：“咱这人做买卖太实在，伤了人还蒙在鼓里，李处长能不能指点一下，也让小弟以后少犯这样的错误。”

李处长哈哈大笑，说道：“这就对不起了老弟，举报人我们必须保密的。”

张伟杰沉了沉脸，说：“这哪里是什么举报，事实证明这分明是诬告。”

李处长很尴尬地笑了两声：“我只能说，好像是你的同行吧。”

刚刚送走客人，没等进房间，就在院子里，区里的节能办有四位领导又来公司指导工作。张伟杰心中有点纳闷，和节能办有关的工作，公司只涉及用电量，而用电量上半年已经签了合同，全年十二万度，现在公司用电不超过五万度，时间刚到半年，节能办找他指导工作，似乎没有什么道理。

“老张，现在看不行了，年初的计划我们要修改。”节能办主任姓周，平时和张伟杰见面也能客套一阵，这会儿不行了，老周摆了摆领导的架子，一副六亲不认的样子。

“那其他企业和我一样吗？”张伟杰不满地问道。

“那不一定，人家是大企业，国家要保，你们这些小微企业，要是限电的话，就得先从你们开始。”老周扶了扶眼镜。

“隔壁是电解厂，能耗高，用电量大，效益差，产值和利税都很低，还有污染，这是人人皆知的事，为什么不停他们的？”张伟杰气愤地问道。

不知节能办的哪一位随口喊道：“他们是国有企业。”

“你们这是欺负人！”这时候，公司内部有些人闻讯，围上来喊道。

周主任突然往台阶上一站，大声喊道：“大家静一静，节能减排是大势所趋，我们要有壮士断腕的勇气，敢于放弃，像你们这样的小微企业为节能减排应该做出牺牲……”他话没说完，就被愤怒的工人推下台阶，这下乱了套，这个说“我们是下岗工人，自主创业刚一见好，你们就来收拾我们”，那个又说“壮士断腕为什么光断别人的不断自己的”。呐喊在继续，这时候，张伟杰出面了，他站在台阶上对大家摆摆手说：“大家不要乱，听周主任往下讲。”

这时候，周主任摆摆手，对张伟杰说：“最好让工人们散去，我们来单独谈谈。”

张伟杰想了想，说："也好。"可是不知哪位节能办的干部，突然又大喊了一声："你们想干什么？想暴力抗法吗？小心抓你们去坐牢。"这句话像投进水里的一块巨石，大家冲上来，冲着这位说话的领导就要动手，张伟杰一看要坏事，急忙前去阻拦，可是人群已经乱成一团……

第二天上午，张伟杰在他公司总电闸的柜子里存了一瓶乐果，他不是想威胁谁，在这个时候如果保证不了生产的安定，就一切都毁了。他想给田春打个电话，让他给出面解决一下，但又怕耽误了朋友的前程。下午，除了上次那几位节能办的领导，又来了一对穿便衣的民警。张伟杰感到血往上涌，在这个时候，他没有后退的理由，为了这个公司，为了这些下岗的哥们儿、姐们儿，他也得豁出去。

张伟杰说："你们谁上前一步，把电闸拉了，就是英雄，而我把这个东西喝了，我愿成狗熊。你们谁试一下？"

时间一分一秒地过去，在场的人没人敢动。忽然，不知是哪位工人嗷的一嗓子，开哭了。几十名员工的哭泣声编织成一种震撼人心的哀乐，也许他们当中有些人想到了下岗以来的种种苦难，这些事像一个巨大的推土机，推开了他们情感的闸门，让这些感情的潮水奔泻着涌向前方。

也不知过了多久，穿便衣的民警不见了，又过了一会儿，节能办的领导也不见了。

张伟杰看着他们远去的背影，吩咐李秘书，晚上给工人食堂加俩菜。

晚上，张伟杰却没有心情吃饭，他费了很大劲，开车找到周主任家。周主任看到张伟杰后备箱里那些丰盛的东西，眨了眨眼睛，看看周围没有其他人，放心地出了一口气，对张伟杰轻声说："这些年我们也算是相互了解，我不是多事的人，今天没拉你的闸，我绝不是怕你那一出。"

张伟杰赶紧拦着话题："对，对，您是大人不计小人过，谁让我们这些人不懂事，冲撞了您，千万别往心里去，下半年我至少按计划节约一半用电量，您看行吗？"

"唉，其实啊，你那点用电量都节约下来，又能管什么用？这是上面逼的，我也是没办法，谁让咱们是吃这碗饭的。"

张伟杰看着哭丧着脸的周主任，也陪着苦笑："也是，您也身不由己啊！"

"好吧，既然张老板这么通情达理，我们做工作就有了保障，这样吧，这事先放一放吧。”

十

张伟杰走进足疗店前，告诉甜玉自己太累了先做个足疗，吃饭也不用等他了，他按摩完了可能要在外面吃口便饭再回家。

躺在按摩床上，双手交叉抱在一起，一个男服务生走过来和他打个招呼：“你好，张先生，好久不见！”

“来，哥们儿，给我下点狠手。”张伟杰刚闭上双眼，手机突然响了。他一看，是老朋友郝仁。

“郝仁？”张伟杰问。他们好久没联系了。

“你伤谁不行，干吗非和他作对。这下可好，听说夺标后给你，他给我两条路，要么给别人做，他不争。要么我自己做，他还不争。如果给你，他就宁可赔几十万块钱，也得把事情搅黄了，没办法，给你，我自己都没有了。”郝仁上来就是一阵急的。

郝仁是一家消防公司的老总，过去揽来的工程100%给张伟杰，这是因为张伟杰公司所干的活，不但质量好，不用他这个做甲方的操心，有的时候还能替他垫一些款，他们之间的关系堪称天衣无缝。

张伟杰听到这里，什么都明白了。“他”，指的当然是杨彪。只要让他张伟杰干，就没有他郝仁干的。张伟杰半天不吭。他心想，自己不会坑朋友。

张伟杰安慰了郝仁几句，答应给他介绍了几个不错的加工公司，然后先挂了电话。

张伟杰盘算了一下，就是现在他杨彪再下功夫也只能将眼前这些用户抢走，但是更远一点的新疆的、大西北的还有十几家，他的魔爪伸不到这些地方，这些业务加起来也能占现在业务的一半左右。

可是张伟杰错了，第二天，第三天，相继有五个用户打电话要求和他解除合同，开始这些人不愿承认是杨彪搞的鬼，后来在张伟杰的再三恳求下，才告诉说，杨彪把过去与他们业务往来中给他们的回扣和贿赂的证据，都放在电子邮箱里给他们看了，一句话，就是如果谁再胆敢把业务给张伟杰，他们的后半辈子就得在监狱中度过。

手机响了，座机也在响，真了不起！仿佛办公室在倒塌，张伟杰也要崩溃了。张伟杰任着那些电话在响，一个也不接。良久，他站起来，喊李秘书，他想起了徐舟。

李秘书苦笑着说：“徐舟两天前就不见了。”

张伟杰无力地靠在门框上。

十一

伟杰，亲爱的伟杰：

当你收到这封信的时候，我已经不在这个人世了。我对不起你，伟杰！可是我毫无力气并深感绝望。我们开始得太快，可是没想到结束得也这么快。你知道，我是爱你的！伟杰！自从孩子和他爸去世以后，是你让我重温了一个女人的真正生活，我感谢你。

可是现在我很累。我要走了。

有些话，我要告诉你。

杨彪多年以前，背着我母亲的男人，与我母亲有染，生下了我。我是他的私生女。

这么多年，我不知道我是怎么过来的，经历了多少苦难。曾经，我以为遇见你，是我的第二次生命，是我值得感恩上苍的所在，可是，梦不久就破碎了。破碎于我知道你和杨彪的你死我活的商场鏖战之时。

我其实很恨他。但是为了你，我帮你求过他。后来我渐渐明白，为了利益，你们谁都不肯退却。这是你们两个男人之间的事。这永远是你们男人之间的事。区区如我，只是其中的牺牲品。我已经在多年前是牺牲品了，我现在，早已无力做第二次牺牲品。这是让我最感绝望的事。也许，在你们眼里，你们没有一个人真正爱过我。

对不起，这是我的感受。但是我爱你。

你拍下我们俩床上的照片并保存在邮箱里，可你的邮箱早已被人解密。虽然这也许不是事情变得糟糕的唯一理由。

我最后已经尽我所能了。我乞求我的生父杨彪，他会把中俄合同利润分给你一半。请你不要小视他的胃口，你给他十个亿，他也会想尽办法吃进去的。

我组建的红衣天使白血病帮扶中心，托付给田春继续做。

当人活到不成为自己的时候，她生命的意义何在？这就是俗话所说的生不如死吧！

祝你事业安顺，一切都好！

魏君花绝笔

尾　　声

魏君花的墓地和她的丈夫、孩子在一起。在一片山丘的最西面，从那里可以望到海，可以看到湛蓝的天，还可以将关城收进眼底。坟墓是青石板合成的，周围有汉白玉的栏杆。

远处是一些树，很多树。但是再多的树，每个看起来都是孤独的。

许多人都来了，包括被魏君花生前帮扶过的白血病患者。

张伟杰见到田春，两个人握了一下手，什么也没说。

杨彪也来了。他递给张伟杰一份文件。张伟杰打开一看，是一份崭新的中俄输油管线中国站喷淋装置中标通知书。

……

作者简介

杨立秋，男，60后。河北省秦皇岛市人。河北省作家协会会员，秦皇岛市作家协会副主席。山海关作家协会主席。曾在《北京文学》《鸭绿江》《满族文学》《辽河》《散文百家》等期刊发表小说散文若干篇，出版了长篇小说（与人合作）《渝水两岸》。

葵花庄的历史片段

亚　刚

一三八一年

如果按中华民族的旧历计算，这一年应该是明朝洪武十四年。那时，从山海关至嘉峪关号称万里长城的浩大工程已经接近尾声。某一天，从长城东部角山地段传出喜讯，筑城的民夫们终于结束了数年的劳役，他们要回家啦！回家的感觉多好啊！

可是，并不是人人都能回家——

有人尸骨早已掩埋在长城脚下，他们回不了家；

有人因为年轻，被征为驻守长城的军士，他们回不了家；

有人因为离家路途遥远，老家又没有了什么亲人，他们不想回家；

有人因为与同甘苦共患难的兄弟们结下了生死之交，舍不得就此散伙，他们不想回家……

于是，有十几个不想回家的弟兄们结成一伙儿，他们在长城脚下的一处朝阳的山坡下搭了几座草棚，挖了几间“地窨子”，一起居住下来。因此，这里就形成了一个小小的村落。这伙人有姓陈的、有姓马的、有姓王的、有姓常的……他们开垦耕地，种粮、种菜，也在房前屋后种了一些葵花。葵花开了的时候黄灿灿的很显眼，久而久之，人们称这个地方为——葵花庄。

一九三三年

冷漠的太阳已经坠向村庄西边的山脊，村头的老柳树下仍聚集着一些人，大家全都面朝南方翘首以待，并把自己的脖子伸到最长的程度。好几个时辰过去了，谁都不吭一声。人们的面目表情或呆板、或忧愁、或焦虑、或痛苦……

隆冬时分的天气本来冷得邪乎，比天气更冷的却是一个坏消息。从南边传来时缓时急的枪炮声，震撼着小小的葵花庄，敲打着庄里所有人的心灵。一股接一股的火药味随风而至，到了这里似乎就不愿意再走了，弥漫在村庄所有空间和所有角落，越积越浓。 好惨烈的一场恶战正在山海关城墙上进行着，对阵的中日双方都死了不少人。枪炮声是昨天早晨响起的，消息是昨天晌午传来的。因此，葵花庄所有人的心都被揪了起来，揪得最紧的有两户人家，一户是住村东头的老陈家，另一户住村北头的马老三家。老陈家的大儿子陈金柱和马老三家的两个儿子马龙、马虎都在何柱国将军手下当兵，眼下，他们正在城里和小鬼子拼命呢！而他们的亲人却又无可奈何，只能聚在村头等候消息。这一仗结果会是如何？谁的心里都没有底呀。

今天的后晌，马老三和老陈头带上老陈家的小儿子陈金杠去城里打探消息，可是，小鬼子早已把古城围了个水泄不通，他们根本靠不了城墙边儿，更别说进城了。若不是离城三里多地就被手榴弹的爆炸声震醒，若不是因为胆子小赶紧往回出溜儿，说不定这爷儿仨就白白去送死了。他们回到庄里把情况一说，人们心揪得更紧了，谁都没了主见。老陈家和马老三家的人只能是守在村头，到底是要守候着什么还是在祈祷着什么？谁能说得清啊。

尽管枪炮声一直未断，世界却显得挺安静，除了冲进耳畔震撼心灵的枪炮声，其他啥声响也没有。往日里树丛中扑棱出来的鸟鸣，呼啸着撞响树梢的东北风，村中柴火垛四周不时响起的鸡鸣狗叫，此时全消失了，是被冷飕飕的天气冻住了，还是被时缓时急的枪炮声吓住了？没有人去琢磨。

最先打破沉寂的是一直坐在树下的马家三婶，她身穿一身破旧的黑色棉袄棉裤，头上包着一块看不出啥颜色的破毛巾，此时，她流着鼻涕淌着眼泪突然号叫了一声："我的儿呀，你们是死了还是活着哪！谁能给妈传个信儿来哟！"

这一声哭嚎不要紧，原本安静的世界再也安静不住了。

一时间，哭声此起彼伏，不论男女老少，人人哭得肆无忌惮。有站着的，泪水将鼻涕冲过了下巴，有跪着的，揪着胸口尖声号叫，有坐着的，拍疼了大腿喊哑了嗓子。所有在场的人谁也不顾谁，都在咬牙切齿地咒骂小鬼子，都在痛断肝肠地念叨亲人的名字。只有村头这棵光秃秃的老柳树一声不响，默默地看着人间的一场悲剧。

夜幕正悄悄地降临，突然，有人发现从南边奔过来一群黑绰绰的人影，随即用手一指的同时也用力干吼了两声。于是，众人的哭声戛然而止，泪眼中放射出惊异的目光。

人影越来越近，大约有七八个人，有人手里拎着大枪，从穿着上看，大概是当兵的。这群人直愣愣地站到了老柳树下时，葵花庄的人仍辨不清他们是谁，甚至辨不清他们到底是人还是鬼。这些人的脸色全都像刻意烟熏火燎过的一般，个个身上衣衫褴褛，军装早已看不出是啥颜色的了。有人头上缠着绷带，有人手臂上裹着布条，几乎每个人从头到脚都沾着血迹。

刚才还在痛哭的人们全都哑口无言，像木头人似的望着这群人发呆。只见为首的那个高个子奔到老陈头两口子面前，喊了声："爹——妈——我还活着！"随即扑通一声双膝跪下。这时，人们才认出来，此人正是陈金柱。

"哇——我的儿啊，你还活着？妈可想死你啦！"老陈嫂子上前死死地搂住儿子。呼啦一下，人们全都围了上来。

在老陈家一家人围在一起痛哭之际，马家三婶先颠再跑最后是爬硬是挤到一群当兵人的面前，她拉住一个大声地问道："我家儿子回来了没有啊？啊？你们咋不把他们哥儿俩带回来哟！"接着，又拉住另一个人："你们看见我儿子了吗？他们叫马龙马虎，快说呀，到底看见了吗？"一连问过两个人都只是摇头，她又冲着所有的当兵的挥舞起双手："你们谁是马龙马虎？快答应妈呀，可别跟我闹着玩儿啊，可别吓唬妈呀。呜……"悲切的哭声响过，她又不管不顾地搂住一个当兵的，问："孩子啊，你是马龙还是马虎哇？"问完这话，她也不管人家到底怎么回答，一下子瘫坐到地上，小声念叨起来："肯定没命啦……肯定没命啦……"

众人不知所措，陈金柱奔到马家三婶身边跪下，他说："三婶啊，仗打到这份儿上了，我也不瞒你啦，马龙和马虎跟我们是一个营的，我们营守的是南门那儿，那是打得最惨的地方。全营上下三百多号弟兄，就跑出来我们几个哟，其他人全都没命啦！三婶啊，您就往开里想吧！呜……"

没等陈金柱的话说完，马家三婶已经昏厥过去。不少人围过来，喊着三婶，又是捶后背又是拍前胸，还有人过来掐她的人中。

老陈头过来拉起儿子："金柱儿啊，你看，是不是把弟兄们领家去呀，大伙儿都饿坏了吧，先到家吃饭哪。”

“不！”陈金柱连挥手带摇头，“我的爹吔，这个节骨眼儿上还顾得去家吃饭？我们还得赶紧逃命啊！小鬼子要是追上来，我们全都得掉脑袋！”

“啊？老天爷哟，那、那可咋办哪？”老陈头在叫天天不应的时候还是习惯地叫起了老天爷。

“我们得赶紧往山里跑，先躲过这一劫再说。实在不行的话，我们就占山为王啦！”陈金柱边说边挥了挥手，把几个弟兄拢了过来，接着说：“爹、妈，我们不能久留哇，得赶紧走！”

老陈头点点头：“嗯，快走，快走吧，千万要小心哪！”见自己的老伴儿还挽着儿子一条胳膊不松手，伸手就是一巴掌，把老伴儿的两手打落。

陈金柱一咬牙一跺脚，领着一群兄弟朝北窜去，消失在夜幕之中……

一九六一年

这是一个被饥荒困扰的年头，每一个生产队、每一个生产大队、每一个公社都缺粮。不光是农村，据说城里人也都在挨饿。在这么个难挨的关头，葵花庄迎来了一股暖流，区委区政府的领导同志要来慰问光荣烈属。

消息由区里传到了公社，由公社传到了大队，并没有要求向社员们传达，事实上也真的没有人再往下传达，可奇怪的是，这消息却比早春的风刮得还要迅疾，几乎是在打个喷嚏的工夫就人人皆知了。没等前来慰问的领导同志进村，葵花庄的老老少少（在生产队干活的劳动力除外）好几十口子人都聚集到了老陈家的院门外。一时间，孩子喊、大人叫，老陈家的大门外竟然呈现出一片生机。

人们到老陈家门口来看热闹的选择无疑是准确的，因为全村享受烈属待遇的只有老陈家一户。当年的陈金柱从山海关败下阵来之后，带领几个弟兄逃进了义院口东边儿的大山里，他们占山为王，抢过几家财主，过了一阵子半是野人半是土匪的生活。后来，被参加冀东暴动的一支抗日队伍收编，陈金柱因为作战勇敢又能出些好点子，不久就当上了排长。在一次反围剿战斗中，因为掩护部队撤退不幸牺牲。因为葵花庄出了一个陈金柱，全村人都觉得光荣，老陈家门框上那块白底红字小木牌儿，是人们眼中神圣的物件。

到了快要做午饭的时辰，慰问的队伍终于来啦，呼啦啦的竟有十几个人。引路的两位大家非常熟悉，都是本村人，一个是大队书记，另一个是大队长。走在后边的两个人也有人认得，他们是公社的干部。想必走在中间的那些都是区里的领导吧。慰问的队伍来到老陈家的大门口，所有看热闹的人全都停止吵嚷，而慰问的人们却猛劲地鼓起掌声，紧接着又喊起了口号：“向光荣烈属学习！向光荣烈属致敬！”在干部们的带动下，大家都跟着边喊边鼓掌。

老陈头和老伴儿一步一颠地快速迎出院落，心底涌出的自豪感霎时变成了脸上的笑意。此时的老两口儿比起当年要苍老得多，说话的嗓音、脸上的皱纹、头上的白发、弯曲的腰背与腿脚，都可以用老迈来形容。尽管早在三十年前人们就叫他们老陈头和老陈嫂子，其实当时他们并不老，用当今的说法，怎么的也算是中年人。此时，他们才是真正的老人。

眼下，这对老人倍感幸福，尽管这种幸福是靠悲痛换来的。他们先是奔过去与各位领导热情握手，随后又被人搀扶着走向屋门，他们笑得合不拢嘴，此情此景真是令乡亲们羡慕啊。

在羡慕的人群中，有两道目光看得最认真，那是从一位老妇人的眼睛里发出来的，那双眼睛把眼前的情景几乎是滴水不漏地记录下来。老妇人就是当年的马家三婶，如今已被人叫作马三寡妇了。如果不刻意观察，不会有人能看得出来马三寡妇目光中的含义，她抿着嘴，驼着背，细小的眼睛也眯成最小程度。此时此刻，人们只顾看热闹了，谁还会在意一个不起眼的老妇人呢？

慰问的领导们只在葵花庄停留了不到半个小时，他们走后，村里有人传出话来，留给老陈家的慰问品是一袋米、一袋面和两包糕点。

当天下午，马三寡妇在大队部找到了大队书记，她用缓慢却又固执的语气说道：“我家也算是烈属哇，领导同志咋不慰问我呀？”

“啥？”年富力强的书记大吃一惊，“我说马、马家三婶啊——”马三寡妇的称谓多数人都是背后叫，有修养的大队干部当面还是叫她三婶。“你家怎么算是烈属啦？我压根儿就没听说过哟！”

“你咋能没听说过呢？我家的儿子也是打小鬼子死的呀，他老陈家死了一个儿子，我家可是死了俩儿子呢！”马三寡妇争辩时，脊背挺直了一些。

书记听明白了她的话，豁达地笑了：“我说三婶啊，你家可算不了烈属，你家是……你家可不能和老陈家比，你……”

马三寡妇伸直了双臂拦住了书记的话茬："不给我慰问品，我没啥意见，给我家挂个光荣牌牌也行啊。"

听了这话，书记的嗓门提高了："我说三婶你可别乱弹琴哪，你家咋能和老陈家一样呢？人家陈金柱当的是八路军，八路军你知道不？那是打日本救中国是革命的队伍，你家的马龙马虎当的是国民党的兵，那是反革命的队伍，他们和陈金柱不一样，是、是……嗯，这么跟你说吧，你说的这个问题，咱们大队是解决不了的！"

为啥解决不了呢？都是打小鬼子的人马，咋还有革命的和反革命的呢？马三寡妇百思不得其解，慢吞吞地走回家去。

当天晚上，老陈头让老伴儿给马三寡妇送去了一瓢米、一碗面。后来听说，那一次，老陈家的米面惠及了不少人家。

一九六七年

大字报、大字标语贴满了墙，人们不能不家喻户晓。"造反有理"的歌声整日冲击耳畔，人们无法不人人皆知。一场波澜壮阔的"文化大革命"浪潮席卷全国，也荡涤着小小的葵花庄。

这一天，秋日的艳阳高高升起之际，一面红旗引导着一群佩戴红袖标的中学生涌入葵花庄，那红旗和红袖标的色彩比头顶上的太阳更加耀眼。这些学生本来是排着队走来的，可进了村就乱了套，呼啦啦地像一群撒欢儿的家畜乱跑乱颠，不一会儿就堵严了马三寡妇家的院门口。

"揪出反动派家属游街示众！""打倒马三寡妇！""无产阶级文化大革命胜利万岁！"带头喊口号的女学生是陈金杠的女儿陈忠心（原名陈秀华，"文革"初改了名字）。马三寡妇到底姓甚名谁？除了大队部的户籍册上有明确的记载之外，谁也说不清楚，陈忠心等人高喊口号时也没意识到这不是人家的姓名。"马三寡妇，你给我滚出来！再不出来投降，我们就冲进去啦！"与陈忠心并肩战斗的另一名男同学挺身而出，站在队伍的最前列冲着屋里喊话。

"只许马三寡妇老老实实，不许马三寡妇乱说乱动！""敌人不投降就叫她灭亡！"在陈忠心的带领下，口号喊得一浪高过一浪。

"无产阶级革命派的战友们，红卫兵战士们，看来这个马三寡妇态度很不老实，我们不冲进去是不行啦！”那名男同学说完这番话，把拳头举过头顶猛地一挥，一群革命闯将们就要冲进院门！

“三丫——你个小王八犊子，缺了八辈子德啦，你们要干啥吔！”随着话音，一位老汉拄着一根没有鞭绳的鞭杆子，跌跌撞撞地奔了过来，老汉的出现使人一愣神儿，一群学生停止了冲击。老汉来到近前，把鞭杆子举过头顶，“呼”地一下照着陈忠心猛砸下来。

人群“嗷”地一下乱了，几个同学冲上前架住了鞭杆子。“好哇，你胆敢殴打我们红卫兵战士，找死吧？”有人过来就要抓打人的老汉。

“都别动！”陈忠心却挺身护住了老汉，“他、他是我爷爷。”

“哦，你爷爷？”陈忠心的爷爷老陈头在全公社可谓名声显赫，曾经多次作过忆苦思甜报告，这位光荣烈属是根正苗红的老贫农、老革命，知道了他的身份，没人再敢抓他了。

有人问道：“老人家，您这是要干啥呀？”

“干啥？我不许你们到这儿来胡闹！”

“哦？我们咋是胡闹呢，凡是反动的东西，你不打他就不倒，我们红卫兵‘卫东彪’战斗队来批斗反动派家属，这可是革命行动，您可不能阻拦啊，要站稳阶级立场！”

“胡说八道！”老陈头刚刚压下去的心火又冒出来了。“讲啥阶级立场？马家三婶就是苦大仇深的贫农！你们是革命行动？她家的两个儿子都是打日本鬼子牺牲的，人家打鬼子算不算是革命行动？嗯？”老人说着，又举起了鞭杆子，吓得陈忠心抱住脑袋躲到旁边去了。

这时，围过来不少年纪大的社员，大家挤上前去，在学生群里拽自己家的孩子。这个说：铁蛋儿，快回家，别在这胡闹啦。那个说：桂花儿，当红卫兵也别瞎造反哪，折腾饿了还得回家吃去。一会儿的工夫，所有的人都乱糟糟地挤成一团，这家拉儿子，那家推闺女，连劝带骂，连哄带吓，原本还算人多势众的红卫兵队伍被瓦解了多一半。只剩下少数几个外村的，他们望着散去的队伍，无可奈何地撤退了。

老陈头和几位乡亲先走进院子，再推开屋门，大家是想安慰一下马三寡妇，却见马三寡妇在外屋一条板凳上正襟危坐，面朝屋门，脸上袒露着少有的刚毅，一直弯着的脊背也挺直了不少。

老陈头率先开口：“他婶子，别往心里去，这是运动啊，现在到处都这样，我……”

马三寡妇冷冷地回答：“没事儿，我挺得住。小日本儿抢走了我两个儿子的命，那我都挺过来啦，这点儿事算个啥。”说完，还“喝喝喝”地甩出一阵笑声。

人们看到，她的脸上并没有丝毫的笑意。

一九八八年

炎热的三伏天即将来临，古城山海关迎来了一年一度的旅游旺季。七月的一天，一座算不上多么高大的“榆关抗战纪念碑”落成，成为轰动了古城的一件大事。纪念碑是山海关区人民政府建的，前来参加落成仪式的也都是区里党、政、人大、政协和有关部门的一些负责干部，当然也少不了各界代表人物。人数谈不上众多，气氛也说不上多么热烈，场面也构不成多么宏大。为了尊重历史，碑文沿用了当年发生那场战役时山海关作为临榆县县城时的旧称——榆关。当时，所有在场的人都不曾注意到，在会场之外看热闹的人群里有一双浑浊得近乎痴呆的目光，记录下了整个落成仪式的所有过程。那双目光绝对有别于看热闹的人群，她是死死地盯着，似乎要把整座纪念碑，包括碑记里的每一个字，包括浮雕组成的每一幅画，包括画中的每一个人，全都盗掘到自己的心里！

奇怪呀，没有任何人通知马三寡妇，她是怎么知道纪念碑落成的时间和地点呢？这是个无法解开的谜。

纪念碑落成仪式结束后，人们散去。黄昏时分，碑下燃起了一堆火焰，哦，有人在这里烧纸。消息传到了城管干部的耳朵里，时间不长就有人来干预了。只见一位老妇人跪在纪念碑下，手里攥着一根树枝不住地拨弄着火团，嘴里念念有词，不过，没人能听懂她说的是啥。跳跃的火苗映红了她的脸颊，脸上的红晕也在时明时暗地闪动，一道道皱纹清晰地布满眼角、嘴角和额头，像雕刻的一般。

此处离南门并不远，这可是繁华的街头啊，又是著名的旅游景点，岂能任人随意影响市容破坏优美环境？城管人员费了九牛二虎之力，最后终于说通了老人不再烧了（其实，马三寡妇带来的祭纸已经全部投入了火里），大家七手八脚将火灭了，并告诫她今后绝不允许再发生此类事件。事后，又护送她回到了葵花庄。

因此，马三寡妇成了第一位在榆关抗战纪念碑下烧纸的人，同时也是最后一人。

以后，马三寡妇经常出现在那座纪念碑旁，这成为她生活中的重要内容。虽说她大字不识一个，却会盯着碑文和碑记看上好半天，俨然一位饱读诗文的老学者。当然，她看得最多的还是纪念碑周围的浮雕画面，她觉得画中的每一位战士都像自己的儿子。“榆关抗战纪念碑”成了她的精神寄托，她觉得只要有这座纪念碑存在，她的儿子们就还活着。

二〇一五年

全世界人民迎来了反法西斯战争胜利七十周年纪念日，中国人民的抗日战争作为世界反法西斯战争的组成部分，也同时迎来了抗战胜利七十周年。这一天是全人类的重大节日，首都北京举行了规模盛大的阅兵式，一些友好国家也派来了受阅方队，与我国的受阅部队一起通过天安门广场，接受各国领导人的检阅，也通过电视直播接受了全世界人民的检阅。

这一年的九月，古城山海关也同全国人民、全世界人民一起举行了纪念活动，一组“长城抗战第一枪”的塑像在风光秀丽的莲花湖旁落成，塑像所反映的正是当年山海关抗战的悲壮故事。

上述的重要活动，这篇小说里的重要人物老陈头夫妇、马三寡妇都没能参加，因为岁月如梭，光阴无情，此时他（她）们都已作古。

坐落在中国北方的一个名叫葵花庄的小山村，村民们和世界上众多爱好和平的人一起，围坐在电视机前观看着阅兵式的现场直播，大家随着一位杰出的政治家高声欢呼“人民必胜，正义必胜”。如今，陈秀华（曾用名陈忠心）这一代人已经成长为村里的“老古董”。此时，满头华发的陈秀华坐在沙发上，她的膝下围坐着两个正在读小学的孩子，那是她的孙子孙女，孩子们一边看着电视，一边听奶奶讲着年代久远的故事。陈秀华讲到了长城的历史，讲到了清兵入关，讲到了直奉大战，讲到了抗日战争，讲到了陈金柱，讲到了马龙和马虎……

葵花庄的故事不会讲完，总会有老人讲给孩子们听，一辈辈地讲下去。

作者简介

亚刚，本名张亚钢，现年65岁。河北省作家协会会员。从1980年起开始发表诗歌、散文、小说、文学品论等作品。曾出版长篇小说《诱惑》、新诗集《第一缕晨光》《行走的树》，连载长篇儿童文学《太空狗》。

乡村宫家街

焦　然

一

秋风一刮，把一棵棵玉米刮得变黄，发出哗啦哗啦的响声。爷爷站在玉米地旁，经历着玉米叶子由青变黄的过程，他期待着玉米棒子快些干爽起来。玉米棒子熟透了，父亲和二叔就会回来，那时再叫上堂叔，他们用两三天的时间，把爷爷种的庄稼从地里收回来。其实，一年中的这两天是爷爷最盼望的日子。

爷爷怔怔地看了一会儿秋色，秋风读着爷爷的心情，慢慢在爷爷眼前刮过。这时爷爷听着秋风刮过的声音，朝着村里走去。

宫家街这个地方是个地地道道的乡村，村子里的街道挺多的，为什么这个村子就叫宫家街呢，哪一条街是老宫家的找不出来也弄不清楚。我出生在这里，但在我小的时候，父亲就把我和我娘带到了省城。父亲把家安顿好后，把我放在就近的小学读书，我在省城的学校里没上几天学，父亲便把我送到了乡下，跟着爷爷奶奶生活在一起，不久我进到村里的小学上学。

父亲是省报的记者，整天要到各地采访，根本无暇顾及我，母亲在一个保密部门上班，还要经常值夜班，在这样的条件下，我就成了他们的负担。

爷爷和奶奶在村里很有亲和力，家里只要有什么活计需要帮忙，不用爷爷奶奶说出来，村上就会有好多人过来伸把手，这时爷爷奶奶的年纪并不大，六十多岁的他们依旧不显老，但在村里人的眼里，爷爷奶奶已是上了年纪，父亲和二叔又不在他们身边，因此村里人对爷爷奶奶多有照顾。堂叔也总是一有时间便坐在爷爷奶奶的炕头上，陪爷爷奶奶多说一会儿话，或是再叫上邻居二蛋看起一毛钱一个豆的小纸牌。小纸牌排遣着爷爷奶奶的寂寞，熬过了半宿，我在炕梢早已睡下，夜里有时被尿憋醒，迷蒙中还能看到堂叔的表情，听到堂叔说，今晚又输了两元。在我拉尿回来时，堂叔和二蛋刚好走出房门，我听到二蛋说，今晚的牌太背了，怎么看也看不出和牌，总是四大牙（就是四张牌不挨着）。很快他们的说话声就被夜色吞没了。

爷爷奶奶收拾好炕上散落的纸牌，放下被子爷爷先躺下，奶奶下地趿拉着鞋到外面解手，回来后问爷爷去不去，爷爷一躺下就不想动，奶奶就将门闩好爬上炕。爷爷突然咳嗽了几声，干咳的声音挺刺耳，等爷爷平静下来，奶奶责怪地说，都是二蛋这烟抽的一根儿接一根儿，明天别叫他来了。爷爷不说话，奶奶关掉灯后，我听到爷爷轻叹一声。

二

院子里的麻雀比我起得早，我在被窝里被它们吵醒，醒来还不想起来，赖在炕上不肯动，奶奶正在做饭，灶下的柴火发出噼啪的响声，随后听到奶奶向锅里舀水。我爬起来穿上母亲前些日子寄来的衣服，跑到院子里去找爷爷。爷爷扛着一捆青草牵着那头温顺的老黄牛打外面回来，放下青草把牛送到牛栏里。爷爷走进菜园子，大白菜已经包心，辣椒也在泛红，地里的红萝卜和绿萝卜都已经挺出了身子，只有胡萝卜深藏在地下挺着毛茸茸的绿缨，黄瓜架和豆角架是挨着的，葱地旁是韭菜，这个时候我最喜欢去葡萄架下盼望着绿葡萄变成紫色，还有南面的几棵果树和一簇灯笼果树，那上面的果子都在走向成熟。它们成熟了中秋节也就快到了，那样爷爷会采摘一些果子敬给月亮。其实，敬月亮只是一个过程，这些果子最后还是被我和村里的孩子分享了。

父亲和二叔在每年的秋收季节都会回来，他们会给爷爷奶奶带来城里的新鲜物品，有干果和果脯，还有酒和香肠等等，都是些农村人不舍得花钱买的东西。

今年秋天似乎来得有些早，我看着山坡和粮田渐渐走向枯黄，枯黄得让人想到秋收，想到香甜的果子，想到葡萄紫得诱人，想到那棵苹果树上的苹果开始一个个掉落下来，当然也想到了枯黄后落叶飘摇和冬天的到来。

爷爷摘了几根黄瓜，又摘了几枚小辣椒攥在手上，叫上我回到屋里。奶奶说正准备叫你们回来吃饭呢。奶奶做了一大碗鸡蛋糕从锅里端上来。爷爷把刚摘回来的黄瓜和辣椒放在奶奶的面前，去洗了一把脸。奶奶又到酱缸里取回一小碗酱。早餐就这样开始了。

我背上书包上学时，爷爷又要到田里去，今天他还要到水稻田去看水稻，这些日子是水稻成熟的时候，麻雀也开始喜欢上了水稻，它们在稻田的上空成群结队地飞翔。

在水稻扬花和灌浆时，为了驱赶麻雀对水稻的糟蹋，爷爷和奶奶就费了不少心思，把做好的稻草人穿上衣服立在稻田里，开始还有些作用，后来，日子久了麻雀识破了这一伎俩，便也大着胆子落在稻草人上。爷爷无奈地买来双响炮，每日都要在稻田里放上几支。这样的做法要持续到水稻完全成熟。稻田里的水断断续续地断掉，青蛙悄声地远离了稻田，稻穗在爷爷的眼里开始低下头。

三

晚上放学时天下起了雨，我背着书包跑回来，爷爷已经打田里回来，他正蹲在地上整理着麻袋，一些破旧的麻袋交到奶奶的手上，奶奶找出针线，将破旧的麻袋缝补起来。

我放下书包等待着外面的雨停下来，看来今天不能和村里的孩子玩耍了，我开始抱怨这并非善意的雨天。听爷爷说中秋时节下雨对粮食作物是不利的，好在这雨没下多久，在天黑前就住了。

这天晚上二蛋和堂叔没有来，村里泥泞的路阻止了他们的脚步，看来爷爷奶奶只好收拾那堆破旧的麻袋了。

屋子里的灯光有些暗，爷爷奶奶坐在昏暗的灯光里完成着他们白天没有时间做的事情。我背诵了两遍要背的课文，把书放到书包里，趴在窗子上向窗外看去，天已经晴了，隐隐约约看到星星在闪。

村里的夜很静，是宁静，也是昏黄与昏暗，没有人肯把屋子弄得太亮，那样需要掏出一定的电费钱。村里人大都是靠卖粮食换钱，没有别的来钱渠道，平日的油盐酱醋大多是在小卖店里赊来的，等到秋后卖了粮食再一并还清，电费也是这样交法，所以村里没有人愿意在秋后算账时一下子拿出一大把票子。日子过得很小心，不敢有半点儿大手大脚之处。爷爷奶奶也是这样生活，只是随个礼份子时才有些出手阔绰，这样的阔绰大都是因为父亲和二叔而引起的。父亲在省城做记者，无冕之王的头衔让村里人羡慕得不了得，还有二叔考上大学震动了全村人，毕业后到市政府工作，这又让村里人为之骄傲，也更觉得爷爷奶奶可敬。父亲和二叔成了村里的焦点人物。二蛋比父亲大一岁，可他却和小他三岁的二叔做过几天同学，二蛋瞒着爷爷奶奶去市里找过二叔，二蛋是为了村里占用他家的耕地去找二叔的，二叔给乡里打了一个电话，乡里就来人调查，三天就把二蛋与村里的纠纷解决了，因此二蛋怀揣着上面有人的想法，把二叔神一样地敬奉在心里，他也就把爷爷奶奶看作是自己的父母。二蛋来爷爷奶奶家从不分任何时间，只要他想来就是半夜里见到爷爷奶奶家亮着灯，二蛋也会进来转一圈儿，就像自己家一样来去那么自然而简单。其实，二蛋来爷爷奶奶家大多时间是在晚饭后，有时早晨起来也过来，进到菜园子里摘两根黄瓜，一边嚼着黄瓜，一边说着不打紧的话，黄瓜还没吃完人也就离开了。二蛋是个实诚人，没有心眼子，爷爷很喜欢他，就是因为二蛋抽烟抽得狠，奶奶对他不大上心。奶奶心里也很清楚，平日里二蛋没少给家里干活，一些搬搬扛扛的活计也会叫上二蛋。

秋雨过后的早晨，太阳把村子照得很美，爷爷把院子里打扫得干干净净，牛栏跟猪舍的积粪在昨天下午时，已被二蛋和堂叔清理干净，堆放在一个角落里。为这奶奶还特意摘了水果来款待他们俩。

爷爷站在院子里，他像似在回忆一个场景，我想在爷爷的心里一定是想起了父亲和二叔。那时一定有很多乐趣发生在这个小院儿里，爷爷也不止一次和我唠叨过父亲和二叔小时候的故事。

今天看得出爷爷是在盼望他们早些回来，可是秋色虽涂满了山坡，但庄稼却没有到收割的时节。爷爷在盼着秋霜的降落，也在盼望父亲和二叔的到来。

四

今年的中秋节和国庆节走得很近。中秋节到来，那天晚上圆圆的月亮早早爬上来，我看到月亮就挂在树梢上，轻盈地伴着枝条摇晃。其实我最喜欢中秋节，我把中秋节珍藏为收获的节日，这不单单是因为能吃上月饼和各式各样的水果，我更偏爱那明晃晃的月亮，它保护着我和村里孩子们的快乐。

这时，爷爷找来几只盘子盛上月饼和水果，放在月亮看得见的圆桌上，这像是一种仪式，爷爷做得很认真，没过多久爷爷把圆桌上的月饼和水果分给我的小伙伴儿，大家带着月饼蜂拥着挤出门跑到月亮地里，享受着月光带来的快乐，那是明亮的快乐。

我出门时奶奶告诉我说，父亲和二叔就要回来了，也就这一两天。我看得出奶奶的心里满是充满盼望的喜悦，而我却平静地嗯了一声，跑出门追赶村里的那些小伙伴儿去了。

月色之中只有捉迷藏最好玩儿又刺激，商量好由谁来找人后，便分头躲藏起来，藏好后一声“开始”，游戏也就开始了。

我躲藏在牛栏旁的草堆里，邻居二蛋家的草堆也放在这里，二蛋和母亲生活在一起，父亲早些年就去世了，去世的时候二蛋还没有娶媳妇，现在二蛋也没有娶媳妇，也许就是因为他的名字耽搁了二蛋的娘抱孙子。

我悄无声息地把自己埋于干草之中，这是一个很难被发现的地方，我刚刚躲好，就听到二蛋家的草堆上有人在说话间或传来哼哼唧唧的声音，挺难听的。我探出头，月光下二蛋和一个女人白白地躺在草堆上，那种白在月光里和草的颜色落在了一起，我触动干草的声音惊动了二蛋和二蛋身边的女人，二蛋穿上衣服站起身，他的影子就一大片地落在了干草上，我有些惊慌，惶惶之中我叫了一声“二蛋伯”。二蛋没有应声，样子凶巴巴地冲我挪过来。二蛋说：“小兔崽子，你在这干什么？”我看不清二蛋的脸，也看不明白二蛋身后的女人，我转身要跑，二蛋一把抓住我，举起了拳头。我说：“你要是敢打我，我就告诉我二叔收拾你。”听到我二叔，二蛋放开我，他像是被我二叔的力量撞了一下胸口，摆摆手让我走了。村里的小伙伴儿看到我要挨揍的一幕，大家也就无声地散去。

站在爷爷奶奶家的院子里，我一下子想起了跟二蛋在一起那个女人就是周爷爷家的大女儿兰子，论起来我还得叫她兰姑姑呢。二蛋这样喜欢兰姑姑，为什么不把她娶回家，还要偷偷摸摸的呢？这些事也许是小孩子永远也不会明白。

五

第二天下午，父亲和母亲还有二叔二婶都回来了，爷爷奶奶家热闹起来，晚饭后，堂叔和堂婶走过来，二蛋也跟在后面走进来。二蛋见了我冲我咧嘴笑了一下，我装作什么事情也没有发生，缠着母亲从她带来的包里向外取东西。

说话间二叔告诉爷爷奶奶，说二婶怀孕了。堂婶就看二婶的肚子，问几个月了，然后让二婶在地上走几步，随后开始议论是男孩是女孩。二婶带着几分羞涩站在地上，嘴上不停地说男孩女孩都一样。堂叔说："那可不一样，还是男孩儿好。"二叔说："哪还有那么多说法，有一个孩子养着就行啦。"父亲在一旁与爷爷说着话，母亲不停地和我唠叨着学习的事，要我用功，别贪玩儿，等上了初中就把我接回去，如果不好好学习，就把我留在爷爷奶奶身边。对于母亲的这些言辞，我不会装在心里，尽管我在读五年级，我依旧认为种地是一件最浪漫的事，像爷爷那样有多好，整天与庄稼打交道，无忧无虑看着秧苗成长的过程，要多幸福就有多幸福。

二蛋待了一会儿蹭了两支二叔递给他的烟后就要离开，我二叔取出一条烟送到他手上，说一些客套话。二蛋说："我还没感谢你，你还给我买烟。"然后又说，"政府里的人给的烟一定要带上。"说罢二蛋捧着烟走了。

母亲也送给堂叔和堂婶一些礼物，堂叔和堂婶半推半就地收了。母亲说："拿着吧，回去给孩子，这么远，咋没把两个孩子带过来？"堂婶说："孩子都睡下了，昨天不是过节吗，孩子姥姥来了。"

母亲知道堂叔和堂婶生活得很拮据，为了要个儿子，他们承受着生活的压力，又要了第二个孩子，可还是女孩儿。因此，堂叔和堂婶面对家徒四壁两人经常吵架，爷爷奶奶也常去劝说。爷爷奶奶的话在堂叔家里很管用，每一次劝说后堂叔和堂婶都能平静一段日子。在堂叔和堂婶就要离开时，母亲拉过二婶，两人商量一下，然后各自取出一些钱塞在堂婶的手上，堂婶没有推辞，含着泪走在堂叔的前面，堂叔在出门前回过头说："明天一早我们就过来。"这句话我们都明白，就是明天堂叔和堂婶也来帮着秋收。

这一夜爷爷奶奶家的灯就不曾关过。不知从哪里跑出那么多语言，一下子把屋子挤得满满的。我睡一觉醒来，听到父亲、二叔，还有爷爷仍在说着话，整个屋子被亲情占据着。我在母亲身边醒来又睡去，当我再次睁开眼睛时，大人们都已经起来。爷爷和父亲坐在小凳子上一边说着话一边磨着镰刀。二叔却钻进菜园子里，寻找他最爱吃的灯笼果。母亲和奶奶忙着做饭，二婶并不很上心地打着下手，扒一根葱，扒几瓣大蒜。

天一放亮，二蛋赶着马车停在爷爷奶奶家大门前，堂叔和堂婶带上镰刀也走过来，秋收开镰行动马上就要进行。

这些天学校也借中秋节之际放了几天农忙假，我在田里只能看堆儿或是送送水，递递毛巾，有时到地头捉蚂蚱或是采一些红皮的姑娘。看着父亲和二叔的身影渐渐融进远处的田里，我静静地等待他们的呼来唤去。二蛋把马车赶到田地的深处，爷爷忙着装车，母亲头上裹着围巾也从家里赶来帮忙，家里留有奶奶和二婶准备着饭菜，因为二婶的身子不同平常，母亲和奶奶没有允许她出现在地里。

二蛋赶着马车在爷爷奶奶家的大门进进出出了三天，院子里堆满了五谷杂粮。

昨天晚上屋子里一下子静了下来，父亲和二叔同堂叔和二蛋都喝了一些酒，酒后堂叔和二蛋在醉意中离开，父亲和二叔就像拽着猫尾巴一样在醉意中爬上炕，他们两个人身子一贴炕就起了鼾声。白天的劳作让他们失去了许多精力，自然夜晚的聊天也就不存在了。母亲和二婶就像多年不见的姐妹，她们俩把声音压得很低说着掏心窝子的话，偶尔奶奶在一旁也插上一句话。这些天二婶与母亲聊的主要内容都是二叔，二婶更多的是对二叔的担心，因为二叔身在政府机关，手上也有些权力。母亲劝二婶把心放宽喽，说二叔人聪明，聪明人自然不会犯糊涂。二婶又提到二叔的烟和酒，二婶说怎样说二叔也听不进去。奶奶说：“你说他，我说他都不听。”二婶就笑，母亲看着奶奶也笑了。

地里的粮食所剩无几，再有两马车也就把地拉光了，田里光秃秃的时候，今年的秋收也进入了尾声，那光秃秃的田地暗示着父亲和二叔又要离开，母亲和二婶也要随他们一同回去。在爷爷奶奶家里多了许多粮食外，一切又将趋于平静，平静得和中秋节前一样。

到了中午，父亲和二叔要坐上打村前经过的客车，二叔和二婶要回到市里，父亲和母亲要回到省城，这一切似乎在来时就已经做了周密的打算。奶奶给父亲和二叔装了水果和蔬菜，大大小小好几个袋子，奶奶嘱咐说哪一样在车上吃，哪一样要带到家里吃，奶奶面对父亲和二叔就像面对两个小孩子一样，让父亲和二叔心生恋恋不舍。

还没到晌午便吃过饭，母亲和二婶没有帮奶奶收拾饭桌。母亲从包里取出一些钱放到奶奶手里，二婶也攥着钱走近奶奶。奶奶说："你们都收起来吧，平时寄来的钱还没有用完，我和你爹不需要钱，你们能常回来就行了。"奶奶又对二婶说，"坐月子时一定来个信儿，我不去伺候不放心。"二婶点头答应。母亲和二婶把钱放在炕上，父亲和二叔还有爷爷已经站在了院子里。我跑出去拉着父亲的手朝村前的公路走去。

爷爷和奶奶亲眼目送着父亲和母亲还有二叔二婶上了车，车子启动时，我看见爷爷奶奶的眼里含着一点泪水。回来的路上奶奶说："真不该让他们考学出去，离家这么远回来一趟有多不容易。"爷爷拉着我的手什么也不想说，见到村里人爷爷的脸上就挂着笑，村里人问："儿子和媳妇都走了？"爷爷笑说："他们都有班儿。"

六

二蛋家水田多，旱田没多少，二蛋把稻垛堆得挺高，彰显着丰收的架势。堂叔也不需要爷爷过去帮忙，堂叔和堂婶起起早贪贪黑也就完成了秋收。

粮食收回来就一直堆在院子里，等待打场期的到来，也就是水稻、高粱、玉米，还有大豆脱粒，这个过程要等到初冬。爷爷奶奶不用再起早到田地里去劳作，也不用那样辛苦，待在家里守着院子里的粮食就可以了。村里没有人会做出偷窃行为，当然爷爷奶奶家也从没有被盗过，我这时听堂婶说村里人一闲下来不偷东西却偷人，二蛋就有这样的本事，他偷了周爷爷家的大女儿兰子。

一天夜里，周爷爷带着二女儿英子跑到二蛋家来要人。周爷爷的嗓门挺大，声音就在村子夜空里飘荡着，惊动了不少人来看热闹。周爷爷说："兰子不见了，二蛋你小子把她弄哪儿去了，你给我找回来。"

二蛋被周爷爷的话砸晕了头，二蛋的娘坐在炕上骂二蛋是个牲口样，没本事，连一个女人都拴不住。

二蛋在眩晕中没明白周爷爷的话，却把娘的话记在心里。周爷爷只顾怒气冲天，冲二蛋较劲。二蛋说："你说啥哩，我不明白，兰子不是好好的吗。"

英子拉开周爷爷走上前几步说："二蛋哥，我姐不见了，她留了一张纸条说她走了，你该知道我姐能去哪里。"

二蛋流出无奈的声音说："英子我真不晓得你姐能去哪儿，她走也没和我说过，我这些日子忙着收稻子，也没顾上她，她能去哪儿，周叔，你和英子先别急，明天天一亮我去城里找，不行，让二弟帮找一下。"二蛋说的二弟就是我二叔。

周爷爷听着站在昏暗里的二蛋这么说，怒气也随之消去一些，临走时周爷爷说："明天让英子和你一起去。"

二蛋和兰子的事被我看到，想必周爷爷和英子也有所耳闻，村子就这么大，谁家放个屁都能听得到，谁家男人和谁家女人相好了当然也不好遮拦。

七

冬日里，村里人似乎把一年的农活做完，粮食也大多送到了国库。爷爷最后一车粮食送到国库时，天下雪啦。冷风把日子吹送到年底，村里人在惬意中守着春节的到来。这个春节我不知道父亲和母亲还有二叔和二婶能否回来过年，在我的记忆里父亲和二叔每年春节都回来。

父亲和二叔回到家里的第一件事便是商量祭祖，也就是去上坟，烧一些纸钱缅怀一下。祭过祖先之后，便张罗着购买年货，贴春联、挂灯笼、贴窗花、糊墙贴年画，把爷爷奶奶家那低矮的草屋打扮得新鲜漂亮，这时爷爷奶奶家的灯泡也会更换，屋子里亮通通的。爷爷又张罗着杀一头猪，杀猪菜端上来，年味也就更足了。堂叔和二蛋还有村里人都喜欢往爷爷奶奶家里跑，爷爷奶奶家就提前有了过年的气氛。

昨天听奶奶说今年二叔和二婶有可能不回来，二婶怀了孩子不方便坐车。我缠着奶奶问什么时候我才有小弟弟。奶奶就笑说："快了，等过了年，一开春你就有小弟弟啦。"这时我心里欢喜得不像个孩子，有了小弟弟我就是大哥哥了，我像个大人一样站在奶奶的面前。

二蛋去了好多天也没有回来，他娘提着不好的心情过来和奶奶说话。二蛋的娘不是经常过来，虽是东西院住着，却也显得生掰。二蛋的娘不喜欢串门子，就爷爷奶奶在村里这样有亲和力的人，二蛋的娘也不想有任何瓜葛。二蛋和他娘的性格不一样，二蛋几乎整天缠在爷爷身边，没事时就躺在炕上和爷爷说着国家大事和国际形势。二蛋不在家堂叔和堂婶也很少过来。爷爷奶奶和平日一样屋里屋外地忙活着，就像他们有着从来都干不完的活。

半个月后，二蛋带着英子回来了，我却没有见到兰子的影子。隔了几天，我在奶奶和二蛋的娘的说话间听出，兰子给周爷爷来信说自己去了北大荒，我不知道北大荒在什么地方，一定离这里很远，但我听说过北大荒人烟稀少，传说北大荒真荒凉，又有兔子又有狼，就是缺少大姑娘，什么原因使兰子离家出走，去那样一个充满恐怖的荒凉之地，这实在是一个谜。如果兰子嫁给二蛋，日子也会过得挺滋润的。二蛋从外面回来，他语出惊人，他说他和英子好上了，过了年就结婚。这话周爷爷也听到了，他没有表明态度。二蛋也就美滋滋地把英子领到自己家里。

这个春节父亲和母亲还有二叔二婶都没有回来，我的盼望在鞭炮声中落空。爷爷和奶奶去了一趟镇里，给我带回来新衣服，之前准备过年杀猪，现在爷爷也不再张罗。爷爷奶奶家只贴了对子挂了灯笼，再就看不出春节的变化。而二蛋家忙活得挺热闹，二蛋凭着自己有一手好的厨艺，做了许多好吃的，把周爷爷和英子都接过来，两家人在一起过年，借着春节这个喜庆劲儿也会了亲家。那天二蛋过来叫爷爷奶奶也过去热闹一下，都乡里乡亲的何况又是邻里。二蛋没说动爷爷，奶奶带着我去了二蛋家。二蛋屋里屋外忙个喜庆，二蛋的娘就像立时能抱上孙子一样乐得合不拢嘴。

八

春天的脚步在这里总是移动得缓慢，我盼望着二蛋的婚礼如期举行，也盼着小弟弟平安出生。

这天早晨天阴沉沉的样子，好像又要下雪。早晨起来听到奶奶说头痛。爷爷找来止痛片放在奶奶的手里，又倒上一碗热水端到奶奶的面前。奶奶的脸色很不好，阵阵的头痛让她的五官扭在了一起，吃过药头痛依旧没有减轻。爷爷一边给奶奶按摩着太阳穴，一边说也许是着凉感冒了，再不行就去卫生所打一针。奶奶从牙缝儿间挤出一句话，“我不打针，费钱。”

到了中午，奶奶的头痛还不见好转，她的神智开始变得模糊。爷爷心里明白奶奶的病很重。爷爷叫我去找堂叔，要堂叔叫上二蛋套上马车。马车上放了棉被，堂叔把奶奶抱到马车上盖上棉被，棉被上又盖着棉大衣，爷爷抱着奶奶的头，二蛋赶着马车去了县城的医院，临走时爷爷叫我晚上去和堂婶一起住。

天黑时，二蛋把马车赶回来，堂叔没有回来，二蛋来到堂叔家说，奶奶住院了，具体什么病他也不清楚。二蛋走出门，堂婶跟了出去，两个小妹妹在炕上玩耍着，我低着头看着堂叔家用砖铺的地面，一块块红砖交错着摆放，挺有规律也很平整。堂婶回来时她的脸上有些红，一直不肯正眼看我。我想二蛋一定是跟堂婶说了奶奶的病情，我有些担心，堂婶不说，我也不好多问。夜里我听到堂婶在叫二蛋的名字，我以为是堂叔回来了和堂婶低语提到二蛋。天亮时我没有看到堂叔。堂叔回来时已是第二天下午，堂叔也没说奶奶的病情，只是说我父亲和二叔都在医院。堂叔去了爷爷奶奶家，给那些鸡鸭鹅还有猪和牛喂上饲料，锁好门又走回来。

堂叔对堂婶说，大爷家不能没有人住，今晚我得住过去。堂婶没说话，忙着做饭去。

奶奶在医院住了十多天才回来，奶奶回来时父亲和二叔也跟了回来，听二叔说奶奶病得挺重，叫急性脑炎，现在康复了，日后搞不好还会复发，不能上火不能着急也不能感冒。这些都是奶奶以后要注意的事情。

奶奶平安地回来全家人尤为高兴，堂叔堂婶也过来看望，二蛋和英子是在堂叔和堂婶离开后过来看奶奶的。

父亲和二叔在家里住了两天就被爷爷撵走了。这时我也快开学了。我盼着赶紧读完小学，那样父亲和母亲就会把我接回省城。

九

农历二月二十八这天，二蛋把英子娶回了家，村里人都来贺喜，小院里挤挤擦擦全是人，奶奶带着我也去了二蛋家，爷爷没有过去，他套上牛车装上一车粪，早早出了家门。

二蛋是新郎，也是厨师。典礼过后他亲自上灶，做了好多菜来款待村里人。

天黑二蛋家闹洞房时，爷爷才回来。我和村里的小伙伴儿扒着窗户向里看，屋子里不分男女一齐动手把二蛋和英子抬到炕上放平，有人抓起被子叫喊着：

“被子一抡小孩儿一群，被子一放小孩儿一炕。”被子放下时大家就起哄。闹够了大家也就散去，我们也随着大人跑开了，二蛋家的灯就关掉了。在爷爷奶奶家的院子里，我看到爷爷正站在牛栏旁，端着饲料准备喂牛，他好像也在感受着二蛋家传出的喜庆。

没过多久，奶奶的病真的复发了，我有些不敢相信，二叔的话真的挺灵验的。我心里恨二叔那张乌鸦嘴。奶奶的病复发的前一天，二蛋来过爷爷奶奶家，二蛋领着英子从城里的医院做检查回来后，没回自己家，却先到了爷爷奶奶家，爷爷去地里干活，家里只有奶奶和我，二蛋支吾了几句，只说找爷爷，向外走时，奶奶追问着：“有什么事吗？”二蛋和英子没说，奶奶再三追问，二蛋说：“二弟家弟妹出事了，被车撞了住在医院，孩子也没了，我和英子在医院里看到了二弟，也看到了弟妹，他们不让我说的。”二蛋说完拉起英子匆匆离开。

奶奶听了二蛋的话，她的身子晃了一下，手扶着灶台坐上去，很久奶奶才回过神来，我听到奶奶说：“这是怎么啦？”

奶奶的病复发后，又去了县医院。县医院的院长是父亲的同学，院长说：“这种病一旦复发就没得救，还是尽早回去吧。”

爷爷抱着奶奶的头，两行泪水就流淌下来，他叫着奶奶的名字，奶奶在迷蒙中睁开眼睛，只说了一句话：“回家。”这是我听到奶奶说的最后一句话，我抓着奶奶的手，她的手在渐渐地失去力量。

奶奶去世了，父亲和母亲都赶回来，他们在悲痛中张罗着奶奶的丧事。一个很大的棺材在下午时就做好了，天黑前奶奶住了进去。二叔没有回来，爷爷在期盼中坐在奶奶的棺材旁，村里人纷纷到来，向爷爷告慰。二蛋蹲在大门旁抹着脸上的泪水，不时地用拳头击打着自己的脑袋。我并不怨二蛋，他根本没做错什么。我走过去叫了一声二蛋伯，他一把把我搂在怀里，失声痛哭，我自作坚强的心境，这一下把我的泪水也弄了出来。二蛋哭过一阵子放开我，他跑到奶奶的棺材前不停地磕头，我看到二蛋的前额有了血青。堂叔将二蛋拉起来，拽着他的胳膊把他送回家。

出殡的那天早晨，二叔赶了回来，一辆轿车停在了大门前，我没有看到二婶，她还在医院里住着。巨大的棺材抬起的那一时刻，送葬的人哭成了一片，我在送葬的队伍里傻傻地看着奶奶的灵柩被抬走。

十

这些日子里由父亲和母亲陪着爷爷，二叔又赶回到二婶身边。晚上堂叔和堂婶走后，父亲拉着爷爷的手含泪说："爹还是拔根儿吧，别在这里住下去了，到我那里享几年福吧。"爷爷没有说话，很久很久我看到爷爷像似摇了摇头。母亲也对爷爷说："你过来住什么都不用带，这些东西都不要，再说你还能接送你孙子上下学，我跟你儿子早就商量好了，妈活着时就和你们说过，那时妈说啥也不肯，如果你住不习惯，你再到老二家住几天，别让我们为你担心了。"

爷爷摇摇头长叹一声说："你妈走了，我的家也没了，我不能听你们的，老二也是这样跟我说话，我还能干两年。"

爷爷没有答应父亲和母亲的请求，最后只有一个要求，就是让我继续陪着他。母亲说："孩子还有一年就上中学了，也不能总是陪着你，让你费心照看会被人家笑话。"

爷爷说："上中学时再说。"然后爷爷就不再说话。

屋子里静下来，父亲看着爷爷的表情，母亲默不作声地给爷爷收拾着屋子。第二天父亲和母亲含着泪水离开了爷爷家。父亲临走时对堂叔说："经常过来看看老人，有什么事就打电话。"堂叔应允下来。

父亲和母亲走后，爷爷便整日里扛着一把镐到奶奶的坟地去，坐在奶奶的坟旁。听堂叔说爷爷是在奶奶的坟前听坟里有没有动静，爷爷扛着镐是准备扒坟用。堂叔说话时还傻傻地笑笑。我心里很难过，爷爷是因为思念奶奶才被堂叔笑话的，我有时也想起奶奶，总认为她还活着，她在时每次起夜都是奶奶陪着我。

半个月后，爷爷整天在地里忙着，春耕又要开始了，水稻也开始进入育苗阶段。爷爷不再去看奶奶的坟，他把心底的思念用劳作体现，爷爷整天也不露笑容，只有见到我，在他的脸上才能发现一丝欢畅。

这天晚上二蛋的娘走过来，站在院子里和爷爷说话。我和小伙伴儿在外面疯够了，走到爷爷家大门时，我听见二蛋的娘在说："哥，你咋能整日里这样憋闷下去，要不了多久你人就会垮的，你要好好活着，在村里还有我和二蛋呢，二蛋可是你的亲……"二蛋的娘看到我就把话收了回去。我进到屋里时，听二蛋的娘又说："这些我不怪你，怪就怪二蛋他爹这个畜生不如的混蛋近了我的身子，拆散了这门亲，哥，你一定要把心放宽，想想城里的两个儿子，让人羡慕死啦，还有你大孙子，你要进城去我不反对，还是听儿子的话吧，别惦记我们娘俩。”

爷爷长叹一声，在叹息声中二蛋的娘被黑夜裹挟着走出大门，我听到二蛋的娘好像哭了。

二蛋今年有三十多岁，将近四十，我不知道三十多年前二蛋的娘和爷爷是怎样走到一起的，也许是老天错点了鸳鸯谱，让奶奶嫁给了爷爷。世间的情谁能说清楚，爷爷和奶奶有了父亲，父亲和母亲又有了我，这样一个过程的发生，这样一个轮回，这样一个机缘，冥冥之中有人在安排着这一切。

昨天堂叔和堂婶吵了架，家里的暖瓶也摔在地上，孩子哭着来找爷爷，这次爷爷没有过去。堂叔和堂婶吵架是因为二蛋，堂婶央求二蛋在做厨子时带上她，给二蛋做下手，村里和邻村的红白喜事二蛋都带着堂婶去做饭。堂叔反对，但堂婶为了能从二蛋手里赚上几个钱，厚着脸皮赖着二蛋，二蛋也就和堂婶做了龌龊之事。风声在村里涌起时，堂叔打了堂婶，第二天堂叔背上行李要进城打工。堂叔走时在爷爷家停留过，爷爷唉声叹气也没说一句话，堂叔说等爷爷过生日时他就回来。

爷爷的生日很快就到了，这个日子父亲和二叔都回来了。母亲和二婶没有回来，二婶车祸后已经痊愈，听二叔说，二婶的腿上和脸上落了疤。二婶那张好看的脸一定是变丑了，我一边想着二婶的模样，一边听爷爷和父亲还有二叔说着话。我曾想过，长大了要娶媳妇就娶二婶这模样的女人，我可不要堂婶那样的，尽管堂婶很喜欢我，但我不喜欢她，因为她喜欢二蛋，还欺骗堂叔，这样的女人太可恨，不本分。

爷爷的生日宴是二蛋给做的，二叔还赏给二蛋两百块钱。二蛋不要，二叔就不高兴地说：“你要是不收下，以后有事就别找我。”二蛋闷得脸红，炒完最后一个菜，也没坐下喝口酒就借故有事带着钱走人。堂叔没实现他的诺言，他没有回来，堂婶似乎把爷爷的生日给忘记了，两三天没见她人影。

席间我听到父亲和二叔不停地为爷爷的去向而争执，父亲执意要爷爷去我家，二叔寸步不让说爷爷得去他家里。爷爷坐在一旁没有声音，争执中父亲和二叔又提到了奶奶，然后他们两个人都有了醉意。我在一旁看着父亲和二叔的状态，插了一句话：“你们都别吵啦，争来争去你们谁也没有来接爷爷，奶奶去世后你们谁来过？你们让爷爷等得灰心。”

二叔在酒的作用下指着我说："小破孩儿这哪有你插嘴的地方，给我滚！"我哭着说："你们就是无心的人。"我跑出去站在院子里哭了起来。爷爷追出来，见我哭得伤心，爷爷拉起我的手，带着我走出了家门。父亲和二叔还在不停地争执着，那声音就在我和爷爷的身后。

十一

村里的土路被太阳烤得泛白，一个女人抱着一个孩子从远处走过来，女人穿得很好看，浅绿色半袖衫衬着浅白色的裤子，长发烫着几个卷卷儿，孩子有一两岁的样子。我一眼就认出是兰子姑姑，她怎么回来了？我跑去周爷爷家报信。

兰子回来后却没进周爷爷的家门，她抱着孩子去了二蛋家里，她把孩子放在二蛋家的炕上就赖着不走。英子挺着肚子，见到姐姐和孩子就欢天喜地的。英子怀孕了，听二蛋说有三四个月了，但英子的肚子显得挺大，村里那些明白人说不像三四个月，像五六个月的样子。兰子住在了二蛋家，弄得二蛋的娘整日里闷闷不乐，二蛋的娘见爷爷在家里，就躲开兰子跑到爷爷家里抱怨。二蛋的娘说："二蛋一头是姐姐，一头是妹妹，这二蛋就昏了头，还真把兰子留下，见到孩子那个亲呀，她实在不肯离开，我就得另找房子。"爷爷说："二蛋咋个想法？"二蛋的娘说："这个浑小子也不说个啥，晚上一边搂着一个，气死我了。"爷爷说："先别急，你先别生气，等见了二蛋我说说他。"

二蛋对爷爷说："兰子不想回家，我又没办法，她愿意又不是我强逼她，再说她妹妹也不反对。"爷爷在二蛋的耳边嘀咕了几句，二蛋答应着就回家了。不久兰子搬到了爷爷家住，在爷爷的北炕上兰子和孩子安下了身。二蛋经常过来看孩子，他把孩子当作自己的孩子。村里人都晓得兰子回来，住在爷爷家里。村里的一些女人跑来看兰子和孩子，这些女人就开始琢磨起孩子的模样，她们走出爷爷家，就有女人说："这孩子不像二蛋的，看来二蛋是白忙活一场，到头来那块地被别人抢先种了。"大家就笑，又有女人说："你们没细看吗，那孩子有点儿像二哥吗？"这句话把所有女人的笑都惊停了。女人又说："要不然兰子怎么会住在二哥家里呢？"有女人又说："别瞎白话了，二哥可不会和兰子。"又有女人说："也不定，二哥有权有势，又在市里，兰子去年为她爹办什么事来着，去市里找过二哥，那时兰子正和二蛋好着呢，可回来后不久兰子就从家里跑了，兰子一准儿知道怀上二哥的种，对不起二蛋，就离家出走了。”也有女人说：“兰子和二哥是同学，在学校他俩就缠在一起。”

我蹲在茅厕里听得真切，堂婶走过来，她们就不再唠了。

第二天，我跟爷爷说：“别让兰子姑姑住咱家里了。”爷爷想都没想说：“你兰子姑姑带着孩子，不想回你周爷爷家，赖在二蛋家里，二蛋的娘受不了，那咋办，就让她先在咱家住下。”我迟疑了一下说：“这……好吗？”爷爷说：“你说她不住咱家，她又能去哪儿。”

爷爷赶着牛车走出家门，兰子姑姑抱着孩子又过到二蛋家和英子说话去了。

小学就要念完了，在我上六年级的上半年时，有一天父亲打来电话说要提前接我回去，让爷爷到村里小学给我办一个转学手续。这时，我在爷爷家的炕席下，意外地发现了爷爷的“遗嘱”。爷爷写道：旱田给二蛋家种，因为二蛋家水田多，水田给堂叔家种，房子给二蛋的娘住，兰子暂时住着，等兰子找了人家，房子归二蛋的娘，房屋里所有的东西都赠予二蛋的娘使用。

听到爷爷打学校回来进了院子，我又把爷爷的东西放回到炕席下。几天以后我随父亲回到了省城，我心里一直在惦记着爷爷，这次爷爷没有和我一起走，他似乎还有很多的留恋放不下，放不下这个叫宫家街的村子。

十二

在初二的暑假时，我同父亲商量回村里看爷爷，我的理由似乎很充分也很简单，如果这个时候不再去看爷爷，上初三就紧张了，那就更找不到机会了。父亲同意了，母亲没有态度，她想让我去补习一个假期的英语。母亲见父亲同意，脸上没有表情地说：“只许去一周，回来后去英语补习班。”

父亲把我送上车，我怀着欢喜的心情扑向爷爷家里。这趟车不经过宫家街，下了车还要走二十分钟的路。我一个人朝村里走去，还没有进村，打村里传来了悲哀哭泣的喇叭声，那声音催人泪下。我不晓得村里发生了什么事情，见到一个放猪的孩子，把他拦下问：“村里为什么吹喇叭？”孩子回答道：“老秦头死了，就在今天早晨。”我开始向村里奔跑，风被我甩在身后。

我果真看到爷爷躺在院子里的席棚下，我扑过去拉下盖在爷爷脸上的那张纸，他那祥和的样子，就像在甜甜地睡觉。堂姉把我拉开，那张纸又盖在了爷爷的脸上。我不相信爷爷真的离开了，就像爷爷当年不相信奶奶离开时一样。

冷静下来，我问堂姉："通知二叔和我父亲了吗？"堂姉说："二蛋打过电话，你二叔下午到，你父亲得明天。"堂姉又说，"早上是二蛋看到你爷爷倒在柴火堆旁，医生看过说是心脏病，你爷爷去世前他把话交代给了二蛋。"

爷爷的葬礼很隆重，二叔来时十多辆轿车停在了爷爷家的门前，市里来了许多领导。听二叔说市长也来了。市长的脚步一落下，惊动了全村的人，这是村子里有史以来来的最大的官员。二蛋和堂姉里外地忙活着，市长向爷爷三鞠躬，然后在县长和乡长的陪同下，上了轿车离开了。

二叔见过爷爷，然后就哭，村里人就都哭，哭声一片，叫大爷的，叫叔的，叫爷爷的，也有叫祖宗的。哭声就在村子上空飘着，全村的悲哀停留在爷爷家的院子里。二叔不哭了，全村人也就不哭了。只有二蛋在大门口爹呀爹呀地号叫着，村里人认为二蛋看到爷爷的去世想起了自己的爹。二叔说棺材要厚一些，木匠就去找来厚的木板材。二叔说花圈要大一些，扎花圈的人就又重新做了大的。二叔说灵棚要高一些，大家就七手八脚把灵棚往高里支。二叔看到兰子时，目光停留在兰子的脸上。二叔没说话，兰子低头挤进了人群里。

第二天下午，父亲和母亲赶回来，这天夜里天下起了雨，雨出奇的大。父亲和二叔站在雨中为爷爷守灵，我紧紧地贴着爷爷的棺材，守护着棺材里的爷爷，不想让闪电和雷鸣惊扰爷爷的灵魂。

天亮时，天也晴朗了，几朵云把村子的上空装扮得很美。送走了爷爷，村里人陆陆续续离开，还不到晌午，天又开始下雨，雨带着悲切切的样子洒落下来。

二蛋从怀里掏出爷爷留下的遗物送到二叔手上，他又取出爷爷的遗嘱交给父亲，父亲看了看，转递给二叔，二叔看完后说："一切就按遗嘱来办，二蛋哥，你还是当着大家的面宣读一下吧。"

二蛋读完遗嘱他突然爆发似地哭了起来，挤出门冲到院子里，在雨中惨烈地号叫。

十三

故事并没有结束，也不能再继续写下去了，因为这关乎我们家的隐私，当然二婶再没有生育，二蛋和二蛋的娘，还有英子、兰子、堂叔、堂婶，他们还生活在这个村子里，一个叫宫家街的村子。

作者简介

焦然，1968年10月出生。中国音乐文学学会会员，河北省作家协会会员，河北省音乐家协会会员，秦皇岛市作家协会理事。曾在《电影文学》《短篇小说》《词刊》《短小说》《小小说月刊》《中国文学》《华夏文学》《诗潮》《淮风》等发表作品。著有长篇小说《荒村》，影视剧本集《给春天一个说法》。

消失的鼓声

李月玲

一

身后的夕阳，慢慢地，一寸一寸切割着秀水村。

五奶奶弓着腰，张开双臂，一瘸一拐地赶一只腿脚麻利的花公鸡，想让它早早回鸡窝。鸡窝刚修好，是邻居王大可给修的。

王大可仰头，见五奶奶酷似飞行的姿势，想笑，嘴角一抽动，笑还没出来，五奶奶脚下一侧歪，眼看就要倒下，王大可两步跳过去，扯住了五奶奶。

五奶奶冲着花公鸡吵吵："你跑吧，跑吧，你个不知好歹的东西，天一黑黄狼子就来拉你，吃得连骨头都不剩，看你还怎么抖威风！"

花公鸡不懂她的心思，翅膀咋呼着，咯咯围着她转圈，就是不肯就范。王大可实在憋不住，嘿嘿笑了。

五奶奶站稳后，像是突然想起什么，冲着大可说："你还笑话我？你个兔崽子，我告诉你，"五奶奶压低声音说，"他们是假离婚，骗你，骗你你知不知道！你那……"

五奶奶的话，没说完，王大可却听明白了。

王大可把五奶奶的话掺在酒里，仔细品着。品着品着喉咙发紧，眼泪滴滴答答掉到碗里。一扬脖，酒杯见了底儿。

儿子好耳坐在旁边，愣愣地看着他，抬起小手，帮他擦脸。王大可抓住好耳的小手，亲了一口，想给儿子一个微笑，却没笑出来。

好耳睡了后，王大可决定去找刘晓燕。

两杯酒带来的胆量，对王大可正合适，多一杯就得倒下，少一杯呢，撑不起胆子。他和刘晓燕之间的事，过于清醒是办不成的。现在，他晕晕乎乎，一切都能看清，一切又都看不真切。

路灯下，王大可的影子有点儿摇晃。晃晃悠悠晃到了刘晓燕家的大门口。像是犹豫了片刻，抬起脚，梆梆踹起门来。

门是大铁门，对开，面积大，却薄，发出的咣咣咣声，就像从山谷底下蹿上来的，在空中炸响，颤音不断，连月亮和星星也被惊得惴惴不安。

王大可并没听见院子里已经有人回应，又抬起脚，准备再踹几脚，门忽一下开了，中间立着个人。月亮下虽然模糊，但也能看清，正是刘晓燕。她穿了件宽松的睡裙，刚好过膝盖，露出半截小腿，朦朦胧胧白得晃眼睛。王大可赶紧仰起脖子向上看，刘晓燕一头齐脖颈的卷发，在夜里张扬着。

刘晓燕一点不慌，转身回屋去了，就好像她知道王大可会来。倒是王大可迟疑了，幸好酒劲儿还在，看着刘晓燕快要进屋了，甩开大步跟了进去。

“你们是假离婚……”进屋没站稳，王大可就扔出这话，说得慌乱，没底气，一点儿质问的意思也没有。他感觉到了，对自己相当不满意，于是又加了句：“骗子！大骗子！”

刘晓燕好像早有准备，幽幽地说：“他是骗了你，对不起你，你想报复，我只有一个办法，你敢你就来吧！”话一说完，她竟然开始脱裙子，还没等王大可反应过来，她脱得只剩下内衣内裤了，躺上了床。

窗外的月光，把刘晓燕白净的身子罩上一层乳白的光晕，显得很不真实。王大可眨巴眨巴眼，瞬间产生了错觉，他觉得自己的眼皮儿好像挑起来了，脖子不用仰那么厉害就看见了眼前的一切：白净的身子，起伏的胸膛，强烈地引诱着他。弥漫在整个身体里的欲望，让他口干舌燥。他咽着唾沫，酒劲伴着欲望，蠢蠢欲动着……

刘晓燕说对了，王大可的确是来报复的，但他想报复的不是刘晓燕，而是她的男人。

刘晓燕的男人叫汤生，也是秀水村人，是王大可和妻子秋红的小学同学。也是秀水村唯一一个靠读书走出去的青年，虽然读的是中专，但也曾是秀水村的骄傲。所以，提起汤生，每个人都是满嘴的夸赞。学习好，长得好，人品好，从上小学到中学，再到上中专……只是中专毕业后，村里人很少再见到这个优秀的后生了。人家进城了，出息了。要不是三年前他突然把媳妇刘晓燕送回老家来，大概秀水村也都快忘记他了。

王大可一直不怎么喜欢汤生。他总觉得汤生身上有一层壳子，壳子里面的东西并不像人们说的那么好。有一次，他亲眼见汤生偷了同学的饼干放到嘴里，假装用手捂住嘴笑，其实是掩饰他咀嚼那块饼干的动作，表情也很自然，看不出一点儿因为做坏事而显得局促的样子。

王大可和汤生从来也不联系，直到两年前，王大可打工受伤出院后从城里回来，他们才见了面。

王大可记得清楚，他回来那天是午后，他没直接进屋，而是站在院子里看枣树。他先试着平视枣树，只能看到枣树的根部；头抬高一点，才看得见树干；再高一点儿，是树干与树枝相连的部分；完全仰视甚至往后仰到脖颈酸麻才能见到树冠。其实那棵枣树仅仅一人多高，把他折腾得满头大汗仍然不能看完整。

那个午后很闷热，远近响着蝉鸣。忽然来了一阵小风，枣树摇摇头，摇碎一树斑驳的光影，落在王大可厚重的眼皮上，令他十分沮丧。他知道，从此他的世界不会再有“完整”这个概念，而是一截一截的分割体，就像面前这棵枣树。他突然冲过去，对着枣树拳打脚踢，眼泪从那双努力张开三分之一的眼缝中流下来……

从此，仰脖子成为王大可日常必须用的动作。动作十分夸张，在别人看来不免有些滑稽。为此，王大可仰着仰着就发起脾气，对着那物件动起武来，别人也不敢劝，更不敢提他的不幸遭遇。

王大可是建筑工地的架子工。那一天，他在高楼外搭的脚手架上，肩上扛着杆子，耳朵上夹根烟，和工友们嬉笑着开玩笑。那天是在六层的架子上，不知谁喊了一嗓子：“嘿，看啊，谁家婆娘穿那么骚！”他顺势往下瞧，身子没扭利索，脚下一滑，就觉得身子腾空了。他只记得工友们浪荡的笑声突然转换成尖叫，别的什么也不知道了。

秋红在病床前告诉王大可，要不是四楼的架子接住他，命就没了。家里人都像捡回个宝贝似地高兴，庆幸他活着。接下来大大小小的手术做了几次，从胯骨上取下一块儿骨头，补脑袋上磕漏了的洞。折磨了三个多月，总算能出院回家去休养了。从那以后，王大可觉得浑身上下哪个部位都和以前不一样了，别扭，不舒服。尤其是眼睛，像是压着块大石头，重重地睁不开，又像是遮上了帘幕，只肯给他留一条窄窄的缝隙。医生说，脑袋上的洞修补好已经是奇迹，眼部神经受到的损伤他们无能为力了。

一双挑不起眼皮的眼睛，意味着王大可失去了做建筑工人的资格。秋红一声不吭给孩子办了退学，一家三口就回到了秀水村。

王大可对着枣树拳打脚踢的结果，不仅仅是手和脚的疼痛，而是心的麻木。他颓然靠在树干上，腿一软，出溜到地上。这时，一双鞋子走过来。是的，一双鞋子，王大可低头时的视野所见。蓝白格子相间的鞋面，松糕底，停在跟前一动不动，踏起的尘土在灰白的空气中飘浮，好似主人无言的愤怒。他知道秋红在看他，他希望她能说句话，或者骂他打他都行。自他出事以来，秋红一面在医院里陪护，一面去工地找老板交涉，身体的疲累与精神的折磨使她憔悴不堪。对于事故的处理结果秋红是满意的，她觉得病也算治好了，又给了差不多的赔偿，就不要再抱怨了。抱怨还能不生活下去吗？开始她好言劝慰王大可，后来厌烦了，便不再说什么。那双不说话停在他眼前的鞋，比骂他打他还起作用。

那双鞋走了，又换成一双小鞋。王大可呼出一口气，向那小鞋子伸出手去。儿子好耳蹲下身子来，拉住他的手。他仰起头，看到了儿子一脸的汗渍，鼻子忽然一酸。

接下来，一双特殊的黑色休闲鞋，停在王大可脚前。王大可看了好久，无法确定这是什么人。本能的紧张使他仰头时用力过猛，后脑勺磕到树上，咚的一声。这时他看见一张白净的脸，发福的宽额头，鼻梁上架一副白框眼镜。他认出来了，是汤生。他往下移着视线，从白衬衣到牛仔裤，仔仔细细重新打量一番。看完，他没有想说话的意思。身体强壮的时候，也许还能好好说几句话……

“大可，”汤生先说话了。随后，汤生俯下身，把王大可扶起，“你可不能总这样下去呀！”

王大可闭着眼睛，再也不想睁开。

二

正是吃晚饭的时间，刘晓燕顶着一头傲气十足的毛卷卷，大摇大摆走进王大可的家。她径直走到饭桌前，桌上只有一盆小米水粥，一碟儿大酱，几棵生菜和葱。她把四块饼放到桌上，又从塑料袋里拿出一饭盒土豆丝。

昨晚，王大可的确想报复她男人，也想到了，最好的报复手段就是强行要了她。为了能达到目的，他才特意喝了酒。他想象中的情景是：他不顾一切扑过去，刘晓燕激烈地反抗，踢他，挠他，咬他，甚至跟他拼命。他都想好了，就算刘晓燕大喊大叫，他也不管。因为他知道，村里那些“老古董”们没有人能听得到，就算听到了，他们也没能力出来管。无论如何他都能得逞。让他万万没想到的是，刘晓燕“哗啦”，自动脱了衣服，变被动为主动，把他的酒劲一下子蒸发了，他仓皇而逃。逃回的路上，王大可才想起，他找刘晓燕的主要目的并不完全为了报复，或强奸她，而是想知道，假如他们是假离，他的那笔钱，究竟什么时候能还给他。他嘬着牙花子恨自己，为啥跑呢？酒是乱脑子的呀！

王大可承认，这一局，刘晓燕胜利了。让他不明白的是，刘晓燕竟然乘胜追击，主动送上门来。他措手不及，失语。

儿子好耳狼吞虎咽，一眨眼工夫两块饼半盒土豆丝没了，吃完一抹嘴，跳下凳子跑出去玩了。

刘晓燕说：“孩子长身体呢，你这么糊弄哪行？”

王大可终于找到了说话的契机：“要不是你们，我能这么惨吗？”

门外传来脚步和说话声，刘晓燕没争辩，留下一句话：“晚上你来，我有话说。”

王大可努力抬起头，茫然望着刘晓燕离开的背影。很快，视线就被五奶奶那些“老古董”们遮住了。他这才意识到，是“老古董”们聚拢到大门口的时候了。

王大可家门口，从父辈起，就成了秀水村村民集聚的场所。那时王大可还小，印象最深的是，每逢年节，父亲打鼓，乡亲们扭秧歌，热热闹闹。现在，鼓声已消失多年了，村里七八十岁的老人们，还是喜欢聚到这里。每天吃过晚饭，他们都要蹭到这儿，各自坐在固定的石头上，说着七长八短不着边际的闲话。闲话总是先从感叹开始，他们感叹自己越来越老，就像这村里的“古董”，然后回忆过去的事情，期间，总会有人突然问起“晚饭吃了什么”？

晚饭吃了什么，一句话就把他们拉回到现实。这时候，他们就会抬起头眼巴巴地看王大可，看王大可屋檐下那面鼓。大红的鼓面早已褪了色，像个怨妇似的憋屈在角落里，无声，却总会让他们想起那隆隆的岁月。

可是今天，他们一抬头看见了刘晓燕。刘晓燕扭着屁股从他们眼皮子底下走过去。他们懵了，不清楚发生了什么事情，这两个冤家对头怎么走动起来了？

“哎呀，”有人忽然想起昨晚那巨大的踹门声，一拍大腿叫道，“明白了，啊哈。”仿佛立刻洞悉了两个人的秘密，撇着嘴呵呵乐。当他们的目光把刘晓燕送出去很远再收回来时，立刻又落到那面陈旧的鼓上。那面鼓已经破损，但他们从王大可与刘晓燕的走动里，似乎又听见了震天动地的鼓声，在山谷里撞击，奔突。他们不放过任何一个可能的想象，幻想着哪天鼓声再次响起来。他们怕村子里越来越静，怕这种静就如同坟茔场的静。哪怕王大可和刘晓燕打得天翻地覆，总比没动静好。他们要看他和她的“戏”。

站在王大可面前的汤生，继续说：“大可，你不觉得咱村儿缺点儿什么吗？”王大可一愣，怎么也没想到汤生会说出这样不着边际的话来。他以为汤生会问起自己的眼睛，或者同情他可怜他。他仰起头，用那一条缝隙看着汤生，冷淡回答：“什么也不缺。路修好了，平坦坦的水泥路。夜里也不怕黑了，全村都有路灯照亮。”

秋红在屋门口招呼他们进屋。

汤生拉起王大可，说：“亏你还在城里待了那么多年，连这点儿感觉都没有啊？你说的这些当然是实情，吃的穿的住的都很好，路平灯亮，这些都是物质方面的，精神呢？精神生活有吗？”

秋红抢过话头：“你说的是城里人没事了跳跳舞、扭扭秧歌之类的吗？”

汤生点头：“还是秋红聪明。”然后说，“如果你来组建一支秧歌队，不仅丰富村里人的精神生活，还是一条发财的路子。可惜了，你还是鼓王的后代。”

发财的路子？王大可摇着头表示不理解。秋红有些着急，冲着汤生点头：“说下去。”

汤生并不急，斯斯文文地端起水杯喝了一口，才慢腾腾说：“村里的年轻人越来越少了，都剩些老人，多寂寞呀。白天干点活，晚饭后回来扭秧歌，多有意思啊。扭秧歌就得用扇子吧？最好还得穿上服装吧？再讲究一点儿呢，还需要化化妆抹抹粉什么的。总之这些东西也要不少钱呢，你可以去批发回来卖呀。”

王大可摇头，否定了。

秋红动心了。送走汤生就和王大可商量怎么张罗这个事情。王大可没多大兴趣，他看不上那点儿蝇头小利。以前在工地上虽然辛苦，但是一个月五六千甚至七八千的收入，那多可观。卖秧歌服能赚多少钱？不够操心的。他不想做。

秋红生气了：“我们也不能光吃老本呀！”

王大可很敏感，说：“你是说我赚不来钱了？”秋红反驳说：“我可不是这个意思！”

王大可说：“那你什么意思？”秋红扭头不理他，“我不和你说，越说越说不到一块！”

五天后，汤生又来了。

这五天里，王大可也绕遍了秀水村，仔细观察了村子的变化。他发现环境变好并不是最大变化，变化最大的是人。村里几乎已经没有了年轻人，只剩下些老人和孩子，无论白天还是晚上，整个村子静啊，静得连一声狗叫都难听到。他对汤生的提议，动了心。他不是为了挣多少钱，而是想到了自己还是不是鼓王的后代。

汤生带来一面鼓。大红鼓帮，托着两面雪白的皮儿。这个汤生，也真是当事办了。王大可瞬间生出些敬佩。这是第一次从心里对汤生生出由衷的好感。

汤生把鼓槌递给王大可。王大可不能再无动于衷了，他不用低头也不用仰头，视线刚好落在鼓面上，就抡起鼓槌捶两下。

“咚，咚。”他感觉这不应该是他的鼓声，他的鼓声应该是这样的。就“咚咚咚”敲了起来。

顿时，那熟悉的鼓声响彻秀水村。

爽的感觉久违了。王大可仿佛回到小时候，父亲敲鼓，他跳着脚往鼓上爬，父亲抱起他，把鼓槌塞到他手里，他咯咯乐着乱敲一通。

此刻，让王大可感觉意外的是，儿子好耳似乎也听到了鼓声，跑过来，趴在鼓帮上，耳朵贴近鼓，呵呵乐。王大可放下鼓槌，抱起好耳，把鼓槌塞到他手里，好耳竟然学着他的样子，起劲儿地擂起来。

有了鼓声的秀水村，再也不寂寞了。晚饭一过，老古董们扭着腰，踩着鼓点儿，迈着带节奏的步子在王大可门前的场地上扭起衰老的腰肢。五奶奶的腰实在不适合扭动，就在旁边咋呼着两条胳膊和场上的人说笑，露出残缺的牙齿，叫人忍俊不禁。刚开始人们还没有想到扇子和衣服，有人拿来旧毛巾攥在手里，有人在腰间系条长围脖，还有人披上一块旧床单当秧歌服。一时之间，场上倒也花花绿绿繁华起来。

秋红抓住机会，批发来秧歌服、花扇子，分给老古董们，老古董们完全是兴趣所致，主动掏钱把自己打扮上。于是，场上便有了一身白的白娘子，一身青的小青，戴两脚帽的正公子，还有丑公子和破烂短衣的傻柱子……虽然演员老点儿，可衣裳一上身，扮相就有模有样了。

咚咚咚咚，咚咚咚咚……

也许人们并没注意，王大可敲鼓的时候，他的眼神并没完全投到欢乐的人群里，他的注意力，大多在儿子好耳身上。

三

好耳睡着了。

王大可的耳边响着刘晓燕的话“晚上你来，我有话说”，像只蚊子，嗡嗡地绕着他的耳朵转，轰不走，赶不掉，撩拨得他心烦意乱，浑身燥热。闭着眼睛，满脑子都是刘晓燕光着的身子，睁开眼，把投在窗户上的树影看成了刘晓燕那头毛毛卷儿。他翻过身，想压住身体里那股火。最终欲望膨胀得难以控制，他爬了起来。他也相信，刘晓燕真的有话和他说。

院里有风，枣树影影绰绰地摇动着，很像一个老相识在和王大可打招呼。他仰着脖子往上看，枣树在昏暗的光里沉默着，很像秋红站在他面前，默默注视他。他迈不开步了，顺势坐在枣树下，听小虫子们叫。也不知道白天它们都在哪儿，一到夜里扯着嗓子叫，闹得他心惶惶的。他忽然想，好耳是不是从没听过虫子叫？他真想跑进屋把孩子叫醒，让他在寂静的夜里听一听老鼠叫，各种虫子叫。但他马上又制止了这种冲动，他心里清楚，除了咚咚咚巨大的鼓声能漏进好耳的耳朵里，如此细小的小虫子发出的声音，他是听不到的。

想到好耳，王大可眼里又聚了泪水。

虫鸣声中夹杂着另一种声音。当当当，当当当，像啄木鸟敲木头的声音，又像木棍敲在水桶上的响声。王大可还在辨别这是什么叫声，这么大的动静。谁知那声音越来越急躁，他才意识到，那是敲门声。他跑过去迅速打开大门，仰起脖子，一头毛卷卷，怒气地张扬在眼前。

刘晓燕没有进来的打算，站在昏暗的光下，盯着王大可。王大可虽然不能仰头看她，却能感觉到那灼灼的目光。他莫名地心虚起来。他自己也说不清为什么心虚。他并不欠她什么，要说欠，是刘晓燕欠他的。他已经没时间深究自己的内心了，他听见刘晓燕发出一声幽怨的叹息，之后刘晓燕说："秋红和汤生在一起了。"随后加重语气说，"秋红和汤生在一起啦！"

王大可竟然听出了怪异的像猫头鹰叫，本能地往后退了两步。"不可能，秋红不是那样的人，她是为要回我们的钱才去找汤生的，你想多了。"

刘晓燕突然往前抢一步，抓住王大可的手："你是个傻子！活该被骗！我要报复汤生，报复秋红，今晚我来就不走了！"说着，刘晓燕甩开王大可，往屋里奔。王大可一把扯住了她的胳膊，也不知哪里来的劲，竟把她扯倒了，倒向枣树，后脑勺撞到树干上。

倒在地上的刘晓燕一动不动，在静静的黑乎乎的夜里就像死过去一样。王大可吓傻了，呆呆地站着，不知如何是好。王大可想拉她起来，却传来嘤嘤的哭声，哭得很压抑。王大可终于伸出手……手落在她的脸上，泪水沾湿他的手指，他的心面团似的柔软起来，一下一下地给她擦眼泪。

刘晓燕突然抬起胳膊用力一挡："滚，没用的废物！"

这句话落到王大可耳朵里，就如鼓槌捶打在鼓面上，发出振聋发聩的声响，顷刻之间，面前的刘晓燕已经不是刘晓燕了，那场差一点要了他命的事故，那个侮辱他的老板，自己残废的眼皮，被汤生带走的钱，还有离家出走的秋红，和好耳的耳朵，都成了刺激他的鼓槌，他一下子勒住了刘晓燕的脖子……

令人振奋的鼓声，从那个似乎很平常的晚上起，回荡在秀水村的上空。秀水村的日子，像奔腾不息的流水，喧闹着往前跑。

一天晚上，秋红拢账，粗略算下来赚了一千多。

这些日子，汤生成为王大可家的常客。秋红冲着汤生露出感激的笑："真得谢谢你呀，让我赚了钱不说，还让大可重新活过来了，你看他打起鼓来多带劲。还有好耳，鼓声能刺激他的耳朵，这对他来说多有意义。"

汤生跷起二郎腿，吐口烟圈儿："这都是小事，我汤生可是做大事的。"

秋红倾听着。

汤生继续说："你们还不知道吧？我在市里有个公司，跟各大银行合作项目，可以贷款，可以存钱，利息很高。”

秋红随口问：“利息高？多高？”汤生说：“三分利，比如说吧，十万块钱本钱一年利息就有三万。”

秋红眼一亮：“三万？”

王大可正在用布缠着鼓槌。他努力抬起头，朝后仰，想看清汤生。他被汤生的话震了一下，鼓槌竟然脱手掉到地上。

王大可和秋红都想到了好耳，想为好耳装个进口耳蜗。如果能让十万块钱变成十三万甚至十六万……不过，王大可只自我陶醉了一会儿，立刻清醒起来，他突然断定，汤生就是冲着他的钱来的。谁都知道，他有十万块钱的赔偿款。想到这儿，在秋红还没来得及说话前，他果断回绝了汤生：“我那十万，给多高的利息也不能撒手。”

汤生走时有点儿失望，眼神没了进门时的神采。王大可很高兴，为自己的快速反应力而骄傲。可是秋红不这样想。秋红经常跟大可叨咕耳蜗的事。她说好耳蜗和一般耳蜗差别肯定很大，一分钱一分货。

“咱试试有什么不行的呢？”

王大可的心很乱。有些事他不想让秋红知道，比如那十万块钱的来历。他都不愿去回想。秋红曾经问过他怎么要来的，他撒了个谎，说很顺利。其实，那钱拿得十分屈辱。

王大可出事后，他很清楚，老板不会再给他太多钱。因为治病花了一大笔，再掏腰包老板肯定舍不得。所以王大可做好了心理准备。他是为好耳的将来去讨的。

那时好耳还不叫好耳，叫王一鸣。一鸣是个十分机灵活泼的孩子，一点儿声音都能把他逗乐，他的小脑瓜会随着各种声音转来转去。他的大眼睛黑葡萄似的，眨起来就像天上的星星，谁见了都喜欢。秋红特别爱把一鸣抱到当街去，大伙一看见他，就围拢过来逗他玩儿。“一鸣，笑一个”，“一鸣，叫奶奶”，一鸣咯咯笑着喊奶奶，喊爷爷，小嘴格外甜。秋红把他放在地上，他就迈着小步拍着手，边笑边跑，“咯咯，咯咯”洒下一路欢笑。一鸣两岁半时，得了一场重病，连续发烧三天。村里的医生给开了两盒感冒药，吃了，也不见好。烧不但退不下来，还越烧越厉害。秋红害怕了，赶紧找车去县医院。病虽然治好了，但秋红发现一鸣变迟钝了，不说也不笑，逗他也没什么反应。一查才发现耳蜗烧坏了，什么声音也听不见了！

秋红抱着从城里打工赶回来的王大可，哭得死去活来，眼睛差点瞎了。王大可也哭，但他比秋红理智，哭有什么用？事已至此，哭瞎了更没人照顾孩子了。从此他们四处寻医问药，还把一鸣改叫好耳，希望孩子的耳朵能好起来。到好耳上学的年龄，俩人一商量，带着好耳进城，把好耳送进城里的特教学校，虽然两个人打工赚钱很辛苦，但好耳好歹能进学校，让他们的心里好受些。现在的好耳不仅能用手语，还会写字跟他们交流，虽然好多话他并不懂，交流起来很费劲，但他们打心眼里为好耳高兴，好耳跟这个世界并没有完全隔绝，这给了他们很大安慰，即使学费再贵，他们也要继续供好耳念下去。为此，秋红决定不生二胎。

谁也想不到王大可会出事。大可出事直接影响到好耳的学费，没有了经济来源，以后还怎么上学？秋红说，唯一能指望上的就是赔偿款了，用赔偿款给好耳配个人工耳蜗。她都打听好了，国产的便宜点儿，几万块，进口的得十几万。王大可很佩服秋红的决断力，关键时刻她总是能让事情出现转机。赔偿款对好耳来说变得至关重要，成了好耳的希望，也是好耳以后生活的保障。

王大可与老板隔着一张办公桌站着，对面的老板陷在软绵绵的椅子里吐烟圈儿。王大可说："以后我不能打工了，二十万也没多管你要，若不是残废，我几年就赚来了。"

老板很坚决："别废话，八万，不用再说了。"

"十八万，行不行？不能再少了，再少我就没法活。我一辈子再也挣不到钱了！"

老板看着王大可，足足有两分钟："你去打听打听，有几个像我这样给你治病又给钱的老板？你他妈的也忒贪得无厌了！"

王大可听到他妈的，内心立刻涌起一股怒火。但他忍了，一跺脚说道："十五万，不能再少了！"

"我说八万就八万，行就拿钱，不行咱就走法律程序。"老板一推桌子站起来要走，身后的太师椅招摇得像一杆胜利的旗。

王大可急了，他转头看见开着的窗户，蹭蹭两步跑过去，一脚跨上窗台，手扳着窗框，一只脚伸到外面去了。"你今天要是不答应我的要求，我，我就跳下去，看你得用多少钱摆平！”王大可说着往外探探身子。这是五楼，不高也不低，往下看有点儿晕。

“妈的，算我倒霉，碰上这种事！算了，给你十万吧，你要还不满足你就跳下去，我看看你那条烂命值几个臭钱！”

老板最后这句话击中了王大可，他真不清楚自己这条烂命能值多少钱。他死了，好耳和秋红怎么办？再往外看时，心里就害怕了，他快速收回脚，异常沉重地跳回到屋地上。

老板像个得胜的将军，挥手指责他：“你说你来这一出吓唬谁呢？一个跟着一个学，都学会跳楼了，以为跳楼我就怕了，你们的命就这么不值钱？”

王大可“哇”一声哭了，跟个女人似的。边哭边说好耳的不幸，说好耳指望这笔钱做手术，以后孩子还得娶媳妇呢，说他对不起好耳，让他遭罪了。说得老板半晌没吱声，临走时，老板拍拍他的肩膀。

“你就不怕汤生骗咱？”王大可对秋红吼了起来，想用这话唬住秋红。可秋红比他还有气势：“就算他是个骗子，也不会骗本村的，他还想不想在村里待下去了？”

秋红的话让王大可觉得有些道理。这么一犹豫，也是为了好耳的耳蜗，就说：“去他个球，存就存，还怕他个汤生吗？”

秋红加了一句：“他媳妇刘晓燕不是还在吗？怕啥。”

秀水村的鼓声再次消失，要从王大可的十万块钱随汤生进城后说起。

王大可常常在打鼓时突然想起汤生，就在心里计算着日子，算计着利息。这样一分神，鼓声就不专注了。老古董们觉得王大可丢了魂儿，时不时喊他两嗓子，有时也嗔怪他，把他说得脸红，只好收心收力，把心思收回到鼓点上。

眼看和汤生约定的期限到了，汤生突然没了影，也没了音儿。大可和秋红每天心照不宣地看日历，两颗心遮遮掩掩地焦虑着，煎熬着。他们三番五次去找刘晓燕，刘晓燕都是躲躲闪闪，说她说的不算，汤生有他们的公司，与她无关。

秋红毅然决定：去市里找汤生，不要回钱，就不回来。

秋红走后，王大可的鼓彻底没了音儿，那面鼓被挂在了房檐下。不管老古董们如何央求，王大可都无动于衷。老古董们期待着，期待着王大可和刘晓燕两家的事快点解决了，让鼓声再次生龙活虎起来。

四

刘晓燕像一条被虐的狗，四肢虚弱地踢蹬，抓挠。随着王大可手上的力道越来越大，她的呼吸越来越微弱，眼皮上翻，眼前的王大可渐渐变得模糊了。

夜太静了，那一丝微弱的呼吸竟显得异常刺耳。王大可突然发现，刘晓燕的五官已经扭曲，甚至流出了涎水。他惊出一身冷汗，迅速抽回手，一下子瘫坐在地上，大口喘息，脑子瞬间空白。

路灯灭了。一片漆黑。

一阵风吹来，意识忽然回到王大可的脑子里。他的目光下意识落到枣树下那团歪斜着的身影上，恍惚想起了什么。他抱起那团软塌塌的身体，跑到街上。

他恍恍惚惚往前跑，脚下一滑，重重地摔倒在地，竟然失去了知觉……

秀水村的唢呐王刘大伯，被邀请去外村做白事，夜里回来时，发现了昏倒在街上的王大可。他把王大可的身子扳过来，让他的头靠在他的胳膊上，然后掐他的人中。王大可痛苦地哼哼着，总算醒过来。

刘大伯问他咋昏这儿啦？咋回事？

王大可痴呆呆傻愣愣地想半天才恍恍惚惚记起他和刘晓燕的事。他向四周看看，刘晓燕呢？他怕刘大伯误会，没说，摇摇头，却说："可能不注意，摔了。"谢过刘大伯，转身回家了。

这地方离刘晓燕家已经很近了，王大可并不知道，他那一摔，把刘晓燕摔醒了。刘晓燕爬起来，跌跌撞撞地跑回了家，混混沌沌地给汤生打了电话，说王大可差点把她掐死。

早晨，大雾还没散尽，汤生就神出鬼没地出现在秀水村的村口，身后跟着个律师。他把烟屁股使劲一扔，用脚碾碎，挤出一丝怪异的笑来："走，进村！"

刘晓燕脖子上有淤青的指痕，头发凌乱，像被风雨摧残过的庄稼。汤生拿着相机，对着她的脖子，全方位无死角，"咔咔咔"地拍，就像在完成一个庄严的仪式，一丝不苟，又像法医鉴定尸体，面无表情。

刘晓燕垂下眼睛，心里很矛盾，她隐隐约约感觉到了汤生的目的。她僵硬地配合着，之后心烦，“别折腾了！”就躺下了。

汤生拉住她的手，让她起来：“身上呢？身上有没有伤？”

刘晓燕厌烦地问：“你想看哪儿？”

律师识趣地走出屋子。

汤生支吾半天没说出来。刘晓燕背对他，语气冷淡：“他还能强奸我呀？”

汤生得意地笑了：“强没强奸，他说的不算，咱俩说的算。”他又说，“过去，王大可在咱手里的钱，可以说是他的，从今以后，就不是他的了，不赔咱个十几万咱能饶他？赔钱还不算，还得送他坐牢去。”

刘晓燕怔怔地看着汤生，忽然觉得他很陌生。刚认识他那会儿，和现在好像也没什么变化，发型依旧是短寸，鼻梁上还是那副金丝框眼镜，谈吐依旧文雅，一点儿也不带秀水村的土气。当初刘晓燕就是被他这种气质所吸引，生生地追了他半年。

那时，汤生在一家车行做销售，刘晓燕是收银员。汤生的销售业绩总是店里最好的。他和别人不一样，别人见了客户都是一脸标准的服务笑，顺带一句毫无感情的“您好”或者“欢迎光临”之类的。而汤生一张嘴就能让顾客停住脚步。如果是男客户，他会说：“大哥，您喜欢什么颜色？”对方肯定一愣，这时他就说：“男人本好色嘛，所以先问您这个问题，哈哈，开个玩笑。”说着，一闪身，指着展厅里各色车子说：“黑色炫酷，比较适合您，一看您就是酷帅型男，那么这款黑色××车性能相当好。”说到这儿，他就停下来了，他知道这几句话足以留住这个人了，然后他留出客户发问的时间，比如人家肯定问这款车多少钱，油耗怎样等具体问题，然后他根据对方的需要具体介绍，有意向的人基本也就在他手里买了。要是来的是个女士，他会问：“美女喜欢帅哥，是小鲜肉型还是稳重的大叔型？我们这里有性情温和的帅哥某某款，有脾气比较火爆的某某款，也有老成持重的……”这种幽默风趣的语言往往把来客逗得哈哈笑，遇到大方的也跟他开玩笑，气氛非常轻松，买卖不知不觉地成交了。

刘晓燕天天在收银台后面看着汤生，他的一举一动在她眼里都有魔力。每次汤生带着客户去她那儿交钱，刘晓燕都会好好端详一会儿，爱慕与佩服之情写满一脸，汤生却仿佛什么也没看见。刘晓燕受不了了，她主动出击，当着全公司人的面给汤生送饭，饭菜都是刘晓燕自己在家里做好的，换着花样。汤生呢，也不拒绝，也不说别的，心安理得地吃着。直到情人节那天，刘晓燕捧来一大盒巧克力送到汤生面前，汤生才放下架子，拥抱了她，俩人这就算成了。

然而俩人的进展并不顺利，结婚前夕还差点儿闹掰，原因是汤生和一个女客户关系暧昧。

那个女客户刘晓燕认识，第一次去店里时，汤生跟她说那个老掉牙的玩笑，问她喜欢帅哥小鲜肉还是大叔时，女人直接指着汤生说："老娘喜欢你！"当时店里所有人都被惊到了。那女人四十岁左右，个子不高，挺胖，脸上油光光的，一看就是美容院的常客，肤色倒是白净。汤生也愣住了，他头一次碰上这么说话的主。但汤生反应迅速，满脸堆笑："姐真抬举我，姐要真喜欢我就买一送一，您看中哪辆车，付款，我，白送。"

女人哈哈大笑，用手戳汤生的头："真会说话。"女人出手大方，果然买了一辆车。不过，付完款临走时她看汤生那一眼，让刘晓燕打了个哆嗦。

不久后的一个晚上，汤生喝醉了，送他回来的正是那个女人。从那女人扶着汤生的姿态上看，两个人的关系应该相当亲密了。刘晓燕心里难受，强忍着没发火，她知道自己怀孕了，为这事吵架的后果很可能使她陷于被动的境地，那不是她希望的。想了一宿，她决定跟汤生摊牌，就把怀孕的事告诉了汤生，并提出结婚的想法。汤生的脑袋摇得像个拨浪鼓，嘴里打着嘟噜说不，他让刘晓燕去医院，他不想要孩子，也不想结婚。刘晓燕哭啊闹啊软硬兼施各种手段都使出来了，汤生还是不同意。

刘晓燕没办法，只得向娘家求助。刘晓燕妈妈带着哥哥来找汤生谈判，他们给汤生两条路选择，一条是结婚，一条是拿钱来补偿刘晓燕的损失。刘晓燕哥哥膀大腰圆，站在汤生面前怒目而视，那样子就好像汤生不答应的话，立刻被揪成两截儿。汤生害怕了。他在心里很快盘算娶刘晓燕的利弊。刘晓燕会做饭，会持家，适合娶来做妻子，怎么说她肚子里还有自己的孩子呢。至于那个女人，虽然有钱，可人家不会跟自己结婚，玩儿到什么时候得看人家高兴才行。想到这儿，汤生开口了，他说："结婚也行，可是我没钱。"

刘晓燕妈妈很生气，没钱也得结，总不能让闺女真去医院吧。

他们的婚礼是由娘家给办的。可婚后不到一个月，汤生辞去车行的工作，跟那个女人合伙开了一家贷款公司。刘晓燕也没法儿上班了，专职在家带孩子。汤生和那女人之间的事情她也只能睁一只眼闭一只眼。后来，汤生说公司出现了债务问题，不想连累她们娘俩，让刘晓燕回老家躲一躲，把孩子送私立学校读书。

汤生所说的老家，就是秀水村。

刘晓燕极不情愿去陌生的秀水村。汤生把问题说得很严重，说弄不好会摊上官司。刘晓燕说，出了问题和他一起扛，不然怎么能叫夫妻呢。

汤生急了，他跟刘晓燕说了实情。其实公司并没有什么项目，他和那女人拿着集资来的钱炒股，结果赔了，根本无力偿还。他的人身安全已经无保障，包括刘晓燕。他拿出一部分钱，让刘晓燕带上，躲到秀水村。刘晓燕无路可走，只好来到秀水村。前不久，为了保全财产，在汤生的说服下，又办了离婚手续。当然，是假离婚，为了避债。

刘晓燕早就后悔了。她发现汤生的生活越来越潇洒，把给她带的钱，一点一点又要了回去，说是堵漏洞，不然他就没命了。再后来她发现，汤生不仅与那女人关系扯不清，还常常与别的女人传点儿绯闻。她原本计划孩子放寒假时，不管汤生同不同意，她都要回城。没承想，现在被王大可的事给绊住了。

现在，汤生又回来了。同时，她也看出了汤生的诡计。她是又羞又恨！她原本只想利用王大可报复汤生，自己才对王大可做出那种举动，可她不明白王大可为什么不成全她？已弄巧成拙，她彻底后悔了，突然感觉不知怎么办了。她甚至替王大可想，秋红哪去了？不是说秋红跟汤生在一起了吗？

五

汤生要告王大可的事在秀水村传开了。

老古董们替王大可着急，早早聚拢来，用忧虑的眼睛看着王大可。有人叹气，有人憋不住问王大可："唉，你和刘晓燕那个事，不是她愿意的吗？她还给你送烙饼了，怎么变成强奸啦？"

"我没有。"王大可愤怒地喊叫，眼皮虽然耷拉着，可手却扬起来，朝空气挥舞着。

一看到他挥舞的双手，老古董们就想起那激动的鼓声，想起王大可曾给他们带来的快乐，他们决定为他做点什么。还没等老古董们行动呢，汤生带着律师出现在他们面前。

进了屋，汤生开门见山，直接问王大可想私了还是经官？

王大可仰起头看着汤生，窄窄的眼缝里射出来的怒火能把人烧焦，可汤生仿佛什么都没感觉到，坦然地站在对面，一副理直气壮的样子。见王大可不说话，他接着说："如果我去告你强奸，打人，你就犯了强奸罪，故意伤害罪，判你个十年八年的不成问题。不过，念在同村又同学的份上，我没打算去告，这样吧，咱私了，你那十万块钱别要了，我也不告了，咱两清，怎么样？"

"滚，马上滚！"王大可怒不可遏！接着咆哮道："谁强奸了？啊？你要说我掐了人，我承认。别的，没做过！不要血口喷人！"

律师说："受害人指证你，你就赖不掉。"

王大可瞪大了眼睛。

汤生脸上泛着得意的笑，嘴角不自觉地扬一下，最后放声大笑。笑着，走到外面，回头冲王大可说："想想吧。不然你就等着吧，等着坐牢去吧！"

王大可这时才觉得自己失算了，弄不好那十万块钱真要不回来了，一股火直冲脑门，"啊"地大叫一声跌坐在地上。

吃过晚饭，五奶奶叫上刘大伯还有几个老古董，去找汤生妈。一进屋，就看见板柜上摆着几样水果和点心。汤生的孝顺秀水村人无人不知，却不理解孝顺妈的孩子怎么办事不着调了。五奶奶指着那堆东西啧啧道："又是儿子孝敬你的？"

汤生妈笑着点头："吃，吃，吃。"

五奶奶说："我也不跟你绕弯子，我们找你来呢，就是为了汤生告大可的事。今儿大可跟我们说了，他对天发誓，他根本没把刘晓燕那什么了，掐她是一时冲动，气的。说到底还不是你家汤生欠了人家的钱，有错在先吗？咱秀水村从古至今讲的就是感情，谁遇事不是说和说和就过去了，哪还用经官呢？"

刘大伯又添了句："汤生妈，你和孩子说说，让大可掏个万八千的给刘晓燕赔个礼就过去吧。"

老古董们一致附和着："是啊是啊。"

汤生妈不说话。

这时，门外响起脚步声。门帘一挑，汤生进来了。他是在厢房听到了声音赶过来了的。他朝老古董们礼貌地点点头，一一打招呼，又看看他妈，见是些老古董，不是王大可，转身往外走。

汤生妈忽然喊住汤生："你和大可的事怎么打算的？"

"你别管，你也不用怕，这事儿办完咱都去市里。"

"不去，我哪也不去。我得守着你爹，他还在那边等我呢。妈问你句话，哪天我死了，你打算找谁帮忙？"

"妈，有钱啥事儿都能办，雇人。"

五奶奶接过话说："唉，汤生，咱秀水村人抬棺材都是互相帮忙的，你花钱雇人抬，先不说你没人可雇，就是雇到了你妈那脸往哪儿搁？"

汤生头一低小声说："死了还顾什么脸？"

汤生妈立刻怒红了脸，刚要反驳什么，汤生转身出去了。

汤生妈说："大伙听着，只要我活着，我就不能让他坑大可一家！"

等老古董出门，见汤生急匆匆走出厢房。他和那个律师路过王大可家门口，就高声喊了一句："王大可，等着去坐牢吧！"

六

汤生前脚刚走，秋红从市里回来了，是天黑以后回来的。

王大可心虚，他不知该怎么跟秋红解释他和刘晓燕的事。说他晚上去找刘晓燕，刘晓燕又来找他，他们之间什么也没有，秋红能信吗？那么秋红和汤生的事，他信还是不信？虽然他一直不敢承认，可他明显感觉到秋红的变化，在他带着残废的眼睛回到秀水村之后，秋红一门心思琢磨挣钱，和他之间仿佛隔了一堵墙，那面墙随着与汤生的来往，变得越来越厚。

哄睡好耳之前，王大可和秋红谁也没跟谁说话。好耳睡了之后，两个人躺在炕上，背对着背，好像都在等着对方先说话。然而，谁也没有说话。王大可实在觉得难熬，就去了另一个屋，想静静身子，静静心。

第二天一早，王大可醒了的时候，秋红已经把好耳带走了。炕上放着一张纸条，上面仅仅写了几行字：我在市里开了一个水果店，打算把好耳送回特教学校去。你把自己的事情处理好了，我们再说。

再说什么？王大可懵了。我要是被告强奸罪，坐牢了，我们还有什么可说的？

王大可的心一点点往下沉。他忽然觉得自己窝囊。人为刀俎我为鱼肉的感觉在他头脑里越来越强烈。自己在秀水村虽然不是什么大人物，可一直都在堂堂正正做人。就是眼睛残废之后，不也轰轰烈烈地做了鼓手，敲出人人喜爱的鼓声？他想起那个逼得他想跳楼的老板，当时觉得那个老板最可恶，如今看来，这汤生与刘晓燕才是最可恨的人，毁了他一辈子最在乎的名声。以后还怎么做人呢？还有好耳，人家会指着好耳说，你爸是强奸犯，虽然好耳听不到，但他迟早会知道的，好耳受得了吗？

王大可在屋子里来来回回踱着步，越想心里越难受，最后一跺脚走到腰台上，一扭身，看见房檐下那面鼓。那鼓正在看着他，就像汤生在看他，甚至看到了汤生在笑话他。你个欠捶的货！欠擂的货！欠揍的货！连你也敢笑话我，真是活腻歪了，活够了！王大可气势汹汹，在腰台上转起圈来，转呀转呀，一眼瞥见门口戳着的镰刀。那把镰刀的刃明晃晃地泛着银白的光。他走过去，闪电一般拎起镰刀把儿，又以同样的速度冲到鼓前，举起镰刀朝鼓砍去。“砰砰砰”，连砍三下，刀刃嵌进鼓皮的感觉给了王大可快意的刺激，他砍得更来劲了，“砰砰砰”，“咔咔咔”，一刀接一刀，不断有碎片飞起来，落下去，乱糟糟如一群飞舞的苍蝇。砍着砍着，王大可心烦意乱了，眼前的鼓仿佛不是鼓，是许多人的影子，模模糊糊看不真切。他一甩头，砍下最后一块儿鼓帮，又用脚踩在支离破碎的碎片之上。

然而，这并没有让王大可的心平静下来。心里仍然有一团火在燃烧，烧得他难以自制。阳光刚好晃到腰台上，刀刃不似先前那么亮了，他举起刀仰着头仔细看了看，看到有些卷曲的刀刃。他拿过磨刀石，嚯嚯嚯嚯地磨起来。

王大可直起腰，用手试试刀刃，嘴角露出一丝笑意。他把刀别在裤腰上，使劲儿仰起头，想看看太阳。太阳已经下山了。他又看看自己的房子，房子在夕阳的余晖里显得有些不真实，像是一个积木玩具。他转过身，晃荡着步子往外走。

老古董们已经聚到了大门口，眼睁睁看着王大可把那面鼓砍得稀碎，没人敢上前劝阻。他们的眼睛湿湿的，他们已经感觉到了，那面鼓再也敲不响了。王大可家里发生的事情，对他们来说，太复杂，他们理不清，也无力劝他帮他做些什么。他们看着王大可走出来，却没人说话。王大可好像并没有看他们一眼，腰上的镰刀配合他走路的节奏，走一步，刀把儿敲下屁股，走一步，刀头咯一下后脊梁，敲打他催促他快点儿快点儿……

当老古董发现王大可猫一样走进刘晓燕家的大门，惊慌得不知所措……五奶奶高喊一声："大可，不能呀……"

刘晓燕正在屋子里收拾东西。

汤生妈走进来，默默注视着刘晓燕。看刘晓燕的气色，她感觉到刘晓燕将一去不复返。尽管他们婆媳之间不够和睦，也知道汤生对不起刘晓燕，她甚至对刘晓燕从无好感，心里不认这个媳妇，此刻心里却突然有了空荡荡的感觉。她预感她将失去了儿子，就连这个媳妇也将失去。泪水就流了出来。

"燕……"汤生妈轻轻叫了一声。

刘晓燕听见了，却毫无反应。

"我这命呀！"汤生妈低声抽泣起来。

刘晓燕把拉杆箱装好后，手里单独攥着一个信封。她抬起头，说："哭也没用了，我已经不是你的儿媳妇了，永远也不是。你有能力，你就管好你儿子吧，管不好，进监狱坐大牢的不是王大可，而是你儿子。"

汤生妈"哇"地号叫起来。

这时，他们就听见了砸门声。汤生妈止住了哭。刘晓燕却显得异常平静。

门外，王大可举起刀，像抡鼓槌似地抡下去。其实，门并没上锁。他又抬脚照大铁门踹两下。

大门开了。

王大可穿过院子，正准备对着房门再踹，门豁然打开。刘晓燕冷静地站在门中央，一手拉着拉杆箱，注视着王大可。

王大可一愣。按照刚才的冲劲，手里的刀，那是一定要落到刘晓燕身上的。可是，那把刀，却没有举起来。王大可神思突然恍惚，看着刘晓燕，想起她白净的身子，想起她送去的饼和土豆丝，还有她的眼神……

刘晓燕从兜里掏出一个信封，递给王大可，说："这是我的钱，不多，记住，与汤生欠你的钱没关系。假如汤生要告你，我可以出庭作证。我的手机号在信封上。"说完，刘晓燕拉着拉杆箱迈出了门。

门外，是几位老古董们眨巴眨巴的眼神……

夕阳一寸一寸切割着秀水村。

鼓声不再。

作者简介

李月玲，1978年出生。鲁迅文学院河北青年作家高研班学员，河北省作家协会会员，秦皇岛市作协理事，青龙县作协副主席。有小说、散文发表在《满族文学》《当代人》《唐山文学》《长城文艺》等报刊。短篇小说《特别妊娠期》获得秦皇岛市“文艺繁荣奖”。

蛇　欲　飞

李文斌

一、寻宝

“丫丫，咱们今天去找宝贝怎么样？”

说话的是扁儿头。他出生时他妈难产，他的脑袋被产道挤得又扁又长，干脆取个小名“扁儿头”，农村崇尚贱名好养活。尽管他爹是富农，我爹是贫农，却不妨碍他成为我最要好的玩伴。这不，扁儿头又有了一项新提议。寻宝！让我何等向往。想到有机会一显身手，我心像根绷紧的琴弦！

“好啊，去哪找宝贝？”我跃跃欲试。

“去蛇屋，你敢不敢？”扁儿头眼里冒着小火苗怂恿道。

“蛇屋呀！”我倒吸一口凉气，皱眉。

“看你吓得，不就是地主刘疤瘌的蛇屋吗？”

“可是，刘疤瘌前些天死的时候——”我嗓子发干，说不下去了，恐惧变成巨手卡住喉咙。

想想那天的情景就恐怖，地主刘疤瘌死了好多天，直到尸体释放出臭味，人们才意识到刘疤瘌死在屋里了。那几年他正挨批斗，人们见他恨不能捂上鼻子绕道走，免得被地主阶级的气味熏臭。自然谁也不和他来往。他的房子也成了无产阶级不便涉足的禁地，新中国成立前，刘疤瘌的儿子去了台湾，他媳妇一年前死了，如今只落得一个人臭死在屋里。

人们凑齐人手破门而入后，胆小的人立马跳了出去，胆大的人惊呼不已！尸体已经烂得面目全非，流出腐败液。让人心颤脚软的不止这些。刘疤瘌的尸体上竟有一条一米多长的大花蛇“玉体横陈”美美睡着，眼尖的人甚至发现一截手指粗小蛇尾巴直撅撅耷拉在他耳朵眼外。

幸好人多胆子壮。惊了片刻，人们瞅瞅青天白日魂儿定下来，胆大的咋呼着应去给刘疤瘌收尸。但谁也不动，只彼此推让。最终扁儿头爹被推到最前边，因为扁儿头爹是富农，现在地主死了，富农是村里成分最高的了。

我们村子小，就一个地主，一个富农，十几户贫下中农。

扁儿头爹也踌躇，不知道拿这两条蛇怎么办，村里人都信蛇，尊称蛇为“长仙”，原来几乎家家都供长仙。让长仙为自己守家护院，招财进宝。现在破四旧，人们就不公开摆香案信长仙了。但大多数人心里还是信的。

有人喊：“叫你儿子来帮你吧，你儿子老扒蛇皮卖！”

“别瞎说，我儿子只从地里捡蛇皮！”扁儿头爹更正。

听说里面有长仙和尸体共眠，人越聚越多，小孩子用手捂了眼，但留了一条宽宽的缝儿偷看。我和扁儿头站在人群，人太多，我们不能轻易挤到前面去。

扁儿头一心想穿越大人们挤挤挨挨腿形成的森林。后来大人纷纷后退，他将扁脑袋一伸，钻头般钻了几下就挤到前边去了。

“你到前边干啥？后边待着去！”扁儿头爹正没好气，看见扁儿头上前厉声喝问。

可能扁儿头爹的大声喝喊吓醒了那条蛇，也可能在这个当口蛇睡饱了，总之它哧溜一声钻进墙旮旯的老鼠洞里，当然那条耳朵眼里的小蛇，也心有灵犀紧跟其后。

人们都松了一口气，舒展了眉头。有人嚷嚷：“看，扁儿头真神了， 露头，那蛇怕被扒皮就吓跑了！这真叫一物降一物。”

“那是，一条一条蛇皮也不是白扒的！”有人附和。

有人找来厚手套，递给扁儿头爹和另外俩打下手的。扁儿头爹想把刘疤瘌的头正一正，刚挨到头皮头发全掉了。花白的头发在空中划着弧线，鬼一样失去了质感，散落一地。

有人感慨：“有钱有啥用？还是积德行善，落个好死好托生！”

源于这句话感召，人们都来帮忙，七手八脚把刘疤瘌装裹好。

扁儿头带着凯旋者的胜利钻出来，小脸红扑扑的讲屋里诸多情形，听得我心颤肝颤。

此后，关于刘疤瘌和长仙的事儿在村里风传，越传越多，越传越神，越传越真。

先是大花袄（当时人们衣服的主色非蓝即灰，唯有这个女人爱穿花袄臭美）说有天串门回家晚了，从刘疤瘌家门口过，听见了男人女人暧昧的说笑和吭哧吭哧的喘息。为了监督地主思想动向，她去扒门缝偷看，竟然看见，刘疤瘌搂着一条大蛇上下折腾，吓死人！但怕别人说她迷信四旧，只好把秘密藏在心里对谁都没说。

有人受此启发，想起刘疤瘌挂牌游街后，特别老婆死后总对着虚空自说自话，有时还兀自发笑，有时也眼含热泪，感情是说给蛇仙听呢！

后来刘疤瘌媳妇的表姐开始怀疑表妹死得蹊跷，说脖子上有紫色的勒痕，下身有一条一条的淤青，下地前好好的，仅小半天就横死在自家菜地里，人们都不知道为什么，警察也不知道为什么。感情是被刘疤瘌家的长仙嫉妒，继而把个女人迷向菜地生生盘死了。作孽啊！说罢恐怖地直伸舌头。偏偏听者也灵光一闪，想起那菜地里确实见过一条长了冠子的大花蛇。

后来有人也联想到刘疤瘌耳朵眼里的小蛇——感情是人兽结合的种。那天是儿子和爹亲昵地做最后告别呢。有人补充道当天他观察小蛇最仔细，颇奇怪，蛇头上竟长了人耳朵。

一时谣言四起，小村庄都有点兴奋的沸腾。当然这些话都是诡秘地口耳相传，谁也不敢公开谈论。越是这样神秘感越强，一个个压低的声音像黑洞把人心直往里吸。

我偶然听见爹和妈也扯这种闲话，说他看见不可一世的赵支书去给刘疤瘌夫妇上坟磕头。妈唠叨了一句：“赵支书天天说别人上坟磕头四旧，没想到他也四旧。”

“他不是四旧，他是愧对人家两口子，惦记着人家老娘们，就往死里整人家老爷们！”爹鄙夷地说。妈赶紧让爹住嘴，可我还是听见了。但我也没听太懂。

后来大队部竟开了一个社员大会，不是辟谣，而是让大家远离刘疤瘌闹蛇的房子，劳苦大众要离牛鬼蛇神远一些，免得沾染坏习气！

小孩子也受了大人的警告，说那里面满满一屋子的大蛇小蛇，还总从院里水窟往外爬，谁去咬死谁。蛇屋的名称由此而来。

渐渐的，人们谈蛇屋色变。

今天扁儿头竟提议去蛇屋寻宝。我怎不害怕？

扁儿头见我不去，把我拉到墙角，和我神秘地咬耳朵说："如果去，我们能挖到一箱子的金子。"望着村里低矮的简易房，在浩大的天空下更显得猥琐，我满眼黄灿灿的想象。不要说找到一箱金子，只要有二分钱够买根冰棍我都能美出鼻涕泡来。要有一箱金子那还不鼻涕泡泡吹成气球那么大。

但我还保持理智地问："从哪得到的消息？"

他说："昨天晚上大花袄说的。"下面是大花袄对他讲的故事：

刘疤瘌祖上本是南方人，当年家乡发大水，刘疤瘌只身逃出来，好不容易逃到咱们村，再也走不动了，打算在村里首富李善人家的门楼底下对付一晚。他蜷缩好，想眯一会儿。李善人出来，问他从哪来等等。刘疤瘌将身世讲明白后，李善人神秘兮兮地说："我有所房子，白给你住，你敢住不？"刘疤瘌一听觉得蹊跷，就没吱声。李善人说："我那房子前些年盖的，挺好，就是有点邪性。好多胆大的人都试过，晚上躺炕上平平展展睡觉，夜里做一个被什么驮着走的梦，第二天早起肯定睡在堂屋地上。今天我想让你试试，如果明早你也如此，就索性烧了这房子。如果你能住得安稳，那你就给我打两年长工，房子归你！"刘疤瘌想，就算睡堂屋地上也比睡露天地风吹雨淋好。李善人领他去了邪性的屋子。他几月逃荒，累急了，把自己扔在亲切的大炕上，倒头就睡，鼾声如雷，终于睡了逃荒以来最舒服安稳的一觉。

刘疤瘌和李善人约定期满，他们就写了房契。当天晚上，刘疤瘌还喝了酒，心满意足躺在炕上迷瞪，模糊听见人说话："你终于成这儿的主人了，我给你守这房子守了十年。"刘疤瘌问："你是谁？""我是石头宫里的长仙，曾受过你家祖上的恩，主动来做你的保家仙。在我石头宫的旁边东房檐下有两坛金子，你可以拿来用一坛，那是我替你攒的财富。另一坛是留给别人的，你可不要动。"说罢金光一闪，一条长蛇凌空腾起，飞出窗外。刘疤瘌猛醒，揉揉眼睛，似梦非梦的……

第二天刘疤瘌果真挖到一坛金子 。从此逃荒的人，摇身一变成了家财万贯的地主。

讲到这扁儿头的眼睛闪闪发亮。脸颊现出两片潮红，我不再怀疑故事的真实性，寻宝心思蠢蠢欲动。但——

扁儿头继续怂恿我：“有宝贝的地方都有蛇仙守卫，电影里总演灵芝人参的下面难免有蛇仙，专等好人去采时，她就悄悄走。否则，万一让坏人先看见宝贝，没个蛇看管，宝贝不落入坏人的手里？再说有蛇也不怕，有我呢！”扁儿头口若悬河，像个演说家。

终于我们俩分别怀揣了一把小铲子，怀着寻宝的渴望，挺近刘疤瘌家。

路上我们商量好，扁儿头先跳入长满荒草的院子，侦察一下有没有大蛇，如果没有他再帮我进来，然后我们从院墙东侧开挖。当然如果挖出宝贝，一人一半。

我们蹑手蹑脚将小脑袋瓜贴近紧锁的大门听动静，竟听见有什么气喘如牛，喘息中挣扎出颤颤音：美女蛇，美女蛇，你迷死我吧……还有细细的吃吃声，分不清是女人笑还是蛇在吐信子。

我脸吓白了，瑟瑟抖，猛听扁儿头喊：“丫丫快跑，蛇精。”我就跑！扁儿头见我跑起来，怕蛇精撵上我们，他抓起一块石头，朝门砸去。嘭——巨响险些让我魂飞魄散。

跑出好远，才定住。我对扁儿头说：“只有成精的长仙才会学人声，她看见我们了吗？会追来迷死我们吗？”我呜呜哭，想到要像刘疤瘌媳妇那样死去，伤心极了。扁儿头也不知道如何安慰我了。他也怕，张大嘴喘气。

扁儿头毕竟是扁儿头，他定了定神说：“好丫丫，别哭了。兴许那是人说话，咱们听错了。总之不管怎么着，我回去看看……真有蛇精我去打死她！让她不能迷你好不好？”好说歹说，我不哭了，但死也不肯和扁儿头再去蛇屋看究竟。

扁儿头只有自己去，望着扁儿头慢慢移动的背影，我知道他也是每走一步都要下很大的决心。我真想像个忠诚的战士一样生死跟着自己的将军。但蛇精张大嘴巴奔向我的幻觉像黏合剂粘住了脚及脚下的土地。

等人的感觉实在漫长，尤其怀着巨大的恐惧兼渴望。我脑中像走马灯一样变换种种不好的场景。终于我看见扁儿头脸色苍白飞奔而来。他魂不附体，变成磕巴：“蛇仙会飞……会飞……从院里飞出来……差点……差点落到我脑袋上……幸亏，我跑得快，不然……然后……大花袄也看见了！”

“那你？……”我开始哆嗦。

扁儿头流泪说：“丫丫，大花袄笑我们来蛇屋淘气，冲撞长仙了。大花袄让我们以后别去蛇屋惹长仙了，说前村有一个男人最爱吃蛇肉，有一次打一条蛇，没打死，蛇负伤逃跑。等男人整六十岁，被打的蛇已成精，领了子子孙孙寻仇，爬满老头全身一蛇一口啃食他，连脑浆子都喝干净了，只剩白花花的骨架，如今这条蛇住进了蛇屋。”

本来我已经不哭了，现在又哭了，不可收拾地号哭……

我哭哭啼啼回到家，扁儿头眉毛凝成疙瘩，死死拉着我的手，我俩手心全是汗，分不清是谁的了。此时大人下地还没回来。屋里只能听见彼此的喘气声。

“你们俩孩子淘气吧，现在吓死了吧，我来陪陪你们。”大花袄，咋呼着走进来，扁儿头皱皱眉，把头埋得很低。

大花袄担心地问：“扁儿头，丫丫哟，你们可怎么办哟？”

“婶，求你别说这事了，怕死了！”扁儿头眼里含了泪水。

“哟，怎能不说，小孩子家家不懂事，总去冒犯长仙还行？小命还要不？有例子摆在面前，不由咱不信，就说我二婶吧！有天我二婶去乘凉，一屁股坐在石台上，觉得屁股底下凉凉滑滑，安逸极了，便摇起蒲扇，唱起小曲。等想回屋睡觉时，一拄石台手摸到了一个软了吧唧、滑了吧唧的圆柱状东西，赶紧起身，只听‘哧喽’一声，一条大蛇迅疾而去！从此我二婶就被蛇迷上了，总懒在炕上，清醒时喊腰疼，糊涂时唱：‘几年修炼快成仙，降落人间遭磨难，被坐被压大磨盘，哎呀呀，哎呀呀，不挪磨盘将你缠。’那时，二婶家胡同口真有一盘磨，于是二叔将信将疑地带着人去将磨盘翻过来，放到一边。回头将混混沌沌的二婶抬来放到磨盘边，然后开始祷告说：长仙，求求你离开这个可怜的女人吧，她是无心犯错，放我们条生路。说完就烧香磕头，然后请了长仙的像供起来。初一、十五都烧香磕头。这才让我二婶躲过一劫。”

大花袄声音鬼一样飘到耳朵里，我头皮发麻，赶紧摸摸屁股底下，还好没有什么，望望院子里的草丛，觉得好像有什么在草丛里蜿蜒，我扯开嗓子又没命地哭了，扁儿头也哭起来！

“行了，你俩也别哭了，看你们以后还敢去蛇屋不？事已至此，只能想办法求长仙原谅了。眼瞅着晌午了，你家大人快回来了，别忘了让大人多多给长仙烧香！”说罢拽拽地走了，顺手从黄瓜架上揪了根嫩黄瓜，没来由我心里憎恨起大花袄来。我也记住了烧香磕头的建议。恨不得立马就去，然后梆梆磕响头，磕出血来也行。

爸妈从地里回来，我哭着说："爸妈赶紧买香，烧香磕头我和扁儿头得罪长仙了！"

扁儿头也哭了："是我不好，拉丫丫去蛇屋寻宝！"扁儿头抽噎，几乎说不清楚话。

爸妈看出了我极度恐慌说："怎么你们还真怕了？不怕，不就条蛇吗？蛇这种东西灵着呢。有恩必还，有仇必报。你们又没亏待它，无端惹你们俩孩子干啥？即使小孩犯错，神仙也不会怪罪。"

转身又对扁儿头说："扁儿头，你更不必怕，你没见人都说蛇见了你都要躲着走。大花袄胡诌呢，别信，大小伙子没做亏心事，鬼都不怕！"

那天下午，村里又起了我冲撞神仙被吓坏了的言论。几个好心的婶子合伙买罐头来看我。我心里稍稍舒服些，因为吃到了人间第一美味——罐头。

那天晚上我反复做同一个噩梦，醒不过来。梦见我正美美地吃罐头，突然一条小蛇在罐头里游弋，然后越游越大终于破瓶而出凌空飞驰，我让蛇追着拼命狂跑，我的速度远低于蛇的速度，最终飞蛇俯冲下来，紧紧缠住我，一圈又一圈几乎缠到了脖子，我想喊却喊不出。此时我竟然看见一张笑脸，我正想朝那张脸求救，一阵烟雾缭绕后，那笑脸忽而变得狰狞。我狂喊救命，说胡话，脑门全是汗！

妈妈抱着浑身颤抖的我小声和爸商量："要不给长仙烧点香磕几个头？"爸坚决地摇摇头说："不行，有人正没缝下蛆呢，现在清理四旧多厉害，别让人抓了辫子！"

二、打猪草

第二天父母照例早早下地干活，我却不敢出门。缩在家里百无聊赖。扁头儿也没来找我，也不知道他烧香了没有。

一连几天都如此。

终于扁儿头挎筐来找我，约我一起打猪草。

听见猪饿得直叫，我想去，但还是迟疑："我怕遇见蛇仙。"

扁儿头做个鬼脸，笑话我："芝麻点小事还记得呢！"

"难道你忘了？"我问。

扁儿头笑了："那天我回家就和我爸说了那事，我爸就告诉我，我们听到的声音肯定是人发出的。我第二次看见会飞的蛇，肯定是谁从院子里故意甩出来的。"

"谁这么缺德？故意吓唬人！"我愤愤。

"你过来，我偷偷告诉你。"扁儿头神秘兮兮。

"刘疤瘌家的钥匙就那么几个人有。"扁儿头声音像微风飘进耳朵，吹开了我的嘴唇成O形。"你怎么知道？"

"我昨天看见有人往刘疤瘌院里放蛇，这几天我一直在干这项侦查工作。终于逮着了，不要奇怪刘疤瘌家为啥总有蛇爬出来。"扁儿头说到这迟疑了一下。

"谁啊？"我追问。

"你别问了，这话我爹不让我说怕惹祸。我见你快吓出病来，才告诉你。咱们只要明白没有吸脑浆的长仙就行。所以咱们打猪草去吧！"

"那，可我还是，万一碰见蛇怎么办？"

"蛇是益虫吃耗子，碰见了也不可怕，大花袄编出可怕的故事吓咱俩。为啥单吓咱俩？看咱们两家的大人不顺眼呗。"

我和扁儿头心照不宣地苦笑。

"走，我为你壮胆，去打猪草，顺便烧俩鸟蛋解馋！"

走在山路上，风吹过头发很舒服，但我每走一步都小心翼翼，害怕踩到蛇。

扁儿头撅了一个粗树枝给我，说这是他作为头领赐予手下的魔杖，让我用它扒拉草丛，这样即使有蛇，听见响动也会跑远。

但我依然趟雷池一样小心。打猪草不敢把手伸到草丛深处，只轻描淡写地薅点小草尖。

扁儿头哈哈大笑："像你这样的大小姐，不应生在农村，应生在城里，这样拿拿捏捏，以后怎么下地干活？你等会儿。"

扁儿头跑远了，小心翼翼俯下身……

不一会儿扁儿头若无其事地回来，竟然从兜里掏出一条小小的绿蛇来，我连连后退，面如土色。扁儿头微笑着伸平胳膊，任小绿蛇在胳膊上游弋。

扁儿头说："看，没事吧，咱北方的蛇没毒，它用肚子走路，一般不咬人，来你也摸摸，看绿色的鳞片闪着荧光是不是挺好看？它长大会蜕皮，蛇皮可是药材呢，再有你看它片头片脑的，是不是和你长得像？说不定上辈子连着亲戚呢，来，摸亲戚一下！”

“你才片头片脑，要不你叫扁儿头，你和它是亲戚，要不这么亲？”我苦笑了，好像不觉得怎么怕了。

好半天，我伸出指尖轻挨了一下，闪电般缩回手，小蛇凉凉滑滑，很奇异的手感。

扁儿头轻轻将小蛇放下，小蛇瞬间委蛇着消失在草丛里，扁儿头说：“你看，蛇跑得多好看，这叫蛇行线。”

旁边走过一个大婶，嘎嘎笑：“扁儿头，放条蛇做许仙呀，今天晚上白娘娘就找你去，这点小崩豆，就想媳妇啦！”

扁儿头鼓起腮帮，翻个白眼：“你家的草比苗高，赶紧干活去吧！”

我轻笑，大婶嘎嘎笑着摇摇摆摆走远。

“扁儿头，啥叫许仙白娘娘？啥叫想媳妇？”

“小姑娘，不害臊！走，咱们掏鸟蛋去！”

大山里有好多遮天蔽日的树，树上栖息着他们的子民——鸟。

扁儿头脱了鞋，猴子般爬上去，我在下边张大嘴紧张地看，唯恐他脚下打滑，扁儿头大喊：“丫丫，把嘴闭上，小心树上有偷吃鸟蛋的蛇，掉到你嘴里拔不出来。”

我赶紧把嘴闭上。扁儿头冲我促狭地挤挤眼，我明白上当了，气得直跺脚，扁儿头大笑，我跟着笑，笑声把树叶震得哗哗响。

好不容易扁儿头掏出了五个鸟蛋，但他却从中选了一个最小的放在衣袋里，把另外四个按原样放回巢里。我问：“为什么？”

扁儿头反问：“你也不想让树林里的鸟断子绝孙吧！如果掏干净了，鸟就会飞走，你也不想林子没鸟叫吧！”

我使劲点点头，捧宝贝般捧鸟蛋。

等扁儿头爬完五棵树，我也找了很多柴火，扁儿头让我用泥将鸟蛋裹好，他将火拢起来。那天我们吃了美味无比的烤鸟蛋，我清楚记得我吃了三个，扁儿头吃了两个。烤鸟蛋的香气弥漫，弥漫了很多年。

自从我摸过蛇，扁儿头就经常编一些可怕的蛇故事，吓唬我。渐渐的，对这类故事有了免疫力，非但不怕，我还反过来捉弄他。这是我们两人乐此不疲的游戏。

比如扁儿头说："丫丫，你一定好好学习考到城里去，这样就不用被蛇吓得要死！"

"扁儿头别老拿这事打趣我，来点新鲜的！"

"我提醒你，要是有蛇过道时，你一定要停下来，让它先过，这不，我二叔开车不小心压死一条蛇，结果引来一群蛇来为围攻他的汽车，幸亏车门是关紧得，结果爬得满车顶都是，车玻璃上也是。其中两条想顺着排气管爬进去……"

我惊异地啊了一声，问："真的吗？"

"这事整个车队都知道，现在大家跑车时都会躲着蛇，一遇到蛇过道礼让蛇先过，连喇叭都不敢鸣一下！"

"那你二叔遭蛇围攻了，怎么解决的？"

"还能怎样，跪下来梆梆磕响头央求蛇仙开恩呗。"

本来我都信了，但无意瞥见扁儿头活动的眼珠，断定他撒谎。"那扁儿头怎么梆梆磕响头？你学一下呗！"

扁儿头凑过来："还是你学吧，我逗你玩呢，我二叔说现在公路上，连个蛇毛也没有。再说车开那么快，前方有蛇根本看不清，有条我这样的大蟒还差不多能看见。"扁儿头说完假装把自己盘起来。然后倏忽起身向我扑来，龇出虎牙，装作咬我的样子。我过去打他。我们笑作一团。

三、扁儿头生病

扁儿头上学时，成绩最好，却早早退学了。不是因为扁儿头得了大脑炎变傻了，尽管扁儿头真的得了大脑炎变傻了。

扁儿头在小人书上画了一幅一个身子两脑袋的漫画，惟妙惟肖的脑袋分别是赵支书和大花袄，并将他们脸上画了个大大的叉。小人书被同学偷看时，发现了这幅漫画，举报给老师，老师举报给赵支书。赵支书开了干部大会，会上决议这是小反动派对无产者疯狂反扑，决定取消扁儿头上学资格。

扁儿头爹去找他们道歉，说了许多小孩子不懂事之类的话——毫无用处。

最后扁儿头爹给赵支书跪下了，老泪纵横说："这是他家唯一指望，只有让扁儿头上学，儿子才有出息。”

没想到当扁儿头爹说完这句话，赵支书冷冷地说：“鸡窝里倒是能飞出金凤凰，但富农家的小长虫，想飞上天当大龙，等他长出翅膀再说罢！”

扁儿头爹急了，愤愤说：“别以为我不知道，你向刘疤瘌家放蛇，装神弄鬼！你自己说，你对刘疤瘌一家做了什么？为什么刘疤瘌从队部挨批斗回来，就臭死在家里。还有刘疤瘌媳妇死时有人看见你对她……”

“住嘴！诬蔑革命干部！”赵支书勃然大怒：“好啊，你个反动分子，丧心病狂啊，现在无产阶级专政，不是你们反攻倒算的时候！”

赵支书立马喊来几个民兵将扁儿头爹捆起来毒打。最后让扁儿头爹在扁担上跪了一晚上，只要膝盖稍微离开扁担一点儿，又是一阵毒打。

第二天，俩人驾着扁儿头爹把他扔到家里。皮开肉绽的扁儿头爹在炕上奄奄一息。一家人号啕大哭，扁儿头哭着说：“我不上学了，我永远不上学了！”

后来扁儿头来我家，送给我书包文具，他红着眼圈说：“我用不着了！”我很想说点什么，说什么都显得多余，我闭了嘴。扁儿头说：“丫丫，我就是一条没长翅膀的长虫，注定一辈子肚子贴尘土，修理地球。”扁儿头大滴泪砸在手背上，也不擦。空气凝重，时间仿佛停止。

扁儿头不得不辍学回家后，拼命干活，有天夜里突然犯了病，抱着脑袋说头疼。浑身热得像着了火，他舀起一瓢凉水就浇下来，依然还是热，家里人急得不行。找来村医，村医说：“没啥事，这孩子上不了学，没缝下蛆呢。别理他，过几天就好了。”

家里人也就放了心。但第二天，扁儿头却嘴角往上抽，眼珠向上翻，抱住脑袋满炕翻滚。继而手臂抽搐，将前胸抓挠的血痕纵横。喊胡话：“就要飞，就要飞，飞、飞、飞……”最后死鱼般昏迷。

家人吓坏了，跪请村医。但总也不出门的村医偏偏走亲戚去了，不在家。想去大医院，没有大队开的证明，去了，医院也不收。没办法家里偷偷请来一个土郎中，郎中不给扁儿头开药，却下了断语叫“小蛇欲飞”。说他命中注定扁儿头是看守农田地的蛇，但现在这条蛇太想自己飞到天上去，要想他病好，必须去地里捉一条母蛇，让那条蛇去留住扁儿头的心……

说实话我一直怀疑，郎中和赵支书串通好了来编排鬼话，让扁儿头一家认命，要知道这是赵支书的强项。

扁儿头再次醒来，一眼就看见炕上的母蛇，然后又昏过去，继续口吐白沫。事后有人偏偏说他亲眼看见扁儿头抱着一条大蛇亲嘴。人们看扁儿头一家人的眼神总是异样，大伙猜测扁儿头会成为第二个刘疤瘌。

又过了一天，扁头妈泪水涟涟地从大队部回来，屈辱地换来扁头可以送医院的证明。

大医院下了两次病危通知，几经周折，扁儿头总算是抢救过来，医生确诊是大脑炎，重活一回的扁儿头有了大脑炎后遗症，他一下子忘掉了所有的名词，忘记了村里绝大多数人的名字。当他拉着我的手问这是什么，问那是什么，他是谁，她又是谁时？村里的孩子开始跟在后边学他，喊他傻扁儿头。

渐渐扁儿头知道一些名词，只是健忘得厉害，他明明拿个瓶子去买盐，小卖部的人问你买什么呀，他就会很惶恐地嗫嚅："我买……我买……我想不起来了……我回家再问问……"

四、若干年后

时光荏苒，若干年后赵支书已经退下来，他侄子继任，他老婆也死了，他和大花袄们公然一起厮混。刘疤瘌和他媳妇，渐渐被人们淡忘。我和扁儿头长大成人。

没有正常女子愿意嫁给一个有大脑炎后遗症的人。扁儿头妈又不愿意儿子打光棍，花很多彩礼从山沟里说来傻女子阿方。阿方除了目光发直，外表和常人无异。她要是着急了，只会啊啊地喊叫。但她发育很好，皮肤也白净。

扁儿头无疑是懂阿方的，阿方和扁儿头在一起时很少啊啊地喊叫。他们的日子最清苦。扁儿头妈老了，扁儿头爸走了，阿方和扁儿头又没有多少劳动能力，高额的彩礼把家底也掏空了。

有时，村里人看见这家人可怜，都帮把手。有人在小卖部买点吃喝给阿方，阿方就冲着人家傻乐。然后每天都去小卖部门口守着，再见那人进小卖部她就默默相跟着，并冲人家讨好般傻笑。

我也会收拾些吃食衣物给扁头儿家，毕竟次数少，我在城里上班。虽然大队干部推荐我上高中时，硬将我的名额给了别人，但一年后就恢复了中考，我靠自己本事又考上了学。

今年黄金周前一天晚上我做了一个梦：梦见一条天大的蛇，被人切成段烤着吃，蛇肉在火上滋啦滋啦冒油，有人鼓动硕大的喉结，吃得不亦乐乎。不知为何我却哭了，哭得很伤心。那蛇头被人弃之一旁，也跟着我孤苦地哭泣，流出的眼泪是红色的液体。突然那蛇头凌空飞起，死死地咬住了那个吃蛇肉人的喉结。

等阳光透过来，我彻底从梦境中醒来，枕巾哭湿了一片。

我收拾东西准备回家，特地收拾一件羽绒服给扁儿头穿，还有一本书也拿给扁儿头。他很爱看书，看完就爱和人去谈古论今，现在大家都叫他傻军师。

我突然接到家里电话，让我去交警支队帮帮扁儿头妈娘俩——扁儿头出车祸死了。

现在公路修到山村，车辆多得像蚂蚁，扁儿头大脑受损，行动迟钝，一个躲闪不及就要了命。最惨的是他出事是在离家很远的地方。家人竟不知道他出事了。有人报警，交警先把尸体运到交通队，等候家属来认尸。当然报警的那个人并不是肇事司机，肇事司机逃逸，晚上光线不好，所以尸体遭遇几番碾压，很是惨烈。

难以置信，我明知道扁头儿会躲车，在马路上行走总是分外小心。

我泪眼婆娑赶到交警支队时，扁儿头妈受不了伤心昏了过去，手忙脚乱救活了扁儿头妈，扁儿头妈喃喃：“是他，棉袄是我做的，我认得。”阿方的眼神更直了，抱着头蹲在角落里，把自己蜷缩成一个球啊啊怪叫。

在场的人都抹眼泪，不忍再望一眼面目全非、七零八落的尸体。

我猛地想起：梦中那被烤着的一段一段的蛇以及不断喷溅泪水的蛇头。从来都相信科学的我，竟也迷信应梦起来。恍惚间心中有个声音响起，莫不是扁儿头真是一条蛇？

脑海里浮现出扁儿头最后一次编了蛇故事吓唬我玩的情景。那是在扁儿头送我文具，扁儿头往外走，我忍不住大哭，扁儿头回过身来，流着泪劝我别哭，说为了能让我开心点，再给我讲个爱听的蛇故事：

日本鬼子侵略中国时，游击队总在山坡的密林处袭击鬼子，鬼子损失很大，于是鬼子就想砍光树林，炸平山坡，修建秘密基地。据说头晚鬼子施工队队长曾梦见一条蛇向它叩首，求他放过自己的子孙，但鬼子队长没在意，依然领着鬼子带着炸药进了山，炸山前还引用了中国名言：人心齐，泰山移！大手一挥，握紧拳头，主宰者般自豪。

结果鬼子队长丢了半颗脑袋，有人说是炸开的石头崩的，有人说是被山里的蛇神咬的。扁儿头说肯定是被蛇神咬的。蛇脑袋有这么大，牙齿有这么长。他给我夸张比划，然后含着泪哈哈大笑。突然扁儿头一脸肃穆，说我希望有朝一日变成蛇神，让世人看看小长虫怎样一飞冲天。

五、补记

扁儿头入葬几天后，在后山人们发现了一具尸体。赵支书被一把镰刀抹了脖子。人们回忆起最后一次见到赵支书，是他又一次买了几串糖葫芦和一些零食，引诱阿方跟着六十几岁的他去了后山。警方调查了阿方，阿方除了啊啊叫喊，什么也说不出来。

如今，这案子还悬着，就像当年刘疤瘌媳妇的案子一样。

传言，杀死赵支书的是扁儿头，赵支书多次诱奸阿方，当然扁儿头也并非死于交通意外，扁儿头自己钻进了车轮底下，自杀！当然传这些话的不是大花袄。大花袄已经得了脑血栓，既管不住赵支书的下半身，也编不出灵光的传言了。

现在，我踏上了回城的旅程，脚下那条盘山公路在阳光下闪着坚硬冰冷的荧光，边际仿佛与天相连，太像是一条死去的巨蛇想要飞到天上去。

我不禁想起了那篇最短的散文诗：

《蛇》

太长了。

作者简介

李文斌，女，1977年生于河北省昌黎县。河北省作家协会会员，河北文学院2014—2016年度签约作家。在《长城》上发表散文《大墙根》，小说《大房子，小房子》《蛇欲飞》。在《天津文学》发表小说《无根的树》。在《东方少年》发表童话《小月亮长大了》。散文《大墙根》荣获全国建国六十周年征文一等奖。曾荣获秦皇岛市文艺振兴奖。